LOS MILAGROS
DE PRATO

LOS MILAGROS DE PRATO

Laurie Albanese y Laura Morowitz

Traducción de Eduardo Iriarte Goñi

EDICIONES B
GRUPO ZETA

Barcelona • Bogotá • Buenos Aires • Caracas • Madrid • México D.F. • Montevideo • Quito • Santiago de Chile

Título original: *The Miracles of Prato*

Traducción: Eduardo Iriarte Goñi

1.ª edición: abril 2009

© Laurie Lico Albanese and Laura Morowitz, 2009
© Ediciones B, S. A., 2009
    Bailén, 84 - 08009 Barcelona (España)
    www.edicionesb.com

Printed in Spain
ISBN: 978-84-666-4077-0
Depósito legal: B. 9.578-2009

Impreso por LIBERDÚPLEX, S.L.U.
Ctra. BV 2249 Km 7,4 Polígono Torrentfondo
08791 - Sant Llorenç d'Hortons (Barcelona)

A nuestros propios milagros,
Melissa, John, Isabelle, Olivia y Anais,
con amor y gratitud infinitos

Ama, y haz lo que tengas que hacer.
[*Dilige, et quod vis fac.*]

Concédeme castidad y continencia, pero no todavía.
[*Da mihi castitatem et continentiam, sed noli modo.*]

SAN AGUSTÍN,
obispo de Hipona

División del tiempo en el siglo XV

Las horas litúrgicas

En la vida monástica, el día estaba dividido por los ciclos de rezo:
- Laudes (al amanecer)
- Prima (1.ª hora tras el amanecer, hacia las 6 de la mañana)
- Tercia (3.ª hora tras el amanecer, hacia las 8 de la mañana)
- Sexta (6.ª hora tras el amanecer, hacia las 11 de la mañana)
- Nona (9.ª hora tras el amanecer, hacia las 2 de la tarde)
- Vísperas (crepúsculo)
- Completas (último ciclo de oración antes de acostarse)
- Maitines (rezos nocturnos, entre las 2 y las 4 de la madrugada)

El calendario litúrgico

El año se dividía en estaciones litúrgicas de la siguiente manera:
- Adviento (empieza cuatro domingos antes de Navidad y termina en Nochebuena)
- Navidad (comienza en Nochebuena, el 24 de diciembre, y termina en la festividad del Bautismo del Señor, el 13 de enero)
- Tiempo ordinario (da comienzo después de la festividad

del Bautismo del Señor, el 13 de enero, y continúa hasta Septuagésima, nueve domingos antes de Pascua)

- Septuagésima (empieza nueve domingos antes de Pascua y termina el martes anterior al miércoles de Ceniza)
- Cuaresma (período de cuarenta días que va del miércoles de Ceniza al domingo de Ramos). Las dos últimas semanas de Cuaresma se conocían como Tiempo de Pasión
- Semana Santa (del domingo de Ramos al domingo de Pascua)
- Pascua de Resurrección (del domingo de Pascua hasta la octava de Pentecostés)
- Tiempo ordinario (empieza el lunes de Pentecostés y se prolonga hasta el sábado antes de Adviento).

Prólogo

Convento de Santa Margherita
Prato, Italia

Festividad de San Agustín,
año de Nuestro Señor de 1457

Siempre hay sangre: eso es lo que está pensando la comadrona. Sangre cuando desfloran a las vírgenes, sangre en las sábanas, sangre para forjar los votos. Una y otra vez las jóvenes se abren de buen grado o por fuerza, y cuando los hombres han acabado, las mujeres vienen al convento a poner fin a lo que ha dado comienzo.

La vieja comadrona acerca un trapo empapado en una tintura de clemátide a la zona hendida y sangrante de la mujer y la ve colmarse de tonos carmesí y negro granate. Frunce el ceño mientras busca coágulos en la sangre oscurecida. El parto ha sido largo y difícil, su duración desde el ciclo de oraciones de nonas hasta maitines. Ahora ya son más de las doce y la cataplasma de camomila y verbena apenas ha hecho menguar la hemorragia. Un cuarto de luna tiñe el cielo del oeste sobre la pequeña ciudad de Prato. La reciente madre en el lecho de terliz gime y pide a gritos a su criatura. Tiene los ojos hundidos, el rostro contorcido de angustia.

La comadrona se retira la cenefa del griñón y, a la luz de las velas, mira el otro extremo de la cámara de la *infermeria,* donde una novicia permanece de pie, pálida y conmocionada, con el niño arropado en brazos. El olor de la estancia no es muy distinto del de unos establos tras la matanza. El aire es vaporoso y espeso por efecto del aroma metálico de la sangre.

La anciana se acerca a la novicia y observa el color de la piel del niño para juzgar su estado de salud. Ve su pecho subir y bajar conforme va respirando por vez primera entre las monjas agustinas. En la cama, la madre se queja.

La joven ayudante empalidece. La novicia no ha visto más de once inviernos; su cuerpecillo aún no está en edad de merecer. Sin embargo, es ella quien ha sostenido las piernas de la madre mientras la comadrona sacaba los hombros del niño a este mundo. Es ella quien ha ayudado durante las horas de gemidos, la que ha dado a la madre cocido de hinojo para que mantuviera las fuerzas. La comadrona tiene la intención de asustarla todavía más.

—Siempre hay sangre —dice la vieja monja—. Esto es lo que se deriva del conocimiento carnal.

La novicia esquiva la mirada de la comadrona. Sostiene a la criatura en alto, contra el telón de fondo de la cámara sin aire con sus grisáceas paredes de piedra caliza. La madre llama a voz en cuello. La comadrona coge una manta lisa, desvaída de tanto limpiarla con un batidor de alambre, y cubre el cuerpo tembloroso de la madre. Al ver a la comadrona inclinada sobre ella con un griñón blanco como el halo de un ángel, la joven madre vuelve la cabeza con debilidad. Su mirada va a posarse sobre una tina de madera de gran tamaño, con el agua utilizada para lavar al pequeño. El agua también está teñida de sangre.

—Déjeme sostenerlo —implora. Tiende una mano pálida hacia la de la comadrona—. *Per piacere*, démelo.

La comadrona lleva un dedal de caléndula y ortiga a los labios de la madre.

—Bebe —le dice, y la madre, obediente, frunce los labios y traga las amargas hierbas. Antes de que el té le haya pasado por la garganta, está llorando de nuevo.

—Tráigamelo —suplica la madre, que se aferra al aire vacío con la mano—. Por favor, déjeme abrazar a mi hijo.

La novicia no se atreve a pronunciar palabra, pero el niño profiere un vigoroso lloro, como para responder a su madre.

En el armario junto a la puerta hay una carta del prior general de la Orden de los Agustinos, Ludovico Pietro di Saviano, sellada con su anillo en una laguna de cera de color sangre. La anciana monja, cansada de sus deberes de comadrona, coge el pergamino y lo vuelve a leer. Su mirada gris es penetrante y ve las palabras del prior general incluso entre las sombras. Desvía la vista hacia el pesado crucifijo de madera colgado en la pared encima de la cama. La mujer sabe que no es asunto suyo poner en tela de juicio las instrucciones del prior general. Es una mera sierva del Señor y en tanto que mujer es la más humilde de todos sus siervos. No obstante, mascula una plegaria entre dientes antes de cruzar la pequeña estancia y hacer la señal de la cruz sobre la frente de la criatura. Coge un ramillete rojizo de hierba del ermitaño y lo agita por sobre las sienes del niño, bautizándolo de cara al incierto viaje que le aguarda mientras murmura las palabras que tantas veces ha pronunciado sobre cada nueva criatura que ha traído al mundo con sus propias manos:

—*Ego te baptizo in nomine Patris et Filii et Spiritus Sancti.*

El rostro de la novicia se ilumina al oír las palabras que vinculan al niño a Cristo. La novicia le frota los brazos a la criatura, le dobla rodillas y codos, acaricia sus deditos. El niño abre la boca y maúlla con lengua de minino. La novicia se sonroja. Con un profundo suspiro, la comadrona introduce el ramillete entre las mantas del pequeño para mantenerlo a salvo de todo mal, y da instrucciones a la novicia de que abrigue al recién nacido para un viaje. La joven ayudante no pronuncia palabra alguna, pero su rostro plantea sus propias preguntas, y el asentimiento de la comadrona, su «*Andiamo!*» susurrado, la espolea para pasar a la acción. Con manos diestras arropa firmemente al recién nacido con otra manta.

—Asegúrese de cubrirle bien la cabeza —susurra la comadrona—. Es posible que vaya lejos.

—*Bambino mio* —clama la madre. Se aprecia una nueva urgencia en su voz.

La comadrona hace caso omiso de los gritos de la madre. Le coge la criatura a la novicia, abre la puerta de la enfermería y le pasa el niño a la hermana agustina que aguarda fuera, bajo la luna. Con premura, la monja cruza con el pequeño el jardín de la sala capitular sin que sus pies hagan el menor ruido sobre el suelo polvoriento. Se reprime de mirar a la criatura. En el patio del convento deja el niño en los brazos de un hombre con una capa de viaje marrón. Una capucha le oculta la cara. Los piececillos del bebé lanzan suaves patadas contra las mantas que lo arropan mientras el hombre se apresura hacia un carro tirado por una mula que aguarda. El hombre propina una palmada a la mula, y salen al camino. Las puertas del convento se cierran a sus espaldas con un ruido sordo.

El trabajo de la comadrona casi ha concluido. Despide a la novicia con voz queda, con apenas un leve indicio de elogio por el duro trabajo que ha desempeñado la muchacha. Al tiempo que se pone derecha, la comadrona coge un manojo de romero y salvia, lo prende en el pabilo y apaga la llama de un soplo. Un denso penacho de humo brota del manojo chamuscado. Recorre un costado de la estancia y se detiene sobre la madre postrada para dejar que una vaharada del humo que desprenden las hierbas se extienda sobre su cuerpo. Cuando el humo ha enturbiado la habitación, deja el ramillete a medio quemar en un plato de estaño y empieza a limpiar la enfermería. En silencio, recoge la ropa de cama ensangrentada y la deja en un cesto. Arrastra la tina de madera llena por el suelo de caliza hasta el umbral, donde al alba pasarán a buscarla y utilizarán el agua para regar las hierbas en las macetas del jardín. Hace caso omiso del tenue gemir de la muchacha en el lecho mientras recoge el cuchillo, el cuenco con la placenta y el tosco fórceps de hierro que no ha necesitado. Lo deposita todo en los pliegues de su generoso delantal, sosteniendo las esquinas como si de una cesta se tratara. Al cabo, la comadrona apaga de un soplo la vela y las sombras de la estancia se sumen en la lisura de cualquier otra noche.

—¿Dónde está mi hijo? —La voz de la joven rasga el aire como un chirrido—. ¿Qué habéis hecho con él?

La anciana monja no tiene el corazón endurecido, pero se ha acostumbrado a disuadir a las madres. De ésta hay que encargarse igual que de todas las demás.

—He seguido las órdenes del prior general. El niño ha sido bautizado. Cuidarán bien de él.

—No, no, no —aúlla la madre. Sus súplicas alcanzan a oírse por los pasillos del dormitorio del convento, donde las monjas yacen en sus catres, a la escucha—: *Bambino mio*. Pequeño mío.

—Por favor. No está en nuestra mano poner en tela de juicio al prior general. —El tono de la comadrona es amable por primera vez en toda la larga noche—. Hay que cumplir la voluntad de Dios.

—El prior general. —La madre pronuncia su nombre con un chillido y se mueve como para levantarse. El cabello, que llevaba recogido en una redecilla, se le suelta y reluce como la pálida luz de la luna. Solloza—: *Dio mio*, no deje que me haga esto el prior general. Se lo suplico, hermana.

La anciana comadrona ya ha visto las lágrimas de una madre reciente, y hace tiempo que hizo la promesa de que no se dejaría influir por su salada amargura.

—Te hemos ayudado a dar a luz un hijo sano, pero no volveremos a mencionarlo. Eso será lo mejor. Ya lo verás —dice la comadrona, que sale de la estancia y cierra la puerta a los lastimeros sollozos de la joven.

Sola en su angosta celda, la comadrona enciende una vela, se quita el griñón y deja que las trenzas grises le caigan hasta la cintura. Con dedos hastiados se destrenza el cabello y se masajea el cráneo. Abre un tarrito de aceite de lavanda recogida del jardín y de finas hierbas que cuida todos los días y se frota con brío unas gotas entre las palmas. La mujer amasa sus manos rígidas. Se extiende el aceite aromático por la frente, por toda la largura del cabello, en la nuca. La piel se le estremece por efecto del ligero placer.

La celda es pequeña, de acuerdo con la regla agustina, y el aroma a lavanda la colma enseguida. La diminuta habitación sólo tiene cabida para un estrecho catre, un basto escritorio y un curtido libro de horas. Éste ha sido su hogar durante casi cincuenta años. Hace mucho tiempo, la mujer no soportaba regresar aquí hasta que llegaba a duras penas a la celda, agotada y dispuesta a dormir. Ahora estar a solas es un alivio para la anciana monja.

«Dios Santo —reza mientras se acerca lentamente al escritorio—. ¿Es ésta tu voluntad? ¿Es lo mejor para todos? *Sanctus Christus*. Bendito seas.»

Piensa en los ojos hundidos de la joven madre, la hermosa cara torturada de dolor y miedo. No es la primera mujer soltera a la que ha asistido la comadrona a la hora de dar a luz. Pero es la primera vez que la monja se ha sentido tan cerca del pecado de concepción de otra persona.

Pone la vela en la mesa, coge un trozo de pergamino y se sienta en el pesado taburete. Moja la pluma en un cuenco de tinta, coloreada con tintura obtenida de su jardín, y empieza a redactar la carta al prior general Ludovico di Saviano. La punta de la pluma va rascando el pergamino siguiendo un ritmo pausado conforme relata los acontecimientos que han tenido lugar en el convento de Santa Margherita.

«A primera hora de esta mañana, festividad de nuestro bendito San Agustín, he traído al mundo con mis manos a un varón. El parto ha sido dificultoso, pero la madre es joven y fuerte y su cuerpo se recuperará. De acuerdo con sus instrucciones, no hemos permitido a la madre sostener al niño ni darle nombre cristiano. Ha sido bautizado y enviado a un ama de cría que se ocupará de él. No ha quedado constancia en ninguna parte de su nacimiento.»

Al escribir esto último, se lleva la mano a la cabeza y al esternón para hacer la señal de la cruz, y luego continúa escribiendo:

«El cordón y la placenta se han enterrado cerca del peral al otro lado del muro del monasterio. No había membrana, pero sí una marca de nacimiento roja en la nalga del niño, con la forma aproximada de una cruz.»

«Se trata de un hecho», se dice la monja. No se puede pasar por alto la marca de nacimiento.

«El niño es un alma pura y confío en que sea enviado a un hogar donde unos padres cristianos lo reclamen y críen como a un hijo propio. Todo esto lo he hecho de acuerdo con su voluntad.»

Cuando queda satisfecha con lo redactado en su minuciosa caligrafía, pliega el pergamino y lo sella con cera de su vela. Prensa la cera con el pulgar, el único sello que le está permitido utilizar a una monja.

Todas y cada una de las palabras que le escribe la comadrona al prior general son ciertas salvo por un dato: en la mente y el corazón de su madre, el niño tiene nombre.

—Santo Dios —dice la joven que acaba de ser madre en la oscuridad impregnada de salvia—. Protege a mi hijo hasta que volvamos a estar juntos. Santa María, por el poder conferido por la Santa Cinta, te ruego me perdones.

Luego pronuncia en voz alta el nombre del niño y espera. Pero no hay trueno alguno del Señor, ni mano de la Virgen que la calme. No oye denegación, ni aprobación ni ira. De no ser por el olor a sangre en la estancia y el desgarro entre sus piernas, sería como si el niño no hubiera nacido.

1

Festividad de Santa Filomena,
año de Nuestro de Señor de 1456

Lucrezia y Spinetta Buti llegaron al convento de Santa Margherita a principios de julio, el lunes de la cuarta semana después de Pentecostés. Vinieron en un sencillo carruaje tirado por dos hermosos caballos que dieron que pensar a todos los que los vieron pasar por el polvoriento camino procedente de Florencia. Los agricultores que trabajaban en los olivares se quitaron la gorra cuando pasaron al trote, y los pastorcillos que cuidaban de los rebaños en las colinas doradas a las afueras de Sesto Fiorentino saludaron con la mano, esperando que una mano pálida les lanzara monedas, dulces o pequeñas cuentas de colores del carruaje.

Lustrosos al sol de media mañana, los caballos cruzaron al trote las puertas principales de Prato y relincharon al aminorar el paso a la entrada del convento. La priora Bartolommea, sentada en su pequeño estudio, entrecerró los ojos para mirar por encima de sus libros de cuentas.

—¿A quién esperamos? —le preguntó a sor Camilla—. ¿Al procurador?

—El procurador sigue en Montepulciano, en el nuevo convento bajo su ministerio —respondió la secretaria.

—Entonces, ¿es el prior general? —indagó la madre Bartolommea mientras se abrían las puertas y entraba el carruaje en el patio.

—Si lo es, madre, no ha venido en un momento señalado —dijo sor Camilla, que se levantó y miró por la ventana—. Ni ha venido en su carruaje habitual.

Las mujeres se persignaron y levantaron la mirada al cielo. Las visitas inesperadas del prior general Saviano, superior de la orden agustina, eran angustiosas: rara vez se quedaba menos de cuatro noches, y además comía con apetito y consumía vino más que abundante sin restituir la escasa reserva de las monjas.

—Tal vez es alguien que quiere ver a Fra Filippo —supuso sor Camilla.

—Tal vez —asintió débilmente la priora, que dio unas palmaditas en la mano a la muchacha mientras pensaba en Fra Filippo Lippi, el renombrado pintor y monje. A pesar de su aversión por la voz ronca y la reputación salaz del hermano carmelita, la priora se animaba cada vez que le venía a la cabeza. La fama que tenía Fra Filippo de pintar las más hermosas Madonnas en los estados italianos estaba creciendo, y la priora confiaba en que su presencia en Prato, junto con su reciente nombramiento como capellán del reducido grupo de almas de su convento de monjas, aún pudiera aportar cierta gloria a Santa Margherita.

En su taller cerca de la Piazza della Pieve, Fra Filippo Lippi también había reparado en los hermosos caballos que trotaban por las calles de Prato. Cuando llegaron a la plaza de la iglesia, el monje dejó el pincel y se apresuró hacia la ventana. El sol alumbró sus rasgos revelando una boca fuerte, un ceño rotundo, amplios pómulos romanos y ojos de un color azul oscuro. El carruaje que pasaba era modesto, y el monje vio enseguida que no pertenecía a la orden carmelita, ni llevaba estandartes en los que figurara el blasón de los Medici, con seis dorados *palle*. Fueran quienes fuesen, los pasajeros no iban a su *bottega* para exigir trabajos o deudas pendientes, y al pintor se le quitó un gran peso de encima.

Los caballos doblaron la esquina para enfilar Via Santa Margherita y Fra Filippo regresó a su atestada *bottega*. Bien entrado ya en su cuarta década, el monje se movía con facilidad entre los tarros y recipientes de pintura y témpera que llenaban los estantes y moteaban el suelo de color. Absorto en su trabajo, apenas reparaba en los paneles de madera apilados en las paredes y colmados de imágenes de ángeles y santos y patrones en escenas diversas de vida, rezo o agonía mientras aguardaban la vitalidad que les insuflaba con su mano.

Al tiempo que se pasaba una gruesa palma por el cráneo tonsurado, el monje se plantó delante del caballete y se quedó mirando fijamente la tabla en la que llevaba días trabajando. La pintura era un encargo de Ottavio de Valenti, el ciudadano más acaudalado de Prato, y Fra Filippo hizo el esfuerzo de centrarse en el pequeño retrato de la Madonna y el Niño.

«Una Madonna. *Una bella Madonna con bambino* —le había pedido el *signore* Ottavio, que obligó al monje a aceptar los diez florines de oro que le puso en la mano para sellar el encargo—. Para mi bendita Teresa, ahora *in attesa*. Dios mediante, me dará un hijo por fin.»

La Virgen del monje estaba sentada en un maravilloso trono esmeradamente reproducido con detalles de piedras preciosas. Su manto era de un suntuoso azul del más fino lapislázuli, ornamentado en hoja de oro y rojo cinabrio. El querúbico Niño Dios estaba en sus brazos, mirando a la Virgen a la cara.

Pero no había cara, sólo un tenue bosquejo a lápiz rojo sobre un óvalo de color carne, a la espera del pincel del artista.

Las hermanas Buti descendieron de su carruaje a paso lento. Los muchachos de la zona que se encargaban del establo del convento se asomaron a observarlas, y las monjas que tenían el patio a la vista miraron con disimulo por debajo de los griñones.

Spinetta, la menor de las dos, se apeó primero. Se la veía

pálida en su manto de viaje pardo, pero las mejillas aún se le notaban lozanas, y unos mechones de cabello rubio le enmarcaban el rostro. Mantuvo la mirada baja mientras se hacía a un lado para dejar que su hermana descendiera.

Todos los ojos se posaron sobre Lucrezia cuando su bota asomó del carruaje, seguida por el dobladillo de su atrevida *cotta* magenta, una mano enguantada, una esbelta cintura y una melena rubia trenzada y recogida en una *reta* de malla dorada. En su vigésimo año, Lucrezia Buti era hermosa, con el ojo adiestrado para las galas en la casa de su padre. Sus rasgos eran plácidos y delicados: la frente alta y tersa, ojos bien separados, labios carnosos. Se acercó a su hermana y levantó la barbilla para contemplar el patio grisáceo.

Lucrezia asimiló las cabras y los muchachos, los muros de caliza del claustro, los fragantes laureles que crecían junto al estudio de la priora, la queda solemnidad del patio conventual. Vio el rostro adusto de una vieja monja que miraba por una ventana estrecha, ensombrecida por una religiosa más joven boquiabierta, con la nariz grande y unas cejas pobladas y fruncidas.

«Madre de Dios —murmuró Lucrezia. Se llevó un saquito de lino lleno de flores desecadas a la nariz y recordó cómo sus dedos habían cosido con destreza los pétalos aplastados al tejido en su última noche en casa—. Santa Madre María, dame fuerzas.»

En la ventana del estudio, sor Camilla observó la hermosura de Lucrezia, los atuendos de seda de las hermanas ribeteados con un muy poco práctico brocado de terciopelo, y con sólo echar un vistazo supo que las habían enviado al convento sin ser apenas conscientes de lo que les esperaba.

—Deben de ser las jóvenes novicias enviadas de Florencia por *monsignor* Donacello —le dijo a la priora—. Llegan con un día de antelación.

Un instante después, la secretaria se dirigía a zancada larga hacia el carruaje, levantando polvo en torno a la cenefa de su hábito negro.

—Bienvenidas al convento de Santa Margherita —les dijo en tono neutro.

Lucrezia entregó un pergamino sellado a sor Camilla y aguardó mientras ésta llevaba la nota adentro.

La carta, de *monsignor* Antonio Donacello, de Florencia, contenía un breve resumen de las circunstancias de las jóvenes, apuradas de un tiempo a esta parte debido a la prematura muerte de su padre, Lorenzo Buti. Prometía recompensar con una limosna al convento en gratitud por la custodia de las hermanas, y ensalzaba las virtudes de su carácter y piedad.

—Son hijas de un comerciante de sedas, recientemente reclamado por el Señor —explicó la priora, que escudriñaba la nota—. Las menores de cinco hermanas y un solo varón. Al parecer, se ha abierto un contencioso sobre la naturaleza de los asuntos mercantiles de su padre.

Las dos monjas miraron por la ventana del estudio, ubicado en un edificio de pálido estuco, con las palabras «*Sanctus Augustus*» esculpidas en el dintel.

Ajena a la mirada de las mujeres, Spinetta apretó entre las palmas de las manos el rosario de cuarzo y movió los labios. Lucrezia se llevó una mano a la cara e inhaló la fragancia a camomila de su saquito.

—Tiene el rostro de un ángel —comentó sor Camilla.

—Pero de nada le servirá aquí —respondió la madre Bartolommea.

Fra Filippo escogió un pincel de mango fino del batiburrillo en su mesa de trabajo. Lo sumergió en la témpera fresca y llevó las cerdas al óvalo vacío, dispuesto a dejar una marca que definiese la mejilla de la Madonna.

—No lo veo —masculló para sí al tiempo que dejaba la mano en suspenso—. No veo la Madonna que prometí.

Fra Filippo era consciente de que sólo tenía que seguir las líneas que había trazado para obtener una Madonna que satisficiese a su patrón, Ottavio de Valenti. Pero el monje no quedaba nunca satisfecho meramente con rellenar las líneas que había trazado en una tabla. Su Virgen tenía que ser hermosa y trágica; una María llena de gracia y capaz de ver más allá de la dicha del alumbramiento de su hijo, de atisbar su triste final.

—¡Matteo! —La voz del pintor resonó por las estancias diáfanas de su *bottega*, y Fra Filippo recordó que esa misma mañana, una vez más, había despedido a otro joven ayudante: el zoquete había dejado sin lavar los pinceles para el *gesso*, y ahora yacían rígidos e inservibles en el suelo. El monje propinó una patada a los pinceles, que salieron despedidos por tierra, y cogió una pesada jarra de vino.

Fra Filippo había aceptado el encargo de De Valenti a sabiendas de que tendría que trabajar aprisa. Rara vez rechazaba trabajo, y nunca rehusaba a un hombre pudiente que estuviera en posición de protegerlo de los antojos de la vida del artista. Ser monje no era garantía contra los peligros de sus propias pasiones, como bien sabía Fra Filippo. Aunque Cosimo de Medici lo había calificado recientemente como el mejor pintor vivo en todos los estados italianos, Fra Filippo estaba gravemente endeudado, a menudo sin dinero para sus gastos, y siempre retrasado en su trabajo. Su creciente reputación de pintor brillante le granjeaba cada vez más encargos, pero esto no había alterado la tendencia del monje a posponer las entregas, o a buscarse problemas.

Muchos habían oído historias acerca de sus grandes bravatas, la intensidad de sus apetitos y el clamor de su orgullo, pero pocos estaban al tanto de las horas que pasaba Fra Filippo levantando muros contra la duda cada vez que lo asaltaba el miedo a que sus talentos lo eludieran. Y como a menudo le ocurría en esos momentos, se sentía abrumado por todo lo que le exigían Dios y los hombres.

—¿Por qué me pides que pinte lo que no veo, Señor? —preguntó el pintor a voz en grito, al tiempo que dejaba el pincel lánguido a un costado—. Si es ésa tu voluntad, muéstrame un rostro digno de la Virgen.

Lucrezia y Spinetta siguieron a sor Camilla por delante del pequeño establo del convento, la hedionda pocilga y un rebaño de cabras que no dejaban de balar. Haciendo caso omiso del sudor que le resbalaba por la espalda, Lucrezia avanzó con tiento por un sinuoso sendero empedrado y dejó atrás una fuente en el jardín del claustro que pareció mofarse de ella con el borboteo de su agua fresca.

—Al entrar en el convento se renuncia a todos los bienes y vanidades terrenales —les advirtió sor Camilla, cuya voz les llegó a lomos del denso aire matinal—. Todo lo necesario para una vida de rezos y trabajo nos lo proporciona el Señor, y las hierbas curativas del jardín de sor Pureza nos ayudan a mantener el saludable equilibrio de nuestros humores.

Lucrezia miró a una monja encorvada que las observaba desde el otro lado de un murete de piedra. La mujer sostenía en brazos una cesta llena de flores amarillas y las siguió con la vista mientras entraban en un edificio de estuco de escasa altura. Cuando Lucrezia volvió la mirada por encima del hombro, los ojos brillantes de la anciana religiosa seguían fijos en ellas.

—Vestirán estos hábitos —dijo sor Camilla después de haber llevado a las hermanas hasta sus celdas, apenas lo bastante grandes para un estrecho catre y una pequeña jofaina, y entregó a cada una de ellas una prenda negra. Miró de arriba abajo sus vestidos ricamente ornamentados—. Vendrá alguien a por su ropa.

La secretaria echó un vistazo a la larga melena de las jóvenes, y lanzó un manotazo a una mosca que zumbaba cerca de su mejilla.

—El convento ha abandonado la costumbre de afeitar la cabeza a nuestras novicias —dijo Camilla—. La priora cree que el cabello no es vanidad, sino una necesidad que el Señor nos brinda para abrigarnos en los fríos meses de invierno.

Se marchó sin pronunciar otra palabra.

A solas en la celda mal ventilada, Lucrezia se sentó en el lecho y lloró. Hasta ese momento no había creído que Dios fuera a permitir que su suerte llegara a esos extremos, pero ni sus súplicas ni sus rezos ni sus lágrimas habían impedido que la llevaran al interior de los muros del convento y la encerraran tras sus enormes puertas.

Empezó a desvestirse con gesto cansado, dejando cada prenda encima de su aromático saquito. Antes de que hubiera acabado llamaron a la puerta y la anciana que había visto antes en el jardín abrió la fina plancha de madera.

—Soy sor Pureza —se presentó la mujer—. Tiene que acabar de vestirse. *Vieni*.

Por encima del hombro de la anciana, Lucrezia atinó a ver a otra monja que llamaba a la puerta de su hermana y le daba las mismas escuetas instrucciones.

Spinetta se acercó al umbral vestida con su hábito negro y dejó su vestido preferido en los brazos de la monja que aguardaba.

—Todo, por favor —puntualizó la otra monja—. Su *mantello*, y también el bolso de viaje. Se venderán para su dote, claro está.

Sor Pureza miró a la novicia delante de sí.

—*Andiamo*, Lucrezia. Ya sé que hace calor, pero hay mucho por hacer. —Sor Pureza le ofreció una amable sonrisa, que hizo aflorar más arrugas aún a su vieja cara, e indicó el vestido con un gesto de barbilla.

—Sí, hermana —asintió Lucrezia—. Perdone.

Se volvió de espaldas a la anciana y se quitó la *gamurra* de seda, las botas y las medias de seda, húmedas de transpiración. Se quedó sólo con su fina ropa interior, el *panni di gamba* que ella misma había cosido a mano.

Desde el umbral, sor Pureza observaba. Al igual que Lucrezia, la anciana monja también fue la hermosa hija de un mercader que vivía en un elegante *palazzo*. Había viajado a Roma para presenciar la coronación del papa Martín V, y catado excelentes vinos de las bodegas de sus tíos. Pero su belleza la llevó a la deshonra y finalmente a las puertas del convento, donde, con el tiempo, renunció a su nombre bautismal y adoptó el de sor Pureza Magdalena.

Al ver a la novicia plantada con su blusa camisera, sus bombachos y su esbelta espalda arqueándose de emoción, la anciana monja dejó escapar un tenue suspiro.

—Padre mío —dijo en voz queda Lucrezia. Al tiempo que se volvía, se hincó de rodillas y palpó el *panni di gamba* en el lugar donde había escondido su medallón de plata de San Juan Bautista, santo patrón de Florencia, en la cenefa—. *Mio padre*.

Sor Pureza le puso la palma de la mano en la coronilla a Lucrezia. Tenía tierra del jardín de finas hierbas incrustada debajo de las uñas, y unos gránulos cayeron al cabello de la joven.

La mujer bajó la mirada y vio las finas líneas de las clavículas de Lucrezia, el contorno de sus pechos bajo la seda húmeda.

—Por favor. —Lucrezia tocó la blusa donde había dado sus más delicadas puntadas—. Esta seda fue el regalo postrero de mi padre. No estoy lista para despedirme.

—Ah, pequeña —entonó suavemente sor Pureza.

La anciana monja sabía que los lujos irían desvaneciéndose poco a poco de la vida de la muchacha hasta que su recuerdo no fuera más que un sueño. Echó un vistazo al *panni di gamba* de Lucrezia y asintió, una sola vez. La joven y la anciana cruzaron una mirada.

—Ya es hora —dijo sor Pureza, a la vez que apartaba la mirada—. Venga.

Con hábito y túnica negros, Lucrezia se arrodilló en el santuario de la pequeña iglesia de piedra. La estancia olía a musgo; el aire era denso y fértil. Sor Pureza se humedeció los dedos en una pila de agua bendita y tocó la frente de Lucrezia.

—En el nombre del Padre, del Hijo y del Espíritu Santo —dijo—. ¿Está preparada para renunciar a todo en aras de la Sagrada Orden de Santa Margherita de los Agustinos, en el nombre de Cristo y de la Santísima Virgen?

Sor Pureza aguardó paciente a que Lucrezia recordara la frase que le había enseñado *monsignor*.

—Pido, por la Gracia de Dios y del Hijo y por los hábitos de la orden agustina, que se me permita prepararme para llegar a ser una digna esposa de Cristo.

Colocaron un griñón blanco en la cabeza de Lucrezia y un rígido escapulario marcado con la línea azul de una novicia sobre los hombros para asegurar la toca. Lucrezia no cerró los ojos, como acostumbraba hacer la mayoría de las novicias. En cambio, observó las manos de la mujer, sorprendida por el olor a lavanda de su piel.

—*Dominus Christus* —dijo sor Pureza, que trazó la señal de la cruz sobre la frente de Lucrezia—. Ahora vivirá según nuestra regla. Está al servicio del Señor. Todo le será ordenado. Alabado sea Dios.

2

Martes de la cuarta semana después de Pentecostés,
año de Nuestro Señor de 1456

Lucrezia apoyó los pies en el frío suelo de piedra, se acercó a trompicones a la jofaina y se echó agua a la cara. La campana la llamaba a la oración, pero más allá de los muros del convento la ciudad de Prato permanecía oscura y silenciosa. Exprimió unas pocas gotas de un limón fresco y se enjuagó el fino velo sobre sus dientes, buscó a tientas la túnica y se la puso encima de la ropa interior de seda. Luego se trenzó y recogió el cabello y se puso el griñón.

Lucrezia encontró a Spinetta esperando en el pasillo oscuro y la abrazó. Pasos amortiguados y la luz de una única vela se aproximaron a medida que una pequeña hilera de monjas se desplazaba en silencio hacia ellas. Las hermanas siguieron a las demás hacia el pasaje subterráneo que llevaba a la sacristía de la capilla. Antes de entrar en la iglesia Spinetta se detuvo para sacar el círculo de cuentas de cuarzo rosado del bolsillo. El rosario había sido un regalo de su madre con motivo de su confirmación, y constituía la posesión más preciada de Spinetta.

—Anoche fui incapaz de desprenderme de él —confesó Spinetta en un susurro, y se llevó el crucifijo tallado a los labios.

Consciente del consuelo que podía reportar incluso el más

ínfimo recuerdo de su hogar, Lucrezia le arrebató rápidamente las cuentas.

—No te deshagas de ellas —dijo, al tiempo que se las introducía debajo de la túnica, donde se deslizaron hasta la seguridad de los pliegues de su *panni di gamba*—. Yo te las guardo.

En la iglesia, iluminadas por la parpadeante luz de las velas, Lucrezia y Spinetta ocuparon sus lugares en el suelo irregular junto a la joven hermana Bernadetta, y humillaron la cabeza.

En dos hileras encaradas, hincadas de rodillas, las dieciséis mujeres del convento de Santa Margherita recibieron el amanecer con el canto de laudes, seguido por una lectura de los Evangelios de la que se encargó la priora en voz muy baja. Cuando ya habían acabado y salían en fila de a una por la puerta de la iglesia, una fina línea roja se abrió en el horizonte y cantó un gallo.

En una larga mesa en el refectorio, dispuesta con platos de madera y tazas teñidas de vino, cada monja tomó un bollo de color miel todavía caliente del horno. Sorprendida por la ferocidad de su apetito, Lucrezia se esforzó por comer poco a poco mientras paseaba la mirada por la estancia. Las monjas tenían el aspecto que había temido, con rasgos sosos, sotabarbas descolgadas y lunares de los que brotaban pelos. Sólo alguna que otra poseía una cierta luz en la mirada; las demás estaban canosas y avejentadas.

—«Capítulo tercero. —La priora se levantó y empezó a leer de su desgastado libro encuadernado en cuero—. La regla de san Agustín.»

Mientras su voz se propagaba monótona por el refectorio, Lucrezia lanzó una disimulada mirada de soslayo a su hermana. Spinetta parecía contenta, pero, en el fondo, siempre había sabido que algún día llevaría una vida monástica.

«Perfecciona el alma y la mente, Spinetta —le había dicho su madre con dulzura, un año tras otro—. De Dios eres, y eres para Dios.»

Ya de niña, Spinetta se había resignado a su suerte. Pero Lucrezia había visto a tres hermanas mayores desposarse entre fastos y estaba convencida de que ella también sería algún día ama de su propia casa. Había sido prometida a un maestro tejedor cuyo padre esperaba sumar su fortuna al negocio de la seda del *signore* Lorenzo Buti, y desde los quince años ella había seguido las actividades de su padre con atención, preparándose para compartir alguna vez todos sus conocimientos con su futuro marido. A la vera de su padre Lucrezia había aprendido los métodos artesanos para cultivar hierbas y mezclar tintes; había visto cubrir de diminutas flores las largas piezas terminadas de *picciolato*. Aprendió lo que era necesario para obtener seda de la mejor calidad, y cómo algún mercader de mala fama podía intentar llevar al mercado seda de menor calidad con un sello falso. En una ciudad conocida por sus espléndidos atuendos y vestidos, Lucrezia Buti había llegado a entender la preciosa hermosura de la seda y a asentar su propio futuro sobre su munificencia.

Pero entonces, inesperadamente, murió su padre y comenzaron los problemas. Representantes del Arte della Seta, el poderoso gremio de la seda, aseguraron falsamente que las mercancías de los Buti no alcanzaban los estándares estipulados, y tras semanas de argumentar y examinar con detenimiento los libros de cuentas privados de Lorenzo Buti, los inspectores no habían quedado satisfechos. Al cabo, todo les fue confiscado, las sedas y los materiales sacados en carros del almacén, los registros lanzados a la trasera de un tosco carromato y embargados.

Con su vestido negro de luto, la *signora* Buti habló a solas con Lucrezia al día siguiente.

—Todo lo que te prometió tu padre se ha malogrado —le dijo. Delante de ellas una bandeja de pasteles permanecía intacta.

—Pero padre se ocupó de mi dote. Seguro que Antonio me ofrecerá su protección de hermano.

—*Figlia mia cara* —dijo su madre—. Querida hija mía, no queda nada. Debes ir a Prato con Spinetta. —Su madre parpadeó para espantar las lágrimas—. Tienes que ir al convento de Santa Margherita.

Una semana después, Lucrezia había entrado en el convento y dejado todo atrás. Ahora echaba de menos la sonrisa de su madre, y a su astuto padre, que siempre olía a cuero y morera. Echaba de menos el fresco roce de la seda sobre su piel, y el brioso tacto de su cabello dorado cuando se lo cepillaba Beatrice, la doncella. Echaba de menos el aire de emoción y los redobles de tambor de los jóvenes en los días de *festa*, cuando las calles de Florencia estaban atestadas de gente abandonada al jolgorio. Echaba en falta la alegría despreocupada que siempre había pensado sería suya.

Un leve pellizco de Spinetta hizo regresar al presente a Lucrezia. Se irguió, pronunció el amén final con las demás y se persignó. Mientras las monjas salían en fila del refectorio, sor Pureza se puso a la altura de Lucrezia y la saludó con amabilidad.

—Querida hermana Lucrezia —dijo la anciana monja—. Tengo el deber de cuidar del jardín de finas hierbas y de la enfermería, y necesito que alguien me ayude. Mis huesos se hacen viejos y ya no poseo la energía de antaño. Cada novicia debe ponerse bajo la supervisión de una monja más veterana aquí en Santa Margherita, y creo que tal vez le convenga este trabajo.

Lucrezia era más alta que sor Pureza. Al mirar desde su altura el anciano rostro de la mujer, lo vio rebosante de una delicada sabiduría.

—Sor Camilla se ocupa de nuestra pequeña biblioteca y de la correspondencia del convento —continuó la monja—. Sus deberes requieren una mente educada, y también ha solicitado que alguien la ayude. Es posible que prefiera usted esa tarea. Sin embargo, veo que su hermana es más delicada, mientras que usted posee el porte erguido de alguien capaz de afrontar mayores esfuerzos físicos.

Lucrezia respondió lentamente:

—A menudo estaba a la vera de mi padre en la tienda de seda —dijo—. Desde muy pequeña pasaba las mañanas en el jardín, cuidando de las plantas de mi padre. Pero, naturalmente, no deben de cultivar aquí hierbas de cara a obtener tinturas para la seda. Tal vez convenga que mi hermana tenga la oportunidad de tomar el aire tanto como sea posible.

Sor Pureza sonrió.

—Aquí en Santa Margherita tenemos el honor de suministrar hierbas a un maestro pintor para sus pigmentos —le explicó—. Este nuevo cometido ha puesto a prueba mis reservas, y si posee usted conocimientos semejantes, tal vez es la voluntad del Señor que trabaje conmigo.

—Así que mi hermana está en lo cierto. —Lucrezia sintió un tenue aguijonazo de placer—. Hay un pintor en Prato.

—Sí, hija mía. Fra Filippo Lippi está aquí con nosotras, ocupado en una serie de frescos en la *pieve* —dijo sor Pureza—. Hace poco ha empezado asimismo a hacer las veces de capellán en Santa Margherita.

Sor Pureza dejó escapar una risilla al ver la expresión confusa de Lucrezia.

—Fra Filippo es pintor además de monje. Nuestro Señor ha sido de lo más benévolo a la hora de otorgarle dones —le contó la anciana—. Vive en una casita en el margen de la *piazza*, donde se le ha concedido permiso especial para vivir *in seculum*, de manera que pueda mantener un taller de artista y estar más cerca de la iglesia en la que trabaja.

Al tiempo que tomaba a Lucrezia por el codo, sor Pureza se volvió hacia una puerta al fondo de la iglesia.

—Incluso aquí, en un entorno tan modesto, encontrará

gran belleza —le aseguró, y se encaminaron hacia una angosta capilla.

Lucrezia se vio en la oscuridad hasta que la anciana abrió una contraventana de madera. Un haz de sol iluminó las lisas vigas de madera de la capilla, y Lucrezia se encontró frente a un altarcillo. Detrás del altar había un hermoso cuadro enmarcado por dos estrechas tablas.

—*La Coronación de la Virgen* —anunció sor Pureza con voz tenue mientras encendía dos velas—. El retablo fue un regalo de Fra Filippo al convento.

Lucrezia se acercó un poco más para observar el tumulto de ángeles apiñados en torno a un Cristo con barba mientras posaba una reluciente corona de oro sobre una joven Virgen de aspecto recatado.

—No había visto nunca una pintura tan hermosa, salvo en las grandes catedrales de Florencia —comentó Lucrezia—. ¿Es obra de nuestro capellán?

—Así es. —A sor Pureza le satisfizo el deleite de Lucrezia, y desechó cualquier idea de los ingratos rumores que había oído acerca de los instintos más burdos de Fra Filippo—. Tengo entendido que se lo conoce en los reinos de Nápoles y Milán, así como en Florencia.

Lucrezia se inclinó hacia delante para ver mejor el vestido de la Santa Virgen y los ángeles de hermoso rostro que revoloteaban en torno a Ella en las alturas, tocando arpas y trompetas. No había visto nunca unas sedas tan iridiscentes, cuyos colores parecían cambiar con cada movimiento de los ojos. En efecto, las flexibles figuras del cuadro estaban dotadas de una energía grácil, diríase que danzante. Casi alcanzó a oír las notas de los diminutos violines y trompas, el coro de los felices ángeles.

—Aquí está santa Catalina. —La anciana monja dirigió la mirada de Lucrezia hacia un panel lateral adornado con una mujer que sostenía un libro y miraba hacia los cielos—. Ella también conservó la virginidad en honor a Nuestro Señor.

Al ver el rostro radiante de la santa, Lucrezia recordó todo lo que se esperaba de ella, e inclinó la cabeza bajo tamaña carga.

—Hay más, querida —continuó sor Pureza—. Quizás esté al tanto de que la Santa Cinta de la Virgen se conserva en la iglesia de Santo Stefano, donde contribuye a protegernos de los males que abundan en el mundo.

Lucrezia asintió. Conocía la leyenda de la *Sacra Cintola* de la Santa Virgen desde que era una niña, y una vez se hizo su propia faja de seda verde, se la anudó a la cintura en la festividad de la Santa Cinta y se puso a brincar por el jardín fingiendo ser la Santa Madre. La representación divirtió mucho a su padre.

—Hallará usted infinidad de pequeños milagros en Prato —dijo con voz queda sor Pureza—. Seguro que el Señor ha puesto algo aquí que sea de su agrado.

Fra Lippi iba con retraso, como siempre. Sólo pensaba en la *Madonna con el Niño* inacabada para Ottavio de Valenti, y apenas veía la calle delante de sí mientras se apresuraba por Via Santa Margherita hacia el convento. El pintor detestaba abandonar su taller para atender sus deberes clericales, pero difícilmente podía permitirse perder su puesto de capellán. La semana anterior había recibido una misiva del prior general Saviano recordándole las deudas que tenía por su exiguo sustento, por no hablar del dinero que le exigía un vecino, quien aseguraba que el gallo de Fra Filippo había entrado en su gallinero y echado a perder los huevos de dos días con su revuelo.

«Fra Filippo Lippi —había escrito el prior general en su tersa caligrafía—, es de suma importancia que cumpla fielmente su cometido y conserve su puesto de capellán en el convento de Santa Margherita mientras termina los frescos en Santo Stefano, pues este modesto estipendio cubrirá las muchas deudas reclamadas a la orden en su nombre durante la Cuaresma y la Pascua de Resurrección. Le recomiendo que atienda sus deberes con sumo cuidado y deje de sucumbir a esa vanidad según la que supone que su talento artístico lo exime de su obligación para con la orden, que es el deber principal para todo hermano ordenado en Cristo.»

Deteniéndose ante la gruesa cancela, Fra Filippo se sacó la llave del cinturón y entró en el convento muerto de sed e irritado. No sólo llegaba tarde, sino que se había dejado el breviario en la capilla y tenía que recuperarlo antes de dar inicio a la lectura del día.

Para sorpresa suya, la puerta de la pequeña capilla estaba abierta y había alguien arrodillado ante el altar. La figura desconocida lucía la cinta azul de las novicias en el escapulario, y conforme se acercaba, el monje vio que contemplaba con atención el retablo que él mismo había pintado.

Al oír sus pasos en el umbral, Lucrezia se volvió. Esperaba que fuese sor Pureza, así que se sorprendió al ver los hábitos blancos de un monje. Su figura era corpulenta; su silueta bloqueaba el único haz de luz que entraba por la ventana.

—Perdone —se disculpó Fra Filippo.

Los cirios en la repisa iluminaban el rostro de Lucrezia, y el monje quedó prendado de la belleza de la joven. Ni siquiera los ojos hinchados y la nariz enrojecida lo distrajeron de la perfección de sus rasgos, que ella ocultó al entrar él y coger su devocionario del altar.

Sin saber qué decir, Fra Filippo irguió la espalda. Se demoró un momento más, inhalando una inconfundible vaharada a camomila antes de que la campana que reclamaba a las monjas empezara a tañer.

Con el misal bajo el brazo, el sacerdote se sumó a las monjas en el jardín de la sala capitular, cerca del pozo. Mientras saludaba a la priora y ocupaba su lugar a la cabeza de la pequeña congregación, Fra Filippo vio que la novicia de la capilla se sumaba al grupo colocándose al lado de otra joven también desconocida. Las monjas inclinaron la cabeza, y la campana, tañida por sor Camilla, se detuvo.

—Nuestro Señor y Salvador Jesucristo os da la bienvenida —comenzó Fra Filippo, mirando por encima del breviario—. Hoy tenemos una lectura del salmo sesenta y seis: «Alborozaos y alabad a Dios, la tierra entera. Cantad la Gloria de su nombre...»

Al sumarse las monjas al cántico de los salmos de media mañana, Fra Filippo dejó que su mirada fuera recorriendo el grupo reunido ante sí. Como siempre, las hermanas Bernadetta y Antonia se mecían siguiendo el ritmo, sor Isotta susurraba las palabras ceceando y sor Pureza tenía las manos entrelazadas en alto delante de la cara. Las novicias desconocidas mantuvieron la cabeza inclinada, pero cuando terminó el ciclo de entonación, las dos levantaron la barbilla, y Fra Filippo vio que ambas eran de tez blanca, con rostros que habían sido protegidos del viento y el sol. La más menuda, a la que había visto en la capilla, era más hermosa incluso de lo que le había parecido a la luz de los cirios.

—Capellán, Dios ha bendecido nuestro convento con dos nuevas incorporaciones —anunció la madre Bartolommea después de que las demás hubieran salido en fila al jardín—. Permítame que le presente a sor Lucrezia y sor Spinetta, que nos han sido enviadas de Florencia.

Flanqueadas por las hermanas Pureza y Camilla, las novicias ofrecieron un modesto saludo con la vista baja y la cabeza gacha. Lucrezia dejó que su mirada se deslizase fugazmente sobre los pies del monje en sus gruesas sandalias; las motas de pintura verde y dorada le salpicaban la cenefa del hábito.

—*Benvenute* —dijo Fra Filippo—. Bienvenidas.

Tendió las manos hacia las jóvenes y luego posó una palma sobre la cabeza gacha de Lucrezia, otra sobre la de Spinetta, y pronunció una rápida plegaria. Al retirar las manos, el aroma a camomila se alzó en el aire.

—Es una bendición tenerlas con nosotros, hermana Spinetta, hermana Lucrezia. —El monje reparó en las manos tersas de las muchachas, tan diferentes de las palmas callosas de las otras, y deseó que Lucrezia lo mirase a los ojos—. Estoy seguro de que las buenas hermanas de Santa Margherita las educarán en las muy diversas maneras de devoción al Señor —añadió.

Las hermanas asintieron.

—He visto... —Lucrezia quebrantó el silencio y luego tartamudeó al ver que los hábitos en derredor cesaban en su suave mecerse. No levantó la mirada—. He visto su espléndida obra en la capilla, *fratello*.

Sor Pureza posó una mano amable sobre el hombro de la novicia. Aunque sabía que el talento del monje era grande, no quería alentarlo en su excesivo orgullo.

—Nuestra joven hermana ha admirado su *Coronación* esta misma mañana —explicó sor Pureza—. Le ha permitido contemplar los abundantes dones que Dios nos ha dispensado aquí en Santa Margherita.

Con la lengua trabada por un insólito destello de modestia, Fra Filippo se limitó a hacer un mero asentimiento.

—Que Dios bendiga su estancia aquí —dijo, al cabo—. Será para mí un honor asistirlas en sus necesidades espirituales.

Cuando se disponía a marcharse, Lucrezia levantó los ojos y Fra Filippo vio que eran de un azul pasmoso, un lapislázuli tan maravilloso como el cielo sobre el valle del Bisenzio.

Ella le sonrió de manera casi imperceptible.

—Gracias, *fratello* —murmuró.

Los labios de la joven se movieron y al monje se le fue la mente al mundo de fantasía donde se originaban sus cuadros, y oyó la voz de su intuición instándolo a memorizar cada detalle de su rostro, la piel inmaculada y los labios carnosos, el equilibrio de sus rasgos y la complejidad de sus expresiones.

Los rezos matinales discurrieron hacia la hora sexta, y Fra Filippo se demoró en el convento. Se ofreció a ayudar a la priora y dejó que sus ojos se atrevieran a seguir contemplando a Lucrezia cada vez que tenía ocasión. Tras la comida a mediodía, cuando no se le ocurrió ninguna otra excusa para quedarse allí, el monje regresó a toda prisa a su taller con el rostro de la muchacha aún ardiente en el recuerdo. Casi había llegado a la *piazza* cuando oyó el inoportuno saludo de Gemignano Inghirami, preboste y superior de la confraternidad de la iglesia de Santo Stefano. El preboste rara vez abandonaba las umbrías salas de su iglesia, y a Fra Filippo no le cupo la menor duda de que había ido únicamente para verlo.

—Vaya, aquí está, *fratello* —resonó la voz del preboste como un chirrido en el aire.

Fra Filippo tuvo el buen juicio de cambiar de semblante y esbozó una sonrisa.

—*Buongiorno*, y Dios lo bendiga. —El monje tendió los brazos en un gesto de saludo mientras Inghirami arrastraba los hábitos rojos por el sendero polvoriento.

El preboste era un hombre esbelto con nariz larga y picuda y mirada penetrante. Ofreció a Fra Filippo una débil sonrisa, pero se mostró reacio a abrazarlo.

—Acabo de venir de la iglesia —dijo Inghirami con serenidad—. Parece ser que no ha hecho ningún progreso en los frescos desde que aplicó la capa inferior en *sinopia*. Tampoco se observa línea alguna en el *intonaco*, donde tienen que estar las escenas de san Juan. —El preboste profirió una desagradable risotada—. A menos que sólo sean visibles para algunos escogidos.

En tanto que preboste y rector de Santo Stefano, Inghirami era la figura eclesiástica más poderosa de la ciudad. Además de sus deberes clericales, era el encargado de velar por la *Sacra Cintola*, la Santa Cinta de la Virgen María, que al parecer tenía el poder de obrar milagros. La reliquia era visitada todos los años por cientos de peregrinos cuyas generosas limosnas enriquecían las arcas de la iglesia y permitían a la confraternidad de Santo Stefano encargar costosas obras y ornamentaciones, entre las que la serie de frescos de Fra Filippo para la *capella maggiore* de la iglesia era la de mayor importancia.

—Estaba deseoso de enseñarle mis avances —dijo el monje, a la vez que le pasaba una mano por el hombro y le hacía volver hacia la *piazza*.

—¿Avances? —rezongó Inghirami—. Yo no he visto nada.

—Entonces es que no se ha fijado con atención, padre, si me permite señalarlo.

Fra Filippo había recibido la cantidad de quinientos florines de oro por el ciclo de frescos, y recibiría muchos cientos más cuando estuviera terminado. Pero en vez de concluir el trabajo en tres años, tal como había acordado, el pintor había aceptado otro encargo para proyectar la vidriera de la capilla principal de la iglesia. Se había comprometido a cumplir con varias comisiones más de la familia Medici, y aún tenía que entregar la Madonna de De Valenti antes de que su esposa se pusiera de parto.

—Contemplémoslo juntos —propuso el monje—, y le podré explicar mis avances.

Manteniendo a Inghirami bien cogido por sus delgados hombros, Fra Filippo lo condujo a paso ligero a través de la Piazza della Pieve. Ese cálido día de verano la plaza central de la ciudad estaba llena a rebosar de criadas y mensajeros de los grandes *palazzi* del barrio de Santa Trinità, recias mujeres de comerciantes que se apresuraban de aquí para allá por el mercado y monjes cuyas sandalias iban arrastrándose por la plaza.

El aire en el interior de la Pieve Santo Stefano estaba perfumado con incienso y velas, y era considerablemente más fresco que en las calles. Los dos hombres embocaron la nave bajo las elevadas columnas corintias y se detuvieron para hacer una genuflexión ante las majestuosas escaleras *alberese*, pasaron por detrás del altar y entraron en la gran capilla de la iglesia, la *capella maggiore*.

La capilla estaba dominada por un entramado de toscos andamiajes y un amplio ventanal abierto al fondo, y poblada por un enjambre de aprendices de pintor y dos artesanos vidrieros del estudio florentino de Fra Lorenzo da Pelago. Los artesanos de visita se hallaban ante una mesa de trabajo de gran tamaño, estudiando el proyecto de Fra Filippo para la vidriera que sustituiría la que Inghirami había ordenado retirar.

—Como ve usted, se ceñirá a sus deseos. —Fra Filippo mantenía un diálogo constante con Inghirami incluso mientras saludaba a los jóvenes y supervisaba el elaborado boceto de la vidriera—. La luneta conmemorará la *Cintola* de la Madonna y, por extensión, claro está, elogiará su honor al mantener a salvo la Santa Cinta todos estos años.

Inghirami asentía con el ceño fruncido mientras el pintor le iba describiendo con detalle la labor de vidrio de vistosos colores que representaría la Santa Cinta al pasar de las manos de la Virgen a las de santo Tomás.

—La vidriera llevará muchos años —aseguró Fra Filippo, no sin cierta bravuconería—, pero mi fresco va ya muy avanzado.

Sin retirar la mano del hombro de Inghirami, centró su atención en el ciclo de seis frescos que colmaría los altos muros de la gran capilla. La serie tenía que ilustrar las vidas de san Juan Bautista y san Esteban, a quienes estaba dedicada la iglesia, empezando por la parte superior de los muros, con escenas que representaran su nacimiento, para terminar en la parte inferior con una escena del final de la vida de cada santo.

Sirviéndose de una generosa paleta de verdes y dorados, una perspectiva audaz y expresiones animadas que insuflaban vida a sus figuras, Fra Filippo tenía intención de convertir esos frescos en su mayor logro hasta la fecha. Pero después de tres años, sólo la escena en la que san Juan se despedía de sus padres contenía alguna *giornata* terminada, el trabajo que determinaba el ritmo de la vida del pintor de frescos. Todo lo demás seguía estando en buena medida en la cabeza del artista.

—¿Ve aquí, entre esta zona de *arriccio*? —El pintor dirigió la mirada del preboste hacia la tabla central, recubierta con una capa de enlucido preparatorio. Era claramente desigual, y hacía falta alisarlo—. Aquí es donde voy a situar la escena del debate de san Esteban en la sinagoga. Se aprecia dónde los pliegues de la túnica del santo podrían caer hasta el suelo.

El monje hizo un gesto oscilante con la mano, y en su imaginación atinó a ver la túnica negra y roja de san Esteban, su cabeza calva tocada con un elegante *berretto* de seda.

—Las escaleras de la sinagoga estarán aquí. —Fra Filippo escudriñó la pared hasta que dio con una imperfección en la capa preparatoria, aproximadamente del tamaño de la cabeza de un hombre—. Y aquí es donde estará usted: en la sinagoga, digna de su presencia. He pensado largo y tendido sobre este asunto, pero no quería seguir adelante hasta no contar con su aprobación.

—¿Yo? —Al preboste se le quedó la boca abierta—. ¿En el fresco?

No era insólito que un pintor incluyera a su mecenas en una obra, pero a Inghirami le sorprendió la posibilidad de verse conmemorado en los frescos, porque el encargo se lo había hecho al artista su predecesor, y no el propio preboste.

—Si lo honra a usted, bienaventurado preboste —dijo Fra Filippo, al tiempo que hacía una leve inclinación—. Naturalmente, querrá estudiar el proyecto y sopesarlo con detenimiento. —El monje hizo un gesto en dirección a la pared—. Desde luego, no seguiré adelante hasta que no vuelva a tener noticias suyas.

Inghirami entornó los ojos y escudriñó el marcado perfil del pintor. En los registros, habían otorgado al pintor un título decoroso: *Frate Dipintore*, hermano pintor. La gran familia Medici y todos los que se consideraban entendidos en dichos asuntos decían que los ángeles y los santos creados por Fra

Filippo poseían más vida que los de Fra Giovanni el Dominico, sus figuras más peso que las de Piero della Francesca. Inghirami no alcanzaba a ver la diferencia entre un cuadro y otro, un artista hambriento y otro, pero confiaba en lo que se decía en Florencia y Roma.

—Que así sea —accedió el preboste con un golpe de barbilla—. Sopesaré lo que me ha dicho.

El monje dejó a Inghirami con la mirada fija en el muro vacío y salió a paso ligero, temblando de risa contenida.

Por fin a solas en su taller, Fra Filippo se dejó caer en un taburete y puso la cara entre las manos. El monje reconocía la belleza cuando la veía, y la había visto en Lucrezia Buti tan cierta, tan nítida... como las heridas en la carne de Cristo. Dios había atendido sus súplicas y le había enviado el rostro más exquisito que había visto. Un rostro atrapado en el momento entre la inocencia infantil y la hermosura de la mujer adulta. Un rostro a punto de florecer y de estallar con amor, dicha y tristeza.

Al tiempo que levantaba la cabeza, el pintor cogió un trozo de lápiz de tiza azul y un suave pergamino y dibujó las líneas esenciales del semblante de la novicia. Trazó una airosa línea para la mejilla, la mandíbula que anclaba la cara, el largo cuello.

Fra Filippo era hijo de un carnicero: conocía la forma del cráneo, la envergadura de las extremidades, el tamaño de los delicados huesos de las manos. Durante años había visto a su padre trocear terneros, vacas, ovejas y corderos. Sabía que primero estaba el hueso, luego ligamento, tendón, músculo, venas y carne. Y sabía que después de todo eso había vida, y belleza.

Fra Filippo dibujó los labios de Lucrezia, sus hombros y sus brazos debajo de los hábitos. Dibujó las costillas, la delicada clavícula y la espina dorsal que serpeaba y abarcaba toda la longitud del tronco desde el cuello hasta las nalgas. Veía cada miembro y músculo y comprendía cómo cada uno se conectaba con el otro, cómo todos brotaban del mismo centro. Otros pintores dibujaban caras; Fra Filippo creaba mujeres y hombres con un hálito de vida.

La luz del día fue menguando y la mano del pintor se tornó más segura. Le venían a la cabeza imágenes y sonidos de la infancia mientras trabajaba. El pintor se vio como un niño en calzones andrajosos, arrodillado en la húmeda y oscura carnicería de su padre, chupando un pedazo de ternera ahumada. Vio el rostro de su madre, que profería un suspiro a la vez que le tendía un mendrugo de pan, inclinándose sobre él para darle un beso de buenas noches en su choza con techo de paja cerca del Ponte Vecchio. Oyó las aguas del Arno, que corrían más abajo, los ruidos de los vecinos, los gritos de su padre, el frío y húmedo topetazo de un esqueleto de oveja ya sin carne al caer al río.

Recordó los meses tras la muerte de sus padres, cuando estuvo deambulando por las calles de Florencia con su hermano, hambrientos y asustados. Los monjes de Santa Maria del Carmine los acogieron, les dieron comida, cobijo y una educación a la que el joven Filippo se resistía con denuedo. En su momento, le habían dado a Filippo lo que más le gustaba: el tacto de un pincel entre los dedos; el olor cretáceo a *gesso*; la oportunidad de observar al maestro pintor, Masaccio, creando los frescos de la vida de san Pedro en la capilla Brancacci.

Eran grandes dones, pero tuvo que pagar por ellos. Para llevar una vida de artista, hizo los votos monásticos de pobreza y castidad, y fue ordenado sacerdote. Vivía solo y poseía únicamente la pequeña residencia anexa a su taller. La *bottega* donde trabajaba era de alquiler, e incluso sus hábitos blancos eran propiedad de los carmelitas. En tanto que miembro de la orden, tenía que ceñirse a unos principios muy rigurosos, y era castigado cuando se salía de las normas. Como hombre impetuoso que era, había sido encarcelado y fustigado, y tuvo que sobrellevar el punzante oprobio motivado por sus actos de lujuria, gula y tentación. Estaba convencido de que era el precio que le cobraba Dios por su talento. Cuando el trabajo lo transportaba a un lugar de fantasía e intuición, o los Medici lo agasajaban con riquezas y alabanzas, parecía un precio justo. Pero los días en que no notaba el espíritu moverse dentro de él, y las noches en que Fra Filippo ansiaba tener una mujer en su lecho, le parecía haber renunciado a demasiado.

Bocetos en mano, Fra Filippo encendió dos lámparas de aceite ante la pequeña *Madonna con el Niño* para Ottavio de Valenti. Había utilizado todo un lápiz de tiza rojo, media punta de planta atenuada y una docena de pergaminos. En el óvalo vacío del rostro de la Virgen el pintor atinaba ahora a ver los ojos de la novicia, podía sentir sus tersas mejillas. Ya sabía la cantidad precisa de bermellón que necesitaría para captar el matiz rosáceo de sus labios.

Las sombras iban cayendo sobre el taller cuando Fra Filippo se aproximó al bloque de madera que hacía las veces de mesa para sus cuchillos, raspadores, cuencos y trapos arrugados. Con tiento, molió óxido verde para el pigmento y vertió la última yema de huevo en el mortero. Preparó una nueva remesa de verde *verdaccio* y un poquito de témpera ocre. Luego llevó a rastras una banqueta hasta el caballete y estudió la obra. Empezó a columpiar la mirada entre el boceto del rostro de Lucrezia y el óvalo y fue transfiriendo con cuidado el dibujo a la tabla.

3

Sábado de la cuarta semana después de Pentecostés, año de Nuestro Señor de 1456

—No hemos tenido suficiente lluvia —dijo sor Pureza en voz baja—. La mejorana y los limones necesitan agua en abundancia si han de sobrevivir.

Lucrezia asintió, aunque en plena noche reinaba la oscuridad en las escaleras y no sabía con seguridad si sor Pureza se dirigía a ella en persona o hablaba consigo misma.

—Nos hará falta la mejorana —continuó sor Pureza—. Y también la aristoloquia. Hay una criatura a punto de nacer en el *palazzo* de De Valenti, y la *signora* Teresa hace ya tiempo que dejó atrás los veinticinco años.

Siguiendo a la anciana monja al interior de la iglesia, Lucrezia encontró su lugar entre la rechoncha hermana Bernadetta y Spinetta, y se arrodilló. Era sábado, la quinta mañana de las hermanas Buti en Santa Margherita, y se estaban reuniendo con las demás para confesarse como preparativo para la misa y la Santa Comunión en conmemoración de la festividad de San Lorenzo. Aún estaba oscuro, pero el aire ya se notaba denso y cálido.

—Seguro que no tardará en llover —masculló Lucrezia entre dientes.

—Silencio. —Spinetta entreabrió los ojos. Su voz se atenuó al ver el rostro de su hermana—. Recuerda, Lucrezia, que no se puede hablar entre la confesión y el momento de la comunión.

Una vez más, Lucrezia envidió la facilidad con que su hermana se había acostumbrado a la vida de clausura, la manera en que las palabras y los ritmos de los rezos brotaban con soltura de su lengua.

Lucrezia cerró los ojos y recordó el elegante *prie dieu* en la iglesia de Santa Maria del Carmine, donde su madre la llevara a ver la capilla Brancacci y a confesarse por última vez antes de entrar en el convento. En aquel lugar, los ojos de Lucrezia se deleitaron con los magníficos frescos de Masaccio —las historias ilustradas de san Pedro, los rostros angustiados de Adán y Eva al ser expulsados del Jardín del Edén— y rezó para que *monsignor* la salvara de la vida entre las paredes de un convento.

—No quiero entregar mi vida a la Iglesia —le había dicho—. Le ruego que interceda por mí.

—Tu vida ya pertenece a Dios —le contestó *monsignor* con firmeza—. Sólo gracias a su misericordia y generosidad estamos pronunciando estas palabras. Tu destino está en manos del Señor, y es donde mejor está.

Ahora, en la pequeña iglesia de Santa Margherita, Lucrezia entró en el angosto confesionario, se arrodilló sobre un tosco tablón y quedó de cara a la tela oscura que pendía entre ella y el capellán.

—¿Sí, hija mía? —Fra Filippo aguardó impaciente. Había trabajado hasta altas horas de la noche, revisando furiosamente sus bocetos para el preboste de Santo Stefano, que había trastocado sus planes de incluirlo en una escena pidiéndole un bosquejo para presentarlo a la Comune di Prato para su aprobación.

—Capellán, estoy muy preocupada —comenzó Lucrezia.

Su voz captó la atención de Fra Filippo. Llevaba toda la mañana prestando oídos al pesado parloteo de las monjas que confesaban la pequeña trasgresión de un bollo de más en el desayuno, o un destello de vanidad envidiosa. Reconocía sus voces, claro, y sabía que era siempre la rolliza hermana Bernadetta quien pecaba al meter la mano en la despensa, y la esbelta hermana Simona la que se dolía de su escasa compasión hacia las más débiles entre ellas. Sólo la priora lo sorprendía de vez en cuando con sus deseos de que el pequeño convento fuera objeto de mayor reconocimiento, dirigiendo peticiones a hombres muy lejos de su alcance y albergando luego ira cuando hacían caso omiso de sus solicitudes de mayores recursos o de una invitación al concilio de los conventos más importantes.

—Desde que llegué al convento me embarga la desesperación —dijo Lucrezia, con más apasionamiento del que había previsto—. Me despierto cada mañana sintiéndome amargada y vieja, y furiosa.

El monje se inclinó más cerca de la tela que colgaba entre ellos. Miró al suelo y vio la puntera de una bota limpia. La voz de la joven se quebró cuando empezaba a hablar, pero no antes de que Fra Filippo alcanzara a oír el pulcro acento florentino y reconociera la voz de Lucrezia.

—Todo ha sido tan repentino e inesperado... —Lucrezia hizo un esfuerzo por seguir hablando sin altibajos—. Primero, murió mi padre. Luego vaciaron el comercio para pagar sus deudas, y antes de darme cuenta, me había quedado sin dote.

—Adelante —la instó él. Sentía deseos de apartar la cortina y contemplar el rostro que llenaba su estudio, los ojos que lo miraban desde el papel vitela, la triste sonrisa que ahora embellecía su tabla de la *Madonna con el Niño*.

—Nunca quise ser monja. —Lucrezia hizo una pausa—. Esperaba llevar la vida de una *signora* florentina.

Fra Filippo había oído a muchas novicias lamentarse de su internamiento, y siempre le había hecho pensar en su propia iniciación a regañadientes a la vida bajo el auspicio de las órdenes mendicantes: la renuncia espartana a toda propiedad, el voto de celibato, la constante vigilancia contra las tentaciones de la carne.

—La renuencia no es pecado —dijo por fin. Su voz era grave, y a Lucrezia la calmó oírle hablar en una tierna cadencia que podría haber correspondido a alguno de los artesanos que había conocido en Florencia.

—De palabra, he renunciado a todo —continuó, con cautela—, pero en el fondo de mi corazón sigo anhelando intensamente. Deseo y ansío, y mis pensamientos no son modestos ni puros.

Por un instante el fraile no respondió.

—Adelante, hermana. Hábleme de ese deseo, de ese anhelo.

—Es un pecado, lo sé, pero echo de menos las hermosas sedas y los colores del comercio de mi padre, echo en falta el jardín que veía desde la ventana de mi dormitorio. *Fratello*, quería un palio nupcial de hermosa *seta leale*. Quería que mis hijos reposaran en una sábana bordada cosida por mi propia mano. No puedo mostrarme piadosa ni misericordiosa cuando he perdido tanto.

Hizo una pausa, a la espera de la reprimenda del capellán.

—Adelante —dijo él.

—Echo en falta mi mundo. —Lucrezia sintió el impulso de manifestar lo que había ahogado durante días—. Quiero mi brazalete bautismal de perla. Quiero el cántaro azul de la casa de mi madre. Quiero a mi madre. Quiero a mi padre.

Continuó hasta que se le quebró la voz.

—¿Por qué me exige Dios devoción y sacrificio sin mostrarme el camino?

La pregunta tocó en lo más hondo del alma al monje. ¿No había planteado él casi la misma pregunta apenas unas horas antes de ver el rostro de la novicia por primera vez?

—No soy más que un intermediario hasta los oídos del Señor —respondió con aire pensativo—, pero creo que Dios entiende a quienes suspiran por la belleza. —Hizo una pausa, sopesando sus palabras—. No es pecado desear esas cosas —dijo, con cautela—. Incluso aquí, en la vida monástica, tenemos a nuestro alcance belleza y arte y placeres.

Algo había cambiado en el tono de voz del capellán. Lucrezia se inclinó hacia delante.

—Dios creó un mundo maravilloso. —Fra Filippo cerró los ojos e imaginó que la cortina entre ambos se levantaba y le permitía observar su rostro—. No hay nada vergonzoso en encontrar el mundo maravilloso y en festejar esa belleza. —Buscó las palabras adecuadas y se instó a permanecer fiel a su deber sacramental—. Los hombres más santos han entendido que este mundo es un *speculum majus*, un espejo del reino de los cielos. La belleza que encontramos aquí y la belleza que aquí creamos agrada a Dios, pues hace nuestro mundo más semejante al suyo.

Lucrezia aguardó.

—Dios tiene un plan para cada uno de nosotros, hija mía. No pretendo conocer su plan, pero sé que debemos confiar en Él y rogar para que considere apropiado mostrarnos la belleza en cuya creación tomamos parte. Confíe en el Señor. Él lo ve todo y lo sabe todo.

Fra Lippi hizo una pausa, pero Lucrezia continuó en silencio.

—Tenga presente que san Pablo dijo que en la claudicación reside la santidad —le recordó—. Aquí, entre las hermanas de Santa Margherita, llevará una buena vida.

Aun así, ella no dijo nada. El monje oyó el carraspeo de Spinetta, que aguardaba su turno para entrar en el confesionario sobre las losas frías.

—Como penitencia, debe rezar veinte avemarías.

—Sí, *fratello*.

—Récelos cuando el sol esté en lo más alto y la rodee el jardín. Y mientras reza, debe buscar el resplandor de Dios en su mundo.

Lucrezia esperó mientras el capellán le daba la absolución.

—Por el poder que me confiere la Iglesia, que Dios te dé

perdón y paz, yo te absuelvo de tus pecados en el nombre del Padre, del Hijo y del Espíritu Santo.

Lucrezia pasó junto a Spinetta casi rozándola y salió al jardín en silencio. La humedad había desaparecido y el sol era luminoso sin resultar sofocante; el cielo, azul y despejado. Las colinas verdes le quedaron a la vista por encima del muro del jardín cuando se arrodilló en la paja esparcida bajo unas matas de malva loca.

—*Ave Maria, gratia plena.*

Olvidándose del silencio obligatorio, Lucrezia abordó el acto de contrición en un susurro. Levantó el rostro hacia el cielo.

—Bendito sea el fruto de tu vientre, Jesús —rezó, pensando en su propio útero, que permanecería por siempre estéril—. Santa María, Madre de Dios, ruega por nosotros, pecadores.

Cuando Lucrezia terminó la penitencia, se incorporó y se desperezó, entrecerrando los ojos ante la brillante luz del sol.

Como si llevara ya un rato observándola, sor Pureza se adelantó en silencio desde el denso follaje del jardín. Entregó a la joven una hoja afilada y un desplantador de hierro, e indicó a Lucrezia que la siguiera hasta un árbol casto de hoja caduca, ante el que la anciana le hizo una demostración de cómo podar las ramas para recolectar las bayas oscuras y las aromáticas flores. Más adelante, las bayas se machacarían con ortigas para elaborar una tintura con el fin de aliviar la debilidad y el dolor de articulaciones, y las flores se pondrían a secar para los saquitos que llevaba sor Pureza a la cabecera de las madres que acababan de dar a luz.

—Llegó hasta nosotras con un saquito de camomila —le dijo sor Pureza mientras observaba el trabajo de las manos de la joven. Lucrezia levantó la mirada, sorprendida—. Lo encontré entre su ropa, y lo guardé.

Lucrezia palpó el medallón de plata, cálido y secreto en el interior de la cenefa de su ropa interior, y asintió.

—Ahora pertenece al convento —le informó sor Pureza,

quien consideraba más importante llegar hasta Lucrezia en su tristeza que observar la Regla de Silencio antes de la comunión—. Pero eso no significa que no pueda disfrutar de lo que ha hecho con sus propias manos. Está en la *infermeria*, donde puede buscar refugio cada vez que lo desee.

Lucrezia empezó a cogerle el tranquillo a la tarea, cortando las ramas del árbol casto en la horcajadura para luego dejar caer los pétalos en un saco de arpillera y las bayas en el hondo cesto. Poco después sus dedos trabajaban ya por cuenta propia, y Lucrezia comenzó a pensar en las palabras del capellán en el confesionario. ¿De verdad no era pecado ansiar el placer y la belleza incluso allí, en el convento? Al conservar su saquito de camomila y recordárselo en ese preciso momento, ¿no le había dado a entender también sor Pureza eso mismo?

En la semana transcurrida desde su llegada, Lucrezia había seguido el curso de sus días por inercia. Se arrodillaba cuando las demás se arrodillaban, rezaba cuando rezaban, seguía a hermana Bernadetta cuando las monjas pasaban de la iglesia al refectorio para trabajar. Por la noche se había derrumbado sobre su duro catre ya casi dormida, y había abandonado sus sueños dando traspiés antes del amanecer.

Ahora, en el calor del jardín, en el silencio de la larga jornada antes de la Santa Eucaristía, algo empezó a despertar en el corazón de Lucrezia.

Lo notó como una tímida flor que empezara a asomar de la dura tierra. Y cuando sor Pureza, que había empezado a arrastrar macetas de arcilla hasta la sombra, miró hacia el otro extremo del jardín y vio que el rostro de Lucrezia parecía menos atribulado, rezó para que la joven hubiera descubierto la claudicación que le haría más llevadero soportar el velo.

4

Festividad de San Lorenzo,
año de Nuestro Señor de 1456

Lejos de la serenidad del jardín del convento, tras los muros rusticados del *palazzo* Medici, en el corazón de Florencia, el día no era silencioso ni plácido. Toda Italia estaba en orden de batalla debido a un enfrentamiento de voluntades entre los grandes estados de Milán, Venecia, Nápoles, la República de Florencia y la ciudad papal de Roma. Justo esa mañana, un mensajero había llegado de Nápoles con una carta del rey Alfonso, dirigida a Cosimo de Medici. En la carta, el monarca había pedido al poder florentino que reafirmase su lealtad a la corte de Nápoles. Convenía sobre todo a Florencia que se forjara semejante alianza, de manera que la República pudiera alzarse junto con Nápoles y Milán contra el papa Calisto III y los líderes de Venecia. El Papa estaba debilitado, pero la alianza se establecería y los recursos conjuntos del estado papal de Roma y el estado secular de Venecia serían formidables. Florencia tenía que manifestarse sin pérdida de tiempo.

En su cámara, el robusto Cosimo de Medici estaba sentado en el sillón de respaldo alto tras su mesa de caoba y lanzaba órdenes a voz en cuello a su emisario, *ser* Francesco Cantansanti.

—Dígale a Lippi que quiero ver progresos de inmediato.

—Cosimo descargó un puñetazo sobre la mesa para dar más énfasis a sus palabras—. Dígaselo sin ambages.

Cosimo de Medici era cabeza de la importante familia de banqueros y soberano de facto de Florencia. Su padre, Giovanni di Bici, había amasado su fortuna en el nuevo mundo mercantil de Florencia, asegurándose el nombramiento de *gonfaliere* del estado. Durante tres décadas, los Medici habían ido acrecentando su poder gracias a su astucia y su influencia monetaria, y Cosimo había extendido el influjo de la familia más allá de los sueños de su padre. Ahora quería que su hijo, Giovanni, viajara a Nápoles para reafirmar su postura con el rey Alfonso. Giovanni llevaría consigo un espectacular retablo creado por Fra Filippo Lippi, y al aceptar el cuadro, el rey confirmaría la alianza entre Florencia y Nápoles.

—Ya hemos adelantado al pintor treinta florines, y habéis gastado mis *lire* a espuertas en lapislázuli y oro —dijo Cosimo—. Esta obra tiene que ser la mejor que haya hecho el monje en su vida. Tiene que ser la mejor que ha visto Alfonso en su vida.

El banquero había puesto el encargo en manos de su hijo, pero mientras que Cosimo era un hombre enérgico, Giovanni era joven y no estaba seguro de cómo hacer valer su poder. Un rayo de sol relumbró sobre el ancho anillo de oro que adornaba el grueso meñique de Cosimo, quien dejó bien a las claras con una sola mirada cómo esperaba que *ser* Francesco ejerciese el poder y la voluntad de la familia Medici en su nombre con la misma seguridad con que lo había hecho en el pasado.

—El papa Calisto no ceja en la alianza de Roma con Venecia y el dux —dijo Cosimo—. Milán ya se ha aliado con Nápoles. Debemos reafirmar nuestra posición junto con ellos. Y no iremos sin el cuadro.

Hizo un gesto a su secretario para que trajese el boceto del tríptico que había enviado Fra Filippo con el contrato de mayo de 1456, confirmando su acuerdo. Cosimo desplegó los documentos sobre la mesa de tono oscuro.

—Debemos llegar a Nápoles antes de que los Sforza de Milán puedan avanzar sus posiciones contra nosotros, como bien sé que intentarán —continuó Cosimo—. Se nos prometió el cuadro en un año. Ahora estamos casi a finales de verano y Lippi no nos ha enviado nada más.

Nadie entendía mejor que Cosimo el poder de la pluma —y el pincel— para influenciar en la opinión pública. Había amarrado su influjo sobre la República de Florencia convirtiéndola en la ciudad más grande desde los tiempos de los emperadores romanos. La poesía, la filosofía, las ciencias, el humanismo y las artes florecían bajo su liderazgo: Brunelleschi había concluido la gloriosa cúpula que coronaba la catedral de Florencia, mientras que las puertas de bronce de Ghiberti otorgaban al baptisterio de la iglesia el portal más hermoso del país. Los palacios de Michelozzo embellecían las calles de Florencia, y los espectaculares frescos de Ghirlandio adornaban las paredes del palacio de los Medici. Tanto Fra Giovanni como Fra Filippo habían llegado a ser grandes artistas bajo su mecenazgo.

El banquero se regía de veras por su lema —*Operare non meno l'ingegno che la forza*: «Ejercita el intelecto tanto como la fuerza»—, y cuanto mayor era su fortuna, más derrochaba en Florencia. La alianza con Alfonso de Nápoles era el eje que afianzaría el futuro de los Medici frente a la doble amenaza de Roma y Venecia. Pero el rey Alfonso el Magnánimo no era hombre que se dejara impresionar fácilmente.

—Recuérdele que podríamos haber contratado a Fra Giovanni —dijo Cosimo, en referencia al monje dominico al que había abonado una generosa cantidad por realizar una afamada serie de frescos en el monasterio de San Marco—. El bendito pintor habría estado más que feliz de llevarse otros mil florines de comisión.

Cosimo echó un vistazo al pergamino delante de sí, donde Fra Filippo había bosquejado sus planes para el tríptico. El artista era irascible, y siempre había que ir detrás de él, pero en su trabajo abundaban las melancólicas bellezas y los muchachos desaliñados que recorrían las calles de Florencia, y se servía de la perspectiva y el estilo cifrados en los nuevos tratados artísticos de la época para realizar obras en las que hervían las pasiones terrenales.

Para el rey de Nápoles, Cosimo había encargado una escena que representaba la Adoración del Niño Dios de acuerdo con un estilo recién concebido e imbuido del espíritu progresista de la época: una hermosa Madonna, arrodillada en un bosque recubierto de hierba, que contemplaba a su hijo dormido. Iba a ser una obra rebosante de todo el misticismo de la Encarnación; un tríptico que mostrase la mano de Dios inscrita en hojas y piedras y arroyos. Sólo eso sería un regalo digno del rey Alfonso.

—Se lo he confiado a usted —advirtió el gran Cosimo a su emisario—. ¿Qué consiguió hace tres meses en Prato cuando llevó el contrato? ¿No le dejó claro que nuestro honor depende de su obra?

—Claro que sí, excelencia. El monje está sumamente agradecido de contar con sus favores. —*Ser* Francesco Cantansanti hablaba con la mayor deferencia—. Créame, señor, el pintor no ha olvidado las numerosas ocasiones en las que ha utilizado su influencia para interceder y le ha ofrecido sus servicios para protegerlo de los eclesiásticos.

Ambos recordaban a la perfección la imagen de Fra Filippo, su cuerpo, por lo general fornido, enflaquecido de angustia, humillado ante los tribunales de la Curia Archiepiscopal en Roma el año anterior.

—Se hará su voluntad, excelencia —se comprometió solemnemente Cantansanti—. Dios mediante, regresaré con pruebas de que el trabajo va por buen camino.

Cosimo asintió y despidió a su emisario con un gesto de la mano.

Una vez fuera de la estancia, Cantansanti meneó la cabeza. Entendía la impaciencia de Cosimo y cumpliría su mandato ante el pintor. Pero no podía por menos de reconocer ante sí mismo que admiraba el talento de Fra Filippo, su espíritu irrefrenable. Su inventiva lo convertía en uno de los artistas más solicitados en Florencia y, le gustase o no, *ser* Francesco tenía que andar a la zaga del pintor.

5

Lunes de la décima semana después de Pentecostés, año de Nuestro Señor de 1456

Fra Filippo Lippi estaba sentado a los pies de la ventana en su *bottega* y estudiaba la *Madonna con el Niño* casi concluida para Ottavio de Valenti. El parecido era impresionante. Era consciente de que debía disimular la semejanza con sor Lucrezia, pero la expresión de la Virgen era impecable, sus rasgos, exquisitos. Ni siquiera su frente alta, como correspondía a una mujer de gran inteligencia, podía alterarse, pues cambiaría el rostro que iluminaba todo lo que sabía la Virgen, y todo lo que comprendía. Necesitaba sólo un poco de bermellón para los labios de la Virgen y las joyas de su corona, quizás un ínfimo toque de lapislázuli para realzar el azul de sus ojos. Por lo demás, la Madonna era perfecta.

Tras colgar la desgastada bolsa de cuero del cinturón de cuerda trenzada, Fra Filippo echó un trago de agua del cazo y se puso en marcha hacia el convento. Camino de Via Santa Margherita, pasó por delante de una vieja prostituta que vivía con los brazos retorcidos en cabestrillo, rechazada ahora por todo el mundo salvo los hombres más viles. Mientras el fraile pronunciaba una muda oración por aquella anciana buhonera del pecado, se preguntó por el destino que conduce a unas mujeres hacia Dios y a otras hacia Satán.

—Esto lo he visto en el jardín de mi padre —le dijo Lucrezia a sor Pureza, mostrándole unas tersas agujas de eneldo en la palma de la mano—. Y esto —continuó, al tiempo que toqueteaba las afiladas púas del romero—. Esto lo conozco del pan de Beatrice.

Lucrezia se llevó una ramita de romero a la nariz. A sus pies había retazos de la albahaca que había podado antes, y el aire estaba colmado del aroma de las hierbas aplastadas. El calor ya había empezado a apretar, y estar en el jardín producía un efecto de lo más balsámico.

—El romero se utiliza en la enfermería y también en la cocina. —Sor Pureza se inclinó lentamente y arrancó una ramita del lozano arbusto—. Despeja la cabeza de debilidades y dolores, y puede frotarse con brío en manos y pies para espantar los dolores. Pero debemos andarnos con cuidado, pues, en exceso, podría desprender del útero su sagrado contenido.

Mientras la anciana examinaba el arbusto, Lucrezia observó su satisfacción con envidia muda. En el tiempo que llevaba en el convento, el período no le había llegado según lo esperado, y se preguntaba —no por primera vez— si la Virgen, en su infinita sabiduría, habría optado por ahorrarle los dolores del azote mensual para que pudiera convertirse antes en una plácida anciana, como sor Pureza.

Salvo durante los rezos y la hora de la comida, o cuando alguien necesitaba su atención en la enfermería, siempre cabía encontrar a sor Pureza en el jardín de finas hierbas, cuidando de las plantas que aliviaban el cuerpo, el espíritu y la mente. Siempre, como en esos instantes, parecía plenamente absorta en su tarea.

—Muchas benditas hierbas tienen más de una finalidad —le explicó sor Pureza—. Es nuestro deber dar con el propósito que Dios ha destinado a cada hierba, en cada caso, y luego cumplir su voluntad.

El jardín estaba casi en su pleno apogeo de finales de verano; todo medraba hacia el punto álgido de la floración. Los membrillos estaban cargados de frutos nuevos, y las espigas de lavanda empezaban a abrirse en flores de color púrpura. La pila de piedra para los pájaros estaba llena de gorrioncillos, los girasoles asomaban su alegre rostro por el muro del jardín y los ruiseñores de vivos colores revoloteaban recolectando las últimas gotas de néctar de malva loca. Había una ciudad de más de cuatro mil almas allende las puertas del convento, pero aquí disfrutaban de la callada soledad de un jardín campestre, y el aire aromático remontó a Lucrezia a los despreocupados veranos que había pasado en la pequeña granja de la familia allá en las colinas de Lucca. Entonces su vida estaba llena de sencillas alegrías: plantar judías trepadoras y pimientos rojos, hacer conservas de frutas en jarras de terracota, trepar por el pequeño *vigneto* con sus arcadas de uvas de color morado intenso.

—El espino cerval lo utilizan principalmente los artesanos para obtener un verde oscuro —le explicó sor Pureza mientras le enseñaba a coger cada rama suavemente con la mano y dar con el punto donde asomaba la protuberancia. Fue podando con tiento, dando al rebelde arbusto la forma de un rechoncho túmulo. Luego entregó a Lucrezia otras tijeras de podar de hierro, y las dos se pusieron a trabajar codo con codo hasta que apareció sor Simona en el seto del jardín, pálida y silenciosa bajo el intenso sol.

—Voy a atender a la hermana Simona mientras usted sigue con su trabajo —dijo sor Pureza.

Lucrezia miró a sor Simona, que alzaba el brazo para mostrar una pústula sembrada de bultitos en la piel.

—No tiene fiebre —le dijo la anciana monja a la escuálida hermana, a la vez que le posaba una mano en la frente, justo por debajo del griñón—. Tal vez sea algo en la lejía o la ceniza de los aseos. Seguro que tengo alguna cataplasma para aliviarlo.

Llevó a sor Simona hacia el frescor de la cámara de la enfermería y dejó a Lucrezia a solas en el jardín.

El fraile abrió la cancela del jardín de finas hierbas, y la parte posterior del hábito negro de una monja le llamó la atención. Sólo cuando vio la delicada mano que podaba las hojas de boj cayó en la cuenta de que se trataba de Lucrezia.

Ella se volvió al oír el cerrojo de la puerta.

—*Benedicte*, hermana Lucrezia. La molesto en esta hermosa mañana.

Aunque llevaba horas trabajando, a Lucrezia se la veía tan fresca como el amanecer, arrodillada junto al arbusto, con las pesadas tijeras de podar en alto. A su lado había un cesto lleno de hojas.

—*Buongiorno*, hermano Filippo, que la gracia de Dios esté con usted. —Lucrezia inclinó la cabeza con respeto y se levantó. Incluso a distancia, alcanzó a sentir la energía que el monje irradiaba—. Me temo que sor Pureza está atendiendo una dolencia.

—¿Quién ha enfermado?

—No es nada grave, sólo un sarpullido en la piel de la hermana Simona. ¿Quiere esperarla?

Lucrezia desvió la mirada hacia el banco junto al murete del jardín.

—Seguro que puedo encontrar lo que necesito —respondió Fra Filippo. Era un hombre atrevido, pero se notaba sumiso en presencia de aquella joven—. Y tendré que pedirle a sor Pureza lo que necesito de la botica, porque se muestra muy celosa de su minucioso sistema de almacenamiento.

Lucrezia levantó la mirada hacia Fra Filippo, evitando su rostro pero sin dejar de observar su hábito blanco y la bolsa de cuero, parecida a una que llevaba el maestro tintorero de su padre. Recordó la dicha que le había reportado su *Coronación* la primera mañana en el convento, y se estremeció al pensar en la intimidad de su lacrimosa confesión apenas unos días atrás. El monje sabía ya mucho de ella, y sintió la necesidad de que su presencia en el jardín fuera lo más breve posible.

—Tal vez pueda ayudarle, *fratello*, de manera que regrese

antes a su trabajo —se ofreció con voz queda—. ¿Qué ha venido a buscar esta mañana?

Fra Filippo hizo una pausa y sonrió. Sí, estaba convencido de que su cuadro captaba la semejanza de la novicia muy bien. La miró fugazmente a los ojos, satisfecho al comprobar que eran tal como los recordaba, con numerosas tonalidades de azul e incluso una insinuación de verde que destellaba a la luz del sol.

—Lavanda —respondió—. Y hierba pastel. La hierba pastel la necesito hoy, porque tarda cierto tiempo en fermentar.

—Así es —contestó Lucrezia, que se sonrojó intensamente con sólo mencionar el proceso de fermentación.

Fra Filippo vio que se mordía el labio.

—Me parece que tiene usted conocimientos acerca de la hierba pastel, aunque no alcanzo a imaginar cómo ni por qué.

Era cierto. Lucrezia sabía que era necesaria orina para que la hierba pastel fermentara hasta alcanzar su hermoso tono azul, y recordó cómo los trabajadores de su padre bebían cerveza y vino en abundancia cuando llegaba el suministro de hierba pastel cada año. Le habían explicado que el alcohol que expelían con la espumosa orina dorada constituía el caldo más apropiado en el que ponerla en remojo para que soltara su tinte azul intenso.

—Mi padre —le explicó Lucrezia, incómoda— utilizaba la hierba pastel para teñir las sedas azules en su establecimiento.

Naturalmente, Fra Filippo recordaba que el padre de Lucrezia había sido mercader de sedas. De hecho, lo recordaba todo acerca de sor Lucrezia.

—Ah, sí —dijo Fra Filippo—. ¿Está también familiarizada con otras hierbas?

—Sí, *fratello.* —Lucrezia asintió—. Mi padre me enseñó todo lo que pudo acerca de tintes. Era un gran entendido en los mismos.

—Amarillo —dijo, con curiosidad por ver qué más sabía la joven de hierbas y pigmentos—. También necesito algo para el amarillo.

—En casa utilizábamos azafrán. —La respuesta salió de los labios de Lucrezia sin esfuerzo, pues su padre había puesto a prueba sus conocimientos a menudo en un juego muy parecido a aquél—. Pero sé que es muy caro. La gualda también da un buen amarillo. Puedo recoger un poco para usted. O mejor aún —se apresuró a añadir, pues, a su pesar, disfrutaba al poder demostrar sus conocimientos—, *margherita*.

Ambos volvieron la mirada hacia los abundantes macizos de dorada *margherita* que crecían en el rincón más al sur del jardín, y sus miradas se encontraron. *Margherita*. Santa Margherita. Aunque nunca lo había visto, de pronto Fra Filippo tuvo la certeza de que el cabello de Lucrezia era precisamente de color *margherita*.

—El diente de león abunda en el prado, y si lo pone en remojo una buena temporada, el magenta es casi tan intenso como su *cinabrese* —dijo Lucrezia. Su turbación se desvaneció y las palabras empezaron a salir de sus labios casi con la misma facilidad que en casa conforme señalaba las diversas hojas y plantas.

Mientras escuchaba el encantador tono de su voz, a Fra Filippo le sobrevino el deseo de retirarle el griñón y luego pintarla tal como era en ese preciso instante, una hermosa virgen en un jardín de clausura.

—El boj ofrece un hermoso verde, *fratello*, y hemos estado podándolo justo hoy. ¿Igual le gustaría llevarse algunas hojas? —Lucrezia levantó la mirada y vio que el monje había perdido el hilo de sus palabras—. Tal vez me he extendido más de la cuenta, hermano Filippo, perdóneme, pero me he entusiasmado. Déjeme que le traiga lo que ha venido a buscar. —Se inclinó con torpeza para coger una ramita de lavanda.

—No —dijo Fra Filippo, un poco más aprisa de lo que hubiera querido—. *Per piacere*. Continúe. Sus conocimientos son impresionantes.

—¿De verdad? —No se atrevía a mirarle, pero respondió afanosa, con el deseo de agradarle—. Recuerdo lo que me dijo, *fratello*, que el mundo es un *speculum majus*, un espejo del Reino del Señor. Me consuela pensar en ello cuando trabajo, y cuando rezo procuro tener presente que todo es un reflejo de los milagros de Dios.

Lucrezia abrió las palmas de las manos en un pequeño gesto para abarcar el jardín, el cielo, el árbol casto e incluso las pesadas tijeras de podar que había estado utilizando con los arbustos. Por primera vez desde que se conocían, Lucrezia esbozó una auténtica sonrisa y miró a los ojos azules del sacerdote.

—Fra Filippo. —Pronunció su nombre en tono demasiado quedo para que lo oyera el pintor, y luego, dando volumen a su voz, dijo—: Me siento muy honrada de ayudarlo de acuerdo con mis modestas posibilidades.

Fra Filippo vio su sonrisa en relieve y con sombras, y se estaba imaginando cómo la captaría cuando la campana empezó a tañer, llamando a las monjas a la oración.

—¡Ya! —gritó el fraile, que levantó la mirada para ver la posición del sol en el cielo y se dio media vuelta—. Tendré que volver después de la oración. Aún no he cogido lo que necesitaba.

Cuando se alejaba a toda prisa del jardín, sor Pureza salió de la enfermería y se acercó a Lucrezia.

—Fra Filippo debe de tener muchas necesidades hoy —comentó la monja en voz baja.

—Sí, la estaba esperando a usted. —Lucrezia se resistió al impulso de mirarla a la cara—. Ha dicho que guarda las hierbas con sumo cuidado.

—Desde luego. —La anciana monja volvió los ojos hacia Lucrezia, y la joven vio que los tenía velados—. Protejo este jardín y todo lo que hay en él con el mayor celo. Un jardinero debe asegurarse de que sus plantas no sean pisoteadas ni dañadas por una mano descuidada.

La campana seguía tañendo. Sor Pureza le cogió las tijeras de podar a Lucrezia y las dejó con cuidado en el cesto con los retazos podados de boj.

—*Andiamo* —dijo la anciana, que se volvió para abrir camino hacia la salida del jardín—. Ya es hora.

6

Martes de la décima semana después de Pentecostés,
año de Nuestro Señor de 1456

Un vistazo al hermoso corcel atado justo delante de su ventana confirmó los temores de Fra Filippo: había llegado *ser* Francesco Cantansanti.

Mientras lanzaba una mirada apresurada por el taller, el pintor se planteó ordenar en cierta medida el caos, pero el emisario había venido para ver sus progresos en el retablo para el rey Alfonso de Nápoles, y ningún vacuo alarde de trabajo metódico iba a compensar a esas alturas su falta de resolución.

—*Ser* Francesco. —Fra Filippo abrió la puerta de par en par y saludó al emisario con una sonrisa—. ¡Ha venido para la *festa*!

—Hermano Lippi. —Cantansanti asintió. Tenía una planta elegante con su *farsetto* y las brillantes *calze* de seda—. *Buongiorno.*

Desabrochándose la capa, *ser* Francesco accedió a la *bottega*. Esbozó una leve sonrisa al recordar el año que el gran Cosimo había ordenado que encerraran en su taller campestre a Fra Filippo para que terminara un encargo en vez de deambular por las calles a la hora del diablo en busca de prostitutas.

—¿Y el retablo? —le preguntó al fraile sin demora—. ¿Qué progresos ha hecho? Cosimo quiere fijar una fecha para Nápoles.

—Sí, sí, hay tiempo más que de sobra para hablar del asunto. Primero, amigo mío, ¿podemos compartir una copa de vino?

El monje levantó su jarro, pero el emisario negó con la cabeza. Fra Filippo echó un buen trago y se limpió los labios con el dorso de la mano.

—Bueno, ¿qué hay del asunto? —Cantansanti paseó la mirada por el desorden del taller—. Esperan noticias de sus avances en Florencia. ¿Dónde está?

No tenía sentido dar largas. Fra Filippo sabía por otras ocasiones que las tretas no harían sino enfurecer al emisario.

—Aún no está listo del todo para verlo.

—¿No está listo del todo? —Cantansanti alzó la voz—. ¿Por qué no? ¿Se piensa que Medici va a esperar por siempre?

—Las alas ya están empezadas. —Para su propia sorpresa, Fra Filippo sonó tranquilo. Vio que *ser* Francesco escudriñaba la habitación en busca de alguna señal del retablo—. Por favor, permítame que se las enseñe. Debe tener en cuenta que aún no están terminadas.

El pintor retiró los paños de lino que cubrían dos paneles rectangulares, cada uno la mitad de alto que un hombre.

—Mire —dijo—. He seguido las instrucciones de Giovanni y Cosimo. El pelo dorado de san Miguel y su armadura plateada relucen como los de un guerrero griego.

—*Bella*. —El emisario frunció los labios mientras estudiaba la pintura de san Miguel minuciosamente ejecutada, y el retrato del afable san Antonio Abad—. *Molto bene*. ¿Y la Santa Madre? Ya debe de haber transferido el boceto a la tabla de álamo a estas alturas, ¿no?

—Todavía no —reconoció el monje—. Pero he ampliado los bocetos para la tabla central, y el *disegno* está terminado.

—*Per l'amore di Dio*, Filippo, deje de andarse por las ramas. No quiero verme obligado a dar un informe negativo en Florencia.

Se quedó mirando fijamente al monje. Fuera, el sol se había abierto paso a través de la calima matinal, y los hombres oyeron los relinchos del caballo.

—Me alojo en la casa de Ottavio de Valenti. Otros asuntos me obligan a quedarme en Prato hasta la *Festa della Cintola*. Lo tendré vigilado de cerca. Los Medici exigen que les dedique toda su atención de inmediato.

Cuando Cantansanti desandaba sus pasos lentamente por la *bottega*, se detuvo delante de la *Madonna con el Niño* de De Valenti.

—Esto es espléndido —dijo, y se inclinó para ver más de cerca las líneas de la cara, los ojos azul claro—. La Madonna es excepcional: tiene que hacer lo mismo para los Medici, *fratello*. ¡Recuerde quiénes son sus patrones más importantes!

Fra Filippo se dejó caer sobre un taburete y la cenefa de su sotana dio lugar a un remanso blanco en el suelo mientras se llevaba el jarro de vino a los labios y lo vaciaba.

Las visitas de *ser* Francesco lo sacaban de quicio, y sentía la carga de sus obligaciones como un peso encima del pecho. El pintor reconoció la sensación: era exactamente el mismo lastre que lo había atosigado el año anterior, cuando se había visto abrumado por encargos y endeudado con su ayudante por la inmensa suma de mil *lire*.

Al no tener modo alguno de pagar a Giovanni di Francesco de Cervelliera, Fra Filippo emitió un falso pagaré, y el indignado asistente presentó cargos contra él. Los soldados del tribunal de la Curia Archiepiscopal fueron a por el monje aquella mañana de un lunes de mayo cuando se disponía a abordar los detalles de una pequeña *Natividad*. Dos hombres lo cogieron por los brazos y lo llevaron ante Antonino el Bueno, obispo de Florencia, donde declararon culpable al pintor casi antes de que tuviera oportunidad de protestar, y lo sentenciaron a un castigo de treinta azotes.

Aturdido, lo llevaron directamente a la cárcel y lo despojaron de sus hábitos. Las súplicas de clemencia del monje cayeron en oídos sordos, y el látigo le mordió la espalda con crueldad. Luego lo arrojaron a una celda, donde imaginó la composición de complejos retablos y soñó con el rostro de su madre, figurándosela como la Virgen de sus retablos, la Madonna de su paraíso privado, para evitar caer en la desesperación. El cuarto día de encarcelamiento, Fra Filippo fue despertado de un sueño inquieto por un guardián que le plantó delante de la cara un manuscrito con la firma y el sello de cera de Cosimo de Medici.

—Levanta —le ordenó el carcelero—. Te marchas.

Fra Filippo tenía una eterna deuda de gratitud con Cosimo. El poderoso mecenas le había salvado la piel y había saldado sus deudas. Lo había dispuesto todo para que el pintor retomara su trabajo en los frescos de Prato, y movió hilos para que lo destinaran como capellán a Santa Margherita.

Ahora, Cosimo y su hijo, Giovanni, querían resultados. Querían lo que había prometido Fra Filippo: una composición tan gloriosa como novedosa en su concepción de la Madonna adorando a su Hijo en la naturaleza, en pleno bosque, como nadie había pintado nunca a la Madre y a su Hijo. La idea estaba, y los bocetos también. Pero llevar a buen puerto una visión semejante requería inspiración, y una obra para el rey de Nápoles exigía una majestad sin parangón si había de garantizar el futuro de Florencia.

Fra Filippo notó que se le revolvía el estómago y le entraron deseos de tomar una infusión balsámica del jardín de finas hierbas de Santa Margherita. Afectado, volvió la vista hacia la ventana y atinó a ver el pequeño panel con el rostro de la Madonna, sus ojos azules.

—Lucrezia —susurró.

El pintor imaginó el rostro de Lucrezia en el retablo. Vio su piel marfileña, su cabello dorado bajo una delicada *benda*. Vio a la Virgen arrodillada en el bosque, con la luz del sol moteando de colores la tierra donde yacía el Niño.

El cuadro cobró vida en su cabeza, tanto así que casi podía oír los pinzones en los árboles, oler los cedros y eucaliptos en las densas arboledas que rodeaban a la virgen Lucrezia. Lucrezia, naturalmente, era la respuesta a sus plegarias. Si la muchacha embelleciera el panel central de su tríptico para los Medici, el pintor estaba convencido de que sería capaz de culminarlo en toda su gloria y obtener resultados dignos de un rey.

Pero mientras Fra Filippo meditaba sobre la escena, le dio la impresión de que el retablo se disolvía y se precipitaba a un abismo.

Para pintar a la Virgen en el bosque, tal como la imaginaba, Fra Filippo tendría que contemplar el rostro de Lucrezia a plena luz del día. Ella tendría que posar para él igual que una modelo ante un maestro, en su estudio, donde las pinturas, los pigmentos y los pesados paneles de madera estuvieran a su disposición durante las mejores horas de luz. Le urgía lo imposible, pues algo así no sólo sería difícil sino indecoroso. A menos que elevase una súplica a la priora, y le ofreciera algo formidable a cambio por su consentimiento, nunca se le permitiría a una novicia que lo visitara allí en su *bottega*.

La priora Bartolommea de Bovacchiesi estaba teniendo una semana difícil. La lluvia no era abundante, el sol de finales de verano cocía la tierra, y temía que la huerta del convento no diera una cosecha abundante. Había recibido noticias de Florencia de que el prior general Saviano pasaría ocho noches en su hostal antes y después de la *Festa della Sacra Cintola*, y era necesario hacer los preparativos. Además, sor Simona estaba aquejada de un sarpullido de extrañas pústulas y había sido sustituida en la cocina por la hermana Bernadetta, quien sin duda no tenía habilidad ni paciencia para hacer perfectos panecillos de sabroso pan negro.

Tras mojar su pluma en un tintero, la priora miró por el

ventanuco de su estudio y vio una masa blanca de gran tamaño que avanzaba hacia su edificio.

—*Benedicte*, madre —saludó Fra Filippo con voz queda al tiempo que abría la puerta—. Espero no molestarla.

La madre Bartolommea miró al artista de arriba abajo. Llevaba una incipiente barba entrecana, y el cinturón trenzado al bies por encima de la cintura. Aunque era media mañana, daba la impresión de que se acabara de vestir a toda prisa.

—Nada de eso, hermano Filippo, haga el favor de pasar.

A diferencia de las novicias, la priora ponía empeño en sostener la mirada a los hombres que accedían a las dependencias de Santa Margherita. Era su manera de dejar bien a las claras su poder sobre aquellos dominios.

—*Per piacere*, comience usted —le instó con un deje de impaciencia.

—Gracias, madre. —Fra Filippo se sentó lentamente en una estrecha silla cuyo asiento quedó desbordado por su corpulencia. Como siempre, tenía en las uñas salpicaduras de intensos colores—. He venido para alcanzar un acuerdo con usted respecto de una petición más bien insólita.

La priora Bartolommea arqueó sus cejas oscuras, levantando levemente su griñón con el movimiento.

—Como es natural, no lo pido en provecho propio, sino en nombre de su excelencia, Cosimo de Medici, que el buen Dios Nuestro Señor lo bendiga y lo honre.

La priora asintió.

—Como bien sabe usted, los Medici me han hecho el encargo de un retablo destinado al rey Alfonso de Nápoles. —Fra Filippo hizo un alto para que la importancia de los nombres hiciera mella en la priora—. Ahora se estila tomar como ejemplo directo la vida. Se comenta que, dentro de poco, los mejores pintores requerirán modelos que posen ante ellos. Sólo con la belleza de los hijos de Dios justo delante de nuestros ojos podemos captar la vida en toda su plenitud. —Con cautela, Fra Filippo vio cómo los rasgos de la priora componían un semblante de sorpresa. El fraile siguió adelante—: En su retrato de la Santa Virgen, san Lucas la representa como una joven de dulce rostro. Así me gustaría que fuera en mi propio cuadro, priora. A todas luces, si se cuenta con alguien dotado de gran hermosura, la tarea resulta mucho más sencilla, pues el pintor no debe desviarse mucho del original. —Anticipando una negativa, el monje aceleró el discurso—. Le pido humildemente permiso, por tanto, para copiar el rostro de la novicia Lucrezia. Es joven y hermosa y sería una modelo adecuada para la Madonna. Como comprenderá usted, claro está, debo hacer mi trabajo en mi *bottega*, donde tengo pinturas y herramientas a mi disposición. Lo mismo les ha ocurrido a todos los grandes maestros que han abierto camino antes que yo. Creo que Cosimo se vería gratamente…

—¿Cómo? —La priora abrió los ojos de par en par.

—Le ruego indulgencia, madre. Lo único que deseo es crear la obra más conmovedora que esté en mi mano a la mayor gloria de Florencia. Con una modelo ante mí, mi trabajo sin duda iría más aprisa. Mi taller…

—*Per l'amore di Dio!* —le espetó la priora Bartolommea—. ¿Pretende que quebrante las Sagradas Reglas del *claustrum*, las mismísimas Reglas de Recato y Santidad establecidas por el propio san Agustín? —La voz de la priora fue subiendo de tono—: Fra Filippo, aquí en Santa Margherita no respondemos ante Cosimo de Medici, ni ante el rey de Nápoles. Sólo tenemos un patrón, Jesucristo, Señor y Rey. ¡No pienso dejar que el amor a las riquezas terrenas destruya el buen nombre de este convento!

Fra Filippo insistió. Había visto la ira de la priora muchas veces, y la recia mujer no lo intimidaba.

—Es evidente que la he molestado, pero en el nombre de Dios confío únicamente en alcanzar una mayor gloria para Prato y este convento, del que soy un humilde siervo —dijo—. Es posible que pueda ofrecerle a usted una generosa recompensa, y al igual que con las oraciones y palabras que aquí recito, mi objetivo es alabar a Dios a través de mis cuadros. Tal vez he sido malinterpretado.

—Por lo visto, eso es algo que le ocurre a menudo, Fra Filippo. —La priora estaba tan lanzada que apenas reparó en la mención del monje de una generosa recompensa—. Como ante el tribunal del obispo Antonino.

Al oír su mordaz comentario, Fra Filippo se levantó de la silla. De inmediato, la priora cobró conciencia de su imponente tamaño y recordó la fuerza de su ira.

—Me he excedido en mis palabras, capellán. Lo lamento. —No quería hablar precipitadamente—. La inquietud motivada por su petición me ha soltado la lengua. Hoy, en estos tiempos miserables, una novicia difícilmente puede permitirse la menor tacha asociada su nombre.

—No hace falta que se preocupe, madre —respondió Fra Filippo con frialdad—. Se ha manifestado usted con toda claridad.

Al llegar al imponente *palazzo* de Ottavio de Valenti, donde se alojaba *ser* Francesco Cantansanti, el pintor se detuvo para recuperar el aliento. Las hermosas baldosas anaranjadas y azules del edificio relucían a la luz del atardecer y Fra Filippo contempló su exquisito vitral mientras levantaba y dejaba caer la aldaba de latón y aguardaba a que un criado abriera la puerta.

—¿Ha venido con buenas noticias, amigo mío? —El mercader llevaba una suntuosa túnica negra ribeteada de seda y tenía los brazos abiertos mientras bajaba a zancadas las elegantes escaleras.

—Sí, sí, su pintura está terminada —dijo el monje con convicción—. Ahora mismo se están secando las últimas pinceladas de *cinabrese*.

—Fabuloso, maestro. —El mercader de tupido cabello cogió con una mano enjoyada la del pintor—. Sé que mi mujer se alegrará mucho cuando vea su exquisito trabajo. Ahora estábamos a punto de comer. ¿Hará el favor de sumarse a nosotros?

A Fra Filippo le complació ver a *ser* Francesco Cantansanti sentado a la mesa en el patio interior de De Valenti, rodeado por los limoneros en grandes macetas, las flores y una fuente que no dejaba de borbotear. El monje saludó a *ser* Francesco con las reverencias de rigor, que el emisario aceptó con una ceja arqueada.

—Sólo ha pasado un día —dijo *ser* Francesco—. No habrá acabado el retablo ya, ¿verdad?

—No, pero he encontrado la inspiración, emisario —respondió el monje—. Tendrá una obra maestra digna de un monarca.

La enorme mesa estaba llena a rebosar de aves asadas, fruta fresca, alcachofas, quesos y cuencos de espesa sopa de pan. El monje se sumó a los hombres mientras comían, bebían vino mucho mejor del que estaba al alcance de Fra Filippo y hablaban de negocios en Florencia y Roma.

—El mundo entero está esperando a ver quién ocupa el lugar del papa Calisto III, ahora que la gravedad de su dolencia ha salido a la luz —dijo De Valenti, con la mirada puesta en Cantansanti, y sirvió más vino al emisario.

—En Florencia, la familia Medici está preparando a Enea Silvio Piccolomini, obispo de Siena, para el trono —explicó Cantansanti sin ambages, a la vez que se llevaba el vino a los labios—. Esperan que los detractores de Piccolomini propongan al arzobispo de Ruán, pero D'Estouteville es un candidato endeble.

Fra Filippo escuchó con interés la discusión sobre política papal. Quienquiera que se hiciese con el poder en Roma también tendría en sus manos el control de los abundantes fondos de la Iglesia. De todos era sabido que el Papa en el trono, Calisto III, no tenía gran interés en el arte. Pero un Papa con el respaldo de los Medici, sin duda apoyaría a los pintores preferidos de la familia, y Fra Filippo se contaba entre ellos.

—Y usted, hermano Filippo, ¿qué ha oído de los carmelitas? —Cantansanti le lanzó una mirada amable con la mesa de por medio, y Fra Filippo dio una respuesta tal que no pudiera ofender a nadie.

—No oigo nada salvo el parloteo de la priora, me temo —respondió, al tiempo que se acomodaba el cinturón bajo el estómago lleno—. Sólo llegan a mis oídos las preocupaciones de las monjas, que son las mezquinas inquietudes y las pequeñas envidias de las mujeres en todas partes. La vanidad las sigue al convento, amigos míos, no imaginen nunca lo contrario.

Los hombres rieron.

—Naturalmente, también oigo las quejas diarias del preboste —continuó Fra Filippo, que puso los ojos en blanco. Estaba al tanto de que Inghirami irritaba a De Valenti, y que Cantansanti tampoco profesaba mucha admiración a aquel individuo tan inclinado a armar intrigas—. Siempre se está lamentando de que los parroquianos no son lo bastante generosos, mi trabajo en los frescos no va suficientemente rápido, y sus preparativos para la festividad de la Santa Cinta, claro está, son más agotadores que nunca.

—Ese hombre es una auténtica peste —exclamó De Valenti, y todos los hombres sentados a la mesa rieron a carcajadas.

Al notar que el ambiente era apropiado, Fra Filippo aprovechó la ocasión para exponerle su asunto a *ser* Francesco. Le habló aprisa del retablo para el rey Alfonso, describiendo con detalle su visión de la Madonna arrodillada en el bosque, y el rostro que le permitiría concluir esa visión.

—Sí. —Cantansanti asintió con aire meditabundo mientras el pintor hablaba—. Sí, eso es lo que hay que llevarle al rey de Nápoles.

Envalentonado, el monje describió el rostro que había encontrado, el rostro de una mujer que ahora vivía en el convento de Santa Margherita cuya belleza superaba la de los cuadros más hermosos que hubieran llegado a pintarse.

—Ahí lo tienen, amigos míos —dijo Fra Filippo después de terminar—. Una joven pura enclaustrada en Santa Margherita. ¿Acaso hay algo más digno de la representación de la Madonna? Sólo unos detalles sin importancia se interponen entre nosotros y esa gloriosa obra para su excelencia, Cosimo de Medici, que Nuestro Señor Jesucristo le conceda fuerza y salud durante muchos años.

—Hay muchas cosas valiosas en la ciudad de Prato —dijo Cantansanti, que levantó su copa en dirección a Fra Filippo y asintió con firmeza—. Estoy seguro de que podremos convencer a la priora de que haga lo mejor para todos.

Sor Camilla, que tomaba a sorbos una taza de caldo claro después de nonas dos días más tarde, estaba segura de no haber entendido las palabras de la priora. No podía ser cierto. Tal vez el vapor que emanaba de la sopa caliente había trastocado sus palabras.

—Le ruego me perdone, madre, pero no la he oído bien.

—He dicho —repitió la madre Bartolommea— que la novicia Lucrezia posará como modelo para el retablo de Fra Filippo, una obra de gran trascendencia que ha sido encargada por los Medici. En circunstancias normales no lo hubiera permitido —se inclinó hacia sor Camilla—. Pero puesto que es un siervo de la Iglesia, nuestro propio capellán, no supone el compromiso que pudiera parecer a primera vista. Después de todo, su taller, por extensión, prácticamente forma parte de nuestro convento.

Mientras sor Camilla la miraba fijamente en silencio, la priora continuó en un susurro:

—Por nuestras molestias y generosidad tendremos la *Sacra Cintola* aquí, en el convento, bajo mi secreta protección.

¡Piénselo! —exclamó—. Con la Santa Cinta en nuestra posesión, imagine los favores que puede llegar a concedernos la Virgen Madre.

La priora miró a sor Camilla, a la espera de su respuesta. Se inclinó hacia ella y repitió:

—He dicho, hermana Camilla, que tendremos la Santa Cinta, la sagrada reliquia de la Virgen María, aquí en nuestro convento. Como es natural, estará exclusivamente en mi poder, y nadie lo sabrá salvo nosotras dos.

Sor Camilla dejó el cuenco y se quedó mirando a la priora. Suponía que la bendita madre estaba gastándole una suerte de broma.

—Sólo se lo digo por si ocurriera algo —continuó la priora—. Pero con la Cinta aquí, ¿qué mal podría sobrevenirnos?

Sor Camilla no sabía bien cómo responder. Era requerida por su sabiduría y discreción, y no era típico de ella hacer comentarios discordantes.

—Eso no es todo. —La priora hinchó el pecho—. También he hecho las disposiciones necesarias para que se encargue un nuevo retablo bien hermoso para Santa Margherita. La pintura representará a la Madonna en el momento en que le tiende la *Sacra Cintola* a santo Tomás. Yo estaré incluida en el cuadro en tanto que patrona, arrodillada ante la Santa Virgen.

La priora expulsó una bocanada de aire, y dio la impresión de que su figura menguaba con la exhalación.

—No debería mostrarme tan jactanciosa —masculló, al tiempo que se enderezaba el griñón—. Va en contra de nuestras normas.

Pese a sus excusas, la priora se sentía profundamente halagada ante la perspectiva de aparecer por toda la eternidad en uno de los cuadros de Fra Filippo Lippi. Al igual que los famosos Medici, la poderosa familia milanesa de los Sforza y los alabados santos cuyos semblantes honraban las catedrales del país, el rostro de la priora Bartolommea de Bovacchiesi quedaría pintado y conservado para la posteridad, su especial intimidad con el reino de los elegidos a la vista de todo el mundo y su entrada en el Cielo prácticamente asegurada por semejante indulgencia.

—Seguro que lo ha sopesado usted con gran deliberación y consultado a los Cielos para que la guíen —dijo sor Camilla con cautela—. Lucrezia está al cuidado de la bendita hermana Pureza, que se encargará de que no descuide sus deberes ni sus obligaciones de novicia.

—Desde luego, hermana Camilla, he obrado bien, ¿no cree usted? —La priora asintió con gran satisfacción—. Lucrezia sólo irá al taller del pintor los martes y los jueves después de sexta, y regresará antes de vísperas. Irá con una acompañante y siempre llevará un misal y la Regla de la Orden para estudiar y meditar mientras posa. Lo he pensado minuciosamente. Las palabras de san Agustín ayudarán a la novicia a permanecer en el claustro con la mente y el espíritu, si no con el cuerpo.

La hermana Camilla asintió.

—¿Cuánto llevará el proceso? —preguntó la secretaria con voz débil.

—Sólo tendremos aquí la santa reliquia hasta la festividad de la Santa Cinta. En cierta manera, como comprenderá, el tesoro de la Santa Madre queda bajo nuestra protección a modo de canje. Con la Cinta aquí, y sor Lucrezia en la *bottega* del pintor, ninguna desgracia puede acontecernos —repitió.

—Sí —convino sor Camilla, que volvió a levantar el cuenco—. Ninguna desgracia puede acontecernos.

—He decidido que usted sea la acompañante de la joven, hermana Camilla.

Sor Camilla frunció el entrecejo y farfulló algo, pero la priora levantó una mano recatadamente.

—No hace falta que me dé las gracias, hermana, de veras —dijo la madre Bartolommea, que bajó la mirada y adoptó lo que, a su manera de ver, era el tono adecuado de modestia.

7

Martes de la undécima semana después
de Pentecostés, año de Nuestro Señor de 1456

Un mensajero uniformado del séquito de los Medici entró en el jardín del convento un martes cuando las hermanas estaban concluyendo las oraciones de la hora sexta. Al ver a un desconocido en sus tierras, la priora Bartolommea cerró rápidamente el devocionario y se apresuró a salir. El mensajero hizo una reverencia y su espada plateada destelló al sol.

—Buenas tardes, priora. Me han enviado siguiendo las órdenes de *ser* Francesco Cantansanti, emisario del gran Cosimo de Medici.

—Sí —respondió la priora con aire sombrío—. Estábamos esperando su llegada.

Al apercibirse de que el mozo de cuadra estaba atento a la escena, la madre Bartolommea se volvió y le lanzó una mirada punzante. El muchacho volvió de inmediato a cepillar la cola de un caballo.

—¿Quizás ha traído algo para mí? —preguntó con extrema delicadeza.

El mensajero sacó una pequeña bolsa de terciopelo del bolsillo y se la entregó.

—Le ruego paciencia mientras las hermanas se preparan para el viaje —dijo, y se metió la bolsa bajo la manga antes de volverse y hacerle un gesto a sor Pureza.

A la señal de su superiora, sor Pureza ayudó a las novicias a hacer sus últimos preparativos para pasar el día allende los muros del convento. Llevó a Lucrezia y a Spinetta a la sacristía y les dio a cada una un tosco *mantello* negro con una capucha para cubrirse la cabeza. En las manos de Lucrezia, sor Pureza dejó caer un breviario desgastado y un ejemplar de la Regla de la Orden, escrito en una sencilla caligrafía negra. Spinetta recibió un rollo de pergamino en blanco, en el que copiaría la regla con tinta de las reservas en la *bottega* de Fra Filippo.

—Debe permanecer siempre en guardia cuando esté fuera de nuestros muros —le advirtió severamente sor Pureza a Lucrezia, pues había expresado sus objeciones a aquella salida, pero no había podido impedirla—. El honor es nuestro deber por encima de cualquier otra cosa. Si posee usted un rostro que el pintor desea copiar, entonces ese rostro proviene de Dios y debe ser utilizado a mayor gloria de Dios. La vanidad es una gran debilidad, hermana Lucrezia. Es la máscara del Diablo. No la haga suya.

Mientras la priora Bartolommea veía al mensajero acercarse a la monja encorvada, flanqueada por las esbeltas hermanas Buti, intentó no pensar que había contraído un terrible compromiso. Ahora estaba en posesión de la *Sacra Cintola*, y eso compensaba más que de sobra el sacrificio del convento. Pronto un nuevo retablo con su inconfundible perfil embellecería la capilla principal de la iglesia de Santa Margherita y, con un poco de suerte, volvería a notar el peso del cofre de metal en el que guardaba las monedas de plata y oro. Sin duda la Santa Cinta tenía el poder de concederle todo eso.

Al salir por la puerta del convento, Lucrezia sintió una brisa que soplaba desde el río Bisenzio. Sus botas hollaron el tosco empedrado y a punto estuvo de reírse al oír el sonido familiar de su taconeo. Tomó una buena bocanada de aire y levantó la barbilla. Por encima de los muros de la ciudad vio las exuberantes colinas de la Toscana puntuadas por un único *palazzo* a lo lejos.

El mensajero iba un par de zancadas por delante de ellas, abriendo camino. Spinetta le pasó una mano por el brazo a Lucrezia. Debajo de la capucha, los ojos de Spinetta también estaban relucientes.

—¡Qué sensación tan agradable! —susurró Lucrezia.

El sol caía a plomo sobre sus ropas oscuras, pero el calor no mermaba el buen ánimo de las hermanas.

—Qué raro que yo te haga de acompañante a ti —comentó Spinetta, pensando en los muchos años durante los que sus hermanas mayores habían tenido que vigilarla a ella—. ¡Pero me alegro mucho!

Lucrezia ofreció una amplia sonrisa a Spinetta, cuya devoción había adquirido mucho peso a lo largo de las últimas semanas.

—¡Gracias a Dios no me han enviado con la hermana Camilla, tan adusta! —bromeó Lucrezia, y las dos se echaron a reír.

—¿La has visto esta mañana? —preguntó Spinetta—. Cuando la madre Bartolommea le ha dicho a la hermana Camilla que tenía que quedarse a ayudar en la cocina porque sor Simona y sor Bernadetta padecen ahora la misma erupción, me ha parecido que iba a estallar.

—Habría sido un tremendo aburrimiento tenerla conmigo. Me alegra mucho que hayas venido tú.

Paseando lentamente por Via Santa Margherita, las novicias miraban con timidez a las mujeres que pasaban con ropa de trabajo. Una estaba encorvada bajo el peso de dos pesados cubos de agua, otra se apresuraba con una cabeza de cerdo envuelta en papel marrón bien sujeta entre sus rollizos brazos.

—Mira, es Paolo, el chico que se ocupa de nuestras cabras —dijo Lucrezia, a la vez que señalaba a un joven *ragazzo* que sonrió al verlas.

—Paolo, *buongiorno, garzone* —saludó.

El muchacho iba descalzo. Tras vacilar apenas un instante, Lucrezia le lanzó el paquete con gruesos pedazos de pan de centeno y frutos secos que la hermana Maria había envuelto en una tela para que almorzasen.

Surgió un grave gemido de un portal oscuro hacia su derecha, y las hermanas se volvieron para ver a una mujer harapienta, con un brazo en cabestrillo y el otro tendido pidiendo limosna. Las hermanas se detuvieron con el rostro ensombrecido.

—*Venite, sorelle* —las instó amablemente el mensajero.

Las hermanas apresuraron el paso, pero su ánimo se había tornado sombrío.

—La priora ha dicho que debo posar para el capellán al servicio de Florencia entera —dijo Lucrezia con voz queda, con la cabeza inclinada hacia su hermana—. Pero ha tenido buen cuidado de advertirme que no le deje acercarse más de la cuenta, ni siquiera durante el transcurso de su trabajo.

—He oído a la priora y a sor Camilla hablar del pintor —respondió Spinetta con tiento—. Dicen que ha tenido muchos problemas con el obispo de Florencia, y que se tiene constancia de que ha mantenido relaciones con mujeres de mala reputación.

Lucrezia vaciló, pensando en el poder que percibía en presencia del monje.

—Pero es objeto de gran admiración —dijo—. Tal vez la priora está celosa porque el capellán vive fuera del claustro, donde cuenta con la atención y el mecenazgo del gran Cosimo de Medici.

—Tal vez —convino Spinetta. Estaba al tanto de que la priora se preocupaba por la economía del convento y otorgaba gran importancia a las limosnas que recibían como consecuencia del cargo del pintor allí. Así se lo dijo a su hermana.

—¿Y tú? —Lucrezia se abstuvo de mirar directamente a su hermana—. ¿Qué piensas tú de nuestro capellán?

—Me parece cabal —respondió—. Cuando cruza la puerta principal del convento, tengo la sensación de que un hálito de vida entra en Santa Margherita.

—Sí —dijo Lucrezia—. El Señor debe de ver con buenos ojos que se cree una belleza semejante a la que logra el hermano Filippo, ¿verdad, Spinetta? —Contuvo el aliento—. Y es una actitud honorable por mi parte ayudar al pintor si está en mi mano, ¿no crees?

—Sólo estás haciendo lo que se te exige —respondió Spinetta con cautela—. Tanto en esto como en todo lo demás.

Doblaron la esquina y la alta torre de la iglesia, el estimado *campanile* de la iglesia de Santo Stefano, quedó a la vista. Caballos trotaban aprisa en dirección a la *piazza*, retumbaban carros de mercaderes, y mujeres llamaban a sus hijos a voz en cuello. Bajo su sosegada apariencia externa, Lucrezia sentía una gran emoción. A decir verdad, se moría de ganas de ver al monje.

—Mira. —Spinetta señaló la torre de la iglesia blanca y verde visible por encima de los tejados—. Debe de ser la *pieve*, Santo Stefano.

Apenas a unos pasos de la Piazza della Pieve, el mensajero enfiló una pequeña pasarela que llevaba hacia un sencillo edificio de estuco con el tejado de paja.

—Ya hemos llegado —susurró Lucrezia. Vio al monje escudriñando por encima del alféizar de una ventana alta. Cuando reparó en las hermanas, sonrió y se precipitó hacia la puerta en el momento en que el mensajero llamaba con los nudillos.

—Bienvenidas —dijo Fra Filippo mientras las novicias agachaban la cabeza y su escolta hacía una reverencia a modo de saludo—. Confío en que el paseo les haya resultado grato.

Lucrezia se sintió tímida de repente. Pensó que ojalá fuera pertrechada de elegante *cotta* y *fazzoletto* en vez de vestir el lóbrego hábito negro y el griñón blanco. Se sorprendió cuando Spinetta, siempre tan recatada, habló primero.

—Ah, Fra Filippo, hemos disfrutado de nuestro paseo,

desde luego —exclamó Spinetta—. El aire fresco, las nuevas vistas. ¡Qué bendición, un día tan hermoso como éste, loado sea el Señor!

Fra Filippo se echó a reír.

—Espero que sea de la misma opinión después de visitar mi taller —bromeó—. Me temo que debo trabajar de puertas adentro, y es posible que les parezca terriblemente aburrido.

—En absoluto. —Spinetta sonrió sin tapujos, sus bonitos dientes blancos en una pulcra hilera—. Me han enviado aquí con el cometido de copiar la Regla de la Orden en un pergamino. —Le cogió el libro a su hermana y bajó la vista—. Y tengo que pedirle un tintero.

Por lo general, esa clase de peticiones de la priora lo irritaban, pues no le gustaba desprenderse de sus existencias. Pero ese día, nada le parecía petición demasiado grande.

—Claro —accedió Fra Filippo.

Los cuatro permanecieron en un silencio incómodo un instante. Desde el camino llegaban los sonidos de las carretillas y el tintineo metálico de los arneses amarrados a postes a lo largo de la hilera de sencillos talleres.

—*Fratello* —anunció el mensajero—, he recibido instrucciones de asegurarme de que las bienaventuradas hermanas llegaran a salvo hasta su taller, y regresaré antes de vísperas para llevarlas de vuelta al convento.

—*Sì. Scusi!* —El monje parpadeó como si lo acabaran de despertar de un sueño—. Por favor, hermanas. —Les indicó con la mano que atravesaran el umbral—. Hagan el favor de entrar.

Las novicias siguieron al monje hasta la pequeña antecámara, donde había una mesita de madera debajo de un diminuto ventanuco.

—Puede sentarse aquí, hermana Spinetta, donde estará a gusto —le indicó, a la vez que apartaba un montón de trapos sucios que había recogido para que los lavara la muchacha que se encargaba de la cocina—. La luz es bastante buena, y lo será durante muchas horas.

Al dar Spinetta su consentimiento, Fra Filippo dejó un tintero y unas plumas recién lavadas encima del tablero. En el otro extremo de la mesa puso una jarra de barro llena de agua y un platito de queso.

—Lamento no poder ofrecerle nada mejor —se disculpó Fra Filippo.

—Es muy amable, *fratello* —le agradeció Spinetta.

Lucrezia permanecía a un lado en silencio, con el manto aún sobre los hombros. De pronto se sintió débil por efecto del calor.

—*Alora!* —dijo Fra Filippo, como si le hubiera leído el pensamiento—. Cada vez aprieta más el calor. Quítense el manto, por favor. Luego, si les place, puedo mostrarles mi taller.

El pintor había retirado los numerosos bocetos de Lucrezia y vuelto contra la pared la *Madonna con el Niño* de De Valenti. El suelo de la *bottega* estaba barrido, los tableros de madera de las mesas, fregados, y las telarañas habían desaparecido. El monje había colgado una cortina en un rincón de la estancia para disimular el desorden amontonado.

—Naturalmente, estoy en medio de muchos proyectos —explicó Fra Filippo—. Los frescos en Santo Stefano están a medio terminar, y aún tengo que dedicarles muchas horas de trabajo.

Fra Filippo recurrió al lenguaje conocido de su arte, y su confianza regresó. Llevaba años siendo un maestro en su oficio, y se sentía cómodo en su estudio, fueran quienes fuesen los invitados.

—Éstos son los bosquejos de la vida de san Esteban, que estarán en el muro norte de la capilla. —Les mostró el escenario del alumbramiento, cuidadosamente calculado, donde la madre del santo yacería bajo una hermosa manta de terciopelo, y las escaleras de la sinagoga donde el santo se enfrentaría a los rabíes furiosos.

Al ver las escaleras ocultas y la compleja arquitectura de sus bocetos, Lucrezia dejó oír su voz por primera vez desde su llegada:

—Parece de una gran complejidad, Fra Filippo —comentó—. Cuántas líneas y paredes, unas habitaciones dentro de otras.

—Ah, sí. —Al monje le alegró que percibiera, tan pronto, lo que era de veras importante en su obra. Durante una generación, los pintores habían entendido la perspectiva gracias a las obras de Brunelleschi y Alberti, pero Fra Filippo se esforzaba por ir más allá de lo que ya se había conseguido. Señaló hacia el lugar donde el fresco doblaría la esquina de la capilla—. Fíjense, aquí dará la sensación de que las figuras salen de la pintura y acceden a la estancia.

El entusiasmo de Fra Filippo por su trabajo era contagioso. Conforme las hermanas se iban tranquilizando, Lucrezia notó que su cuerpo empezaba a relajarse bajo la larga túnica.

—Es necesario aceptar numerosos encargos al mismo tiempo, pues si no tengo contentos a todos mis clientes, buscarán otros pintores que les hagan sus trabajos. Pero el retablo encargado por los Medici, claro está, tiene preferencia sobre todos los demás. Su emisario ha tenido la amabilidad de concertar su visita a mi taller para que pueda pintar su semblante a plena luz del día.

Osó mirar a Lucrezia de soslayo, pero ella apartó la mirada y dejó que sus ojos fueran asimilando el taller abarrotado.

Apoyadas en las paredes había tablas de distintos tamaños, algunas cubiertas por una fina capa de *gesso*, otras casi terminadas. A lo largo de la pared norte, unos estantes contenían infinidad de cuencos y ampollas de vidrio con sustancias que recordaron a Lucrezia las boticas que había visitado en Florencia. Había también trozos de hematina púrpura y terrones de malaquita encima de pergaminos, listos para molerlos y mezclarlos con el fin de obtener pigmentos. Disperso sobre la mesa se veía todo un surtido de pinceles, cuchillos y demás objetos punzantes. Lucrezia reconoció colores de pintura que casaban con las numerosas manchas que había visto en las manos del pintor a lo largo de la semana. Para disimular el olor rancio, Fra Filippo había colocado por todas partes ramilletes de lavanda y bálsamo de melisa, que daban unas notas de fragancia a la habitación.

—¡Hermano Filippo, qué maravilla! —exclamó Lucrezia, olvidándose de su timidez—. Qué difícil debe de resultarle salir de aquí todas las mañanas.

—Somos afortunadas de tenerlo en Santa Margherita, desde luego —se apresuró a añadir Spinetta.

—La buena fortuna es mía, hermanas. —Mientras respondía, Fra Filippo vio caer al sesgo un haz de luz sobre el rostro de Lucrezia—. Miren el sol —se apresuró a decir—. Debemos empezar lo antes posible.

El monje acomodó a Spinetta en la mesita de la antecámara, y Lucrezia se colocó delante de la amplia ventana que daba a la ajetreada *piazza*. Súbitamente inquieta, la joven palpó el medallón que tenía escondido bajo la túnica negra y jugueteó con su griñón.

Cuando volvió a entrar en la estancia, Fra Filippo vio a Lucrezia levantar una mano y apartarse un mechón de cabello invisible. Se sintió vivo en todos y cada uno de sus músculos, intoxicado por la luz dorada que colmaba la habitación y creaba motas de color en el vestido de Lucrezia.

—Hermana Lucrezia —le dijo con delicadeza—. Es una auténtica bendición tenerla aquí, cuando tan necesitado estoy de lograr algo verdaderamente magnífico y hermoso para mi mecenas.

—Me alegra serle de utilidad. —Las palabras de Lucrezia eran rígidas, su voz, un susurro. No era capaz de levantar la vista y mirar al monje a los ojos, pues estaba demasiado cerca, el espíritu en su rostro demasiado intenso—. Y estoy lista para empezar.

El monje cogió una punta de plata y colocó un pergamino

en blanco sobre la mesa de dibujo. Dio con la aguja y comprobó su medida. Se tomó su tiempo para realizar esas tareas. El rostro de la muchacha, enmarcado por la toca blanca, estaba pálido.

—Seguiremos la luz —dijo él—. Usted siéntese ahí, y yo, aquí. —El monje señaló un taburete de tres patas para sí mismo, una silla de respaldo recto con un generoso asiento de paja para ella, delante de la ventana.

Lucrezia permaneció de pie donde estaba.

—Fra Filippo, más de una vez me he preguntado... —empezó.

Quizá fueron los nervios los que espolearon a Lucrezia a hablar. Quizá quería que el monje disipase los inquietantes rumores de los que su hermana la había puesto al corriente momentos antes. Quizá sencillamente deseaba oír la sosegadora voz de Fra Filippo.

—Más de una vez me he preguntado acerca de la mezcla de la pintura y lo que algunos denominan alquimia —dijo.

El monje entornó levemente los ojos.

—Seguro que no es muy diferente de lo que se hace a la hora de mezclar los colores para la seda —respondió con un pequeño gesto de la cabeza.

—Perdone, pero en casa oí a gente, gente culta y devota, manifestarse en contra de los pintores que mezclan sustancias extrañas para obtener sus colores —le explicó la novicia—. Se dice que tientan al Diablo.

—Qué curiosa es usted —comentó Fra Lippi, y la aprobación dio un tono más amable a su voz.

—Lo siento —se apresuró a contestar Lucrezia. Su padre sólo le había permitido hacer preguntas cuando las contrarrestaba con una actitud de suma modestia—. No es mi intención poner en tela de juicio su devoción. Sólo quiero saber su opinión sobre esta práctica, y si se sirve usted de ella.

—Yo mezclo los colores según los nuevos usos de nuestros maestros —dijo, contento de compartir sus conocimientos con ella—. Pero es Dios, no Satanás, quien nos ha transmitido este conocimiento secreto, de manera que podamos embellecer su mundo. Muchas grandes obras que honran nuestras iglesias tienen los colores más brillantes que se pueda imaginar gracias a lo que otros tachan neciamente de tentación del Diablo.

Lucrezia vio que había abordado un asunto que interesaba al pintor, y su pasión la intimidó. El aire cálido y franco de sus rasgos, incluso la huella de tristeza en sus ojos, le produjo una sensación peculiar.

—Sí, en cierta manera es como los colores mezclados en las tinas de los *tintori*, eso ya debería haberlo sabido. Le presento mis disculpas de nuevo, hermano.

—No se disculpe —respondió él—. Es mejor, creo yo, que le enseñe cómo se hace. No es magia negra en absoluto, sino la simple mixtura de materiales terrenos que nos proporciona el Señor.

Fra Filippo fue cogiendo un surtido de tarros y recipientes de los estantes junto a su mesa de trabajo. Sosteniendo una petaca ámbar, retiró el corcho y se la tendió a Lucrezia.

—Huela con cuidado.

Así lo hizo: los ojos se le llenaron de lágrimas y le escoció la nariz.

—Amoníaco. —El monje puso el corcho a la petaca y la dejó. A continuación, abrió un tarro de arcilla que contenía un trocito de una sustancia amarilla terrosa—. Cuidado —advirtió al tiempo que tendía el recipiente hacia Lucrezia—. Es peor que el primero.

Con cautela, Lucrezia cerró los ojos y se sirvió de una mano para aventar hacia su nariz el aroma del tarro.

—¡Qué horror! —gritó Lucrezia, que se llevó una mano a la cara. Su gesto deleitó al monje.

—Es sulfuro —le explicó—. Ahora, juntamos estas dos repugnantes sustancias. —Cogió un toque de cada una y los colocó en un tarro limpio—. Añadimos mercurio. Y luego, un poquito de estaño. —Fra Filippo añadió unas gotas de un líquido denso—. Los removemos y luego lo sometemos al poder del fuego.

El *frate* encendió un grueso velón y mantuvo el tarro encima de la llama hasta que las sustancias empezaron a fundirse. Transcurrido un minuto, retiró el recipiente del calor e hizo girar su contenido. Apareció un precioso amarillo reluciente. Tendió el tarro para que Lucrezia lo viera.

—¿Y no es esto pecado? —Bajo la sencillez de su pregunta, Lucrezia era consciente de que indagaba acerca de algo más que mera alquimia.

—No. Esto es belleza. Y la belleza no es pecado. —La mirada de Fra Filippo era cálida—. Eso es oro mosaico, y será el color de su corona.

—No es mía —Lucrezia desvió la mirada rápidamente—, sino de la Virgen.

Se oyó un paso a sus espaldas, y ambos se volvieron para ver a Spinetta en el umbral.

—Es precioso, hermano —dijo la joven, al tiempo que se acercaba a la mesa y observaba el oro en el interior del tarro—. ¿Pero no es Dios el único que puede cambiar la naturaleza de las cosas?

Lucrezia reculó para poner distancia entre el monje y ella. Le chocó la franqueza de su hermana, pero el monje no pareció notar nada fuera de lo habitual. Respondió con amabilidad, aunque sin el menor indicio de la intimidad que sentía Lucrezia cuando hablaba con ella.

—Sí, hermana Spinetta, es Dios quien transforma todas las cosas. Naturalmente, sabemos que transformó la costilla de Adán en la hermosa figura de Eva cuando vio que Adán estaba solo. Pero Él no nos oculta esta magia.

Al oír la mención de Adán y Eva, le vino a la mente a Lucrezia la agonía de sus semblantes en el fresco de Masaccio. No tenía idea de que, de niño, Fra Filippo había visto al maestro pintor ejecutar esa misma escena en la capilla Brancacci.

—De la misma manera que Jesucristo convirtió el agua en vino, nosotros convertimos la piel sin refinar del gusano de seda en madejas de hermoso tejido —continuó Fra Filippo—. Tomamos elementos de la tierra y los transformamos en colores para adornar nuestras iglesias. Del jardín en el convento a las paredes de la iglesia, la belleza no se pierde, sólo se transforma. Así es como funciona el mundo.

Fra Filippo se acercó a una palangana y se lavó las manos, que luego se secó con un trapo. En una de sus mesas de trabajo desplegó un pergamino con los bocetos preliminares del tríptico en tinta marrón.

—Ahora, permítame que le enseñe lo que vamos a hacer —dijo.

Le describió sus planes para el tríptico y, tal como había hecho con *ser* Francesco, Fra Filippo sacó las tablas de san Antonio Abad y san Miguel para que las admirasen las hermanas. Describió la escena de la Adoración con detalle, su visión de la Madonna arrodillada en los fértiles bosques rodeada por el verdor de las flores y los árboles, el Niño Dios resplandeciente como una lámpara votiva en contraste con la noche oscura.

—Hay muchos limoneros en las tierras de Nápoles, y los cipreses crecen a orillas del río que pasa por Prato —les explicó el monje—. Los incluiré, y también un ciervo, y un lobo apenino de los que vagan por las colinas, dócil a los pies del Niño Dios.

De puertas afuera, tañeron las campanas del *campanile* de Santo Stefano.

—El día avanza —señaló Spinetta con voz queda—. Más vale que les deje empezar.

Fra Filippo y Lucrezia la vieron regresar a la antecámara.

—Podemos empezar ahora, hermana Lucrezia. —El monje indicó la pesada silla que había colocado delante de la ventana—. Siéntese, haga el favor.

—¿Pero no ha dicho que iba a pintar a la Santa Madre arrodillada en tierra?

—Sí —respondió él—, pero no voy a pedirle que se arrodille, no aquí, en el suelo de mi taller.

—Pero la Madonna se arrodilló —replicó ella, pensando en el humilde sacrificio de la Virgen y en su ausencia de orgullo—. Se arrodilló con modestia.

Fra Filippo no pudo contenerse. Tendió la mano y colocó dos dedos debajo de su barbilla para levantar el rostro de Lucrezia. Ella notó propagársele hasta las mejillas la calidez de su tacto.

—Su humildad es comparable a la de la Virgen —aseguró, mirándola de hito en hito—. Es humilde en toda su gloria. Desde luego, si así lo desea, hermana Lucrezia, puede arrodillarse.

El sacerdote se retiró y ella se hincó de rodillas. Entrelazó las manos en actitud de oración y adoptó la pose de la Madonna que tan bien conocía. A partir de entonces, el único sonido que se oyó fue el roce de la punta de plata de Fra Filippo al ir llenando el pergamino.

8

Martes de la duodécima semana después
de Pentecostés, año de Nuestro Señor de 1456

Cuando Fra Filippo vio entrar la luz del sol por la ventana de su taller, se alegró inmensamente. Lucrezia no tardaría en llegar.

Desde el jueves había dedicado infinidad de horas a bosquejar su rostro, a imaginar el cuerpecillo de la novicia cubierto con un suntuoso manto y a sopesar con sumo cuidado los colores que vestiría la Madonna en su pintura. Naturalmente, se había decantado por un vestido que hiciera resaltar la impecable piel de Lucrezia, escogiendo un cálido e intenso púrpura *morello* para el manto, seda blanca para el ribete en torno al cuello y una *benda* entreverada con delicadas perlas como adorno en el cabello. Tras decidirse por este atuendo, había ido una y otra vez al convento sólo para cumplir con sus deberes y estudiar en secreto a Lucrezia mientras se postraba de hinojos para rezar o trabajaba en el *giardino* bajo la mirada vigilante de sor Pureza. Se había esforzado por congraciarse con la arisca madre Bartolommea: le recordó que Dios aceptaba de buena gana en su Reino a aquellos que lo habían loado por medio del arte y le prometió que, en cuanto estuviera terminado el tríptico de los Medici, el retablo con ella arrodillada a los pies de la Virgen junto con santa Margarita y santo Tomás sería su próxima tarea.

—No me preocupa tanto mi propio retrato, *fratello*, como el que no haya la menor falta de decoro —le había advertido la priora Bartolommea, con los ojillos entrecerrados. Y le recordó que sin duda mucha gente ya habría reparado en las dos hermanas que habían ido en dos ocasiones a su taller la semana anterior, así como que su reputación era su principal responsabilidad.

—Entonces puede tener la seguridad de que el honor de sus novicias está bien protegido —respondió el—. Porque he invitado al venerable Fra Piero d'Antonio di ser Vannozzi a que venga de visita al mismo tiempo que las hermanas este martes, mientras trabajo.

—¿El procurador del convento? —La priora arqueó las cejas en un gesto de sorpresa, pues estaba convencida de que el administrador seguía de visita en un nuevo convento en Montepulciano.

—Sí, ha regresado a casa para la *festa*, y me ha prometido hacerme el honor de su compañía. Si no pone usted objeción, madre.

La priora, claro está, no puso ninguna, pues el procurador tenía un rango y un poder superiores a los suyos.

Tras la conversación, Fra Filippo había regresado a su estudio bajo la luz menguante y había trazado de nuevo la curva de las mejillas de Lucrezia, los airosos huesos en torno a sus ojos. Trabajó hasta que la belleza de la muchacha dio la impresión de respirar en el pergamino, y luego dibujó los campos en los que se arrodillaría la Virgen, sirviéndose de una punta de plata para representar la textura de la hierba, las abundantes flores y los elegantes cipreses.

Trabajó como en trance, su intuición en llamas y su talento a plena potencia. Fra Filippo había conocido los brazos de no pocas mujeres: Magdalena di Rosetta Ciopri lo tomó como amante en las colinas a las afueras de Padua, y la esposa de un mercader de lana en Florencia lo había invitado a su cama en numerosas ocasiones. Estas mujeres, y otras a las que había pagado, le proporcionaron gran placer, pero no habían cambiado los colores del mundo a sus ojos, no habían convertido incluso las tareas más sencillas en momentos de embriagadora satisfacción. Sólo Lucrezia lo había conseguido, y el poder que ejercía sobre él era evidente en la confianza en sí mismo que ahora guiaba su mano al trabajar.

Tañeron las campanas de Santo Stefano, y llegaron las hermanas con su escolta. Las jóvenes entraron con aire modesto, como siempre, trayendo consigo el fresco aroma de los jardines del convento.

—*Bellissima* —se pronunció Spinetta cuando vio los bocetos que había hecho el monje desde su última visita—. Ha captado algo en mi hermana que habita bajo la superficie de su piel.

El monje miró el bosquejo para el tríptico, que estaba apoyado junto al panel central, de mayor tamaño. Desvió la vista de su propia obra a la de Dios, del pergamino al rostro de Lucrezia. Y quedó satisfecho.

—Es difícil mirar mi propio rostro tal como lo ha dibujado, *fratello* —dijo Lucrezia, que apartó los ojos del boceto. Aunque su propio reflejo le había provocado curiosidad en muchas ocasiones, el deseo de verse en un espejo o en el agua a orillas de un río lo habían atenuado las duras palabras de su madre en contra de la vanidad.

—Es un parecido auténtico, Lucrezia —dijo Spinetta con cariño, al tiempo que columpiaba la mirada entre el monje y su hermana—. Eso te lo aseguro.

Lucrezia se llevó una mano al griñón y se lo ajustó sobre la frente. Luego volvió a contemplar el dibujo de su rostro, embellecido con un aura.

—Pero se supone que no soy yo —dijo—. La pintura representa a la Santa Madre.

—Así es —se apresuró a decir el monje—. Usted sólo le ha

prestado su belleza, de manera que podamos ensalzar juntos la gloria de Nuestra Santa Madre.

El monje estudió sus rostros mientras las hermanas examinaban su trabajo, y se deleitó con las atentas observaciones de Spinetta sobre los detalles que había dibujado en el exuberante entorno de la Madonna.

—El mes pasado, antes incluso de saber dónde encontraría el rostro de mi Madonna, me paseé por la orilla del río Bisenzio para observar los cipreses y las nubes que veía bajo el ojo de Dios —dijo con voz queda.

«El ojo de Dios». Lucrezia miró al monje y se preguntó si se mofaba de ella. ¿Le estaba advirtiendo de que el ojo de Dios los vigilaba, incluso en ese momento? ¿Podía él saber cómo se sentía en su presencia?

Lucrezia carraspeó y se dio la vuelta.

—No estará enferma, ¿verdad? —le preguntó el monje.

—No, Dios me guarde. —Lucrezia se persignó ante la mera mención de la enfermedad, tal como le habían enseñado. No le miró—. Sólo me hace falta un poco de agua.

El monje le acercó un cazo de agua, y vio que tenía el rostro crispado.

—¿Quizá necesita descansar, hermana?

—Quizá —convino ella, aunque seguía sin mirarle—. Cuando pose para usted, estaré más tranquila.

Alguien llamó a la puerta, dando al traste con el momento de complicidad que se había dado entre ellos, y un hombre de aspecto dinámico irrumpió en la estancia.

—¡Piero! —Fra Filippo se apresuró a abrazar a su amigo y le dio un beso en cada mejilla.

Piero d'Antonio di ser Vanozzi, procurador de una docena de conventos en la Toscana, echó una mirada ladina por el taller apresuradamente ordenado, miró de soslayo las caras jóvenes y preciosas de las novicias florentinas y esbozó una cálida sonrisa.

—Fra Filippo, Dios se ha portado bien con usted —exclamó el procurador. Posó la mirada primero en Spinetta y luego en Lucrezia. Las novicias desviaron las suyas hasta que fueron presentadas, cosa que Fra Filippo hizo con gran formalidad—. Me han llegado noticias de que dos nuevas almas se han sumado a nosotros en Santa Margherita —dijo Fra Piero—. Pero puesto que llegaron después de Pentecostés, no esperaba que se hubieran establecido lazos tan fuertes entre ustedes y nuestro estimado capellán, al menos tan pronto.

Lucrezia se sonrojó.

—No tenía intención de ofenderlas, hermanas —se disculpó el procurador—. Es una bendición tener a Fra Filippo con nosotros en Prato, y cualquier cosa que podamos hacer para facilitar su trabajo es un honor.

El procurador era hombre de mundo, tan compasivo y benévolo con los pecados ajenos como indulgente era con sus propias flaquezas de la carne. Hacía tiempo que admiraba la obra de Fra Filippo, y había hecho sumamente confortable la estancia del pintor en Prato; lo presentó a los hombres más pudientes de la ciudad y le ayudó a obtener encargos. El monje había contado con su amigo para que bendijera su amistad con las novicias, y le sobrevino una oleada de afecto por Fra Piero mientras el hombre alababa con esplendidez su trabajo.

—Ojalá pudiera quedarme más, pero hoy tengo un asunto importante —se disculpó Fra Piero, después de tomarse una copa de vino—. Además de los preparativos para la *Festa della Sacra Cintola*, me han pedido que bendiga al recién nacido de Maximo di Corona. —Al procurador le cambió el semblante—. El niño está a salvo, pero la vida de la madre pende de un hilo.

—¡Pobre mujer! —se compadeció Spinetta—. Rezaré por ella.

—*Per piacere*, hermana Spinetta. —El procurador sonrió al hablar, y sus dientes torcidos le dieron un aire levemente pícaro—. Si fuera tan amable de acompañarme en mi visita, sus oraciones y su naturaleza tan simpática podrían hacer un gran bien a la criatura y a su madre enferma.

La mirada de Spinetta recorrió los bocetos que había dispuesto Fra Filippo sobre la mesa.

—Seguro que Fra Filippo puede prescindir de usted un ratito —insistió el procurador—. Su gracia, hermana, sólo puede contribuir a aliviar los humores de la nueva madre. No querría inmiscuirme en sus obligaciones, pero le agradecería que se sumase a mí. No nos llevará mucho tiempo.

Spinetta dirigió una mirada de interrogación a su hermana, que asintió levemente.

—Es cierto, hermana —dijo Lucrezia, con la esperanza de que los demás no alcanzaran a percibir cómo se sentía en esos momentos—. Nada malo me puede ocurrir mientras Fra Filippo esté trabajando.

—Si no es abusar, me gustaría acompañarle —le dijo Spinetta al pintor—. Y ya voy bastante adelantada en la copia de la Regla.

El monje miró a Spinetta, sus ojos castaños versiones más redondeadas de los ojos azules de Lucrezia, y pronunció una muda plegaria de agradecimiento.

—Muy bien, hija mía —dijo Fra Filippo—. Por favor, hermana Spinetta, vaya con mi bendición.

Al cerrarse la puerta, Lucrezia se puso tensa. El pintor y ella estaban a solas.

—¿Hay algo que quiera ver, hermana Lucrezia, algo que pueda ofrecerle?

—No, hermano —respondió ella, con tanta premura que su tono lo dejó pasmado.

—Hermana Lucrezia —respondió de inmediato—, ¿se encuentra bien? ¿Le desagrada algo?

—Oh, no, *fratello*. —Se alegraba de estar a solas con el monje, aunque estaba nerviosa—. De veras, disfruto estando aquí y formando parte de su trabajo. Es sólo que... —Su voz quedó en suspenso. No quería ofenderlo, pero si era culpable de aquellos delitos de los que, según Spinetta, se le acusaba, Lucrezia tenía que saberlo. Tragó saliva y siguió adelante—. He oído muchas cosas sobre usted, y estoy confusa. No me tome por una persona grosera, Fra Filippo. Lo aprecio mucho.

Fra Filippo miró sus ojos atribulados.

—Se dicen muchas cosas de mí, y usted tiene derecho a saber qué es cierto. No hay oprobio en buscar el conocimiento, sobre todo si se hace sin malicia. Siéntese, hermana Lucrezia, y le responderé a todo lo que me pregunte.

El monje le indicó la silla junto a la ventana, y tomó otra para sí. Se sentaron con el sol a sus espaldas, que iluminaba los rasgos de Lucrezia y arrojaba una tenue luz sobre el ceño del monje. La ventana estaba lo bastante alta como para que los viandantes no pudieran verlos desde la calle.

—Si le han dicho que he quebrantado las leyes de Dios, entonces es cierto —se sinceró Fra Filippo. Separó las rodillas bajo el hábito y se inclinó hacia delante con las palmas de las manos apoyadas en los muslos. Estaba tan cerca que Lucrezia alcanzó a oler el jabón que había usado para afeitarse esa mañana—. Pero he sido pobre y he pasado por circunstancias desesperadas, y sólo en esos momentos sucumbí a la tentación de la deshonra.

Con palabras balbucientes, Fra Filippo describió los meses tras la muerte de su padre, cuando se vio obligado a mendigar sobras de comida por las calles florentinas, y cómo aquellas noches solitarias de su niñez aún lo seguían obsesionando.

—Me criaron los carmelitas, y a cambio tomé hábitos. ¿Entiende, hermana Lucrezia, cómo estos hábitos llegaron hasta mí, y yo hasta Dios?

Lucrezia apartó la mirada. El monje estaba muy cerca, y su rostro rebosaba de aquello que no estaba dispuesto a decir con palabras.

—Lo entiendo, Fra Filippo —dijo en voz baja.

—Se lo digo con toda sinceridad, hermana Lucrezia: no albergaba intención de engañar a mi ayudante, Giovanni di Francesco. No tenía con qué pagarle, pero en cuanto consiguiera el dinero, tenía previsto darle todo lo que le debía. —Negó con la cabeza—. Imprimí la marca de la *vergogna* sobre mi nombre. No me comporté como un hombre de palabra, ni como un hombre de Dios.

El asunto lo había sacado a colación ella, y Lucrezia se sintió responsable del pesar que lastraba su semblante.

—Hasta los mejores hombres son a veces acusados de falsedades, y su buen nombre se ve emponzoñado —dijo ella, los ojos arrasados en lágrimas con sólo pensar en su digno padre—. El gremio de la seda acusó a mi padre de producir *strazze de seta filada*, seda de calidad inferior, pero no era cierto. Las sedas de mi padre siempre fueron *seta leale*, de la mejor calidad.

Lucrezia se inclinó hacia delante. El monje tendió las manos y tocó las suyas. Ella no se movió, pero recordó las advertencias de la priora.

—Debió de suponerle una gran alegría a su padre verla en sus talleres y tenerla a su lado —le comentó Fra Filippo con delicadeza—. Y sus sedas tenían que ser sumamente hermosas.

—Tan hermosas… —convino ella. El rostro del monje, rebosante de compasión, le insufló la valentía necesaria para continuar—. Fue junto a mi padre donde aprendí a apreciar la belleza —dijo en tono melancólico.

—Sí. —La respuesta de Fra Filippo estaba preñada de intención—. La belleza de este mundo, que refleja la del Cielo de Nuestro Señor.

Se miraron, y ella retiró la mano, pero la complicidad que se había dado entre ellos abrió algo en el interior de la novicia, y las palabras de Lucrezia brotaron en torrente:

—Mi padre tenía infinidad de palabras para el «azul». —Meneó la cabeza—. *Azzurro. Celeste. Blu scuro.* A sus ojos no había dos piezas de seda que tuvieran exactamente el mismo aspecto.

Le habló de la *appicciolata* floreada y el *baldacchino* rojo intenso, el *beche* con encajes dorados que su padre había encargado para el ajuar de su hermana Isabella.

—Qué hermoso era —comentó—. Era tan hermoso que me duele recordarlo.

Mientras describía las elegantes telas de sus vestidos con mangas colgantes al estilo *bredoni*, y su primer atuendo de verano de *damaschino* blanco con un brocado de flores doradas, el monje imaginó a una joven Lucrezia bailando en su jardín como un ángel ataviado de blanco.

—Y ahora —dijo, bajando la vista hacia su sencillo hábito negro— sólo tengo esta túnica.

Fra Filippo empezó a sonreír.

—Querida hermana Lucrezia —respondió, incapaz apenas de disimular su deleite. Estaba casi tan complacido consigo mismo como con ella—. No puedo crear una virgen con una sencilla túnica negra para el ilustre Alfonso de Nápoles. Él espera seda, perlas y terciopelo.

Lucrezia le dirigió una mirada cauta.

—¿Por qué sonríe? —le preguntó.

—Si lo tiene a bien y no ofende su sentido de la modestia, me gustaría que posara con ropa elegante, digna de la Reina de los Cielos. Cuánto más sencillo me resultaría así copiar los pliegues de la seda y el titilar de las perlas auténticas, en vez de tener que contentarme con imaginarlas.

—Pero eso es imposible —exclamó ella—. Me he desprendido de toda mi ropa.

—No es imposible. Yo tengo ropa elegante aquí mismo, en el taller, gracias a mi gran mecenas, Cosimo de Medici.

El monje vio palidecer a Lucrezia.

—Es lo que se estila, claro —dijo con gravedad, manteniendo a raya su entusiasmo—. Las modelos que posan para los grandes maestros se atavían con la ropa adecuada.

—¿Qué atuendo vestiría la Virgen? ¿Y cómo puede estar tan seguro de que le haré justicia?

Lucrezia sintió un entusiasmo embriagador mientras Fra Filippo cruzaba la estancia hacia un pequeño baúl al fondo de su *bottega* y empezaba a sacar delicadas prendas dignas de una noble florentina. Le vio levantar una *cotta* de púrpura *morello*, las mangas decoradas con florecillas y forradas de seda, una *benda* bordada con perlas y un velo finísimo cual tela de araña.

—Qué preciosidad —exclamó ella, entusiasmada con sólo pensar en sentir de nuevo el tacto de la seda sobre sus brazos, el dulce peso de un *frenello* entreverado en el cabello.

El monje no confiaba en sí lo suficiente para mirarla a la cara.

—Si se los pone, hermana Lucrezia, me sería de gran ayuda.

Ella tomó con cuidado la *cotta* de las manos del monje y se la echó sobre el brazo doblado. Con tiento, sostuvo la *benda* en la palma de la mano.

—Lamento no tener un vestidor más elegante. —Fra Filippo le indicó la cortina que había colgado en torno al desbarajuste en la sala al fondo de su taller—. Puede cambiarse allí.

Enseguida, antes de perder el valor, Lucrezia fue detrás de la cortina y se despojó de la túnica. Cubierta únicamente con su *panni di gamba*, notó el suave peso del medallón de san Juan Bautista cosido en la cenefa, y le sobrevino una oleada de dudas. Al otro lado de la cortina, oyó a Fra Filippo trasladar algo arrastrándolo por el piso del taller, y le vino a la cabeza una imagen de su padre. La miraba desde las alturas, sus ojos oscuros acerados en un gesto de desaprobación.

—Detente —le susurró con severidad—. *Disgraziata.*

A Lucrezia se le congestionó el pecho.

—He seguido sus normas, padre, y mire en qué he ido a dar —susurró para sí.

Del otro lado de la cortina, Lucrezia oyó que el pintor lanzaba un sonoro carraspeo, y ella frunció los labios con firmeza.

«Soy una novicia consagrada a Dios —arguyó consigo misma—. Sólo poso siguiendo las instrucciones de la madre Bartolommea para satisfacer a los Medici. Y para satisfacer al rey de Nápoles. —Sus dedos acariciaron las cintas de terciopelo de las mangas, cosa que pareció aquietar sus miedos—. No puedo ser una *signora*, pero lo puedo fingir. No hay nada de malo en fingir.»

Se pasó la *cotta* por la cabeza.

Cuando Fra Filippo oyó el suave deslizarse de la cortina, levantó la mirada del caballete. El sol de media tarde iluminaba el oro del cabello de Lucrezia, firmemente recogido en un moño. Tenía la *benda* sobre la cabeza cual corona de seda, las diminutas perlas relucientes. La *cotta* de seda le cubría los hombros y el pecho, las mangas henchidas como alas de ángel, el corpiño ceñido a su cintura para luego caer en gruesos pliegues, justo por debajo de las medias que abrigaban sus pies.

—Lucrezia. —Fra Filippo susurró su nombre con tal anhelo e incredulidad que no hubo de decir nada más.

Lucrezia cerró los ojos, temerosa de desvanecerse. Mientras lo hacía, el pintor se apresuró a coger el lápiz.

—Quieta, por favor. Quédese tal como está —le dijo.

Lucrezia permaneció inmóvil. La estancia, de hecho, incluso el retumbo de las calles de Prato fuera del taller, pareció quedar en silencio. El monje no apartó los ojos de su rostro ni pronunció una palabra más hasta que hubo captado su expresión, la suave curva de su boca, la manera en que la *benda* se asentaba a la perfección sobre su frente. Cuando el sol pasaba por encima del tejado vecino, llevó un lápiz rojo al lugar donde estaban abiertos los labios de la Virgen.

—Ya está bien —anunció bruscamente—. Debe volver a ponerse su hábito de monja.

Lucrezia guardó silencio. Había estado en el mismo lugar tanto rato que casi había olvidado dónde se encontraba. Tenía los músculos rígidos y doloridos. Pero la expresión del pintor era profundamente satisfactoria.

—Me ha permitido ver cómo cobra vida mi visión —dijo Fra Filippo—. Ahora, apresúrese.

Detrás de la cortina, a Lucrezia le temblaron los dedos mientras desabrochaba los botones de la *cotta*. Se quitó la *benda*. Estaba siendo una insensata, más insensata de lo que fuera de niña en Lucca, fingiendo ser una novia bajo una corona nupcial hecha por ella misma. Imaginar que el monje la había mirado únicamente con los ojos de un pintor embelesado con su propia visión celestial era una blasfemia, un terrible pecado de orgullo y vanidad. Era sin duda el impulso de Satán dentro de ella.

Lucrezia se puso la túnica a tirones y se enderezó el griñón. No tenía espejo, pero cuando salió de detrás de la cortina, supo que la Lucrezia esplendorosa había desaparecido, y se sintió amargamente agradecida por ello.

Cuando regresaron el procurador y Spinetta, estaba sentada en la antecámara, a la espera. Se alisó las arrugas del atuendo mientras entraba Spinetta, con el rostro demudado.

—Ay, Lucrezia —suspiró Spinetta—. Ojalá pudiera haber hecho algo más por la pobre mujer, pero me temo que pronto estará en compañía del Señor.

Lucrezia se disponía a contestar, pero cuando abrió la boca, resonó la voz grave del monje:

—Hermana Spinetta, seguro que ha sido usted un gran consuelo para la reciente madre —dijo Fra Filippo desde el umbral de su taller—. Ahora tienen que regresar al convento. Su escolta no tardará en llegar.

Fuera de la *bottega* el cielo se estaba volviendo de un azul profundo. Apareció el criado de De Valenti, y las hermanas se despidieron apresuradamente antes de seguirlo hacia Via Roma para su breve paseo de vuelta a casa.

—Qué afortunadas somos —le susurró Spinetta a Lucrezia mientras ambas respiraban el aire fresco del anochecer—. Hay infinidad de cosas en este mundo de las que nada sabemos, como el sufrimiento.

—Sí, Spinetta, es cierto —respondió Lucrezia, aliviada de que estuvieran caminando y no se viese obligada a cruzar la mirada con su hermana—. Hay infinidad de cosas de las que nada sabemos.

9

Festividad de San Bartolomé,
año de Nuestro Señor de 1456

El cielo pasó de un azul marino al negro intenso, y Lucrezia seguía dando vueltas en el estrecho catre de su celda. Desde que posara para el monje con un hermoso vestido de *donna*, había estado sumida en una fantasía imposible. Durante el día, mientras permanecía ocupada en el jardín, era capaz de guardar las apariencias y afectar mera obediencia, pero a solas, pensaba constantemente en la cara del monje. Cuando la había visto con el vestido de seda, le dio la impresión de que Fra Filippo no la miraba como monja, sino como mujer. Naturalmente, él era monje, ella novicia, y cualquier emoción que se transmitieran quedaba sometida a sus hábitos. Su afecto por ella no podía ser sino el de un sacerdote por su rebaño, bien lo sabía Lucrezia. Y, sin embargo, no podía dejar de imaginar sus manos sobre su rostro, ni de figurarse que tal vez llegaran a compartir lo que no podía ser.

Lucrezia oyó una lechuza a lo lejos, entre los árboles al otro lado del muro del convento, y sacó una mano para frotarse los músculos doloridos del hombro. En los días transcurridos desde que visitó por última vez el estudio del monje, había trabajado con ahínco en el jardín, había cortado hierbas y arrancado raíces que se molerían y dejarían fermentar para las tinturas curativas de sor Pureza. Esa misma mañana se había calzado botas recias y había usado una pala para desarraigar una morera. Cavó con tenacidad, hasta hacerse callos en las manos y tener la frente sudorosa. El trabajo enérgico le había sentado bien a su cuerpo joven, y llevó de buen ánimo las raíces al pozo para lavarlas con detenimiento. Luego las trasladó en carretilla hasta un tablón de picar junto a la enfermería. Habían puesto al fuego en la cocina del convento un inmenso caldero, y las raíces de morera seguían hirviendo a fuego lento.

Después de tanto trabajo, esperaba dormir bien. Y, sin embargo, tenía la mente desbocada. Lucrezia nunca había conocido a un hombre como Fra Filippo. El interés y la concentración que demostraba a la hora de trabajar le recordaban a Lucrezia a su padre. Pero el pintor era un hombre que la miraba no como miraría un padre a su hija, sino como imaginaba ella que un hombre miraría a una mujer hermosa. Tal vez, incluso a una mujer a la que amase.

En secreto, había leído los cuentos subidos de tono del *Decamerón* de Boccaccio, que hablaban de la fiebre que pueden sentir un hombre y una mujer en presencia del otro. Pero no había imaginado la sensación que debía de producir esa fiebre, ni había visto pruebas de la misma en su propia vida. Había habido un beso robado con su prometido, y sólo le provocó una intensa quemazón en la mejilla debido a su barba sin afeitar. Pero cuando pensaba en Fra Filippo, y notaba su olor almizcleño y terroso, se imaginaba apoyando la mejilla en su pecho, dejando que la tomara en sus brazos y le susurrara todo lo que sabía sobre el arte y la belleza, y el amor.

Antes de la muerte de su padre, entendió Lucrezia, era una niña. Ahora, bajo la sombra del velo que iba a desposarla con el Señor, se estaba convirtiendo en una mujer. Y no había nadie con quien pudiera hablar de cosas semejantes. Su madre nunca había sido su confidente. Su hermana Isabella, con quien podría haber hablado de haber estado cerca, había seguido las directrices de *monsignor* y se abstenía de escribir a Lucrezia al convento. Spinetta era muy joven, y demasiado devota. Era imposible, de todas maneras. Lucrezia estaba al tanto de que muchos clérigos se entendían con cortesanas y tomaban amantes cuyo nombre caía en la ignominia por causa de su rendición misma. Y estaba segura de que una novicia que se sentía de esa manera en presencia de un monje estaba tentando el *malocchio*, el ojo del Diablo.

Sin mujer alguna de carne y hueso en quien poder confiar, Lucrezia recurrió a la Virgen. En su celda, después de que las otras cerrasen la puerta y apagaran la vela, Lucrezia rezaba. Durante dos noches se había puesto de hinojos sobre las toscas piedras y había susurrado lo que la acosaba en sus pensamientos. Sus palabras no sonaban más alto que el desperdigarse de los ratones por las escaleras al amparo de la noche.

«Santa Madre, perdóname por vestir elegantes ropajes cuando he hecho votos de seguir tu ejemplo. Perdóname por ansiar lo que está fuera de mi alcance. Perdóname por sentir lo que siento bajo la mirada del pintor. Ayúdame, por favor, ayúdame, Virgen Santa.»

Lucrezia rezó toda la noche y el rostro del monje seguía flotando en su mente; las manos de su padre, siempre trabajando, vagaban a lo ancho y largo de sus oraciones. Vio una imagen distorsionada de su propio rostro bajo la corona de la Virgen y su cuerpo envuelto en llamas de vergüenza.

«Quienes entienden de esas cosas dicen que el arte del pintor es para tu mayor gloria y para la mayor gloria de tu Hijo —rezó—. Te pido humildemente que me guíes, Santa María. Te ruego que me ayudes a seguir por el camino recto.»

Lucrezia seguía de rodillas cuando surgió la luna. Oró hasta que las hermanas encargadas de los maitines cerraron la puerta del dormitorio con un portazo. Luego se metió en el lecho, se cubrió con una manta y empezó a dar vueltas con inquietud. Arrancada del sueño por el toque a prima, Lucrezia sintió la arenilla bajo los párpados y el dolor de las extremidades cansadas. Se notaba pesarosa y al mismo tiempo sentía una feliz expectación. Era jueves, vería al monje después de sexta.

Figuras de hábito emitían quedos susurros a través del amanecer iluminado por las velas en el momento en que Lucrezia y Spinetta ocuparon su lugar en la iglesia y se arrodillaron. Las jóvenes novicias inclinaron la cabeza en lo que parecía ser la misma actitud humilde que antes, y pronunciaron sus oraciones con la misma callada vigilancia. Y, sin embargo, en el convento de Santa Margherita todo el mundo sabía que el escolta había regresado tres veces a por las hermanas, y las monjas que observaban de cerca a Lucrezia y Spinetta eran conscientes de que las novicias habían empezado a cambiar. Unas creían que era vanidad; otras, orgullo; otras, más generosas en su valoración de la debilidad humana, eran del parecer de que las hermanas se sentían culpables por salir del convento para visitar al pintor.

De rodillas, sor Pureza miró a la madre Bartolommea y aguardó a que la priora se volviese.

—¿De qué se trata, hermana Pureza? —La voz de la priora sonó áspera con sus primeras palabras del día.

—La hermana Lucrezia parece muy cansada. Me temo que los días con el monje le están haciendo mella —dijo.

—¿Qué molestias puede ocasionar estar sentada el día entero mientras el pintor te retrata? —saltó la priora Bartolommea.

—No he pasado por esa experiencia, así que no puedo saber lo que exige —reconoció sor Pureza—. Pero he permanecido sentada el día entero sumida en la contemplación del Señor, y sé lo agotador que puede resultar. Rezar todo el día es una cosa, pues al menos nutre el espíritu, pero posar para un pintor debe de propiciar una sensación de vanidad y orgullo. Tal vez la hermana Lucrezia se debate en sus oraciones.

La priora Bartolommea conocía muy bien el pecado del orgullo, y cómo podía atormentar el espíritu.

—No es la primera novicia que se debate para adaptarse a los ritmos de la vida enclaustrada, y no será la última —dijo la priora—. Si le preocupan sus deberes o su conciencia, se sincerará a la hora de la confesión, y eso le permitirá aclararse las ideas.

—Tal vez —respondió sor Pureza—. Aunque el confesor es el monje, y sin duda eso influirá en cómo descarga su alma.

Al notar los ojos de las demás sobre ella, sor Pureza cerró los labios y culminó la contemplación matinal en silencio. Cuando pasó Lucrezia, la novicia evitó su mirada.

En el desayuno, en vez de los habituales panecillos y el vino aguado, las hermanas se encontraron con una generosa torta de higo y un montón de huevos cocidos en un plato de estaño.

—Torta de higo —exclamó sor Bernadetta. Se llevó la mano a la boca para acallarse, pero las demás también manifestaron su alegría.

—Loado sea Dios, que nos sustenta con buenos alimentos y nos envía lo que necesitamos para servir en su nombre. —La priora habló desde su lugar a la cabeza de la mesa—. Esta mañana, mientras tomamos un sustento sin duda glorioso gracias a la munificencia del Señor, damos gracias a los Medici, que han enviado su cosecha de dones en honor a la festividad de San Bartolomeo. Damos gracias a la acaudalada familia de Florencia y rezamos por que se prolongue su prosperidad.

A la mera mención de los Medici, todas las cabezas se volvieron hacia las novicias, y Lucrezia buscó por debajo de la mesa la mano de Spinetta. A pesar de la comida especial, sólo tomó unas migajas de la torta de higo, y fue la primera en levantarse cuando les dieron permiso para marcharse del refectorio.

—Hoy no enviará a las hermanas a la *bottega* de Fra Filippo, ¿verdad? —le preguntó sor Pureza a la priora después de que las monjas hubieran salido en fila de a una—. No sé si se habrá fijado en que la hermana Lucrezia está pálida. Y no olvidemos que sigue de luto por su padre, que se fue con Nuestro Señor hace sólo unos meses.

A la priora se le nubló el rostro. Lo que decía sor Pureza era cierto. Pero también era consciente de que *ser* Francesco había dispuesto que las hermanas fueran al taller del pintor todos los martes y jueves hasta la semana de la *Festa della Sacra Cintola*. Había aceptado los presentes de los Medici sin dudarlo, y mientras siguiera teniendo la Santa Cinta bajo su cama, no podía despachar al escolta cuando viniera a por las novicias.

—La hermana Lucrezia no está en condiciones de hacer una salida —continuó sor Pureza—. Tal vez sea mejor que se quede hoy en el convento. Puedo preparar una infusión que le dé fuerzas, y si nuestro buen capellán dedica la jornada a la contemplación, tal como debería, no la echará de menos en absoluto.

La madre Bartolommea asintió con sobriedad. Era consciente de que su vieja amiga tenía razón. Cuando llegase el escolta, le enviaría al monje una breve nota diciéndole que Lucrezia no saldría hoy de Santa Margherita.

Tañeron las campanas mientras Lucrezia aguardaba a la hermana Pureza en el jardín. Miró en torno la bergamota en flor y el cilantro, que ya empezaba a marchitarse. Arrodillada en el estrecho camino de piedra, estrujó una hoja de verbena e inhaló su aroma.

—Buenos días, hermana.

La novicia se incorporó al llegar sor Pureza, y la anciana asintió. Tenía unos ojos profundos y amables, pero también autoritarios.

—Hermana Lucrezia, me temo que la hemos puesto a prueba demasiado pronto tras su llegada a Santa Margherita —dijo, y tomó suavemente a la novicia por el brazo—. La priora se ha fijado en su fatiga, y cree que es mejor que hoy se quede con nosotras.

Lucrezia contuvo la respiración, temerosa de que cualquier cosa que dijese pusiera en evidencia sus confusos sentimientos respecto del monje.

—Estoy terriblemente cansada, hermana. —Mantuvo la mirada apartada—. Pero nuestro capellán dijo que el gran Cosimo de Medici espera que el retablo esté terminado antes de un año, de manera que se lo pueda entregar al rey de Nápoles. Si tanto se le pide al capellán, no cabe duda de que yo puedo desempeñar mi pequeño papel.

—Los asuntos terrenales no son cosa nuestra —dijo sor Pureza mientras llevaba a Lucrezia a sentarse a su lado en el banco del jardín—. Siempre hay grandes asuntos en el mundo de los hombres que determinan sus deberes. Así es el mundo que creó Dios, y así viven en él los hombres. Cuando estaba usted con su padre en Florencia, seguro que vio cómo se hacían negocios con gran urgencia.

La anciana monja esperó a que Lucrezia asintiera antes de continuar.

—Yo también pasé la infancia entre el lujo y aquellos que viven para él. Pocos quedan que estén al tanto de que antaño llevé elegantes vestidos y asistí a maravillosas fiestas en los *palazzi* de grandes hombres. Pero así fue, hija mía. Sé lo difícil que es dejar atrás el mundo.

Sor Pureza escogió sus palabras con prudencia.

—Prato es un lugar animado, y aunque algunas de nuestras hermanas hacen buenas obras en la ciudad, el aventurarse a salir tan poco después de acceder a la clausura le ha planteado lo que podría ser una elección en manos de su propio destino. Soy vieja, pero recuerdo cuán atribulado estaba mi corazón cuando vine a vivir entre nuestros muros. Recuerdo haber deseado que hubiera algún otro camino para mí.

Lucrezia vio venirse abajo el semblante de la mujer, como si recordara una tremenda tristeza.

—¿Le sobrevino a su familia una tragedia, como le ocurrió a la nuestra? —indagó Lucrezia.

—Sí. —Sor Pureza no vaciló en su respuesta—. A mi familia le sobrevino una tragedia. Y yo encontré refugio aquí con las buenas hermanas de Santa Margherita. Al principio me resistí, pero cuando Dios te llama a su clausura, más vale aceptar su protección. Sólo cuando una consigue renunciar al mundo más allá de nuestros muros puede apreciar lo inmensa que es la vida espiritual.

Lucrezia inclinó la cabeza.

—Ir al taller del monje ha puesto a prueba su salud —dijo la anciana monja—. Ojalá no regresara.

—Pero la priora le ha hecho una promesa a Fra Filippo. No está en mi mano negarme. —La idea de no regresar nunca al estudio del pintor colmó de temor a Lucrezia—. Debo hacer lo que se me ordena, e ir allí adonde me envíe el Señor. ¿No cree usted?

Sor Pureza vio extenderse la palidez por las mejillas de la novicia. Fuera cual fuese la voluntad de Dios, no estaba dispuesta a permitir que la muchacha se debilitara y cayera enferma.

—Venga, hermana Lucrezia. Ha trabajado muchos días en el jardín, pero no ha disfrutado de los beneficios de nuestros esfuerzos.

Sor Pureza llevó a Lucrezia hacia el lapislázuli que señalaba la entrada a la enfermería, y se llegó hasta unos pequeños recipientes apoyados en la pared.

—Siéntese —le dijo sor Pureza, y Lucrezia obedeció. Poco después, la anciana regresó con un frasco lleno de un líquido turbio.

—Tengo la cabeza hecha un lío, hermana —confesó Lucrezia, que se recostó en el catre—. No sé a ciencia cierta por qué me ha enviado Dios aquí.

—Debe confiar en que Dios sabe lo que es mejor. Todo está en sus manos. —Le dio el frasco a Lucrezia—. Esto es raíz de verbena y valeriana. La tranquilizará.

Lucrezia puso cara de asco pero tragó la tintura. Sor Pureza le acercó un cazo de agua y la novicia también la bebió.

—Tiene que descansar, Lucrezia. No puede debilitarse, pues en la debilidad el Diablo nos encuentra y nos tienta.

Lucrezia sintió deseos de preguntarle a la monja si alguna vez había sido tentada por el Maligno, pero guardó silencio y cerró los ojos. Estaba sumamente cansada.

Mientras sor Pureza veía subir y bajar el pecho de la novicia, recordó su propia llegada al convento tantos años atrás. Había llegado a Santa Margherita con una criatura ya crecida en el vientre, y no había hecho gran cosa salvo dormir, día y noche. Al igual que Lucrezia, había plantado cara a la voluntad de Dios. Pero al cabo, vio su sabiduría, y se sometió a ella. Tras su terrible pérdida, desarrolló sus aptitudes de comadrona, adquiridas en secreto junto a su niñera en la infancia, y estudió las obras de medicina de Trotula di Ruggerio para asentar sus conocimientos. Después de que la Muerte Negra se llevara a las mejores comadronas del valle, la joven hermana Pureza descubrió que tenía un auténtico don para las artes del alumbramiento.

Inclinada sobre Lucrezia para aflojarle la toca, sor Pureza percibió un olor a camomila. Retiró el griñón de la cabeza de la muchacha y le enjugó las gotas de sudor en la frente. A la anciana monja le hubiera gustado contarle a la novicia lo mucho que ella también había sufrido y luchado en vano contra su destino. Pero la vergüenza secreta de Pasqualina di Fiesole había quedado enterrada mucho tiempo atrás, y su alma había renacido como la sabia hermana Pureza. Nadie salvo la priora conocía los secretos de su pasado, y así quería que siguiera siendo.

10

Lunes de la decimotercera semana después
de Pentecostés, año de Nuestro Señor de 1456

Sentado en el confesionario, Fra Filippo conocía a muchas de las monjas por su aroma: sor Camilla olía a polvo y alcanfor, la hermana Maria a trigo y romero, sor Pureza a la salvia que utilizaba para difuminar impurezas. A sor Simona, a quien le dolían perpetuamente los dientes, la conocía por el clavo que ocultaba tras el labio, y reconocía a la priora por la vaharada a sulfuro debida a la vela que ardía mientras estudiaba los libros del convento.

Cuando el aroma a camomila llenó el pequeño cubículo, Fra Filippo supo de inmediato que Lucrezia había acudido a él, y se esforzó por ver su rostro a través de la tela que pendía entre ellos.

—*Fratello*, perdóneme por no haber ido a su taller —susurró Lucrezia en cuanto se arrodilló—. Quería enviarle un mensaje, pero me resultó imposible. La hermana Pureza insistió en que descansara, y estaba en lo cierto. Estaba preocupada, Fra Filippo, y sigo estándolo. —Por debajo de la cortina vio el hábito de Fra Filippo, sus pies en las toscas sandalias de cuero. Continuó antes de que él tuviera oportunidad de responder—: Me temo que vestirme con aquellas galas fue un grave error, Fra Filippo, no porque me las diera usted, sino por cómo me hicieron sentir, y el envanecimiento que me sobrevino al ponérmelas. Temo, *fratello*, que lo que hemos hecho, por mucho que fuera en el nombre de la Virgen, sea un pecado.

Fra Filippo carraspeó. Estaba decidido a desempeñar su papel por el bien del alma de Lucrezia.

—Querida hermana, primero quiero darle la absolución por sus pecados en el nombre del Padre, del Hijo y del Espíritu Santo. —Levantó la mano e hizo la señal de la cruz. Una vez hecho eso, continuó con más delicadeza—: No cabe duda de que el Señor actúa entre nosotros con designios que no llegamos a entender —dijo—. Hermana Lucrezia, yo también me siento desgarrado.

El monje hablaba con ternura. Lucrezia notó que se le secaba la boca.

—No puedo fingir que la belleza no me conmueve —dijo—. Me temo que no puedo confiar en ofrecerle la más sagrada de las orientaciones.

Lucrezia cerró los ojos y vio destellos rojos.

—¿Qué me está diciendo, hermano? ¿Dice que fue un error posar para usted con aquellas galas?

—Desde luego que no —se apresuró a tranquilizarla Fra Filippo—. También otras se han ataviado como era debido para que las pintara en la más plena representación de la Virgen.

—¿Ha habido otras? —preguntó Lucrezia. Se le abrieron los ojos de par en par, le miró las uñas de los pies endurecidas y se permitió sentir una cierta repulsión.

—Nunca ha habido ninguna otra como usted, Lucrezia. —Vaciló, pero siguió adelante—. No puedo confiar en mis sentimientos. No confío en mi propio corazón. Por eso no puedo, en buena fe, prestar oídos a su confesión. Le pediré al procurador que atienda a sus confesiones en el futuro. Es lo mejor, hermana Lucrezia. Por favor, no sigamos por este camino.

Lucrezia parpadeó y unas motas bailotearon delante de sus ojos.

—Perdóneme. Es por el bien de todos —dijo Fra Filippo—. Ahora, vaya en paz.

En silencio, Lucrezia descorrió la cortina negra y salió a toda prisa del confesionario sin atreverse a volver la vista atrás.

El procurador estaba a los pies del catre del monje, con un boceto de Lucrezia entre las manos.

—Está siendo tentado, Filippo, lo puedo ver —le dijo—. Despierte, tenemos que hablar.

Fra Filippo abrió los ojos y se quedó mirando el rostro desaliñado de Fra Piero. Encima de su cabeza, el crucifijo presidía la pared de su pequeño dormitorio.

—Maldita sea —rezongó el monje—. Fuera de aquí.

—Venga, Filippo, levántese. —Fra Piero sacudió el colchón y agitó el pergamino en su mano—. No puede negar lo que veo con mis propios ojos. Desea a la novicia.

El procurador le daba vueltas al boceto de aquí para allá, examinando la belleza luminiscente de Lucrezia.

—Ya veo a qué dedica el tiempo, a acariciar a esa chica con su punta de plata, a seducirla con cada trazo de su carboncillo.

Fra Filippo se levantó de la cama con un traspié, utilizó el orinal, cogió el hábito del gancho y se lo pasó por la cabeza para vestirse.

—Me ausento durante dos meses y al volver lo encuentro así —dijo Fra Piero—. Tal vez usted haya olvidado su deshonra, pero yo no. Estaba presente en Florencia y después en Legnaia. Si está hambriento de carne joven, déjeme que le busque a alguien que llame menos la atención, que comporte menos riesgo.

El monje se frotó enérgicamente la cara.

—No quiero ninguna prostituta —respondió casi con un gruñido—. ¿Cómo se atreve a comparar a la virgen de Prato con una prostituta de Padua, con una *puttana* en las calles de Florencia?

—Tranquilícese, Filippo —replicó el procurador—. Somos hombres, tenemos necesidades. He viajado mucho, sé de capellanes y monjes que se solazan con campesinas, cortesanas..., incluso alguno que otro que se divierte con muchachos.

Fra Filippo hizo una mueca de repugnancia. Sabía de monjes que preferían el cuerpo de un hombre a la piel suave de una mujer, pero nunca había conocido a ninguno que lo reconociera, y se alegraba de que así fuera.

—Ya veo cómo está dibujando la cara de esa novicia. —Fra Piero se volvió raudo—. Si no piensa negar su lujuria por ella, al menos disimúlela mejor.

—Eso es lo malo —dijo el monje—. Me temo que es mucho más que mera lujuria, *amico mio*.

Fra Piero estaba acostumbrado a oír al pintor hablar recurriendo a superlativos grandilocuentes. Hizo caso omiso del último comentario y pasó de la cocina a la *bottega*, iluminada por la luz de la mañana. Era temprano, y la muchacha aún no había llegado para echar una mano con las tareas matinales. Había trapos sucios desparramados por el suelo, tarros de pintura dispersos y bocetos por todas partes.

De pie ante un panel de madera de gran tamaño, Fra Piero examinó un espléndido trono y unas luminosas alas de ángel, y negó con la cabeza. Ni siquiera las alabadas obras de Fra Giovanni el Dominico, tan querido por los Medici y por muchos religiosos de las órdenes, habrían podido compararse a ésta en su puro enaltecimiento de la belleza terrenal.

—¿Es ésta la obra para los Medici? ¿Es la razón de que nuestro amigo, *ser* Francesco, haya vuelto a venir?

Fra Filippo asintió.

—Se ha superado, Filippo. Pero nos causará un inmenso dolor si no se anda con cuidado. ¡Prudencia, maestro!

El pintor miró el bosquejo en manos del procurador, y recordó la sensación neblinosa e irreal que a menudo asociaba con sus mejores trabajos.

—Lucrezia Buti —dijo Fra Filippo—. Nunca he conocido mujer capaz de transportarme a semejantes alturas.

—La muchacha es una novicia, Filippo —exclamó Fra Piero.

—¡No soy ningún necio! Ya me he negado a oírla en confesión. Debe acudir usted en mi lugar, Piero.

El procurador contuvo la respiración.

—Así que es lo que pensaba.

—Es mucho peor —reconoció el monje—. Cuando estoy cerca de ella, la textura misma del aire y la luz parecen cambiar. Allí donde voy veo su rostro.

—¡Por el amor de Dios, protéjase! —le advirtió el procurador—. Si ha de estar con una mujer, no tome a una novicia. Se lo ruego, no vuelva a verla. No aquí: tiene mucho que perder.

Fra Filippo miró ceñudo a su amigo.

—Ayer mismo se me quejó el preboste de los progresos de sus frescos —dijo Fra Piero—. Es posible que Inghirami tenga unos deseos peculiares, pero es juicioso en lo tocante a la política de la Iglesia. Le sugiero que dedique su tiempo a aplacarlo, en vez de entretenerse con los rostros hermosos de jóvenes vírgenes.

—¿Qué deseos peculiares? —se interesó Fra Filippo—. No había oído nada acerca del preboste, salvo que se muestra tacaño con la comida que da a los niños necesitados.

—Lo oí por primera vez en Montepulciano, Filippo. Hay hombres que dicen que el preboste los miraba tal como otros hombres miran a las mujeres. No es más que un rumor, pero ya se sabe que incluso los rumores pueden traerle problemas a uno. Así que, cuidado, Filippo. Mi influencia sólo alcanza hasta cierto punto. La influencia de los Medici sólo alcanza hasta cierto punto.

Meneando la cabeza, Fra Piero se detuvo ante una tablilla que había pasado por alto. Estaba vuelta de cara a la pared, y en el reverso se leían las iniciales O. de V.

—¿Es el encargo de De Valenti? Ayer mismo, Ottavio me estaba comentando las ganas que tiene de entregárselo a su esposa.

El procurador cogió el panel y lo volvió para ver el rostro de la novicia de nuevo, con una capucha carmesí que realzaba su hermosa boca.

—Es magnífico. Luminoso. Pero ¿por qué sigue aquí? ¿Cómo es que no lo ha entregado?

—No puedo separarme de él —reconoció el monje—. No soporto la idea de separarme de él.

—Ay, amigo mío —dijo el procurador—. Me da usted miedo. De veras, se lo ruego, no vuelva a abrir su puerta a esa muchacha.

Esa tarde Fra Filippo entró en el convento repasando todas las razones por las que Lucrezia no debía regresar a su *bottega*: era una novicia, y él, monje; Dios había escogido el camino de la joven, y él no era quién para cambiarlo; era una joven respetable, y si volvía a encontrarse a solas con ella, no estaba seguro de poder dominarse.

Al tiempo que cerraba la verja tras de sí, Fra Filippo hizo firme propósito de informar a Lucrezia de su decisión inmediatamente después de los rezos de nona. Se mostraría amable, pero inflexible.

Con pena en el corazón, el fraile llamó a las monjas a la sala capitular y las vio llegar una a una, sus rostros demacrados debido al calor. Hasta la priora Bartolommea tomó asiento con un profundo suspiro. Pero Lucrezia no se contaba entre ellas.

—En el nombre del Padre, del Hijo y del Espíritu Santo —comenzó.

Rezó sus plegarias debidamente, terminó dándoles su bendición y urgiendo a las monjas a quedarse allí tanto como quisieran, disfrutando del respiro que ofrecía el frescor de la sala capitular. Tras escudriñar todas sus caras para asegurarse de que Lucrezia no estaba entre ellas, salió por la puerta decidido a encontrarla.

—*Fratello*. —Su voz lo llamó cuando pasaba por delante del muro del jardín.

Fra Filippo se volvió para ver que la joven tenía la boca fruncida, los ojos hundidos.

—Hermana. No ha acudido a la oración. ¿Está enferma?

—No. —Bajó la mirada y se esforzó por expulsar las palabras—. Tengo entendido que debo ir a su *bottega* otra vez, y estoy ilusionada con ver todo su trabajo. Yo...

—Hermana Lucrezia... —Intentó interrumpirla, pero ella alzó una mano y continuó.

—Espero no haber hecho nada para poner en peligro su trabajo —consiguió decir. Por el rabillo del ojo vio que Spinetta se acercaba—. *Fratello*, le ruego que no me prive de toda la belleza que me ha mostrado —suplicó, precipitadamente—. En su obra. Su obra para el Señor.

Lucrezia era consciente de que estaban entregados a Dios y no podía haber nada entre ellos, pero todo lo maravilloso, todo lo hermoso que había encontrado desde su llegada a Santa Margherita la conducía hasta él. Incluso su trabajo al cuidado de las hierbas con sor Pureza llevaba hacia los colores que se molían con el mortero y la mano de Fra Filippo.

—Por favor —le recordó con voz queda—. La belleza no es pecado. Eso me dijo usted mismo.

Fra Filippo parpadeó, paralizado por el movimiento de sus labios.

—No me prive de ello —insistió, su voz grave—. Por favor.

—Hermana Lucrezia —dijo Fra Filippo con cariño—. Entiendo su petición.

—Entonces, ¿puedo volver?

Tenía intención de responder lo contrario, pero asintió en silencio.

Cuando Lucrezia y Spinetta llegaron la tarde siguiente, Fra Filippo salió a recibirlas a la puerta.

—Hoy, *sorelle mie*, voy a llevarlas a hacer una pequeña excursión —anunció el monje, que se esforzó por sonreír. Dirigió una mirada de soslayo a Lucrezia, cuyos ojos azules se veían radiantes en su sombría belleza—. No puedo continuar con mi trabajo en el retablo hasta que me hagan llegar nuevos pigmentos y cierto material, y hace un día demasiado bonito para quedarse en la *bottega*.

Si Lucrezia quería ver arte y esplendor, le enseñaría todo lo que estuviera en su mano. Así satisfaría el consejo de Fra Piero y el sincero ruego de Lucrezia al mismo tiempo.

—Con su consentimiento, iremos a la Pieve Santo Stefano y echaremos un vistazo al avance de los frescos. —Hizo una reverencia, con la esperanza de que Lucrezia entendiera que se trataba de un regalo que le hacía—. Si es de su agrado la propuesta, naturalmente.

Lucrezia y Spinetta cruzaron una mirada y luego miraron a Fra Filippo con un leve aleteo de los griñones.

—Sí, *fratello* —dijeron ambas hermanas, y Spinetta se echó a reír.

—Será un inmenso placer —añadió Spinetta.

El monje cerró la puerta y los tres salieron a paso ligero por la Piazza della Pieve. Codo con codo, constituían un estudio de contraste: las tupidas cejas y la oscura barba en ciernes de Fra Filippo destacaban sobre el ondoso hábito blanco, mientras que las túnicas de las monjas parecían más negras incluso comparación con su tez pálida.

Era un día ajetreado en la plaza, llena a rebosar de caballos al trote, con el olor a viandas curadas de una carnicería cercana, y se veía a un par de perros lanzando ladridos en pos de un pollo. Las ruedas chirriaban contra los adoquines, resonaba el tintineo de un martillo de herrero, y los pasos livianos de los golfillos se precipitaban por las angostas callejas. Hombres y mujeres se apresuraban de aquí para allá cargados con bultos y hablando a voz en cuello, con la basílica a franjas verdes y blancas espectacularmente encaramada sobre sus cabezas.

—Qué preciosidad —exclamó Spinetta, que levantó la vista e hizo visera con la mano para que no la deslumbrase el sol—. Hace justicia a la gloria de Dios.

Fra Filippo señaló un púlpito torneado que sobresalía por un costado de la iglesia, con vistas a la *piazza*. Los *putti* cincelados sobre el mismo eran dorados y parecían danzar frenéticamente bajo la luz del sol.

—El púlpito de la Santa Cinta fue diseñado por Donatello y Michelozzo —dijo, consciente de que los nombres de sus reconocidos contemporáneos les resultarían familiares a las hermanas florentinas—. El preboste Inghirami subirá a ese púlpito durante la *Festa della Sacra Cintola*, cuando alce la Santa Cinta para que todos puedan verla.

Al entrar por las gruesas puertas de la iglesia, los tres se persignaron y dejaron que sus ojos se adaptaran a la penumbra. El ruido y la actividad de la *piazza* no tardaron en desvanecerse, sustituidos por el aroma a incienso en la quietud del aire.

—Miren. —Fra Filippo dirigió su atención de inmediato a la izquierda, y las novicias se volvieron para quedar de cara a una capilla cerrada tras una ornamentada verja de bronce. Por encima de sus cabezas brillaban velas en voluminosas lámparas colgadas de cadenas—. La capilla de la Santa Cinta —anunció con solemnidad.

—La *Sacra Cintola della Madonna* —exclamó Spinetta. Lucrezia y ella habían oído hablar mucho de las celebraciones que se adueñarían de la ciudad el octavo día de septiembre. Las dos hermanas apoyaron las manos en la alta verja, sus delicados tréboles entreverados para impedirles la entrada, y levantaron la vista hacia las llamativas escenas en las paredes de la capilla.

—Los frescos fueron pintados por Agnolo Gaddi, hijo del artista florentino Taddeo Gaddi —les contó Fra Lippi, que hizo un gesto en dirección a un cofre dorado delicadamente repujado encima del altar—. Y el relicario es excepcional.

Lucrezia ahogó un suspiro.

—Dicen que la Cinta ofrece protección y buena salud a las mujeres en estado de buena esperanza —dijo con voz queda, lamentando de nuevo los votos que la condenaban a seguir con el útero yermo.

—Tengo entendido que la bendición de la Virgen se extiende a todos aquellos que tocan la Cinta —comentó Spinetta—. Y tendremos oportunidad de tocarla el día de la *festa*.

Permanecieron en solemne contemplación, cada cual rezando por lo que más ansiaba ese día de la Virgen. Luego las hermanas siguieron a Fra Filippo hacia la parte anterior de la basílica, pasaron junto a alguna que otra alma solitaria arrodillada en el suelo de espléndidas losas, y rodearon un inmenso candelabro de bronce lleno de cirios de sebo. El capellán se detuvo bajo una alta estatua de madera de la Virgen con el Niño y luego junto a otra de santa Isabel, antes de subir dos tramos de peldaños blancos hasta el presbiterio para hacer una genuflexión delante del elevado altar cubierto con un paño rojo por Pentecostés, y dejarlo atrás al acceder a la capilla donde pasaba la mayor parte de sus días.

Cuando entraron a la estancia con suelo de madera, sus ojos tardaron un momento en adaptarse a la intensa luz del sol que inundaba la *capella maggiore*. A las hermanas les sorprendió el entramado de andamios atestado de hombres, herramientas y cubos de pintura, pero Fra Filippo dirigió un suave gesto de cabeza a sus ayudantes, que saludaron a las visitas sin cejar en su trabajo. Tomaso y el joven Marco estaban juntos en un andamio bajo, trabajando minuciosamente en las hojas verde oscuro de la escena de las misiones de san Juan mientras hablaban con voz queda. Otro ayudante, Giorgio, se servía de un pincel para añadir toquecitos blancos a las polvorientas rocas en la escena de san Esteban.

Hacía muchos días que Fra Filippo no iba a la iglesia, y en

su ausencia Fra Diamante, el capataz, había pasado por alto la aplicación de las primeras capas de *intonaco* en las escenas que se estaban llevando a cabo. A la llegada de Fra Filippo, el *frate* se volvió de la mesa donde había estado estudiando los bocetos de los frescos y abrió los brazos para dar la bienvenida al pintor. Se le veía el rostro animado y el hábito de color pardo salpicado de pintura.

—Tengo que enseñarle todo lo que hemos hecho —anunció Fra Diamante, que le indicó los minuciosos trazos que había añadido a la escena de las misiones de san Esteban.

Mientras hablaban los dos hombres, Lucrezia irguió la espalda y paseó la mirada por la capilla. Sus ojos vagaron por el andamiaje, las gruesas líneas de yeso y tiza en las paredes, los cubos de pintura y la ristra de velas que se prolongaba por el suelo. No había imaginado que hubiera tantos artesanos a las órdenes del pintor, y la enormidad de su tarea no hizo sino acrecentar la admiración que sentía por él. Sonrió tímida cuando le vio subir con tiento los peldaños de madera provisionales y acercarse a Spinetta y a ella.

—Aquí, en esta pared, se aprecia la vida de san Esteban —les explicó Fra Filippo, que le tocó el codo para que se volviera hacia la luneta orientada al norte—. Empieza en la hilera superior, con su nacimiento, y termina abajo, en su funeral.

Lucrezia contempló las animadas figuras realzadas en *sinopia*, y se maravilló de la verosimilitud de sus gestos, la cuidada proporción de sus cuerpos.

—¿Qué es eso de ahí? —Spinetta se desplazó con agilidad por entre las herramientas desparramadas, entre los cabos de numerosas velas, y señaló los trazos de tiza más recientes sobre un enyesado aún reciente.

—Esa pared está dedicada a la vida de san Juan Bautista. —Fra Filippo se acercó e inspeccionó los avances en esa zona, observando con satisfacción que todo se había hecho según sus instrucciones. Hizo un gesto con la mano en dirección a un rincón de la capilla, donde el muro este se encontraba con el sur—.

Ese panel hacia la izquierda representará a san Juan arrodillado en el momento de su decapitación —explicó el monje—. La escena doblará la esquina y seguirá ahí, donde su cabeza será puesta en una bandeja y llevada al banquete de Herodes en la pared sur.

Fra Filippo no podía disimular la emoción en su voz mientras describía cómo había concebido la escena, cómo daría la impresión de que las figuras habitaban el mismo espacio en el que estaba el espectador, y cómo el trágico final de la vida del santo casi parecería una representación teatral en las paredes de la capilla.

—Los *effetti* son magistrales, hermano Lippi. —Lucrezia dijo las primeras palabras que se atrevía a pronunciar desde su entrada en la capilla—. Casi alcanzo a ver lo que describe. —Hizo una pausa, y estaba a punto de continuar cuando la sorprendió un sonoro carraspeo.

Al volverse precipitadamente, vio a un hombre de rasgos afilados con túnica roja que se dirigía hacia ellos desde la parte posterior del altar. Daba la impresión de ir deslizándose sobre pies invisibles, su hábito a rastras por el suelo en su estela.

—*Buongiorno*, estimado preboste —dijo Fra Filippo, a modo de saludo al preboste Inghirami—. Creía que estaba oficiando un funeral.

Fra Filippo observó la profunda arruga entre las cejas del preboste y la manera en que tenía apretado el puño derecho. Recordó lo que le había dicho Piero acerca de los rumores sobre las tendencias contra natura del religioso, y se preguntó si serían ciertos.

—Y ya he regresado —respondió el preboste, crispado.

—Eso ya lo veo, y espero que se encuentre bien. He traído a dos de nuestras novicias de Santa Margherita para que vean nuestra iglesia y todas sus maravillas. Acabo de enseñarles dónde irá su retrato.

Presentó a las novicias rápidamente, y las mujeres mantuvieron la mirada fija en el suelo. El preboste les volvió el hombro y regañó a Fra Filippo:

—¿Por qué ha traído aquí a las novicias? —exigió saber Inghirami.

—Excelencia, le ruego me perdone, pero todo esto ha sido minuciosamente dispuesto con el beneplácito de la madre Bartolommea. Ella ha dado permiso para su desplazamiento, teniendo muy en cuenta que quien se lo ha pedido era el emisario de los Medici. —Fra Filippo mencionó aposta el nombre de su poderoso benefactor—. Su ayuda me ha sido indispensable a la hora de llevar a cabo un importante encargo para los Medici y, a cambio, me he ofrecido a enseñarles su magnífica capilla.

—Ya veo.

El preboste, naturalmente, estaba al tanto de que el emisario de los Medici se encontraba en Prato, pero hasta ese momento no había sabido a ciencia cierta por qué la misiva sellada en la que se le ordenaba que cediese la Santa Cinta a ser Francesco había venido directamente de Roma. Ahora, Inghirami empezaba a ver la fuerza de la mano que había despojado a su iglesia de su posesión más preciada. La *Sacra Cintola* no pasaría mucho tiempo fuera de allí, pero, aun así, su ausencia inquietaba profundamente al preboste. Permitir que la cinta abandonara la iglesia no podía sino perjudicarla y, por extensión, ponerlo a él en peligro.

Cuando Inghirami volvió a hablar, se apreciaba una hostilidad renovada en su voz:

—Tenía entendido que las novicias debían ir acompañadas en todo momento, y abandonar el convento únicamente para ponerse al servicio del Señor —señaló.

Bajo el pliegue de su toca, Lucrezia desvió la mirada de los finos labios del preboste a sus puños apretados. Vio que sus manos eran pequeñas y tersas, muy diferentes de las manos grandes y curtidas del pintor. Al mirar de soslayo atinó a ver que su hermana tenía la vista fija en el suelo, las mejillas sonrosadas de vergüenza. Se le cayó el corazón a los pies al oír que el preboste se dirigía furibundo a ellas.

—Más les vale no quedarse aquí —les advirtió el preboste,

que posó su mirada en el espacio entre Lucrezia y Spinetta—. Las novicias deben permanecer en clausura. El mundo es un lugar peligroso, como bien saben. Si el convento tiene muros es por alguna razón.

—Está usted en lo cierto, excelencia. —El pintor se desplazó como para proteger a las hermanas de su mirada feroz, y se maldijo en silencio. Una vez más, había actuado precipitadamente. Podía oír la advertencia de Fra Piero como un eco al fondo de su mente, y redobló sus esfuerzos por aplacar al preboste—. Tenemos que irnos; el acompañante llegará en breve para llevar a las hermanas al convento. Tenga la amabilidad de excusarnos.

Inghirami se hizo a un lado para dejar paso a Fra Filippo y a las novicias. Lucrezia notó sus ojos ardientes en la nuca incluso después de haberse humedecido los dedos en la pila de agua bendita y haber abandonado la iglesia.

Cuando llegaron a la *bottega*, el acompañante ya los estaba esperando, inquieto bajo su amplia túnica. Spinetta se colocó a su lado, deseosa de regresar al convento lo antes posible, pero Lucrezia se demoró. Fra Filippo se acercó a ella lo bastante para que alcanzara a oler el alcohol y el basto jabón que había utilizado para lavarse las manos.

—*Arrivederci* —murmuró.

La muchacha le ofreció una leve sonrisa.

—*Grazie* —se las arregló para decir ella antes de darse media vuelta y seguir al escolta.

Zafándose de la mirada de su hermana, Lucrezia se limpió el polvo de cal de las yemas de los dedos. Las campanas de Santo Stefano empezaron a tañer cuando dejaban atrás la Piazza della Pieve, y poco después el firme campaneo procedente de todos los rincones colmó el aire mientras Lucrezia caminaba a paso lento junto a su hermana sin mediar palabra.

11

Jueves de la decimotercera semana después
de Pentecostés, año de Nuestro Señor de 1456

A sólo un par de días de la festividad de la Santa Cinta, la ciudad de Prato estaba sumida en el ajetreo de los preparativos. Los panaderos elaboraban la masa y daban forma a las trenzas, los carniceros troceaban carnes ahumadas, los jóvenes preparaban sus atuendos y ensayaban los bailes, los veleros sacaban su mejor cera de abeja y los tenderos multiplicaban por dos sus existencias en preparación para la llegada de los visitantes que inundarían las callejuelas durante la festividad.

La Cinta se honraba otros cuatro días al año, pero nunca con la pompa y las celebraciones que acompañaban la *Festa della Sacra Cintola* en la festividad de la Virgen María, el 8 de septiembre. Ese día se abriría el relicario de oro, la Santa Cinta de la Virgen se exhibiría desde el púlpito de Santo Stefano y toda la Toscana volvería la mirada hacia la ciudad. Habría juegos además de rezos, y todos los religiosos y monjas de Prato alzarían su voz en alabanza de la Santísima Virgen.

En el convento de Santa Margherita, la hermana Maria troceaba queso y pasas para hacer los tradicionales huevos rellenos, las monjas ensayaban los salmos que entonarían, y, en una de sus escasas visitas a la cocina, la hermana Pureza preparó las hierbas que pasarían a formar parte de las sabrosas tortas que degustarían las hermanas la noche después de la *festa*.

Sola en sus aposentos mientras las demás trabajaban enardecidamente, la priora Bartolommea sacó de debajo de su catre la caja de madera que contenía la *Sacra Cintola* y se arrodilló ante ella.

—Santa Madre —rezó con voz estridente—, reconoce con tus favores todo lo que yo, y las demás, hemos hecho en tu Santo Nombre.

La priora permaneció arrodillada toda la mañana, haciendo caso omiso de la llamada a oración, los golpes a su puerta e incluso la áspera voz de sor Pureza, que le preguntó si necesitaba una infusión para recuperar las energías.

—No —respondió la priora, que se pasaba una y otra vez los dedos por entre el cabello encanecido—. Déjeme tranquila, necesito estar a solas para orar.

Hizo caso omiso también de la campanilla a las puertas del convento, que no dejaba de sonar en respuesta a nuevos encargos de nata al lechero, así como infinidad de envíos extraordinarios para la cocina. La priora sólo tenía dos días más antes de que la Cinta volviera a quedar oculta en la iglesia y regresara al relicario, y aún estaban por ver las bendiciones que, según decían, debía depararles.

Temerosa de que la hubieran engañado con una falsificación, la buena madre aguardó hasta oír los rezos de nona. Entonces levantó la tapa de madera y sostuvo entre sus dedos con sumo cuidado los suaves pliegues de la Cinta. Palpó la desgastada lana de cabra y escudriñó las puntadas doradas que rodearan la cintura de la Santísima Madre. Parecía de lo más real, pensó. Y, sin embargo, no sentía nada.

Lucrezia, con el corazón entristecido, trabajaba en el *giardino*, hurgando entre las espinas del romero, que le desgarraban las yemas de los dedos. Alcanzaba a oír a las monjas ensayando sus cánticos para las rogaciones de la *festa*, y Lucrezia se alegró de que, en su caso, fuera demasiado tarde para poder aprender las notas que se entonarían en la procesión. Prefería estar a solas con sus pensamientos en el jardín, donde los tiernos brotes de los helechos asomaban entre los adoquines y no había exigencias que no pudieran acatarse utilizando un palo como apoyo o arrancando una ramita.

Podaba un brote de romero cuando la sombra de la priora se proyectó sobre la tierra en la que ella estaba arrodillada.

—Hermana Lucrezia, quiero presentarle al prior general Ludovico di Saviano, superior de nuestra orden.

Lucrezia se limpió las manos sobre la túnica y se puso en pie. El sol estaba detrás de la priora, delineando su silueta. Lucrezia apenas alcanzaba a ver los rasgos del religioso de elevada estatura junto a la priora Bartolommea, pero era consciente, por el hábito negro de elegante corte y el sombrero alto, de que era un hombre de mundo. Lucrezia bajó la vista.

—Dios lo bendiga, prior general —saludó con voz tersa.

—¿Es usted la novicia que ha estado yendo al taller de Fra Filippo? —le preguntó el hombre con voz firme.

Pasmada, Lucrezia miró a la priora, pero el griñón de la religiosa le oscurecía el rostro.

—No hay necesidad de buscar el consejo de la madre Bartolommea —le advirtió el prior general Saviano—. Me ha puesto al tanto de todo. Sólo quería cerciorarme de que ha ido de buen grado, y de que no se ha visto en ninguna situación comprometida.

El religioso desplazaba la cabeza a derecha e izquierda mientras hablaba, y tras un momento bloqueó la luz del sol, de manera que Lucrezia alcanzó a ver su rostro enjuto, la furia en sus ojos. No se parecía en absoluto al pintor, sino que era severo, con cierto aire pretencioso. La novicia no se atrevió a abrir la boca y se limitó a asentir.

—¿Hay algo que quiera decir sobre el monje o las circunstancias de sus visitas a su taller?

Le inundaron la cabeza imágenes de la *bottega*: la aureola dorada de la Virgen, el pincel del pintor volando de aquí para allá por el lienzo, el tenue sonido de su lápiz sobre el pergamino. Lucrezia negó con firmeza.

—¿Nada? —insistió el hombre, esta vez quizá con aire un poco más paciente.

Lucrezia guardó silencio e hizo el esfuerzo de controlar los nervios. Cuando el hombre volvió a hablar, enunció sus palabras con claridad y ella percibió en su dicción los años de educación en un seminario.

—Le doy la bienvenida al convento, hermana Lucrezia. La recordaré en mis oraciones.

Se volvió, y la priora corrió tras él para mantenerse a la altura de sus largas zancadas cuando salía del jardín y se adentraba en la parcela cubierta de hierba tras la capilla.

—Priora Bartolommea. —El prior general pronunció su nombre no sin cierto desdén—. No apruebo las prácticas tan poco convencionales que autoriza usted en Santa Margherita. Si no me hubieran llegado las nuevas por medio del preboste Inghirami, no me habría enterado de que había permitido a las novicias ir a Prato.

La priora Bartolommea se quedó mirando el perfil del prior general, pero lo que veía en su imaginación era el retablo que se le había prometido y la cajita de madera escondida debajo de su lecho.

—Le aseguro que no estaba en mi mano evitarlo —tartamudeó—. Las disposiciones se hicieron a petición explícita de los Medici.

—Debería haber acudido a mí, por una cuestión de respeto.

—Claro —reconoció la priora—. Le ruego me disculpe, prior general.

—Espero que su acuerdo con los Medici en lo tocante a este asunto haya llegado a su fin —dijo el clérigo.

—Es posible… —respondió la priora Bartolommea con indecisión, pues sabía que a la mañana siguiente llegaría un mensajero de los Medici a recoger la Cinta—. Naturalmente, tenemos otros asuntos con los Medici, excelencia.

—¿Qué otros asuntos pueden tener con los Medici de Florencia? —le espetó Saviano—. Santa Margherita es nuestro convento más humilde.

—Hemos estado rezando por ellos —contestó la priora—. Por sus intereses en Prato, sobre todo los de *ser* Cantansanti.

El prior general Saviano se quedó mirándola fijamente.

—Sí —asintió la priora—. Hemos estado rezando para que Fra Filippo entregue a tiempo el retablo para el rey de Nápoles, de manera que reine la paz entre los hombres.

El prior general, disgustado, meneó la cabeza e hizo un gesto con la mano para pedir su carruaje.

—Asegúrese de que las almas a su cuidado sigan estándolo —dijo—. Ruegue por eso.

Tres fuertes golpes resonaron en la puerta de Fra Filippo y sorprendieron al pintor.

—*Aspetta!* —gritó el monje, que se limpió las manos en el delantal y retiró el taburete al levantarse—. Un momento.

Estaba esperando a Niccolo, el ayudante del carnicero, que le traía una remesa mensual de huesos de buey que moler con el fin de fabricar liga para la pintura. Molesto por la interrupción, Fra Filippo abrió la puerta de golpe con el gesto agriado. El prior general Ludovico di Saviano llenaba todo el vano de la puerta.

—¿Que espere? —preguntó Saviano en un tono glacial—. ¿Qué tengo que esperar?

—Perdone, excelencia —se disculpó Fra Filippo, a medio recuperar de la sorpresa—. Perdone, y bienvenido.

Se hizo rápidamente a un lado y franqueó el paso al prior general. Cuando se volvía, el corazón se le cayó a los pies. De haber sabido que venía Saviano, habría recogido los dibujos de Lucrezia y cubierto el boceto para el retablo.

—Estaba absorto en mi trabajo, y no esperaba ninguna visita, prior general. Naturalmente, usted es siempre bienvenido.

—Muy bien —respondió el prior general Saviano con aire de impaciencia—. ¿Y qué tal va su trabajo, Fra Filippo?

Era una trampa, y el pintor lo sabía. Lo meditó cuidadosamente.

—Supongo que se refiere a los frescos de Santo Stefano, ¿verdad? —preguntó Fra Filippo con astucia similar—. Iban más bien lentos, pero con dos nuevos ayudantes, estas dos últimas semanas hemos incrementado el ritmo, gracias a Dios.

—¿Nuevos ayudantes? —Saviano negó con la cabeza—. Con toda seguridad el preboste me dijo que su presupuesto sólo le permite contratar a dos, Filippo. Despedirá a los demás de inmediato.

Incluidos el joven Marco y Fra Diamante, contaba con cuatro ayudantes en Santo Stefano, todos ellos pagados directamente por la Comune di Prato, según los términos de su contrato. El monje abrió la boca para hablar, pero Saviano agitó la mano con irritación y siguió adelante.

—Tengo entendido que están ocurriendo cosas de gran interés en Santo Stefano —dijo el prior general, que pasó la mano por la pesada mesa donde el pintor tenía sus cuencos de colores y demás materiales—. Pero ya veo que tiene más que suficiente para mantenerse ocupado aquí en su *bottega*.

El prior general Saviano observó el cuenco reseco de pintura verde, los trapos sucios y los montones de pergamino. Escudriñando la estancia, se fijó en el bosquejo detallado para el retablo de los Medici y vio el rostro de la novicia que había conocido en Santa Margherita esa misma mañana. La había dibujado arrodillada en un hermoso vestido que dejaba al descubierto sus hermosas clavículas, los brazos en mangas cubiertas con diminutas flores, el cabello recogido con una *benda*. Todos y cada uno de los centímetros del rostro de Lucrezia habían sido representados fielmente, aunque vistos a través de semejante filtro de amor que ya no parecía del todo mortal.

Fra Filippo reparó en la conmoción que reflejaba el semblante del prior general Saviano.

—Ahora me he puesto a trabajar en serio —se apresuró a decir el pintor—. Los Medici han estado presionándome y la priora ha tenido la amabilidad de enviarme una modelo para agilizar el trabajo.

—Pues sí, hermano Filippo, estoy al tanto de que sor Lucrezia ha estado aquí varias veces, recorriendo las calles de Prato a la vista de todo el mundo.

El monje hizo ademán de hablar, pero Saviano alzó la voz y continuó:

—Hoy mismo he tenido el placer de conocer a la novicia.

—Entonces, no debe de sorprenderle que le haya pedido que pose para estos retratos. Es una estupenda Virgen.

—Sin duda —convino el prior general—. Pero su presencia aquí es indecorosa, y constituye una mofa de mi orden. No pienso tolerarlo.

—No he hecho nada malo. —El monje se esforzó por no parecer culpable—. A petición de los Medici, he empezado a trabajar en un imponente retablo, una obra que ensalce a la Madonna. Si es hermosa, no es sino un reflejo de la pureza y la belleza en el interior tanto de la novicia como de la Santa Madre.

—Filippo, si hay alguien que no puede permitirse ni siquiera rumores de indiscreción es usted. Y no pienso tolerarlo.

Fra Filippo era consciente de que las visitas de Lucrezia a su *bottega* terminarían; el prior general no hacía más que anunciar lo inevitable. Y aunque tenía la sensación de que le iba a romper el corazón, Fra Filippo no podía sino acatar las órdenes de Saviano. Ni siquiera las influencias de los Medici podían garantizar sus encuentros cuando cualquiera podía ver que ya había captado el semblante de la joven infinidad de veces.

—Así se hará, prior general. No volveré a recibir aquí a la novicia.

Satisfecho, y cansado tras la larga mañana, el prior general Saviano se dispuso a partir. Pero cuando se volvía para salir del taller, la manga de una *cotta* floreada le llamó la atención bajo la tapa combada de un cofre de madera. Su hábito ondeó al acercarse al baúl y levantar la tapa. Apelotonado, se veía un vestido de color púrpura intenso con mangas de flores. Se apresuró a coger el atuendo, de cuyos pliegues cayeron una *benda* y un par de medias de seda.

El prior general se dio media vuelta y miró de hito en hito el boceto de Lucrezia, columpiando los ojos entre su imagen y el montón de tela arrugada en el cofre. Un púrpura tan intenso como el del vestido se propagó por sus mejillas y le subió hasta la frente.

—Ah, ya veo —dijo con voz queda el prior general. Se llevó la *benda* a la cara e inhaló una larga vaharada de camomila.

—Usted no ve nada —gruñó Fra Filippo, asqueado—. ¿Qué es lo que ve?

El prior general Saviano cogió la *benda* y la sostuvo delante del boceto. Mantuvo en alto la *cotta* de seda vacía y pasó su mano por ella como si fuera la piel de una mujer desnuda.

—Es más avispado incluso de lo que pensaba, Fra Filippo. Espero que haya disfrutado de ella mientras le ha sido posible.

El monje notó una llamarada de ira y tendió las manos hacia el atuendo.

—La estoy pintando a mayor gloria de Florencia, como es mi deber.

Al clérigo se le dilataron las ventanas de la nariz igual que a un corcel de combate a punto de emprender una larga cabalgada, y aferró las galas en las gruesas palmas de sus manos.

—Se equivoca en lo que está imaginando —dijo Fra Filippo acaloradamente, al tiempo que le arrebataba el atuendo de los puños al prior general.

—Lo que imagino no viene al caso, *fratello*. —Saviano estaba hombro con hombro con el monje—. Lo que nos atañe es lo que imagina usted. Le aseguro que recibirá su castigo.

El prior general salió a paso airado de la *bottega* y dio un feroz portazo a su espalda. Fra Filippo vio caer un vaso del caballete y a punto estuvo de atraparlo e impedir que cayera al suelo y se quebrara en una docena de pedazos.

Lucrezia separaba las hojas de aristoloquia mientras pensaba en el capellán y el hombre que había ido al jardín esa mañana. Fra Filippo era un monje de talento y destreza increíbles, y eso hacía que la gente se comportase con humildad en su presencia, pero el religioso que había ido hoy al jardín parecía detentar un poder que abrumaba tanto a amigos como a enemigos.

—Veo que hoy va bien el trabajo —comentó sor Pureza.

Lucrezia hizo una breve pausa para levantar la mirada y saludar a su mentora.

—Tiene suerte de no estar obligado a entonar los salmos en la *festa* —dijo sor Pureza—. Supone un gran esfuerzo memorizar nuevos salmos cada año, sólo para olvidarlos antes de Adviento.

La anciana monja rodeó a Lucrezia y tomó asiento junto a la novicia en el banco, cogió un puñado de aristoloquia y empezó a desbrozar hojas y tallos. Tenía las muñecas gruesas y sus movimientos eran menos ágiles que los de Lucrezia, pero las yemas de sus dedos sabían dónde buscar la horcadura de las hojas, y se puso a trabajar aprisa, adoptando enseguida ese ritmo acompasado que la novicia había empezado a apreciar.

—Hay luna llena —dijo sor Pureza tras un largo silencio.

Lucrezia levantó la vista y siguió la mirada de la monja. Sólo había alcanzado a ver un fragmento de luna por su ventana, y le sorprendió encontrársela intensamente visible en el cielo azul hacia el este.

—He tenido noticias de la casa de De Valenti: la criatura viene de camino.

—¿Ah, sí?

—Antes de llegar al convento, había recibido cierta instrucción como comadrona. Tras los malos tiempos... —sor Pureza se persignó al pensar en el terror de la peste— quedamos pocas en Prato que supieran de asuntos de mujeres, y me llamaron para ayudar en numerosos alumbramientos. He asistido en muchos partos difíciles desde entonces. —Seguía moviendo las manos con pulso firme mientras hablaba—. La *signora* Teresa de Valenti y su marido son generosos amigos del convento, y será el séptimo parto de la buena esposa.

Lucrezia se estremeció al pensar en los gritos de su hermana al dar a luz.

—Necesitaré aristoloquia y raíces de regaliz. Y me hará falta una ayudante en el *palazzo* —añadió sor Pureza—. Pienso llevarla a usted.

Lucrezia dejó escapar un grito ahogado al tiempo que se le caían las hierbas que tenía en las manos.

—Pero yo no tengo preparación de comadrona —exclamó—. No tengo conocimiento alguno sobre las artes del alumbramiento.

—Su preparación ya ha dado comienzo —le advirtió sor Pureza, que asintió en dirección a las hierbas que había dejado caer Lucrezia—. Aristoloquia para la hemorragia. Verbena para los humores. Salvia para la purificación y gaulteria para el dolor.

—Pero hay mucho más —replicó Lucrezia—. Muchas más cosas que desconozco.

—Ya aprenderá —insistió sor Pureza. No lo dijo en tono cálido o amable, sino como si lo diera por sentado—. Es un buen remedio que una joven sea testigo de los dolores del alumbramiento, incluso si se trata de una joven que va a tomar hábitos.

Un destello de paño blanco pasó por el extremo opuesto

del jardín del claustro y llamó la atención de Lucrezia, que apartó la vista de sor Pureza y aguzó la mirada por entre los arcos del claustro con la esperanza de atisbar a Fra Filippo. Al ver el semblante que se adueñaba del rostro de la joven, sor Pureza también se volvió, y vio el aleteo de los hábitos. Pero no era Fra Filippo. La túnica del hombre era negra, ornamentada con una vestidura blanca que ondeaba al caminar a paso ligero en dirección al refectorio.

—El prior general —dijo sor Pureza, que entornó los ojos para mirar a través del seto, más allá del muro de granero, hasta donde el hombre se apresuraba hacia el estudio de la priora—. He visto antes su caballo.

—Sí, ha llegado esta mañana, cuando usted estaba ensayando los salmos con las demás —señaló Lucrezia—. La madre Bartolommea lo ha traído al jardín.

—¿El prior general ha estado aquí, en mi jardín?

A sor Pureza siempre le resultaba inquietante la presencia del prior general. Se demoraba mucho rato en el refectorio tras las comidas, y se quedaba en los alojamientos de invitados del convento mucho más de lo necesario mientras comía con importantes mercaderes en Prato. En resumidas cuentas, parecía mucho más preocupado por el poder que por la piedad. Tal como había comprobado era el caso con muchos religiosos.

—Sí. Me ha preguntado por el capellán. —Lucrezia evitó decir en voz alta el nombre del pintor y se ahorró el sonrojo que le producía su mera mención—. Parecía estar nervioso.

—¿Nervioso? —Sor Pureza se inclinó hacia delante con aire de perplejidad.

Lucrezia vio el abrupto movimiento del prior general al cruzar el patio y notó una punzada de aprensión, pero estaba en compañía de sor Pureza y la presencia de la anciana la reconfortó incluso después de que el clérigo se hubiera perdido de vista.

—No. Creo que me he excedido, hermana —dijo Lucrezia, que negó con la cabeza—. Sólo tenía prisa. Hablamos brevemente, apenas un momento, y luego se fue.

—Da igual —señaló sor Pureza—. Tenemos mucho en lo que pensar, y antes que nada, en nuestros deberes en el *palazzo* de De Valenti. Después de tercia, prepare sus cosas y esté lista para venir conmigo cuando reclamen nuestra presencia.

Sor Pureza acudió a por Lucrezia después de oscurecer y se la llevó a toda prisa al carruaje de De Valenti, que esperaba en el patio. Las calles estaban vacías y llegaron enseguida al hermoso *palazzo*, que ocupaba toda una manzana de Via Banchelli, el tono dorado de su exterior de piedra iluminado por faroles.

Un criado de birrete azul recibió a las mujeres y las hizo entrar por una puertecita trasera. Atravesaron una ajetreada cocina con vigas de madera rugosa pintadas con complejos dibujos en verde y rojo y pasaron por delante de una larga mesa de roble con asientos y bancos tallados en la misma madera de tono ambarino. Aunque era una noche agradable, ardía un intenso fuego en la estancia central.

Tras seguir al criado por una angosta escalera iluminada por una serie de lámparas, las monjas entraron en el *appartamento* privado de la familia De Valenti y fueron conducidas hasta una habitación minuciosamente acondicionada para el parto de la *signora* Teresa.

—¡*Grazie*, Maria! —gritó la *signora* Teresa en cuanto las vio.

Tenía cara de estar sin aliento y se encontraba sentada en una cama de grandes proporciones, recostada en un montón de almohadones y rodeada de cinco mujeres: dos a su servicio y dos parientes de sangre, además de la comadrona que había estado a cargo de la situación hasta la llegada de sor Pureza. Robusta bajo su *cuffia da parto* blanca, la *signora* Teresa lanzó un gruñido.

—¡No se han adelantado ni un instante! —gritó—. Acabo de romper aguas.

Lucrezia paseó la mirada por el paritorio, que habían preparado para el alumbramiento de la criatura sin reparar en gastos. La estancia estaba amueblada con un enorme arcón tallado sobre el que había una luminosa jarra de mayólica, en torno a la cama y en las ventanas colgaban cortinas de seda dorada, y la *sedia da parto*, la silla de parto, ocupaba un lugar privilegiado junto al hogar. Al otro lado de la habitación se veía abierta una gran *cassone*, decorada con imágenes de Venus, con más ropa blanca de cama en su espacioso interior.

—Hermana Pureza... —La frase de la *signora* Teresa quedó interrumpida por un intenso espasmo que le cortó la respiración.

La anciana monja sacó un ramillete de salvia y le prendió fuego. Entregó las hierbas humeantes a Lucrezia y le dio instrucciones de que recorriera el perímetro de la habitación para purificar el aire. Lucrezia hizo lo que se le decía, con el rostro apartado de la mujer en pleno parto, a pesar de que seguía respirando el olor de su sudor, intenso y fétido bajo el perfume del agua de lavanda.

—Madre de Dios —gimió la mujer.

—Diga un avemaría —aconsejó sor Pureza a la mujer—. Concéntrese en sus oraciones.

Los dolores sólo distaban unos minutos, y sor Pureza estaba preocupada. La comadrona más joven estaba arrodillada en un rincón de la estancia, con un fórceps en la mano.

—¡Santa Madre que estás en los Cielos! —gritó la mujer en el lecho de parto. Tenía el pelo revuelto y hacía rechinar los dientes.

Sor Pureza se volvió para ver cómo brotaba de entre las piernas de la madre un coágulo de sangre oscura.

Sin perder un momento, la anciana monja cogió una toalla y un frasco de su bolsa. Se calentó las manos junto al fuego, se puso un poco de linimento en las palmas y se las frotó con fuerza. Llevaba un ejemplar de la *Practica Secundum Trotam* en la bolsa, pero hacía años que no lo necesitaba. Sabía dónde poner las manos sobre la mujer a punto de dar a luz, cómo aplicar el ungüento en el perineo y dónde dar masajes sobre el vientre de la parturienta para ayudar al niño a salir por el canal de parto.

Trabajaba con aplomo, se servía de los dedos para medir la dilatación de la mujer, contaba la duración de las contracciones y mantenía las manos apoyadas en el cuerpo de la madre. La *signora* De Valenti gimió de nuevo, y se le puso rígido el vientre al tiempo que alzaba las manos en busca de algo a lo que agarrarse. Sor Pureza se dirigió a Lucrezia en un tono de voz grave y sonoro:

—Póngase a su lado. Deje que le coja la mano.

Lucrezia se apresuró a colocarse junto a la columna de la cama para tener un punto de apoyo y tendió la mano hacia la madre. La mujer se la tomó y profirió un grito, un aullido que asustó a Lucrezia.

—No pasa nada —dijo Lucrezia, tanto para consolarse a sí misma como para consolar a la mujer—. Estamos aquí con usted.

La *signora* De Valenti levantó la mirada y vio el rostro de Lucrezia —el rostro de la Madonna— sobre su lecho.

—*Bella Maria*, Santísima Madre. —Se incorporó apoyada en un almohadón y arqueó el cuello hacia la visión. Tenía que ser un milagro, sin duda, pues el rostro de la Madonna estaba allí mismo. Los dedos frescos de la mismísima Virgen se encontraban entre los suyos, tan calientes—. Ayúdeme, Madre. Ayúdeme.

Sor Pureza levantó la vista desde donde se encontraba entre las piernas de la mujer y miró fijamente a Lucrezia. A veces se decía que los enfermos y los afligidos ya tenían un pie en el más allá y eran capaces de intuir lo que otros no podían.

—Déjeme seguir en la tierra, Santa Madre, no me lleve aún.

Sor Pureza frunció el ceño, temerosa de que la mujer estuviera sufriendo alucinaciones que sólo pudieran explicarse por una grave enfermedad corporal.

—Céntrese en su hijo, Teresa —le aconsejó la anciana comadrona—. Cierre los ojos y piense en el niño.

Un chillido, seguido de inmediato por otro, hizo que sor Pureza volviera a acuclillarse al punto entre las rodillas dobladas de la mujer. Llamó a la primera comadrona para que se pusiera a su lado, preparada con el fórceps.

—Empuje —le indicó sor Pureza—. Empuje con todas sus fuerzas.

Jadeante, la *signora* De Valenti cerró los ojos con intensidad y empujó. En medio de su gran esfuerzo, volvió a abrir los ojos de par en par y lanzó un grito mezcla de agonía y éxtasis.

—¡Santa María, Santa María! —aulló. Las lágrimas la cegaron mientras se aferraba al antebrazo de Lucrezia e hincaba las uñas en la piel de la novicia—. ¡Santa María, líbrame de este amargo trago! —gritó la mujer.

Brotó un borbotón de mucosidad y sangre, y coronó la cabeza de la criatura.

—No se detenga, Teresa —le indicó sor Pureza firmemente—. Tiene que seguir empujando, no se detenga.

Lucrezia bajó la mirada hacia la toca de sor Pureza, que se mecía arriba y abajo entre las piernas dobladas de la mujer, y le llegó a la nariz el intenso olor a sangre que colmaba la estancia. La madre a punto de dar a luz jadeaba con los ojos cerrados y la frente empapada en sudor, el cabello moreno apelmazado. Entonces abrió los ojos, gimió, la cama retembló, y Lucrezia sintió que se desvanecía.

Llamaron a la puerta, y sor Pureza, hosca como un mozo de cuadra, vociferó:

—¡Ahora no, ha llegado el momento! —Con el mismo tono de voz le gritó a la *signora* Teresa—: ¡*Pronto*, ahora, tiene que ser ahora, el niño tiene que salir ahora, empuje con todas sus fuerzas!

Llevó una pluma recubierta de mostaza en polvo a las fosas nasales de la madre y sopló. La *signora* De Valenti abrió los ojos como platos, y empezó a estornudar violentamente, y con las convulsiones de los estornudos se le contrajo el útero, los huesos de las caderas abrieron el espacio necesario y la criatura brotó por entre la espoleta de sus piernas para ir a parar a la cálida sábana de lino que tenía preparada sor Pureza para cogerla.

La anciana monja puso la boca sobre el rostro del niño, sorbió la mucosidad que le cubría la nariz y la boca, la escupió en la *tafferia da parto*, el cuenco de madera que había junto al lecho, y comprobó el estado de la criatura enseguida. Estaba entera, redondeada y gorda.

Sor Pureza le pasó el niño a Lucrezia y le dijo que sacara el barreño de agua caliente fuera del dormitorio, cerca del cálido fuego que ardía en la sala. Los criados pusieron manos a la obra de inmediato, sacando a rastras por la puerta el pesado barreño.

—Tiene que usar los paños para envolverlo —le explicó sor Pureza, al tiempo que toqueteaba los extremos de la *fascia* de lino con que había recubierto a la criatura—. Descubra únicamente la parte que esté lavando, y tiene que envolverlo rápidamente para evitar que se enfríe. Cuando haya quedado limpio, déjelo en manos del ama de cría. Dígale a la *balia* que se lo lleve al pecho para ver si mama.

Con la misma rapidez con que le dio las órdenes, sor Pureza volvió a dedicar toda su atención a la madre. La criatura era rosada y robusta, pero la *signora* Teresa estaba delirante, con la piel cuarteada por una fiebre desigual. Seguía llamando a gritos a la Virgen incluso después de que Lucrezia hubiera cerrado la puerta a su espalda.

—*Dominus spiritus sanctus* —rezó sor Pureza. Alargó las manos y las sostuvo en alto sobre el pecho de la madre—. *Veni creator spiritus, mentes tuorum visita, imple superna gratia, quae tu creasti pectora...*

Cuando Lucrezia salió de la estancia con el niño, la criada que las había llevado escaleras arriba se le acercó, tensa y pálida.

—Es un varón. Un heredero —anunció Lucrezia, que miró al niño. Tenía la cara fruncida y roja, los ojos cerrados con fuerza, los puñitos apretados.

—¿Y la señora? —La criada miró fijamente a Lucrezia a la cara, pero antes de que saliese palabra alguna por los labios de la novicia, la mujer abrió la boca describiendo un amplio círculo.

—¡*Dio mio*! —gritó la sirvienta, que se llevó la mano a la frente y se persignó—. Su rostro es el de la Virgen.

La criada se volvió y señaló. En la pared opuesta del dormitorio colgaba un cuadro que Lucrezia no había visto nunca. Era un retrato de la Madonna con un vestido carmesí bordado en oro, con el Niño Dios en brazos y sentada en un trono verde, el cabello sujeto con una delicada *benda* de perlas. El rostro de la Virgen era el suyo propio.

—¿Cómo? —gritó Lucrezia—. ¿Cómo ha llegado hasta aquí?

—Es un regalo del señor a la señora. Lo trajo esta misma semana el pintor Fra Filippo.

La criada desvió la mirada de Lucrezia al cuadro y luego otra vez a Lucrezia.

—El parecido es imposible —comentó, y volvió a mirar fijamente a la novicia.

Lucrezia cogió al niño con más fuerza y se acercó al cuadro. Notó una sensación extraña, embriagadora, la misma sensación de irrealidad que la embargaba cada vez que pensaba en el pintor.

—¡Hermana! —Lucrezia oyó un agudo grito procedente del interior de la cámara. Era la voz de sor Pureza, pero nunca la había oído así—. Hermana Lucrezia, la necesito de inmediato.

La madre lanzó un gruñido y luego gritó; la criatura en

brazos de Lucrezia abrió la boca y gimió. Lucrezia se notaba turbada de cansancio y confusión.

—Me necesitan —le dijo a la criada, que tenía el semblante compungido.

Lucrezia le pasó el niño y se apresuró de regreso al paritorio, donde la *signora* Teresa agitaba brazos y piernas. Sor Pureza estaba postrada encima de la mujer en un intento de evitar que se cayera de la cama. La primera comadrona rezaba postrada de hinojos.

—Tiene que buscar un paño y atarla —le indicó sor Pureza—. No puedo atenderla así, no consigo que beba nada para calmarla.

Lucrezia vaciló.

—Haga lo que digo, hija mía. Coja un pedazo bien largo de sábana y retuérzala como una cuerda.

Lucrezia cogió una sábana limpia del montón que había en el rincón, la retorció hasta obtener algo parecido a una cuerda y se la llevó a sor Pureza.

—Átela antes de que se haga daño —le ordenó sor Pureza.

A Lucrezia le temblaban tanto las manos que el pedazo de sábana se le resbaló.

—Por favor —dijo Lucrezia—. No puedo hacerlo; lo siento, hermana, tengo mucho miedo.

Sor Pureza miró a Lucrezia de la cabeza a los pies.

—Venga, cójale las manos —la instó—. Yo la ato y usted la sujeta.

En su fiebre, la *signora* Teresa se sentía desfallecer, y estaba asustada. Se volvió hacia la luz de las velas y vio el mismo rostro que antes.

—¿Eres tú? —le susurró a Lucrezia—. ¿Eres tú, Santísima Virgen? ¿Has venido a por mí?

—Soy la hermana Lucrezia —respondió la novicia. Se notó extraña, y dotada de mayor sabiduría que en cualquier otro momento de su vida—. No tema. El parecido con el cuadro no es más que una coincidencia. No soy la Virgen, no he venido a llevármela. Tiene usted un heredero sano y fuerte. Está en manos de su criada y en estos momentos lo están lavando para dárselo al ama de cría.

La *signora* Teresa, devota de la Santa Virgen desde siempre, prestó oídos a las palabras de Lucrezia y se fue calmando. Todo estaba bien. Respiró hondo y sus miembros quedaron lánguidos. Cuando sor Pureza llevó la taza de camomila y verbena a los labios de la nueva madre, ésta bebió en silencio. Poco después la fiebre cejó, y la *signora* Teresa de Valenti se durmió bajo un par de mantas mientras las mujeres de su familia preparaban el elegante *desco da parto*, la bandeja natal pintada, llena a rebosar de naranjas y dulces. El *signore* Ottavio se tomó una copa de oporto en honor a su hijo recién nacido, Ascanio di Ottavio de Valenti. En la sala contigua al paritorio, sor Pureza estaba contemplando la *Madonna con el Niño* de Fra Filippo.

—La *signora* se nos iba. Ya estaba a mitad de camino del Cielo —dijo la comadrona más joven, que se había colocado junto a sor Pureza—. Su novicia cuenta con la bendición de la Virgen, bienaventurada hermana.

12

Viernes de la decimotercera semana después
de Pentecostés, año de Nuestro Señor de 1456

La luna menguante parecía seguir a las hermanas Pureza y Lucrezia de regreso al convento. Las mujeres estaban agotadas y el carruaje, en su precipitado avance, las mecía tal como la cuna arrullaba al recién nacido para que conciliara el sueño bajo el tejado de terracota del *palazzo* de su familia.

Tras sus párpados cerrados, sor Pureza pensaba en la salud de la *signora* Teresa, el milagroso enfriamiento de su piel, la manera en que se había calmado su espíritu. Las hierbas del convento nunca habían tenido un efecto tan intenso como esa noche. Cuando daba la impresión de que la madre iba a abandonarse al delirio que se adueñaba de muchas otras, la *signora* había contemplado el dulce rostro de Lucrezia y su sangre, sus humores, la fiebre que dominaba su cuerpo habían cejado.

Le servidumbre había visto la transfiguración, claro; la cuñada de la *signora* Teresa también había sido testigo de la misma. Un milagro, habían comentado entre sí hasta que Lucrezia se volvió y dijo: «Aquí no ha ocurrido ningún milagro, les ruego que no digan tal cosa.» Todas asintieron, naturalmente, pero se persignaron antes de salir del paritorio. Y cuando las monjas recogían sus cosas y se preparaban para regresar al convento, lo hicieron con las palabras de despedida del *signore* Ottavio resonando en sus oídos.

—Cualquier *servigio* que pueda prestarles, cuenten conmigo en todo momento —les había dicho el acaudalado De Valenti, que tomó la anciana mano de sor Pureza entre las suyas.

Ahora, sor Pureza dejó escapar un suspiro sin darse cuenta de que se revolvía en el asiento.

—Lo siento, hermana Pureza —susurró Lucrezia, rozando el hábito de la comadrona—. Lo siento. No sé qué decir sobre el cuadro. No estaba al tanto de su existencia hasta esta misma noche.

Sor Pureza se volvió y miró a Lucrezia. Incluso después de una noche angustiosa, la perfección física de la joven era incontestable.

—Poseer semejante belleza no debe de ser fácil —comentó sor Pureza en tono amable.

Lucrezia guardó silencio. En casa sólo poseían un único círculo de plata pulida, y la *signora* Buti dejaba a las niñas contemplar su reflejo solamente los sábados cuando se lavaban el pelo y se bañaban para el día del Señor. Otras jóvenes de Florencia se atildaban ante su reflejo a diario y algunas, bien lo sabía Lucrezia, se sentaban al sol para realzar los tonos amarillos y dorados de su cabello. Pero a las hermanas Buti no se lo habían permitido, ni las habían animado a incurrir siquiera en vanidades inofensivas como pellizcarse las mejillas o mordisquearse los labios para que aflorase un toque de color.

—No lo sé —respondió Lucrezia con voz trémula—. Nadie me ha dicho nunca tal cosa. Aunque a menudo he sentido deseos de ocultar el rostro, por la manera en que me miran los hombres.

Lucrezia nunca lo había reconocido ante nadie. Pensó en Fra Filippo, y en el placer que le producía su mirada.

—No tiene por qué avergonzarse de su belleza, hija mía. Además, no es su única virtud. Es imposible que fuera sólo su rostro lo que ha calmado esta noche a la *signora* De Valenti.

Lucrezia estaba lo bastante cerca como para sentir el calor del cuerpecillo de sor Pureza. Dio gracias por la oscuridad.

—Al igual que las flores en nuestro jardín, su belleza tiene un propósito —continuó sor Pureza—. He estado pensando en ello desde que averigüé que Fra Filippo iba a pintarla. Si su rostro puede convertirse en el rostro de la Madonna, y puede evitar que una mujer como la *signora* De Valenti caiga en las garras de los espíritus malignos que se habían adueñado de ella, entonces estoy convencida de que hay mucho de bueno en ello.

Sor Pureza se volvió en el asiento tanto como se lo permitía su anciano cuerpo para mirar a Lucrezia directamente a la cara.

—Conserve su belleza como un bien preciado, hermana Lucrezia, pero manténgase en guardia contra su corrupción.

Lucrezia asintió y se recostó en el asiento. Volvieron a venirle a la cabeza las palabras que le había dirigido Fra Filippo en el confesionario, cuando le explicara que la belleza en el mundo es un espejo del Reino de Dios. Un *speculum majus*.

—El capellán me dijo que los hombres más santos están convencidos de que la belleza agrada a Dios porque acerca nuestro mundo al suyo. Pero, si es así, ¿qué hay del sufrimiento de Cristo, y del de la Virgen? —preguntó Lucrezia.

El carruaje pasó por encima de un montón de piedras en la carretera, y el cuerpo de Lucrezia chocó contra el de sor Pureza. Notó que la anciana se ponía rígida en el asiento.

—Si el sufrimiento nos acerca a Dios, ¿cómo es posible que la belleza tenga el mismo efecto? —Volvió a intentarlo—: No hay duda de que algo procede de Satanás, hermana Pureza. ¿Es el sufrimiento o la belleza?

Sor Pureza estaba cansada. Lo único que quería era cerrar los ojos, pero percibía algo importante tras las palabras de la novicia, algo que hacía terriblemente infeliz a la joven.

—La belleza procede de Dios, la vanidad es obra del Diablo. Y por lo que respecta a la sangre de Cristo, hermana Lucrezia, usted misma ha estado presente en el alumbramiento de esta noche, ya conoce el sufrimiento que la maldición de Eva acarrea a las mujeres. Siempre hay sangre. —Al oír la dureza de sus propias palabras, sor Pureza intentó atenuarlas—. Pero recuerde, hija mía, que si bien la Virgen pagó con su inocencia por los pecados de otros, fue coronada Reina en los Cielos.

Lucrezia no podía empezar siquiera a desenmarañar su lengua ni sus oraciones lo bastante rápido para plantear sus preguntas.

—Su belleza y su bondad son un don —aseguró sor Pureza con ternura, su voz cada vez más queda al cerrar Lucrezia los ojos—. Pero la belleza se desvanece. El alma debe tornarse más fuerte y también más sabia.

Cuando Lucrezia abrió los ojos el carruaje atravesaba las verjas del convento. Las dejó en el patio, y las monjas se apresuraron a regresar a los dormitorios de techo bajo, mientras las piedras grises brillaban de una manera extraña a la luz de la luna.

—Ha hecho un buen trabajo esta noche, *cara mia* —dijo sor Pureza al despedirse de Lucrezia a la puerta de su celda—. Ahora, duerma.

Pero una vez a solas, Lucrezia había vuelto a sumirse en la confusión motivada por la charla sobre sangre y belleza, el recuerdo de los gritos de la *signora*, y el retrato de sí misma como la Virgen, pintado por la mano de Fra Filippo.

Lucrezia caminó arriba y abajo por la estrecha celda unos momentos: la estancia era muy pequeña, apenas sin ventilación. Volvió a ponerse las botas, encendió una vela y recorrió a hurtadillas el pasillo de los dormitorios hasta la escalera nocturna. Descendiendo por el angosto pasaje, dejó atrás a toda prisa las arañas, de las que ya había aprendido a hacer caso omiso, y ni siquiera bajó la mirada hacia los ratoncillos que se batían en retirada a su paso.

Al llegar a las escaleras de la iglesia, Lucrezia apagó la vela de un soplo para ahorrar mecha. Al oír unas pisadas en el rellano superior, creyó que una de las monjas se había levantado para la oración de laudes antes del amanecer, y Lucrezia se dispuso a saludarla con un sombrío asentimiento.

—Vaya.

El prior general Saviano le salió al paso a Lucrezia. La puerta a la escalera nocturna se cerró a espaldas de la novicia, que quedó a solas con el prior general en el estrecho pasillo que llevaba al ábside. Él desplazó la vela que había ahora entre ellos y la miró de la cabeza a los pies.

El prior general había dormido mal y le ardían los párpados. La hermosura de la joven, resplandeciente incluso a esas horas, parecía mofarse de él, tal como la falta de respeto del pintor se había mofado de él y la priora Bartolommea lo había enfurecido.

—General... —Lucrezia hizo una reverencia y vaciló, sin saber muy bien cómo dirigirse a él—. *Fratello* Saviano.

—*Fratello?* —El prior general Saviano no tuvo duda de que la chica quería ridiculizarlo. Lo habían humillado todo el día, lo habían desairado y ninguneado a cada ocasión. Los elegantes atuendos en el taller del pintor y el boceto en el que se veían las clavículas al aire de la joven le vinieron a la cabeza entre destellos—. Soy el prior general Ludovico Pietro di Saviano. —El hombre recitó su nombre completo y su título en su más profunda voz de barítono. Mientras hablaba, Lucrezia vio mecerse de aquí para allá el dobladillo de su hábito. La vela que sostenía el prior arrojaba extrañas sombras sobre las losas del suelo—. No me estará confundiendo con su buen amigo el pintor, ¿verdad? Él es un *frate*, un mero *frate*, pese a lo que puedan haberle hecho creer a usted.

A Lucrezia se le quedó la boca seca. Ese hombre le daba miedo. Al recordar las palabras de sor Pureza en el carruaje, Lucrezia se caló el griñón e intentó dar media vuelta, pero el prior general la cogió por el brazo.

—¿Por qué se esconde de mí, Lucrezia?

Ella percibió la larga noche en el olor de su cuerpo.

—Estoy cansada, prior general Saviano. Sólo he venido a rezar una oración antes de dormir.

—Lucrezia. —Saviano pronunció su nombre de pila, que sonó sublime y sensual en sus labios—. Todavía no ha tomado hábitos, no ha hecho sus votos. La llaman hermana Lucrezia, pero aún no lo es, ¿verdad?

Lucrezia se puso rígida. El prior general no le soltaba el brazo. Cuando intentaba zafarse, él se acercó más y apretó los muslos, firmes bajo el hábito, contra su cadera.

—Prior general —tartamudeó Lucrezia—. Déjeme pasar, por favor.

—He estado en el taller de su amigo, el *fratello* Filippo. Sé que se quitó usted estos hábitos. —El prior general pellizcó el tejido de su túnica—. Sé que se despojó de ellos y se puso el elegante vestido de una *donna* florentina.

Apretó su rostro contra el de ella y le cogió el brazo de más arriba, cerca del busto. Años de denegación ardían en las entrañas del religioso.

—Lucrezia, ¿es usted la amante de Fra Filippo?

—No. —Aterrada, intentó apartarse de él.

—Ha tenido muchas, ya sabe, muchas amantes. —El prior general Saviano la cogió con más fuerza aún—. Usted no es nada especial para él. —Frunció los labios—. Pero podría ser especial para mí.

—¡No! —Lucrezia se retorció y le propinó una patada en las piernas. La vela se le cayó al suelo y lanzó unas chispas contra la cenefa de su hábito. Mientras miraba las chispas, ella se precipitó a pasar por su lado.

—¡Vuelva aquí! —le gritó el prior general, pero ella sólo pudo lanzar un chillido para sofocar sus sollozos.

Él oyó la repulsión en su grito, y eso le dolió.

—Ahora sí que está aviada —la amenazó a voz en cuello—. Ya verá cómo no sale nada bueno de esto. Estamos en mi convento, mi convento. No lo olvide.

Lucrezia salió a toda prisa por la puerta de la iglesia y llegó a trompicones al jardín del claustro. El prior general estaba al tanto de que se había quitado la ropa en la *bottega* de Fra Filippo, sabía lo de la elegante *cotta* de seda. Abrió de un tirón la primera puerta a la que llegó, y luego atravesó las letrinas a la carrera hasta el oscuro pasillo del dormitorio de las monjas.

Al oír los sollozos de la muchacha, sor Pureza abrió la puerta de su celda. Ya se había quitado la toca y llevaba suelto el cabello entrecano. Tendió un brazo y agarró a Lucrezia a su paso.

—¿Qué ocurre? —Hizo pasar a Lucrezia a su celda.

—El prior general —sollozó la novicia. Se remangó y dejó ver a sor Pureza las furiosas marcas que le había dejado allí el hombre.

Sor Pureza aguardó hasta que el gallo hubo cantado tres veces y luego cruzó el patio hasta la cámara de la madre Bartolommea. La anciana monja no intentó negar lo que había ocurrido, ni excusar al prior general. Los hombres se aprovechaban de las mujeres; sabía que así funcionaba el mundo fuera de los muros del convento. Pero en el interior del convento una mujer, incluso una mujer hermosa, tenía que poder encontrar refugio.

Dando por sentado que la priora dormía, sor Pureza llamó a la puerta con suavidad y luego la abrió, pero la priora Bartolommea ya estaba despierta. Se encontraba arrodillada a los pies de la cama con la Biblia abierta sobre el lecho. A la escasa luz de una sola vela, sor Pureza vio cómo su recia figura se volvía de inmediato y se ponía en pie. En torno a su cintura había una cinta verde y dorada de un algodón tan pulcramente tejido que incluso a la luz de la vela relucía y chispeaba.

—¡Hermana! —La priora levantó las manos para evitar que sor Pureza se acercase—. Estoy rezando; me ha interrumpido. Haga el favor de marcharse de inmediato.

—¿Es la *Sacra Cintola*? —preguntó mientras la madre Bartolommea intentaba esconder la cinta con los codos.

La priora negó vigorosamente con la cabeza.

—Es la Santa Cinta de la Virgen, ¿verdad? —Sor Pureza estaba al tanto de que la cinta se guardaba tras una verja cerrada en Santo Stefano, y que las órdenes papales prohibían sacarla de la santidad de la capilla—. La Santa Cinta aquí, en su celda. ¿Cómo es posible?

La priora, que aún no se había puesto el griñón, se apartó un mechón de cabello gris de los ojos y lanzó una mirada furiosa con la intención de intimidar a la anciana monja.

—Eso no es de su incumbencia, hermana Pureza. Tal como le he dicho una y otra vez, no está usted al tanto de todo lo que ocurre en el convento. Tengo planes que enriquecerán nuestros cofres con las bendiciones de la Santa Madre.

—¿Planes? —Sor Pureza aguantó el tipo, sin recular ni adelantarse. Era anciana, pero no débil—. ¿Planes que incluyen la Santa Cinta de la Virgen María?

—Y a mí misma —le espetó la priora.

—¿A usted misma? —Sor Pureza no tuvo que pensarlo más que un instante—: Y a las novicias, supongo, ¿verdad? Tal vez a cambio de poner en peligro su bienestar, está ahora en posesión de la reliquia más preciada de la ciudad.

—Ya es suficiente, hermana Pureza. —La priora se adelantó hacia la comadrona—. No pienso oír ni una palabra más. Tiene que marcharse ahora mismo, de manera que pueda devolver la Santa Cinta al lugar seguro donde se guarda. Y no debe decirle a nadie que la Cinta está aquí. Para cuando haya salido el sol ya se la habrán llevado, y cualquier sospecha de falta de decoro en lo concerniente a la *Sacra Cintola* podría convertirse en una parodia de la que no se recuperaría nuestro convento.

—Estimada madre. —Sor Pureza levantó la mirada desde los pies descalzos de la priora en el suelo de piedra hasta la túnica que se había puesto de cualquier manera sobre sus rollizos hombros—. La santidad del convento ya está comprometida. Eso es lo que he venido a decirle.

—No pienso prestarle oídos —repuso la priora—. Su comportamiento viene siendo de lo más extraño de un tiempo a esta parte.

—Tiene que escucharme. —La anciana estaba temblorosa de furia—. El prior general no respeta la santidad de estos muros. Esta misma noche se ha acercado por la fuerza y sin la menor corrección a la novicia Lucrezia, con intenciones incalificables.

La priora se quedó paralizada. Tenía las manos sobre la Santa Cinta y estaban profiriéndose blasfemias en su propia celda. Le dio la espalda a sor Pureza.

—Váyase —dijo con voz queda, al tiempo que empezaba a deshacer los largos lazos dorados que le sujetaban la cinta a las caderas—. No deje que la abandone el buen sentido. Piénselo detenidamente. El prior general es un hombre importante y usted no puede lanzar acusaciones calumniosas contra él. Hay manos más poderosas que las suyas dirigiendo lo que ocurre aquí en Santa Margherita.

Se quitó la cinta y se volvió.

—Fuera de mis aposentos —le espetó la priora en voz alta—. Soy su superiora y le ordeno que salga de mi habitación de inmediato.

Sor Pureza pasó el amanecer rezando delante de la puerta de la celda de Lucrezia mientras la joven paseaba arriba y abajo en su interior. Cuando oyó relinchos en el camino y el chirrido de las verjas del convento al abrirse antes de que tañera la campana para llamarlas a prima, la anciana monja se apresuró a asomarse a la ventana al cabo del pasillo y vio en el patio un hermoso corcel de los Medici que hollaba un círculo de tierra delante del estudio de la priora. Observó mientras la priora recibía al mensajero y le entregaba una bolsa de terciopelo. «La reliquia», imaginó sor Pureza.

Lucrezia permaneció en su celda mientras las monjas entraban en la iglesia en fila de a una para los rezos de prima, pero sor Pureza se ubicó tenazmente junto a la priora Bartolommea y mantuvo los ojos abiertos en todo momento, incluso cuando la priora cerró los suyos.

El prior general abandonó la iglesia en cuanto dejó de sonar la última nota de los cánticos matinales, y cuando sor Pureza llegó al refectorio del convento se lo encontró sentado a solas, comiéndose con toda tranquilidad un huevo pasado por agua. El hombre miró con frialdad a sor Pureza al verla aproximarse, inclinarse sin mostrar excesivo respeto y sostenerle la mirada.

—Aquí en clausura, excelencia, las mujeres vienen y van al servicio de Dios. —Sor Pureza escogió sus palabras con cuidado—. Debemos tener la seguridad de que nos podemos desplazar a nuestro antojo, sin que nadie nos moleste y sin miedo a que otro religioso se inmiscuya en nuestra tarea.

Hizo una pausa, a la espera.

—¿Y eso, qué tiene que ver conmigo? —preguntó el prior general Saviano en tono molesto.

—Todo —respondió ella. Empezó a formular una narración de la escena en el pasillo de la iglesia—. He regresado antes de laudes esta mañana, después de que la novicia Lucrezia y yo ayudáramos a traer al mundo una criatura en casa del mercader Ottavio de Valenti.

Vio que el prior general torcía el gesto, y se apresuró a continuar.

—Sabe lo que ha ocurrido tan bien como yo —dijo—. No pienso...

Al notar que una mano rígida le tocaba el hombro, sor Pureza se volvió para ver el rostro trasnochado de la priora Bartolommea a su lado.

—No importune al prior general —le advirtió la priora, que se colocó entre ambos.

—Perdone, madre. —Sor Pureza alargó el brazo e intentó

apartar a la priora del lugar donde se había plantado—. Estoy hablando con él.

La priora se volvió y se quedó mirando el codo de sor Pureza, que le apretaba sin miramientos el costado.

—Perdóneme, hermana —dijo la priora, lacónica—. Pero me está haciendo daño.

Sor Pureza reparó en la presencia de las demás monjas, que habían dejado lo que tenían entre manos y observaban al trío. Se acercó más aún a la priora, de manera que sólo ella alcanzara a oír su voz. Las dos mujeres habían llegado al convento al mismo tiempo, unos cincuenta años antes. Se habían conocido de novicias, y por aquel entonces se llamaban por nombres infantiles. Sor Pureza recurrió ahora a uno de aquellos apelativos para recordar a la priora lo que antaño compartieran.

—Bartolinni, amiga mía. Debe pedirle que se vaya.

—De veras, hermana —respondió la madre, como si su intimidad hubiera quedado relegada décadas atrás—. Tiene que dejar de decirme lo que debo hacer.

La priora experimentó un instante de arrepentimiento cuando vio el dolor reflejado en el semblante de su vieja amiga, pero luego volvió a pensar en la Santa Cinta. Se imaginó a sí misma en una pintura en honor a la Santísima Virgen. Pensó en la gloria que todo ello podía deparar al convento, y en las muchas horas que había pasado arrodillada rezando para que recayera sobre ella semejante buena fortuna, en el largo camino a las afueras de Florencia. Y guardó silencio mientras su amiga parpadeaba y se daba la vuelta para alejarse.

En cuestión de una hora, sor Pureza optó por un plan de acción. Envió una acuciante nota a Ottavio de Valenti para avisarle de que Lucrezia estaba disponible para ir a cuidar de su esposa y su hijo, y le sugirió la importancia de que hiciera llegar una invitación a la novicia lo antes posible. Confiaba y rezaba para que De Valenti recibiese a su virgen con los brazos abiertos, y no andaba descaminada. Esa misma tarde llegó un mensaje con una petición de Ottavio de Valenti enviada directamente a la madre Bartolommea. Junto con la nota, envió cuatro florines de oro.

La priora Bartolommea batió palmas al abrir la bolsa. Luego llamó a sus aposentos a sor Pureza y le dijo en un susurro apresurado:

—¿Ve? La Santa Cinta ya empieza a surtir efecto. Ya comienzan a ocurrir milagros. Mire, hermana Pureza. Sé lo que me hago.

Sor Pureza asintió como si la priora hubiera sido responsable del contenido de la nota, los florines de oro e incluso el milagro mismo del alumbramiento. La priora llamó a Lucrezia de inmediato, y cuando el rostro surcado de lágrimas de la joven apareció ante ella, fantasmal, la priora Bartolommea se felicitó por la buena fortuna de los designios del Señor.

—Regresará a casa de la *signora* De Valenti y ayudará a cuidar de ella —anunció la priora Bartolommea—. Está convencida de que tiene usted un don para curar, pero no deje que se le suba a la cabeza. Si tiene algún don, proviene de Dios, como provienen del Cielo todas las bendiciones.

Lucrezia quedó consternada. Habían ocurrido muchas cosas en muy poco tiempo, y todas ellas parecían girar en torno a lo que la gente veía en su rostro y lo que imaginaba saber de ella. La novicia no estaba al tanto de lo de los florines de oro, pero había visto el esplendor de la residencia de De Valenti, había escuchado pasmosos elogios de todos los presentes en la sala de parto. La hermosura y el oro formaban parte del destino y la fortuna en la misma medida que las oraciones y la piedad, comprendió Lucrezia. Tal vez eran incluso más importantes que la voluntad de Dios. Si, como había dicho sor Pureza, la belleza era un don del Señor y no había por qué avergonzarse de ella, entonces no tenía nada que temer. Y, sin embargo, estaba asustada.

Con las manos entrelazadas, Lucrezia intentaba contener las lágrimas. Temía que, de alguna manera, las hoscas atenciones del prior general fueran una advertencia, aunque no atinaba a decidir si provenía de Satanás o del Señor.

—La han reclamado —dijo sor Pureza con voz queda. Se encontraba entre Lucrezia y la priora, sin mostrar lealtad a ninguna—. ¿Quiere decirle algo a la priora Bartolommea?

—Iré adonde se me necesite, madre —aseguró Lucrezia, deseosa de que se adueñaran de ella la humildad y la calma.

La priora asintió.

—Vaya a hacer el equipaje —le dijo, pensando en el semblante agriado de las demás monjas, que empezaban a rezongar acerca de los muchos privilegios concedidos a la hermosa novicia—. Se marchará mañana, con discreción, de manera que no despierte la envidia de las demás.

La priora Bartolommea no consideró prudente ni necesario informar a las mujeres de que el prior general Saviano le había prohibido conceder privilegios especiales de visita a las novicias. Tampoco vio razón para rehusar la generosa petición de De Valenti. El prior general no tardaría en irse, y si reparaba en la ausencia de Lucrezia y preguntaba al respecto, la priora ya sabía lo que haría: se limitaría a enseñarle el oro y sonreír. Cuatro florines eran una buena suma; eso no lo negaría ni siquiera el prior general.

13

*Festividad de la Santa Cinta y de la Natividad
de María, año de Nuestro Señor de 1456*

Mientras entraban en fila a la iglesia para laudes la mañana de la *Festa della Sacra Cintola*, las monjas susurraban febrilmente acerca del alumbramiento en el hogar de los De Valenti y la extraña tensión que había invadido su mundo privado.

—He oído a Lucrezia llorar la noche entera, y la priora estaba levantada mucho antes del amanecer —comentó la hermana Maria.

—Tal vez la priora Bartolommea tiene quejas de Lucrezia —sugirió sor Piera, que de inmediato se persignó para protegerse del pecado de la envidia.

—La novicia se enorgullece de su belleza —conjeturó la hermana Maria, que se sonrojó ante su osadía—. Ya se sabe que sor Pureza y la priora Bartolommea no ven con buenos ojos el orgullo ni la vanidad.

—Ojalá supiera por qué lloraba sor Lucrezia —dijo la hermana Bernadetta con voz queda mientras caminaba tras ellas—. La habría ayudado, de haber podido.

Entre las almas atribuladas y curiosas, sólo Spinetta y Paolo, el muchacho que trabajaba de pastor, estaban al tanto de los planes que se habían dispuesto para Lucrezia. A cambio de pan y hierbas del jardín de sor Pureza, Paolo había accedido a llevar a la novicia al *palazzo* de De Valenti cuando llegara el momento.

—Pero ¿por qué es un secreto? —le susurró Spinetta a su hermana cuando entraban en la iglesia—. Si no tiene nada de malo, ¿por qué es un secreto que vayas a ir a ayudar a la *signora* De Valenti a cuidar de su recién nacido?

Aunque Lucrezia sospechaba que sor Pureza se las había arreglado para sacarla del convento de manera que estuviera alejada del prior general Saviano, sólo podía figurarse las intenciones de la anciana monja y la priora. Dirigió a Spinetta un terso asentimiento y luego humilló la cabeza en actitud de muda oración.

Cuando las monjas iban al refectorio a desayunar apresuradamente, Lucrezia llevó a su hermana al dormitorio y le puso el rosario en la mano.

—Te lo he estado guardando, hermana —dijo Lucrezia—. Ahora te lo devuelvo para que te consuele en mi ausencia.

Spinetta aceptó el rosario, todavía cálido de estar entre los pliegues del hábito de su hermana.

—Lucrezia, tengo miedo —confesó Spinetta—. Me ocultas algo.

—No temas, Spinettina. —Los dedos de Lucrezia recorrieron la cenefa de su *panni di gamba* hasta que dio con la medalla de plata que había cosido en el interior de la prenda. Sirviéndose de la punta de una uña desgarró las puntadas y dejó caer el medallón a la palma de la mano para luego tendérselo también a su hermana.

—Hasta que regrese, mantén a salvo mi medallón —le pidió—. No lo voy a necesitar en la casa de Ottavio de Valenti. Ya he estado allí, Spinetta, no hay de qué preocuparse. Es un inmenso *palazzo* lleno de gente y servidumbre y cálidas chimeneas.

Spinetta escudriñó el rostro de su hermana, pero Lucrezia no dejó entrever nada.

—Volveré pronto —aseguró Lucrezia, imprudentemente—. Si no vuelvo en un par de días, le preguntaré a la señora de la casa si puedes venir a ayudarme.

—Sí. —Spinetta se animó, e introdujo el medallón en el pliegue de su túnica junto con el rosario—. Qué bien nos lo pasamos las dos en el taller de Fra Filippo, ¿verdad?

—Sí, *cara mia*. No he olvidado nada de lo que pasó en la *bottega* del pintor —dijo Lucrezia. Mientras hablaba, volvió a preguntarse qué le habría dicho el pintor al prior general, y qué había llevado al airado religioso a pensar que Fra Filippo y ella habían mantenido relaciones íntimas. Al recordar la acusación, Lucrezia sintió un escalofrío—. Pero no creas que volveremos a ir.

Los buenos ciudadanos de Prato y sus muchos invitados despertaron la mañana de la festividad de la Santa Cinta para encontrarse con un día luminoso y un cielo despejado. Los tenderos barrían los suelos, los hogares chispeaban, los hervidores calentaban el agua y las madres trenzaban el cabello de sus hijas con lazos y les contaban la historia de la Santa Cinta de la Virgen María.

—Así que la Santísima Virgen entregó su faja a Tomás cuando ascendía a los Cielos —narraba Teresa de Valenti desde la cama donde había dado a luz, con las sábanas subidas hasta la barbilla y los ojos todavía soñolientos.

Sus cuatro hijas, Isbella, Olivia, Francesca y Andreatta, todas lavadas y vestidas, estaban sentadas sobre el mullido lecho, prestando oídos al relato de la Ascensión de la Virgen.

—Su hermosa cinta, que tenía muchos poderes sagrados, quedó a salvo en Jerusalén hasta que fue adquirida por el mercader Michael Dagomari, de Prato, como parte de la dote de su esposa —les contó Teresa de Valenti a sus hijas. Mientras hablaba, tenía la mirada fija en el rostro de la Virgen en el retrato, trasladado junto a su lecho. La mirada de las niñas siguió la suya—. Cuando el buen hombre regresó de Tierra Santa con su prometida, trajo consigo el tesoro y lo cedió a nuestra iglesia para que lo tuviera a buen recaudo. Durante trescientos años la Santa Cinta de la Virgen María ha estado aquí, y muchos hombres importantes han cruzado los muros de nuestra ciudad para suplicar a la Virgen sus favores y su santa intercesión.

Por todo Prato, los niños escuchaban absortos la historia de la Santa Cinta, y aguardaron con impaciencia hasta que tañeron las campanas de la iglesia y todas las puertas y ventanas de Prato se abrieron de par en par y las calles por fin se llenaron de gente camino de la plaza de la iglesia.

Con la priora Bartolommea abriendo camino, las monjas de Santa Margherita cruzaron las puertas del convento y salieron a las calles de Prato.

—Madre de Dios, qué día tan hermoso —comentó la hermana Antonia, y las demás asintieron y elogiaron la fresca brisa matinal.

El gentío de fieles madrugadores que intentaba abrirse camino hacia la *piazza* se hizo a un lado para dejar paso a las monjas, cuyos hábitos aleteaban mecidos por la suave brisa. La priora Bartolommea empezó a entonar el Gloria y poco después las demás la acompañaban en armonía.

Conforme se acercaban a Santo Stefano, las hermanas oyeron el sonido de las trompetas y el relincho de caballos. Algunas hermanas estaban cada vez más encantadas, embriagadas por la música y las risas, mientras que a otras las turbaban el jolgorio de colores y el sonido de los pies al caminar y la música retumbante; la tímida hermana Piera estaba incluso un tanto arredrada bajo sus hábitos, tanto es así que, por un momento, deseó encontrarse de nuevo en el terreno seguro del claustro.

Alisándose los hábitos e irguiendo el espinazo, las monjas siguieron a la madre Bartolommea hasta sumarse al gentío detrás de la *pieve*. Con sor Pureza a la zaga, las hermanas ocuparon su lugar por parejas a lo largo del margen sur de la plaza, delante del púlpito de la Santa Cinta, separadas apenas unos pasos, justo cuando resonaban las notas de la trompeta. La muchedumbre guardó silencio y comenzó la procesión.

Al frente del desfile, el preboste Inghirami y el prior general Saviano iban a lomos de lustrosos caballos negros revestidos de seda verde y dorada, y flanqueados de muchachos que portaban las banderas de los Medici. Tras ellos caminaba el atractivo Ottavio de Valenti, su cabello moreno alisado con aceite. Iba seguido por sus hijas mayores y dos hileras de jóvenes vestidas de *gamurre* blanca, con lazos verdes y dorados entreverados en sus trenzas. Los muchachos de la ciudad, vestidos con llamativos *farsetti* y calzas de seda, hacían sonar las trompetas, sus tupidos rizos suavemente mecidos a cada nota, y dos de los más altos sostenían un estandarte de gran tamaño con la imagen de la Madonna amamantando a su Hijo pintada en brillantes colores, seguida de una procesión de orgullosas madres: unas henchidas por causa del embarazo y otras cargadas con criaturas rechonchas y estridentes que batían palmas o reclamaban con lloros la leche materna. Cerrando la procesión iban los miembros de las órdenes —agustinos, dominicos, franciscanos y carmelitas—, que ocuparon las orillas de la plaza, sus hábitos marrones, negros y blancos ondosos cual notas apagadas en contraste con los rojos, verdes y púrpuras de los atuendos festivos de los ciudadanos.

Al concluir la procesión, el gentío se volvió de cara al púlpito de la Santa Cinta y jaleó furiosamente al preboste Gemignano Inghirami mientras subía hasta allí. El religioso alzó sus largos brazos y sostuvo la cinta verde por encima de su cabeza y, al instante, como si estuviera coreografiado, hombres, mujeres y niños hicieron la señal de la cruz y guardaron silencio para que el preboste pudiera hablar.

—Madre Santísima, Reina de los Cielos, Divina Virgen, nos hemos reunido hoy para honrarte y alabar tu nombre.

María, llena eres de gracia, Madre Bendita, acepta nuestro amor y nuestra adoración. Que la divina gracia de tu *Sacra Cintola* nos proteja y nos guarde de todo mal mientras te honramos y te veneramos en el nombre de tu Hijo, Jesucristo Nuestro Señor. Amén.

La gente se fue aglomerando más cerca del púlpito, con los brazos en alto para estar más próximos a la santa reliquia. Aunque muchos no llegarían a acercarse más, a las hermanas de Santa Margherita se les concedería la suprema bendición de tocar la cinta en la capilla. La madre Bartolommea empezó a dirigir su rebaño como mejor podía hacia la entrada de la iglesia entre el tumulto de otras muchas personas con túnicas monásticas o hábitos de monja. Tanta gente se arracimaba en dirección a la puerta de la iglesia que Spinetta tomó de la mano a Lucrezia para asegurarse de que permaneciera cerca. Lucrezia apretó los dedos a su hermana y se los llevó a los labios, y luego los apartó de sí. Cuando lo hacía, sor Pureza se colocó a su lado y le dijo:

—Esto es por el bien de todos, querida mía. Que el Señor la guarde esta noche.

Luego la anciana monja volvió a fundirse en la fila con todas las demás y Paolo apareció al lado de Lucrezia, cogió con su esbelta mano la de la novicia y tiró de ella para que le siguiera. Sin mediar palabra, Lucrezia dejó a Spinetta y a las demás y siguió al muchacho, que se abría camino ágilmente por entre la muchedumbre. Al alcanzar la orilla de la plaza se detuvo para mirarla y le dirigió una sonrisa que dejó a la vista los huecos entre sus dientes.

—*Sorella* —dijo—, es usted muy afortunada de ir a la magnífica casa del *signore* De Valenti. Allí podrá comer tanto como le plazca.

Lucrezia sonrió a pesar de sí misma y siguió a Paolo por las calles estrechas, a contracorriente del flujo de gente, que ocupaba los portales de las tiendecillas y se amontonaba en dirección a la iglesia. Lamentaba perderse la celebración, pues le recordaba los días de *festa* en casa con sus hermanas y sus padres, pero se esforzó por seguirle el paso a Paolo, que le había soltado la mano y se apresuraba delante de ella a largas zancadas.

Entre los gritos de alegría y el furioso ajetreo, Fra Filippo atinó a ver por fin a Lucrezia. Se apresuraba en dirección contraria a la *pieve*, con Paolo abriendo camino.

—¡Hermana Lucrezia, aguarde! —le gritó.

Lucrezia se volvió para ver al monje, que avanzaba hacia ella por entre el gentío.

—Sigue adelante, Paolo —conminó al muchacho con más convicción de la que sentía—. La *signora* De Valenti está en casa con su hijo, y me espera.

—Hermana Lucrezia —volvió a resonar la voz de Fra Filippo—. ¡Deténgase, por favor!

Paolo levantó la mirada hacia Lucrezia. Su hermana era la cocinera del monje, y los dos estaban acostumbrados a acatar las órdenes del hombre.

Pero Lucrezia aceleró el paso. Cuando las pesadas zancadas del monje llegaron a su altura, ella recordó cómo el prior general la había agarrado sin miramientos y le había dirigido palabras ásperas. Se volvió y se encaró con Fra Filippo con los ojos como ascuas.

—Mantenga la distancia, Fra Filippo —le advirtió—. Haga el favor de dejarme en paz.

Le indicó con un gesto que se mantuviera alejado, y al hacerlo, se le levantó la manga del hábito, que dejó al descubierto las magulladuras que le había infligido el prior general.

—¡Está herida! —El monje intentó cogerla, pero ella retiró el brazo—. Se lo ruego —dijo Fra Filippo—. Sea lo que sea lo que le ha ocurrido, tiene que dejarme que la ayude.

—¿Ayudarme? —Lucrezia empezó a apresurarse por delante de las entradas a las tiendas, con Paolo a su lado.

El monje le fue a la zaga.

—Me ha puesto en la situación de huir del prior general. Ahora tengo que esconderme de él. ¿Se da cuenta de lo que piensa de mí?

—Lucrezia. —Fra Filippo se inclinó por encima de Paolo e intentó cogerle la mano otra vez—. Por el amor de Dios, ¿quiere decirme lo que está ocurriendo?

Lucrezia se detuvo para recuperar el aliento y ocultó las manos bajo las largas mangas. Procedente del norte, un grupo de monjas de Sant'Ippolito enfiló la calle en dirección a ella.

—Voy a la casa de Ottavio de Valenti —le dijo—. Me quedaré allí para ayudar a su esposa con su hijo hasta que... hasta que pueda regresar sin peligro al convento.

—¿Hasta que pueda regresar sin peligro?

—Creo que me quedaré allí hasta que se haya marchado el prior general.

A Fra Filippo le ardían las orejas.

—Pero Saviano se alojará esta noche en casa de De Valenti, tal vez varias noches —le informó—. Va a asistir al gran banquete que se celebra en honor al hijo recién nacido del mercader.

Los sonidos de la procesión colmaban las calles y el jolgorio daba la impresión de acercarlos más el uno al otro. Las monjas se acercaron con sus suaves cánticos.

—Si él le ha hecho daño, usted no puede ir a esa casa —se apresuró a decir. Se volvió a Paolo, que daba saltitos de puntillas, a la espera—. Paolo. —El monje asió al muchacho por sus escuálidos hombros—. El plan ha cambiado. Tienes que llevar a sor Lucrezia a mi *bottega*. Tu hermana está allí, y debes pedirle que se quede. Dile a Rosina que le daré otra moneda de plata por las molestias. ¿Lo entiendes?

—No. —Lucrezia negó con la cabeza—. La priora Bartolommea me envía al *palazzo* de De Valenti, la *signora* me está esperando.

El pintor estaba cada vez más agitado, y dio la impresión de que le cortaba el paso con más aplomo.

—Ya conozco al prior general Saviano, hermana Lucrezia, y si las monjas creen adecuado mantenerla alejada de él, no puede ir al *palazzo* de De Valenti hasta que se haya marchado.

—Entonces, me vuelvo al convento —dijo ella.

—¿Y si la busca allí? —indagó Fra Filippo.

Lucrezia permaneció inmóvil.

—Vaya con Paolo —ordenó Fra Filippo—. La acompañaría yo mismo, pero me esperan en la *pieve* y ya llego tarde. Haremos lo que podamos con respecto al prior general cuando haya terminado la *festa*.

A Lucrezia le daba vueltas la cabeza. Si iba a casa de De Valenti, sin duda el prior general la encontraría. En cambio, si regresaba al convento, el prior general bien podía volver a cebarse con ella. Santa Margherita no constituía ya refugio.

—Sí. De acuerdo, Fra Filippo, iré; pero sólo hasta que encuentre un lugar mejor.

El monje le posó una mano en el brazo para tranquilizarla.

—Es lo mejor —aseguró—. El prior general recibirá una buena reprimenda. No se volverá a acercar a usted cuando haya hablado con mis poderosas amistades.

—Por favor, ya ha hecho suficiente —dijo, recuperando las fuerzas que le habían fallado esa mañana—. Me quedaré hasta que sea seguro acudir junto al lecho de la *signora* Teresa, y, Dios mediante, nadie sabrá dónde he estado.

—Como desee —accedió el monje, que dio instrucciones a Paolo de que llevara a Lucrezia a su *bottega* dando un largo rodeo, de manera que no tuviera que volver a atravesar la plaza abarrotada, y los instó a que se apresuraran.

En su acalorada conversación, ni el pintor ni la novicia repararon en que las monjas de Sant'Ippolito habían visto claramente cómo el monje —inconfundible con su largo hábito blanco— detenía a Lucrezia y la enviaba por otra calle sinuosa en dirección opuesta a la *pieve*.

14

Después de nonas, festividad de la Santa Cinta,
año de Nuestro Señor de 1456

Lucrezia estaba sentada en una sólida silla de madera junto al hogar de Fra Filippo, mirando cómo atizaba el fuego una
chica de vestido andrajoso. Tenía los brazos delgados, pero
vertió agua en un hervidor de hierro sin esfuerzo aparente y
levantó el pesado recipiente hasta la altura de los hombros
para colgarlo sobre las llamas.

—Me llamo Rosina —dijo la chica, que tenía el cabello oscuro, el rostro dulce pero poco agraciado—. Soy la hermana
de Paolo.

Los sonidos de la *festa* reverberaban de puertas afuera,
pero todo estaba tranquilo en la zona privada del estudio del
pintor.

—¿Cómo es que no estás en la *festa*? —preguntó Lucrezia.

—Vengo todas las mañanas a ayudar al hermano Filippo
en la cocina —explicó Rosina, cuyas pestañas negras le roza-
ban la parte superior de las mejillas—. Iré a la *pieve* una vez
que haya terminado mi trabajo.

La muchacha miró el hábito y el griñón de Lucrezia.

—Pronto tendré la edad necesaria —añadió—. Entonces
entraré en el convento de Santa Margherita.

Rosina alcanzó a Lucrezia una pesada taza. Mientras bebía

el dulce vino, la novicia notó que una intensa fatiga se adueñaba de su cuerpo. Llevaba toda la noche sin dormir. No le vendría mal descansar, pensó, y a la vez que dejaba la taza en el suelo cerró los ojos. Allí estaba a salvo. Sin duda se sentiría mejor si rezaba para suplicar orientación y se rendía al sueño, la mejor medicina del Señor.

Lucrezia despertó en un lecho mullido. La estancia estaba oscura y silenciosa, y durante unos momentos de confusión creyó que se encontraba en casa, en Florencia, en la cama de nogal que compartía con Spinetta.

—¿Hay alguien ahí? —llamó.

Retiró la manta y se incorporó. Alguien le había quitado las botas y las medias. Recordó vagamente las manos de Rosina, pequeñas y fuertes. Lucrezia se frotó los ojos hasta que se adaptaron a la oscuridad, y recorrió con la mirada un pequeño dormitorio con vigas toscamente labradas y paredes desiguales. Encima de su cabeza había un techo de paja que apenas cabía esperar mantuviese a raya las lluvias de primavera. Aguzó el oído, pero la *bottega* y las calles parecían tranquilas.

—¿Hay alguien?

Aún llevaba puesta la túnica, y tenía el griñón enredado en el pelo. Mientras se quitaba la toca, Lucrezia paseó la mirada por el dormitorio, escudriñando en la penumbra el contorno de la cama grande de madera, un sencillo cofre y una pequeña mesa. En la mesa había una jofaina. En la pared encima de la jofaina atinó a ver las gruesas líneas de una cruz. Se preguntó si el monje habría regresado de la *festa*, y si Rosina seguiría en la cocina. Pero antes de hacer acopio del ánimo necesario para investigar, volvió a recostarse en la cama. Estaba tan lejos como era posible del prior general, bajo la protección de Fra Filippo, capellán de su convento.

Al día siguiente, al acercarse de puntillas hasta la cocina, Lucrezia se sintió aliviada al ver a Rosina con un limpio vestido azul cubierto por un delantal de lino pálido.

—*Buongiorno*. —Rosina tenía en la mano un gran cazo de madera, y los bolsillos del delantal aparecían llenos a rebosar de trapos.

Lucrezia aceptó un pedazo de pan de la muchacha, levantó la cortina que daba al estudio del monje y echó un vistazo al taller. La luz matinal colmaba la *bottega* y el monje se volvió de su caballete pincel en mano.

—Ha dormido mucho, hermana Lucrezia —dijo Fra Filippo, cuyo gesto se iluminó nada más verla.

—Tengo que irme de aquí —exclamó ella—. Al menos debo presentarme en el *palazzo* de De Valenti, donde me esperan.

—No se preocupe. —Fra Filippo puso una mano bajo el pincel, que goteaba—. Ya han recibido noticias de que se ha visto demorada.

—Pero ¿qué razón ha dado?

—La nota decía que no se siente bien. —El pintor observó las tensas líneas de su rostro, las sombras bajo sus ojos—. Cosa que parece ser cierta.

—¿Les ha dicho que estoy aquí? —Dio un paso atrás y cayó en la cuenta de que iba a cabeza descubierta.

—La nota la ha enviado nuestro amigo Fra Piero, el procurador —se apresuró a explicar el monje—. No dice dónde está, sólo que tardará por lo menos otra noche en llegar.

—Entonces, ¿sabe el procurador que estoy aquí? —Lucrezia volvió la mirada a su espalda, a través de la cortina que separaba la *bottega* de la cocina. Vio a Rosina atizar el fuego. Levantó una mano y se cogió un mechón de cabello, retorciéndolo hasta hacer un nudo—. Le pedí que no hablara de esto con nadie.

—Fra Piero es un amigo de confianza, *cara mia*, y coincide en que debemos protegerla del prior general. Cuando Saviano se vaya de la casa de De Valenti, entonces irá usted, naturalmente.

Lucrezia apartó la mirada y ejerció más tensión sobre el nudo en el cabello.

—El prior general malinterpretó la situación —comenzó el monje, que se reprendió por dejar que Saviano entrara de malas maneras en la *bottega* y luego se marchara cargado de suposiciones equivocadas—. Vio el cuadro de la Madonna adorando al Niño, y el vestido que llevaba mientras yo pintaba, y lo malinterpretó.

—Qué bochorno. —Lucrezia bajó el tono de voz—. Cree que he renunciado a mi pureza. Por favor, *fratello*, tiene que decirle que no es así.

—Se lo dije con insistencia, hermana Lucrezia, pero no es hombre que atienda a razones. —Desde donde estaba, Fra Filippo alcanzaba a ver el pergamino en el que había dibujado su rostro, los estudios que había hecho de su retrato en el panel de los Medici. Su pluma, según vio, le hacía justicia—. Con el tiempo, quedará terminado el trabajo que me ha ayudado a crear, Dios mediante. Cuando el retablo llegue a Nápoles y sea elogiado, el prior general caerá en la cuenta de su error. Es un hombre impulsivo, pero incluso los hombres impulsivos atienden a razones cuando el tiempo y la voluntad del Señor cumplen su cometido.

—¿Y hasta entonces?

—Hasta entonces, está bajo la protección del procurador. Una nota firmada por él tiene prioridad sobre cualesquiera instrucciones que haya podido darle la priora.

—No es apropiado —insistió Lucrezia con voz queda—. Ya sabe que no puedo estar aquí a solas con usted.

A Fra Filippo se le nubló el rostro.

—Ya lo he tenido en cuenta, naturalmente —reconoció él—. Rosina se quedará hasta que pueda venir Spinetta. Sólo será un par de días, hasta que se haya marchado el prior general.

—¿Con qué pretexto enviará a buscar a mi hermana?

—El procurador ya ha enviado a alguien a por ella. Escribió a la priora Bartolommea pidiéndole que le permitiera a Spinetta reunirse con usted en el *palazzo* de De Valenti. Pero, como es natural, se asegurará de que la traigan aquí, donde las dos quedarán bajo mi protección. Soy el capellán del convento, y en mi casita hay espacio suficiente para que tengamos alojamientos separados. Todo es perfectamente decoroso.

—Cuántos engaños —se lamentó Lucrezia—. Esto es pecaminoso.

—El primer pecado lo cometió el prior general —insistió el pintor—. Cuando se haya ido, usted seguirá con su vida, y nadie se enterará de nada. ¿Qué otra cosa puede hacer, hermana Lucrezia, teniendo en cuenta el comportamiento tan reprensible que ha tenido? Aquí, nadie conocerá su paradero, y estará a salvo.

Lucrezia hizo un leve gesto de asentimiento. Por lo visto, el monje sabía cómo conducirse, y se había ocupado de todo.

—Siempre y cuando Spinetta venga pronto —accedió ella—. Siempre y cuando no esté aquí a solas con usted, Fra Filippo.

El monje asintió con brusquedad. Por encima de todo, quería que Lucrezia supiera que protegería su honor. Se acercó a la tabla con la figura de la Madonna arrodillada y fingió observarla.

—Tendré que trabajar mientras usted se encuentra aquí, claro. —Por el rabillo del ojo, se fijó en que Lucrezia recorría el estudio con la mirada, sin dejar de tirarse del cabello anudado—. Por favor, hermana Lucrezia, cúbrase la cabeza, se sentirá más cómoda.

A solas en el dormitorio, Lucrezia se sirvió de la jofaina del pintor para lavarse la cara. No sin antes comprobar que la puerta estuviera cerrada, se quitó el hábito y se quedó sólo con el *panni di gamba* de seda, se lavó rápidamente con un trapo y recordó lo amable que había sido sor Pureza al permitirle conservar su ropa interior. Tras volver a ponerse la túnica, se peinó el cabello con los dedos y volvió a recogérselo bajo el griñón, fijándolo con cuidado. Sus botas no estaban en el cuarto, así que regresó a la cocina, pasando con suavidad sobre la paja que había esparcida por el suelo.

—*Sorella*, acabo de limpiarle las botas; permítame que se las traiga —exclamó Rosina. Se encorvó para entrar por la puerta de la cocina y regresó con las botas.

Cuando Lucrezia volvió a la *bottega* tenía la toca en su sitio, todo su hermoso cabello rubio recogido, y el pintor se encontraba sentado a su mesa contemplando un pequeño boceto. Habló sin levantar la vista hacia ella:

—¿Sabe la historia de la vida de san Esteban? —le preguntó—. Estuvo plagada de sufrimiento y dudas, pero fue una vida pintoresca y emocionante.

El pintor señaló su boceto mientras describía las escenas que estaba recreando en los frescos de la capilla.

—Ahí se puede ver la lapidación del santo —comentó, al tiempo que indicaba un grupo de hombres con los brazos en alto, la figura agazapada del santo en un rincón del bosquejo—. Y eso es su funeral, con los discípulos arrodillados junto a su cadáver.

Lucrezia había mostrado gran interés en su trabajo, y parecía entender a fondo el arte y la belleza. Mientras estuviera en su casa, Fra Filippo quería compartir con ella sus conocimientos e ideas.

—Cuando pinto el funeral tengo que pensar en todas las cosas tristes por las que he pasado en mi vida —le explicó—. Tengo que verter en el cuadro todas las penas y todos los momentos de pérdida de fe. Es la única manera de mostrar la humanidad de la vida del santo.

La novicia se volvió hacia él con la sorpresa reflejada en su semblante.

—¿Cuándo ha perdido usted la fe, hermano Filippo?

—En toda vida hay momentos de oscuridad, hermana Lucrezia. Usted aún es joven, pero con el tiempo, ya lo entenderá.

—No soy tan joven como pueda parecerle —respondió—. Desde que perdí a mi padre, he envejecido mucho. O al menos, así me siento.

Hizo un gesto con el brazo y la manga del hábito se le levantó, dejando a la vista las magulladuras. El monje tendió una mano como para tocarla, pero ella se apartó.

—Hábleme de la vida de san Esteban —se apresuró a decir la novicia—. Por favor.

Fra Filippo carraspeó y buscó la voz que utilizaba durante el culto, hablando en un tono que era cálido y al mismo tiempo autoritario.

—Fue el primer mártir —dijo el monje con voz queda—. Pero tras su muerte vio al Padre y al Hijo. Ésa fue su recompensa por sufrir en buena fe.

Hizo una nítida semblanza de la vida de san Esteban, rememorando hechos e historias de sus muchas horas de estudio. Relató el juicio por blasfemia del que fue objeto el santo, su lapidación pública, la escena de su impresionante funeral. Cuando hubo decidido las imágenes que quería captar, Fra Filippo rebuscó entre los pergaminos y extendió el de mayor tamaño encima de su mesa de roble. Lo sujetó para que no volviera a enrollarse y, en silencio, casi con los ojos cerrados, bosquejó los contornos generales de las escenas e indicó con su tosca caligrafía lo que dispondría en cada cuadro.

Lucrezia, sentada en un taburete, observaba sus fluidos movimientos, la manera en que se sumía en el ensueño de su trabajo y parecía olvidarse de todo: los sonidos del ajetreo en la *piazza*, más allá de la ventana con la cortina echada, incluso su presencia en el estudio. Su padre había sido igual, capaz de sumergirse en un libro de cuentas, o en estampados y colores, para emerger horas después como si hubiera estado en un lugar lejano que a ella le estaba vedado. Pero en la *bottega*, no se sentía alejada del pintor. De alguna manera tenía la sensación de entender lo que estaba haciendo mientras su mano sobrevolaba el pergamino, efectuaba diestros trazos y garabateaba notas en los márgenes.

Con unas pocas líneas finales completó dos nuevas figuras; sus cabezas, óvalos perfectos, sus ropas ondeando en sinuosos arabescos. Luego Fra Filippo se puso en pie, apoyó el pergamino de gran tamaño en la pared y se apartó para estudiar lo que había hecho.

—*Bene* —comentó con satisfacción. Bebió de la jarra de cerámica y le tendió el vino a la novicia, que rehusó con la cabeza.

—Recuerdo cómo, en el confesionario, me dio permiso para buscar la belleza —dijo Lucrezia, esforzándose por pronunciar las palabras que había ensayado para su coleto—. No sabe usted cómo me animó aquello. Le estoy muy agradecida, *fratello*.

El monje sonrió, y se sostuvieron la mirada hasta que Lucrezia apartó la suya.

—Y, naturalmente, le estoy sumamente agradecida por su protección —añadió.

En el *palazzo* de De Valenti, el prior general Saviano se despertó tras una larga noche de abundante comer y beber en el banquete de celebración y se sumó a Ottavio en el comedor. Volvieron a deleitarse con una larga comida juntos, y el prior general le preguntó al mercader por su postura con respecto de la política en Roma, la enfermedad que, según decían, estaba consumiendo al papa Calisto III, y su candidato preferido para ser el siguiente Papa.

—Yo estoy a favor del arzobispo de Ruán —se decantó Saviano—. No creo que los Medici deban controlar toda Florencia y también el trono de Roma.

—Pero piense en las aptitudes diplomáticas de Piccolomini —arguyó De Valenti—. Sin duda el obispo de Siena nos favorecerá más de lo que podría favorecernos D'Estouteville, viniendo como viene de Ruán.

El prior general Saviano frunció el ceño y De Valenti, como el gentil anfitrión que era, ofreció a su invitado más vino, y luego cambió de conversación.

—Se lo ruego, excelencia, tiene que ir a ver a mi hijo en sus aposentos —le dijo el mercader—. ¿Una última bendición, antes de regresar a Florencia?

Tras acceder con una acusada reverencia, el prior general Saviano siguió a su anfitrión por el *piano nobile*, y subieron por la escalera principal decorada con tapices y frescos con escenas del Antiguo Testamento. Ottavio saludó con un elegante aire de indulgencia a las numerosas criadas de su mujer, que se apartaron para dejarle paso. A la entrada de la estancia donde había dado a luz su esposa, el mercader se detuvo ante el retrato que había encargado para ella, y con un amplio gesto de la mano señaló la pintura de Fra Filippo. Pero no era necesario: el rostro de la Virgen ya le había llamado poderosamente la atención al prior general.

—Ottavio, ¿me lo puede explicar? —preguntó Saviano con un grave retumbo—. Ésta es la novicia del convento.

De Valenti asintió y apoyó las manos en su barriga llena con aire de satisfacción.

—Sólo he visto a la novicia una vez, excelencia, pero le aseguro que el cuadro apenas hace justicia a su hermosura. —Ottavio pasó un brazo cubierto de seda por los hombros de su invitado—. Teresa asegura que el cuadro tiene poderes sagrados. Está convencida de que es este cuadro, y la propia muchacha, lo que la mantuvo con vida la noche que nació mi hijo. Todo el mundo en mi casa se refiere a esta obra como nuestra «*Milagrosa Madonna*». —De Valenti echó hacia atrás el *berretto* que llevaba puesto y se rascó la sien—. Mi esposa me ha dado cuatro hijas y tres herederos, pero el Diablo se llevó a todos mis hijos varones antes de que tomaran la primera bocanada de aire en este mundo. Sólo este niño sobrevive, y si mi esposa cree que ocurrió un milagro cuando estaba dando a luz, ¿quién soy yo para negarlo?

Al abrirse paso hasta los aposentos privados de su esposa, Ottavio de Valenti encontró a Teresa apoyada sobre unos cuantos mullidos almohadones. Le dio un beso en la mejilla y ella lo saludó con cariño.

—Ottavio, ¿no enviaste a buscar a la novicia? —preguntó—. Pensaba que llegaría anoche.

—Le escribí de inmediato a la priora. —El mercader se arrodilló junto al lecho de su esposa y le cogió las manos—. Esta mañana me han llegado noticias de que se ha demorado, pero sólo será un par de días. Luego estará aquí contigo.

A su espalda, el prior general Saviano esbozó un gesto de contrariedad.

—¿La novicia? ¿La Virgen del cuadro va a venir aquí?

Teresa de Valenti sonrió y asintió.

—Mi marido es bueno conmigo. Es bueno con todos nosotros. El Señor nos ha bendecido en abundancia y ahora tenemos nuestra propia Milagrosa Madonna. Es un buen augurio que se encuentre aquí entre nosotros, ¿no cree, prior general Saviano?

—Por favor, Fra Filippo, no deje que lo entretenga —dijo Lucrezia, una vez que quedó atrás el momento que habían compartido—. Me conformo con estar aquí sentada y mirar, sobre todo si tiene algo para mantenerme ocupada.

Fra Filippo reparó en la lavanda que había recogido en el convento un par de semanas atrás. Las flores se habían secado y podían molerse para obtener un fragante aceite.

El monje cogió las hierbas, así como un mortero con su mano de madera, y sentó a Lucrezia a una pequeña mesa de trabajo, donde ella se apresuró a separar las semillas mientras el monje hablaba de sus planes para los frescos en Santo Stefano.

—También está la vida de san Juan Bautista, santo patrón del sindicato del algodón aquí en Prato —le explicó—. Mostraré su nacimiento, la despedida de sus padres y el banquete en el que se le ofrece al rey Herodes su cabeza en una bandeja. Muchos eclesiásticos han pagado para que su rostro figure entre los comensales en el banquete de Herodes. Se dice que, cuando alguien aparece en una pintura hecha a mayor gloria de Dios, se acerca un paso más a la puerta de los Cielos.

Su voz fue apagándose, y Fra Filippo volvió a centrarse en el nuevo pergamino, imaginando dónde colocar los rostros y los cuerpos de los asistentes al banquete de celebración. Mientras cribaba la lavanda, desprendiendo fácilmente las semillas de color de los tallos, Lucrezia se preguntó si figurar como la Virgen María en un cuadro también la acercaba a las puertas del Cielo.

—¿Cumplen los cuadros la función de una suerte de absolución? —preguntó con voz queda—. ¿Es por eso que los dignatarios de la Iglesia se acercan más al Reino de los Cielos cuando aparecen retratados en sus cuadros?

El monje, distraídamente, contestó:

—Sí, sí. Un hombre puede abonar a la Iglesia una suma para que se le perdone un pecado ya cometido, o puede convertirse en mecenas y ganarse indulgencia para futuras transgresiones. Al menos... —la miró de soslayo—, al menos eso dicen en Roma.

Lucrezia sopesó la respuesta del sacerdote y se preguntó si Fra Filippo accedería a pintar el rostro de Spinetta en uno de sus frescos. Su hermana no era una pecadora, pero no podía hacerle ningún daño granjearse la buena disposición del Señor.

—Ya ha pasado la hora sexta —dijo Fra Filippo, un rato después—. Debe de tener hambre.

Los dos tomaron una comida ligera, apenas un poco de

pan y queso en la cocina. Rosina les sirvió sendas tazas de vino rebajado con agua y adecentó el hogar mientras ellos comían en un silencio forzado.

—Si no desea nada más, *fratello*, mi madre me necesita en casa —se disculpó Rosina después de haber limpiado sus platillos.

Lucrezia, alarmada, levantó la vista.

—Claro. —Fra Filippo se levantó y se sacudió las migas de las manos—. Y yo tengo que ir a la capilla a supervisar los avances. —Recordó a Rosina que se asegurase de que su hermano hubiera ido al convento y entregado el mensaje del procurador.

—Sí, Fra Filippo —respondió la muchacha—. Mi hermano ha seguido sus indicaciones.

—Sí, es un buen chico. —El pintor cogió una moneda de plata de un jarro en el estante y se la puso en la mano a Rosina—. Llévale algo del mercado a tu madre.

—*Molte grazie*. —La muchacha se inclinó para llevarse el dorso de la mano del sacerdote a la mejilla, le hizo una reverencia a Lucrezia y salió por la puerta.

Era poco después de mediodía. Plantado en el umbral de la antecámara, Fra Filippo se volvió hacia Lucrezia.

—Trabajaré en la capilla hasta que mengüe la luz —anunció en tono rígido—. Dedique el tiempo a lo que más le plazca, no volveré a importunarla hasta el anochecer. Para entonces, espero que Spinetta ya haya llegado.

Después de marcharse el monje, Lucrezia se puso a pasear inquieta por el estudio. Levantó una sábana y vio una *Pietà* pintada en tonos oscuros, el rostro de la Virgen tenso y gris. Al levantar otra tela colgada sobre un panel de gran tamaño, se encontró con un fraile de rostro amable con una aureola en la cabeza. Al no poder identificarlo, dejó caer la sábana y cogió un montón de pergaminos. Les dio la vuelta y encontró su propio rostro devolviéndole la mirada. Era su cara, sus mejillas, sus ojos, no cabía duda. Sin embargo, gracias a la mano del monje, se había convertido en algo precioso y sagrado. Se había convertido en la Madonna, la Santísima Madre.

Spinetta había dicho que el parecido era halagador, pero Lucrezia quería ver por sí misma si era cierto. Aunque había lucido espléndidos atuendos y delicadas *bende* hechas por los mejores tejedores de Florencia, era aquí en Prato donde le habían dicho por primera vez que era una mujer hermosa. No pudo por menos de preguntarse qué cambios se apreciaban ahora en su rostro. Sus ojos recorrieron apresuradamente la abarrotada mesa de trabajo del monje, convencida de que entre las muchas herramientas habría algún tipo de superficie en la que ver su reflejo.

El monje no era un individuo ordenado y tenía numerosos instrumentos apilados en su mesa. La joven tendió la mano por encima de unos cuantos cuencos y tarros de gran tamaño con la intención de coger un bote de vidrio cerca de la pared, pero la manga se le enganchó en un pincel y ladeó un tarro de pintura. Lucrezia soltó un grito y retiró enseguida el brazo, pero en vez de equilibrar ese recipiente, derribó otro, que cayó sobre un cuenco de pintura.

Retrocedió de un brinco, pero ya era tarde. El viscoso líquido le había manchado el hábito desde la cintura hasta la rodilla, y la había impregnado de un fuerte olor a huevos podridos.

Lucrezia cogió un trapo arrugado, pero al frotar el *verdaccio* no hizo sino extenderlo más. Probó con agua, pero el líquido sólo formó gotitas sobre la superficie aceitosa de la pintura. El limón tuvo el mismo efecto, y el vinagre de vino burbujeó y tornó el verde desaguisado de una tonalidad parda y púrpura, el color de una magulladura antigua.

Cuando tuvo claro que la espesa pintura no iba a desaparecer, Lucrezia recordó que Fra Filippo utilizaba amoníaco para limpiar los pinceles. Se agachó hasta el estante bajo don de sabía que guardaba el frasco y retiró con cuidado el tapón. El intenso olor hizo que le escocieran los ojos. Recorriendo rápidamente el taller con la mirada, convencida de que nadie que pasara por delante podía mirar dentro y observarla a hurtadillas, Lucrezia se sacó la túnica por la cabeza y se quedó en ropa interior. Tendió el hábito negro en el suelo, donde podía tener la seguridad de no derramarse nada más encima, y emborronó el tejido con el apestoso amoníaco. Pero en vez de eliminar el color, dio la impresión de que absorbía todo el pigmento del espeso tejido. El hábito se había echado a perder.

Mientras contemplaba el estropicio que había hecho, recordó con amargura el hermoso vestido que llevaba el día que partió de su casa. Lucrezia volvió a tapar el frasco, dejó el amoníaco en el estante y fue a la cocina, donde había un cubo de agua en el suelo junto a la chimenea. Vestida únicamente con el griñón y el *panni di gamba*, Lucrezia se arrodilló, sumergió el trapo en el cubo y frotó con furia las manchas verdes y los corros grisáceos de color donde el amoníaco había hecho desaparecer el tinte del tejido.

El terrible olor la mareó. En cuclillas, palpó la cenefa de la camisola de seda, donde había tenido guardado el medallón antes de dárselo a su hermana; ojalá lo tuviera consigo ahora. Tenía los ojos cerrados cuando llamaron a la puerta, tres golpes rápidos que apenas oyó antes de que se abriera la puerta y entrara el viento al unísono con la imperiosa figura del prior general Saviano.

—¡Hermano pintor! —gritó hacia la *bottega*, en tono burlón—. *Frate Dipintore*, me preguntaba si puede resolverme un misterio.

Lucrezia ocultó su grácil figura en el reducido espacio tras el umbral de la cocina.

—¿Hay alguien? —La voz del prior general resonó a la vez que la de su caballo, que relinchó atado al poste delante de la puerta.

Entró a paso firme en la *bottega*, pisando la pintura verde derramada. Iba a decirle al pintor que se le prohibía volver a pintar el retrato de sor Lucrezia, y que iba a ir directamente al convento, donde reprendería a la insolente priora por desobedecer sus órdenes explícitas de que la novicia no saliera de entre sus muros en ninguna misión especial.

—¿Fra Filippo? —gritó, desdeñoso.

Le latían las sienes y sus botas dejaron huellas húmedas al cruzar el umbral de la cocina, donde reparó en el hábito arrugado cerca del hogar, y luego en los delicados dedos de los pies bajo las medias de Lucrezia, agazapada en el quicio de la puerta. Sus ojos ascendieron por la espiral que era el cuerpo de la novicia, contemplando su ropa interior de seda blanca, los brazos desnudos. Se acercó un poco para alargar un brazo y tocarle la muñeca, pero ella se estremeció.

—¡Hermana Lucrezia! —Tenía los labios fruncidos. Miró a derecha e izquierda por la pequeña cocina—. ¿Qué hace aquí? —exigió saber.

Lucrezia guardó silencio. Le ardían los ojos, anegados en lágrimas.

—¿Dónde está el monje? ¿Se encuentra sola? —La mirada del prior general pasó de furiosa a chispeante conforme asimilaba la gravedad de su circunstancia—. No hace falta que se esconda, querida. —Le aferró el brazo con sus largos dedos y tiró de ella para sacarla del quicio de la puerta—. Venga aquí, déjeme ver qué le ha hecho el monje.

—No. —Los labios de Lucrezia intentaron dar forma a las palabras, pero no brotó sonido alguno. Bajó la mirada y se resistió mientras el prior general tiraba de ella hasta el centro de la cocina. La mantenía firmemente aferrada con una mano, y tendió la otra hacia su barbilla. A la novicia se le desplomó el ánimo, y comenzó a temblar. Hizo propósito de apartarse, pero sus pies no la obedecían.

—Ya sabe lo hermosa que es —la halagó el prior general Saviano.

Ella pensó en Dafne, la doncella griega que se convirtió en

árbol para que Apolo no pudiera poseer su cuerpo, y permaneció rígida como un árbol mientras el prior general le pasaba el dedo por la barbilla en un gesto áspero y tiraba de la cenefa de la toca. Se la echó hacia atrás y luego se la quitó del todo, dejando que un largo mechón se desprendiera de la redecilla. El prior se lo acarició suavemente.

—El Diablo ha hecho que su belleza sea cautivadora —masculló Saviano, que le sostuvo un brazo con tenacidad y se sirvió de la otra mano para reseguirle el hueso hasta el pómulo, por detrás del lóbulo de la oreja, hacia abajo por su blanco cuello.

Lucrezia apenas podía respirar.

—Cautivadora. —Tenía la voz ronca—. Hermosa, cautivadora Lucrezia. Así la toca el pintor, ¿verdad?

Lucrezia desvió la mirada hacia la puerta. ¿Dónde estaba Spinetta?

—No lo hace —respondió, débilmente—. No me toca.

—Miente. —La voz del prior general era queda pero severa al mismo tiempo, y unas gotitas de saliva le rociaron la mejilla a la novicia—. Pero de nada le servirán sus mentiras.

Bajo los hábitos, el prior general notó su lujuria alimentada por la envidia y la furia. ¿Por qué había de entregarse el pintor a las libertades de la carne mientras él se abstenía? ¿Por qué había de ponerse trabas cuando la muchacha ya había comprometido su virtud y había entregado su parte más dulce a Lippi?

Le cogió el pelo con firmeza y la inmovilizó. Lucrezia notó cómo su fría mano ascendía por su cuerpo y le tiraba de los pololos, el *panni di gamba* que había cosido ella misma en la casa de su padre. La tela se rasgó como si no hubiera sido más que aire y vapor.

—No se resista —dijo con brusquedad, su aliento caliente en el rostro de ella—. Deme lo que le ha dado al pintor.

La empujó hacia atrás, levantándola del suelo para inmovilizarla contra la mesa de la cocina. Lucrezia alcanzó a oler a cebolla y queso en su aliento. Tenía el estómago en llamas, el cuerpo entumecido. El eclesiástico apretó sus caderas contra ella por delante; la mesa de madera se le clavó a Lucrezia en la espalda. Entre sonoros resuellos, el prior le levantó la ropa y empezó a manosearla, y luego la abrió de piernas sin miramientos. Ella cerró los ojos con fuerza mientras él arremetía entre sus muslos. Notó un intenso escozor, un calor seco, y sintió que se partía en dos conforme él acometía con más fuerza, más adentro. Lanzó un grito, echó atrás la cabeza y se golpeó contra la mesa, se mordió el labio y notó el sabor a sangre. El prior general gruñía con desenfreno. Ella oyó el rugir de un animal en su oído mientras él seguía lanzando embates con furia hasta que se estremeció y por un momento todo quedó en silencio en la habitación.

Entonces el prior general bajó la mano para separar su cuerpo del de ella, y cuando volvió a levantarla, húmeda y orienta con una mancha de sangre nueva, abrió los ojos de par en par y gritó por última vez.

—Era usted... —No tuvo valor para pronunciar la palabra.

Lucrezia se volvió y se cubrió con los brazos desnudos. El clérigo permaneció erguido, y cuando volvió a tender las manos hacia ella, Lucrezia le empujó para huir hasta el dormitorio del monje, donde cerró la puerta a su espalda y se vino abajo entre sollozos.

En la cocina, el prior general se limpió la mezcla de la sangre y su propia semilla con los bajos de su hábito negro. Volvió a ponerse la ropa interior y paseó la mirada por el estudio revuelto. Sin pronunciar otra palabra, dio media vuelta y se marchó.

Fra Filippo echó una última mirada a los bosquejos que había hecho en las paredes enlucidas en Santo Stefano, se limpió la tiza roja de las palmas de las manos como mejor pudo y se despidió de sus ayudantes cuando ya anochecía. Al volver la mirada hacia las vidrieras de la iglesia, se sintió maravillosamente feliz. Había sido un buen día de trabajo, pero toda la tarde había tenido la cabeza en la *bottega* con Lucrezia. Qué estupendo era tenerla allí, aunque sólo fuera durante un par de días. Era consciente de que iría vestida de monja, pero cuando pensaba en ella, se la imaginaba llevando el atuendo de seda de púrpura *morello*, la *benda* bordada con perlitas.

Dio un rodeo para comprar panecillos dulces en la panadería, uno para Lucrezia y otro para Spinetta, antes de dirigirse a casa. Al cruzar la *piazza* a paso ligero, se fijó en que las ventanas de la *bottega* estaban a oscuras. Se reprendió por no haberle dicho a Lucrezia dónde estaban las velas y la lámpara, y aceleró el paso hasta que sus zancadas resonaron en la gravilla de la entrada y abrió la puerta al tiempo que la llamaba por su nombre.

No hubo respuesta. Se orientó a tientas en la oscuridad; el olor a amoníaco y también a algo más le ardió en la garganta.

—¿Hermana Lucrezia? —De pronto lo alarmaron los extraños olores, la resbaladiza humedad bajo sus pies cuando dio con una vela en la mesa de trabajo y encendió un fósforo.

Prendió la llama y el monje levantó la palmatoria bien alto para recorrer el estudio con la mirada.

—¿Hermana Lucrezia? ¿Hermana Spinetta?

Frenético, pensó que Lucrezia tal vez había huido, dejando atrás su hábito de monja para escapar con el vestido de seda que guardaba en el cofre. Se llegó al baúl de madera, levantó la tapa para ver las sedas púrpura y azul cuidadosamente dobladas en su sitio. Lo recorrió un escalofrío. Retiró la cortina, y al acceder a la cocina, su bota topó con una prenda negra hecha un rebujo; el hedor a amoníaco y a algo nauseabundo y al mismo tiempo familiar le impregnó los ojos y la nariz. Alargó la mano y reconoció la prenda como el hábito del convento de Lucrezia. A su lado, como el alma de su oscura sombra, vio la ropa interior de seda desgarrada. Al inclinarse para tocarla, le llegó un sollozo del dormitorio.

—Dios Santo —prácticamente gimoteó las dos palabras—. Dios Santo. —A toda prisa, abrió la puerta de golpe e irrumpió en la habitación con la vela en alto—. ¡Lucrezia!

Su forma inmóvil estaba agazapada sobre la cama, envuelta en una manta. Al oír sus pasos y su voz, Lucrezia lanzó un grito.

—Fuera —sollozó, al tiempo que se aovillaba.

Fra Filippo imaginó lo peor. El rostro de una prostituta en Venecia, las mejillas y la nariz desfiguradas por furiosos tajos, le vino a la memoria.

—¿Qué ocurre? —Se arrodilló junto al lecho y dejó la palmatoria en el suelo—. ¿Qué ha pasado? Dígame qué le ha pasado.

Sus sollozos fueron su única respuesta. Lucrezia no alcanzaba a imaginar qué palabras podía utilizar para contarle algo tan terrible.

La mano del monje le tocó el hombro. La muchacha se estremeció, pero no se apartó. Tenía el cuerpo adormecido.

—Por favor, déjeme verla. Déjeme verle la cara, Lucrezia. —Hasta el último resquicio de amor y ternura que venía ocultando el monje brotaron en la manera en que pronunció su nombre. Ya le traía sin cuidado. En lo más hondo de su corazón, rezó: «Por favor, Señor, permite que esté bien y haré todo lo que sea necesario para protegerla y amarla.»

Se atrevió a tocarle el cabello, a levantar los mechones húmedos y enredados de su rostro.

Ella apartó el cuerpo, pero le permitió ver su mejilla caliente. No había marca alguna.

—Todo esto, ¿por una túnica echada a perder? —preguntó en tono amable.

—No es la túnica lo que se ha echado a perder —se las arregló para decir, medio atragantada—. Soy yo. Yo me he echado a perder. Estoy acabada.

Él le apartó el pelo del cuello y entonces vio los furiosos arañazos.

—¿Qué es esto? —Notó que se enardecía—. ¿Ha salido? ¿Le ha ocurrido algo en la calle?

—No. —Ella volvió el cuerpo para apartarse—. El prior general —dijo, y los sollozos se llevaron el resto de sus palabras.

En un instante, Fra Filippo supo qué era lo que había olido en la pequeña cámara, mezclado con el hedor acre del amoníaco y la sangre. Y supo qué había ocurrido.

—¿Ha sido el prior general Saviano quien le ha hecho esto?

Lucrezia se tapó los oídos con las manos.

—¡No pronuncie su nombre! —gritó, y empezó a temblar—. Tengo frío —susurró—. Mucho frío.

Al darse cuenta de que estaba desnuda bajo las mantas, Fra Filippo pasó sus fuertes brazos por debajo de su cuerpecillo, le colocó las mantas de manera que la abrigaran mejor y la levantó de la cama. Ella notó que subía por los aires, y por un instante la aterró la idea de que iba a caer, a caer por siempre jamás. Se aferró a sus hombros.

—Tiene que entrar en calor —la consoló el monje. Ella tenía el rostro muy cerca del suyo, y ahora Fra Filippo podía verlo todo, la herida en el labio inferior, la magulladura del ojo izquierdo, el cabello húmedo y revuelto—. Deje que me ocupe de usted.

Ella cerró los ojos. El monje la llevó hasta la cocina y la colocó con sumo cuidado en la pesada silla junto a la chimenea. Apiló varios pedazos de leña y madera sobre las ascuas que se estaban consumiendo y las abanicó hasta que prendió una llamita. Y todo ello lo hizo sin apartarse apenas de ella.

—¿Dónde está mi hermana? —preguntó la joven con solemnidad. El fuego ardía a espaldas del monje, arrojando una luz de tono anaranjado sobre el rostro de la novicia—. ¿Es que no va a venir? ¿Acaso me ha mentido?

—Se lo prometo, Lucrezia, no le he mentido, nunca le he mentido.

Sus ojos, rebosantes de dolor y ansiedad, desataron algo en el interior del monje.

—Sería incapaz de mentirle, Lucrezia. —Tendió una mano como para tomar su barbilla, justo como ella había imaginado que haría—. La amo.

La novicia abrió los ojos de par en par.

—Lo que digo es cierto, más cierto que cualquier otra cosa que haya dicho. La amo. Estuve a punto de decírselo en el confesionario, Lucrezia. Preferiría morir a verla sufrir, la amo... Lamento haberla dejado aquí sola.

Lucrezia le apartó la mano y se llevó la suya a la boca.

—¿Por qué me lo dice ahora, Fra Filippo? ¿Ahora que me han echado a perder?

Los ojos azules del monje chispearon.

—No se ha echado a perder, Lucrezia. Su pureza no se habrá perdido a menos que la entregue de buen grado. —Intentó consolarla recurriendo a las palabras de san Agustín—. La castidad es una virtud tanto de la mente como del cuerpo. No se pierde si no se cede por voluntad propia. Eso dijo san Agustín en Roma, eso nos enseña la orden.

Ella deseaba creer lo que le estaba diciendo, pero era incapaz.

—Lo dijo usted mismo, Fra Filippo. Dijo que es mi rostro, dijo... —Le vinieron a la memoria las palabras del prior general y se cubrió la cara con las manos—. Incluso él ha dicho que el Diablo me hizo bella, eso ha dicho.

Fra Filippo negó con la cabeza.

—Su belleza es un don de Dios —le aseguró—. Maldito sea el prior general. Y maldita sea la Iglesia, llena de hombres arrogantes como él.

—Ya basta, ya basta —imploró Lucrezia—. Deje de decir cosas así.

El monje intentó acercarla a él, pero la novicia se apartó.

Fra Filippo buscó la gruesa túnica blanca que vestía durante los meses más fríos del invierno, y se la llevó. Llenó un cuenco de agua de la cisterna junto a la chimenea y le dio un paño de lino limpio.

—*Mia cara*, tiene que lavarse, por favor —le dijo—. Avíseme cuando haya terminado.

A solas junto al calor del hogar, Lucrezia humedeció el paño y se lo llevó con cuidado al lugar donde la habían desgarrado. No bajó la mirada hacia su propio cuerpo, sino que mantuvo la vista fija en el suelo. Una vez que hubo terminado, se puso el hábito. El atuendo del monje le caía bastante más abajo de los tobillos, así que se lo recogió ablusándolo y le dio dos vueltas al cinturón de cuerda para ceñírselo a la cintura. Se peinó y se trenzó el cabello tal como hacía de niña. Estaba sentada, a la espera, cuando Fra Filippo volvió a entrar en la estancia.

—¿Cómo voy a regresar al convento ahora? —preguntó la joven.

—Tal vez haya alguna otra solución —respondió el monje con voz queda. Lo ocurrido no tenía sentido. No tenía sentido que fuera tan hermosa y estuviera tan triste. No tenía sentido que la amara como la amaba.

—¿Y si estuviera encinta de su hijo? —Brotó un nuevo sollozo de su garganta.

—No tendrá un hijo suyo —le garantizó Fra Filippo—. Enviaré a buscar a sor Pureza y ella sabrá qué hacer.

—¡No, no puede decírselo a nadie! —gritó—. Si lo hace, el prior arremeterá contra mí, ya sabe que lo hará. Ni siquiera amistades poderosas pueden proteger a una mujer de los embustes de un hombre como él.

Fra Filippo había oído las tristes historias de muchas jóvenes que habían perdido su inocencia en un acto de violencia y habían tenido que vivir en silencio con su secreto justo por ese motivo.

—Se quedará aquí —dijo el pintor—. Se quedará aquí conmigo y yo me ocuparé de usted.

—Es imposible —replicó ella, con voz afligida—. No me prometa lo que no puede ser.

—Pero es que sí puede ser, Lucrezia. Nada es imposible si es voluntad de Dios. —Tomó sus frías manos y las frotó entre sus palmas, más cálidas.

—Está mal —insistió ella—. Es imposible.

Fra Filippo se acuclilló de manera que quedaran cara a cara.

—Lo que le ha hecho a usted está mal —dijo—, pero no el amor. El amor nunca está mal.

Él la miró de hito en hito y ella se echó a llorar.

—¿Rezará por mí, Fra Filippo? —le pidió, y se hincó de rodillas—. Es culpa mía, Fra Filippo. No sé qué hacer. Por favor, rece por mí.

15

Lunes de la decimocuarta semana después
de Pentecostés, año de Nuestro Señor de 1456

Lucrezia se despertó con el sonido de pucheros en la habitación de al lado, y abrió los ojos de inmediato.

«El Diablo hizo su belleza cautivadora.»

La había echado a perder. No podía pensar en otra cosa.

«Deme lo que le ha dado al pintor.»

Las palabras volvieron a desgarrarla por dentro, y se avergonzó del dolor entre las piernas y en las magulladuras del cuello. Las palabras del prior general la obsesionaban y aún alcanzaba a sentir sus manos ardientes sobre su cuerpo.

Al tiempo que se ceñía el pesado hábito, se caló el griñón aplastado y fue hacia el umbral del dormitorio. Sólo se veía una levísima luz a través del ventanuco de la cocina, y no parecía que hubiese el menor revuelo en las calles. El monje se encontraba junto al hogar, de espaldas a ella. Iba vestido, y había recogido la ropa del catre provisional. La novicia alcanzó a ver que le había lavado el *panni di gamba* y lo había puesto a secar junto a la chimenea. La prenda estaba hecha jirones.

—Buenos días —susurró. Tenía la garganta dolorida de tanto llorar—. ¿Dónde está mi hermana? ¿Cómo es que no ha llegado?

Fra Filippo se volvió para verla sepultada por su atuendo

de invierno; tenía el rostro hinchado, la cabeza precariamente cubierta con la toca. Se la veía pequeña y perdida.

—*Buongiorno* —saludó con amabilidad—. No sé qué le ha hecho demorarse, pero confío en que sor Spinetta no tarde en llegar. En caso contrario, le pediré a Fra Piero que vaya a buscarla en persona.

La magulladura del ojo había adquirido un tono entre gris y verde suave, y tenía una postilla de sangre reseca en el labio. Ella tendió una mano y le cogió el brazo, alcanzando a notar su fuerza bajo el hábito blanco. Era la primera vez que lo buscaba con su mano.

—Quédese conmigo hasta que llegue, por favor. —Parpadeó, sin atreverse a mirarle a los ojos, pero se lo volvió a pedir—: No me deje sola, por favor.

Él se inclinó y llevó los labios hasta su frente, donde los posó un instante sobre su frío ceño.

—Siempre estaré a su lado, Lucrezia —aseguró.

—Y trabaje —dijo ella—. Haga el favor de trabajar. Tiene que enseñarme algo hermoso.

Fra Filippo sólo consiguió que la novicia tomara un poquito de vino y pan antes de ponerse a preparar el boceto y los demás materiales necesarios para su trabajo. Lo hizo todo con cuidado, conduciéndose con tiento mientras el sol se levantaba sobre la ciudad. Había guardado el tríptico detrás de un banco en el rincón, donde nada pudiera ocurrirle. Ahora lo colocó sobre el caballete y dispuso el boceto sobre la mesa a su lado.

—Venga a ver —la invitó. Lucrezia se puso a su lado y observó con atención sus bosquejos para *La Adoración del Niño* de los Medici, que constituiría el centro del retablo en tres partes. En torno a la Virgen arrodillada, Fra Filippo había dibujado un bosque tupido y hermoso y un cielo lleno a rebosar de ángeles y santos penitentes. María estaba de rodillas en un claro ante el Niño, que yacía sobre su velo de seda.

—La intemperie es un lugar de meditación y redención —dijo el pintor.

Mostró a Lucrezia las líneas del árbol seco que quedaría a la izquierda de María, y también el arbolillo que crecería a su derecha.

—Las ramas peladas evocan la muerte. El árbol joven nos recuerda el útero fértil.

Mientras escuchaba, Lucrezia recordó vagamente a sor Pureza diciéndole qué hierbas limpiaban el útero y le hurtaban su contenido, pero se sentía demasiado aturullada como para recordar nada con claridad.

—Antes del nacimiento del Niño, sólo hay desesperanza. Después del alumbramiento hay renovación y luz —explicó el monje con voz queda. Su mano resiguió la forma del cuerpo de la Madonna, donde la luz del sol se derramaría sobre sus hombros—. La Virgen está arrodillada en actitud de oración para dar la bienvenida al Salvador. Está arrodillada con humildad.

Tanto Lucrezia como Fra Filippo recordaron cómo ella había insistido en arrodillarse cuando posó para él aquel primer día en la *bottega*. Se había arrodillado con humildad. Y él le tocó la barbilla.

—Sí —dijo Lucrezia. Se notaba en carne viva entre las piernas. Intentó pensar en cualquier cosa salvo el olor a sangre, el recuerdo del pesado cuerpo del prior general, sus gruñidos de animal—. Y esto, ¿qué será? —le preguntó, sosteniendo un dedo sobre los largos trazos del fondo.

—Eso será un olmo bien robusto, que sostenga la parra. —Hizo una pausa y aguardó—. La parra representa el vino, claro.

«Romero.» Lucrezia recordó las palabras de la anciana monja. «Demasiado romero puede librar al útero de su bendito contenido.»

—El vino —dijo lentamente—. El vino es un símbolo de la sangre de Cristo.

Miró el olmo, sus ramas extendidas con la forma de la cruz.

—¿Es el olmo la cruz en la que murió Nuestro Señor? —indagó.

—Sí. —El pintor asintió con una triste sonrisa—. Nunca me canso de pintarla —reconoció—. Nuestra Santísima Madre se nos aparece de tantas guisas... La Reina de los Cielos, la Madonna de la Humildad, la Esposa de Cristo, la Virgen de la Anunciación. Sufrió incluso en su inocencia. Cuando la pinto, debe reflejarse en su rostro todo ello: la compasión, la tristeza, la pureza, el amor.

Fra Filippo tomó suavemente la mano de Lucrezia.

—La pureza —repitió él, y le besó las yemas de los dedos mientras contemplaba sus ojos heridos. Cuánto deseaba aplacar su dolor—. El amor.

«Romero.»

—Fra Filippo, ¿tiene romero?

El sacerdote, confuso, entornó los ojos, pero no le soltó la mano.

—Romero —insistió ella—. Me gustaría preparar un poco de pan, mezclado con romero. Si no es molestia. Si es posible.

—Lo que usted quiera —dijo él, que le apretó suavemente los dedos—. Con amor, Lucrezia, cualquier cosa es posible.

—*Sorella*, soy yo, Spinetta. Abre la puerta, por favor.

Lucrezia abrió de par en par la puerta de la *bottega* y se quedó mirando directamente a los ojos oscuros y brillantes de Paolo. Spinetta estaba a su espalda, su carita pálida bajo el griñón blanco.

—¡Spinetta! —Lucrezia hizo pasar de inmediato a su hermana y a Paolo para después cerrar la puerta—. Por fin has llegado.

Spinetta miró con perplejidad el enorme hábito blanco que vestía Lucrezia.

—¿Por qué estás aquí, Lucrezia? ¿Y qué has hecho con tu hábito?

—*Vieni*, Spinettina. —Lucrezia tiró de la manga de la tosca túnica de Spinetta—. Tú también, Paolo.

Tras comprobar el cierre de la puerta, Lucrezia les hizo atravesar la antecámara a toda prisa para llevarlos hasta el estudio.

—La *signora* De Valenti envió una nota al convento preguntando por qué no habías llegado —le explicó Spinetta, mientras intentaba recuperar el aliento—. Muy poco después, la priora recibió una nota del procurador, en la que le solicitaba que me enviase a tu lado en el *palazzo*. Se armó un revuelo tremendo en el convento, y vinieron dos monjas de Sant'Ippolito y, al cabo, Paolo confesó que te había traído aquí. —Spinetta negó con la cabeza, los ojos rebosantes de lágrimas—. Naturalmente, la madre Bartolommea no quería dejarme salir. He tenido que irme a hurtadillas. He huido con Paolo, tan rápido como me ha sido posible. ¿Qué ocurre, Lucrezia? ¿Y qué has hecho con tu hábito?

—Paolo —dijo Lucrezia, que evitó la mirada de su hermana—, ve a la cocina con Rosina y come algo.

El muchacho asintió y pasó por la estrecha cortina. Cuando se iba, Spinetta recorrió el taller con la mirada. Vio a Fra Filippo ocupado en la estancia al fondo, y tomó la mano de Lucrezia.

—Fra Filippo no ha regresado al convento desde el día de la *festa* —le susurró—. Escuché en la puerta, y oí que las monjas de Sant'Ippolito decían que le vieron apartarte de la procesión en contra de tu voluntad. ¿Es cierto?

Lucrezia negó con la cabeza.

—No era seguro quedarme en el convento —explicó Lucrezia mientras le acariciaba el brazo a su hermana—. Fra Filippo me trajo a su casa para cuidar de mí.

—No puedes quedarte aquí, Lucrezia. ¿Es que no sabes lo que dirán de ti?

—Ha ocurrido algo terrible. —Lucrezia era incapaz de mirar a su hermana—. El prior general se mostró muy brusco conmigo.

—¿Por eso te fuiste tan repentinamente de Santa Margherita?

Lucrezia asintió y miró de soslayo a su hermana.

—Pero ya se ha ido —le recordó Spinetta—. Vino a por sus cosas ayer tarde y se fue sin apenas dirigir la palabra a nadie.

—Estuvo aquí, ayer. Fra Filippo se había marchado. —Lucrezia hablaba con voz queda mientras se retorcía las manos—. El prior general vino cuando estaba sola y...

—¿Qué?

—Me forzó.

Spinetta ahogó un gemido y acercó su cuerpo al de Lucrezia.

—No pasa nada, ya estoy bien. —Lucrezia se apartó con cuidado de su hermana.

—Tenemos que decírselo a la priora —dijo Spinetta—. Se asegurará de que el prior general sea castigado.

Lucrezia tenía los ojos tristes y profundos. Su resolución se había reafirmado durante la noche. Era una resolución derivada tanto del orgullo como de la vergüenza.

—No, sería su palabra contra la mía, y no soy nada, sólo una novicia. No debes contárselo a nadie, hermana. Fra Filippo ha prometido arreglar el asunto y confío en él.

Las jóvenes se volvieron adonde el monje alzaba un boceto hacia la ventana trasera, fingiendo estar absorto en su trabajo.

—¡Pero el prior general tiene que ser castigado! —volvió a gritar Spinetta.

—Fra Filippo ha prometido sacarme de aquí tan pronto como sea posible. Hasta entonces, pienso quedarme con él. —Lucrezia hablaba apresuradamente. Llevó los labios al oído de Spinetta—: Spinettina, lo que voy a decirte no debes contárselo a nadie. Hoy mismo Fra Filippo va a ver al emisario de los Medici para pedir una dispensa especial del Papa. Y cuando reciba la noticia deseada de la Curia, ha prometido casarse conmigo.

Spinetta empalideció.

—¿Qué hay de tus votos?

Lucrezia miró a su hermana a los ojos.

—Imagina, Spinetta, que naciera un niño de esto —Lucrezia pronunció las palabras con premura—. Debo tener alguna manera de sobrellevar la vergüenza. Fra Filippo se ha ofrecido a ayudarme. Y recuerda, *mia cara*, que no he sido bendecida, como tú, con un alma para la clausura.

—¿Y si el Papa no da su beneplácito? Es lo más probable, ¿no?

—No lo sé. —Lucrezia juntó las palmas de las manos y frunció los labios—. Sólo sé que no puedo regresar.

Spinetta abrazó a su hermana y se echó a llorar.

—Pero, Lucrezia, que una novicia viva con un monje es un pecado terrible, y un oprobio para el buen nombre de nuestra familia.

—Por favor, Spinetta, dice que me quiere —susurró—. Si todo ocurre según la voluntad de Dios, ¿cómo sabemos que esto no es la voluntad de Dios?

Spinetta parpadeó con la mirada fija en el rostro de Lucrezia.

—¿Y tú? ¿Lo amas?

Lucrezia se mordió el labio. ¿Cómo podía explicar lo que sentía en esos momentos: miedo, vergüenza, gratitud y amor?

—Sí —asintió, mirando los ojos oscuros de su hermana—. Lo amo.

—*Sancta Maria, Mater Dei, ora pro nobis peccatoribus, nunc, et in hora mortis nostrae. Amen.* —Spinetta introdujo una mano en el bolsillo de su túnica y sacó el medallón de plata de san Juan Bautista de Lucrezia, que obligó a su hermana a aceptar—. No lo entiendo, Lucrezia. No lo entiendo. Pero me quedaré tanto como me necesites. Me quedaré hasta que lleguen noticias de Roma.

Cuando *ser* Francesco Cantansanti apareció en la *bottega* esa tarde poco después de la hora sexta, Fra Filippo estaba preparado.

Lucrezia y Spinetta se encontraban en el dormitorio del monje, ocultas. El boceto para el retablo de los Medici estaba sobre un caballete, iluminado por la luz de la amplia ventana delantera. A su lado, el panel casi terminado de san Antonio se veía a un lado, la tabla terminada de san Miguel, al otro. El peto plateado de san Miguel y su escudo relumbraban como la armadura de un auténtico guerrero, y el rostro de san Antonio era tierno y humilde. Fra Filippo estaba satisfecho con estos retratos que representaban a los santos patrones del rey Alfonso de Nápoles y estaba convencido de que *ser* Francesco apreciaría su gran valor.

—Intentaré terminar el trabajo antes del vencimiento del contrato, si me resulta posible. —Fra Filippo inclinó la cabeza mientras el emisario revisaba el trabajo—. Mi única intención es complacer a mi honorable mecenas, el ilustre Giovanni de Medici.

—Su comportamiento es mucho mejor del que acostumbra tener de un tiempo a esta parte, Lippi —concedió Cantansanti, que se acercó para ver más de cerca las tablas—. Tal vez pueda explicarme qué le ha hecho entrar en razón.

En ese momento se oyó un repiqueteo procedente del dormitorio, seguido por un susurro sofocado. Los hombres cruzaron una mirada, y los ojos de Cantansanti se llenaron de una nueva luz. Volvió a oírse el mismo susurro. La voz, a pesar de ser tenue, pertenecía sin lugar a dudas a una mujer.

—Ah, Fra Filippo, no hay nada como una muchacha hermosa para estimularlo a alcanzar nuevas cotas de creatividad

—bromeó el emisario, que se volvió hacia él con una media sonrisa—. A mí me gusta la piel tersa de una mujer tanto como a cualquiera, pero sería preferible que no trajera mujeres a su *bottega* mientras los Medici tienen la vista puesta en usted.

Plantado en sus botas, cruzó los brazos a la altura del pecho. Fra Filippo vaciló sólo un instante. El emisario ya le había ayudado en otras ocasiones. Era un hombre fuerte; dogmático pero justo.

—Naturalmente, no olvido en ningún momento que los Medici tienen la vista puesta en mí, como usted dice —replicó—. El boceto que ve está acabado, y he empezado a transferir la imagen al panel de madera. Puede llevarse el pergamino con usted cuando se vaya.

El emisario lanzó una mirada satisfecha al boceto y asintió, y Fra Filippo siguió adelante:

—La mujer que acaba de oír ha desempeñado un papel importante a la hora de ayudarme a concebir esta pieza para su eminencia. Llegó ayer en busca de mi protección.

Al oírlo, Cantansanti arqueó las cejas en un gesto de sorpresa fingida.

—¿Su protección, dice? Entonces, no debe de conocerlo a fondo.

—Por favor, esto no es ninguna broma. La novicia huyó del convento para proteger su honra. —Fra Filippo deslizó una jarra de cerámica llena de vino en dirección a Cantansanti—. Caballero, ya me ha ayudado en otras ocasiones y ahora necesito su ayuda de nuevo, tal vez más que nunca. Y también la necesita esta muchacha.

Fra Filippo bajó el tono de voz y asintió en dirección a la Virgen de su boceto.

—¿Ve su rostro?

Cantansanti asintió:

—Impresionante.

—Es la novicia, Lucrezia, que llegó recientemente a Santa Margherita con su hermana.

A Cantansanti se le nubló el gesto.

—¿La novicia que ha estado yendo y viniendo a petición mía? —preguntó, tenso—. Es una monja, Filippo. Dígame que el susurro de su dormitorio no procede de sus labios.

—No es una monja —se apresuró a corregirlo el pintor, que volvió a empujar el vino en dirección a Cantansanti—. No es más que una novicia y, además, en contra de su voluntad.

El pintor se interrumpió. ¿Qué podía trocar que aún no hubiera ofrecido como prenda en su vida? Dedicaba el corazón y el alma a su trabajo. También el cuerpo lo entregaba a su obra. Había perdido sueño y comidas, dedicado años enteros de su vida a crear arte a mayor gloria de Dios y de Cosimo de Medici. Había dado casi todo lo que tenía. Y, sin embargo, había algo más. En el fondo del pozo, en vez de desesperación, halló un nuevo río de esperanza.

—No se trata de un capricho, créame, no la he conocido, no de la manera que usted imagina —aseguró Fra Filippo. Se hincó de rodillas delante de *ser* Francesco, y ese hombre, que había visto a Fra Filippo adoptar toda suerte de poses orgullosas y nunca había esperado sino audacia y petulancia por parte del sacerdote, se quedó horrorizado.

—Por el amor de Dios, levántese —le instó Cantansanti, que cogió la jarra de vino y echó un trago.

Fra Filippo negó con la cabeza.

—No me levantaré hasta que me haya prestado oídos, caballero.

—Entonces, hable. —El emisario tenía un ojo puesto en el monje, otro en el boceto del retablo, y deseó tener un tercer ojo para dirigirlo hacia el umbral de la cocina. En el caso de que apareciera la novicia, quería verla en carne y hueso—. No lo prolongue más de lo necesario, *fratello*, sólo dígame lo que quiere, y no pida dinero, no habrá más florines hasta que el trabajo esté terminado.

—No quiero nada tan ruin como dinero —se burló el monje—. Por esta muchacha me desharía de todo mi dinero.

Vendería mi propia carne si me viera obligado, para ver su corazón satisfecho.

—Tampoco queremos su carne, Filippo. Queremos su obra maestra, y la queremos en Nápoles. Ahora, dígame por qué está de rodillas o me marcho.

Fra Filippo hurgó en su bolsillo y sacó la carta que había escrito y sellado minuciosamente con cera azul.

—Quiero casarme con Lucrezia —anunció, y le tendió la nota—. Todo está explicado en esta carta, en la que suplico la ayuda y el respaldo de mi gran mecenas. Le ruego se la entregue a *ser* Cosimo en mano.

Cantansanti tomó más vino. Bebió hasta vaciar la jarra. No tendió la mano para aceptar la carta.

—Ha perdido la cabeza. —Su voz sonó tranquila—. Es usted monje.

—Cederé. Cederé a todo aquello que se me pida.

—El mejor servicio que puede hacer a la familia Medici es que siga sirviendo a Roma —dijo Cantansanti, que dejó la jarra—. No voy a hacerle ninguna promesa.

—Lo único que le ruego es que eleve una súplica en mi nombre. Ya sabe que se han hecho numerosas excepciones a los mandatos de la Iglesia a petición de la gran familia de los Medici.

Cantansanti entornó la mirada. El poder de los Medici debía ser respetado, no invocado. Puso una mano sobre el codo del pintor y le obligó a levantarse. Luego aceptó la carta sellada.

—Haré lo que esté en mi mano. Y usted, Fra Filippo, usted cumplirá con su deber.

Cantansanti se metió la carta en el bolsillo y dio media vuelta. Una vez fuera de la *bottega*, meneó la cabeza y casi se echó a reír. El monje era más audaz incluso de lo que había imaginado.

En Florencia, el prior general Saviano, sumamente hastiado, subió dos amplios peldaños y entró en la capilla Barbadori del Santo Spirito, se persignó y se arrodilló ante el altar de mármol. Ya hacía tiempo que la capilla privada era el lugar de penitencia, oración y culto del prior general. La luz era escasa, pero había un aroma agradable, pues el prior general hacía que pulieran los pasamanos de la capilla con aceite de limón todos los días y que se perfumaran los cirios con incienso cada noche.

Con las manos entrelazadas, el prior general Saviano levantó la mirada hacia la plataforma debajo del retablo. Era obra de su merecida cruz, Fra Filippo Lippi, a instancias de la familia Barbadori de Florencia, y representaba a un san Agustín en actitud de éxtasis en el preciso instante en el que el Señor le había atravesado el corazón con las flechas de la fe.

«Santo hermano —suplicó Saviano—, ya sabe cuánto tiempo he mantenido a raya mi lujuria, y lo difícil que me ha sido. Ahora esta muchacha, esta hija de Eva, me ha llevado por el mal camino. Se lo ruego, muéstreme qué hacer para purificarme de este pecado.»

Con los ojos abiertos, las rodillas en el reclinatorio acolchado, el clérigo contempló los pliegues pardos de la túnica pintada del santo, los libros y el tintero de su mesa, la hermosa luz dorada del estudio de san Agustín. Aunque su artífice lo sacaba de sus casillas, hacía tiempo que el prior general Saviano estaba enamorado de ese cuadro. Antes podía meditar únicamente sobre san Agustín cuando contemplaba el retablo. Ahora, sin embargo, por mucho que lo intentase, el clérigo era incapaz de apartar de su mente el nombre y el rostro del pintor. Cada vez que veía el robusto cuerpo del monje, atinaba a ver a la novicia a su lado; los ojos del monje rebosaban reproche; los de la novicia, horror.

«Sin duda fue enviada para ponerme a prueba, y fracasé», se sinceró Saviano.

Cerrando los ojos, el prior general quedó asqueado ante el

recuerdo de lo que había hecho. Tuvo la impresión de que se le llenaban las fosas nasales con el repugnante aroma de la pequeña cocina, el recuerdo de la sangre virginal de la joven. Se apresuró a abrir los ojos e inhalar el aroma purificador del bálsamo de limón y el incienso. Se recordó, tal como había hecho tantas veces durante sus años de clérigo, que fue san Agustín quien pronunció el más generoso e indulgente de los santos mandamientos: ama al pecador, aborrece el pecado.

«Con toda la fuerza de mi fe, Señor, aborrezco mi pecado —dijo el prior general Saviano, que dirigió su mirada hacia las flechas que atravesaban el pecho del santo—. Y detesto al hombre que me condujo hasta el pecado. No permitiré que Fra Filippo me traiga la ruina.»

Un arrebato de furia se adueñó de los miembros nudosos del hombre. Se levantó cuan alto era y contempló el autorretrato que había pintado Fra Filippo en el retablo, donde el rostro del pintor se veía joven, y tenía el aspecto de uno de los *ragazzi* de Florencia, como sin duda había sido.

El prior general Saviano juró que el pintor no se mofaría de su orden, ni del sagrado convento de Santa Margherita. Si algún pecado había que exigiera recompensa era el del hombre que había llevado a la novicia a su *bottega* y la tenía allí; era el pecado de la tentación, el pecado de Eva. Sí, sí, se dijo Saviano: Lippi era la serpiente, Lucrezia era Eva, y él, el prior general de la Orden de San Agustín, era la víctima de su diabólica tentación.

Alcanzada una resolución, el eclesiástico se persignó y recorrió a largas zancadas los pasillos del Santo Spirito hasta su despacho. Una vez allí, llamó a su secretario.

—Tráeme un cuenco de queso y vino —pidió el prior general Saviano, al recordar que habían transcurrido muchas horas desde la última vez que comiera.

Cuando llegó el tentempié, se sirvió de un cuchillo romo para cortar unos buenos pedazos de queso, con los que se llenó la boca. Una vez terminado el queso, dictó una misiva dirigida al preboste Inghirami de Prato, para que fuera proclamada por *il banditore* en la *piazza* central de Prato.

«Por la presente, Fra Filippo Lippi queda destituido de sus deberes como capellán en el convento de Santa Margherita —escribió—. Por decreto de la Orden de San Agustín en el décimo día de septiembre del año de Nuestro Señor de mil cuatrocientos cincuenta y seis.»

16

*Miércoles de la decimocuarta semana después de
Pentecostés, año de Nuestro Señor de 1456*

—Tal vez podrías acudir a la *signora* De Valenti —dijo
Spinetta, a la vez que tendía la manita por encima de la mesa—.
Y explicarle por qué te has demorado.

—¿Qué explicación le daría? —preguntó Lucrezia. Estaba
hastiada de la pregunta, que ya se había respondido infinidad
de veces en los días pasados—. ¿Quieres que le diga que me he
visto comprometida y arruinada?

—No hace falta que le cuentes todo, Lucrezia, sólo que te
da miedo regresar al convento.

—No. —Se inclinó sobre la aguja con la que estaba cosien-
do su *panni di gamba*. No tardaría en estar arreglado, aunque
ya nunca se vería impecable, como lo estuviera antes—. No
puedo enfrentarme a las terribles mentiras y rumores que co-
rren por ahí, sobre todo si vienen de los labios de la amable
signora De Valenti.

—Lucrezia, perdóname. —Spinetta tuvo que esforzarse
por hablar con ternura—. Pero me parece que sencillamente
deseas quedarte, aunque eso suponga llevarnos a la ruina.

Lucrezia ató el nudo y rompió el hilo con los dientes.
Apenas era capaz de reconocerlo ante su hermana, o ante sí
misma siquiera, pero era cierto. No quería alejarse de Fra
Filippo. No sólo porque la protegería, sino también porque

su amor y sus promesas le daban fuerzas para levantarse cada mañana. Si era un pecado, rogaba a Dios que la perdonara.

—Por favor, Spinetta, ten paciencia. No tardará en llegar respuesta de *ser* Cantansanti, o de Roma. Ten fe, te lo suplico.

Los días eran tranquilos, y Fra Filippo los pasaba trabajando en su retablo o dedicándose al estudio del rostro de Lucrezia. La magulladura del ojo se estaba desvayendo, la zona donde se había mordido el labio ya había cicatrizado hasta alcanzar un tono rojo oscuro. Pero desde la *Festa della Sacra Cintola*, también había cambiado algo más. La sonrisa tardaba más en aflorar a sus labios, y la expresión de su mirada guardaba un parecido impresionante con la de la Madonna que siempre había buscado. Aunque Lucrezia era joven, el monje alcanzaba a ver que la muchacha entendía por lo que había pasado la Santísima Madre: el vínculo entre sufrimiento y dicha, muerte y nacimiento, fragilidad y fuerza.

—Su belleza es más irresistible si cabe que antes —le dijo mientras estudiaba la sombra bajo sus ojos.

—¿Por eso me ama? —indagó Lucrezia en voz baja. Se había lavado el pelo esa mañana, e iba vestida con una sencilla túnica pálida que había encontrado entre los atuendos que utilizaba el monje para sus cuadros. Bajo el vestido llevaba su *panni di gamba* remendado—. ¿Me ama porque soy hermosa?

Fra Filippo había albergado muchos sentimientos a lo largo de la última semana. Había sentido ira, pesar y ansias de venganza. Pero por encima de todo, estaba la necesidad de proteger y cuidar a Lucrezia. Sí, amaba su belleza. Había hecho de la comprensión de la belleza el trabajo de su vida, y era consciente, tal vez más que la mayoría de la gente, de que en la belleza siempre había más de lo que saltaba a la vista. De la misma manera que sus cuadros alcanzaban la luminosidad a fuerza de superponer unos colores a otros, atinaba a ver que la hermosura de Lucrezia se derivaba de un manantial que sólo podía hallarse en las profundidades de un alma compleja.

—Hay muchas mujeres hermosas en el mundo, pero ninguna me ha conmovido como usted —dijo con ternura—. Antes de verla, Lucrezia, albergaba su rostro en algún lugar de mi corazón.

Por primera vez en su vida, el monje compartió en voz alta sus miedos íntimos y sus sufrimientos pretéritos. Le habló a Lucrezia de las noches en las que soñaba con la voz de su madre y despertaba desolado en el estrecho catre en Santa Maria del Carmine; de los años que había ansiado recrear con lápiz y pergamino la maravilla y el espanto que apreciaba en el mundo, todo lo que se veía y lo que no se podía ver.

—Toda mi vida he estado buscando algo —afirmó con profundo convencimiento—. No la amo porque sea hermosa, la amo porque usted es la respuesta a todo lo que he estado buscando.

Se arrodilló ante ella.

—Cuando era joven, la pintura era todo lo que tenía —dijo con voz queda—. Era todo lo que tenía, así que se convirtió en lo más importante.

Lucrezia lo observó mientras los ojos se le empañaban.

—En el monasterio, me salvó de la desesperación. En la cárcel, cuando temía por mi vida, imaginaba todos los cuadros que crearía a mayor gloria del Señor, si Él me dejaba vivir —continuó el monje—. Durante años he pintado como si rezara; he rezado como si pintara. Con el tiempo, dejó de haber diferencia entre lo uno y lo otro.

Lucrezia asintió en silencio.

—Para mí, ver belleza es ver a Dios —continuó el monje, pensativo—. La belleza en esta tierra es un reflejo del amor de Dios en los Cielos.

—Un *speculum majus* —susurró ella.

—Sí, eso es. Un *speculum majus*. —Llevó una mano a su mejilla, y ella no se movió hasta que oyó los pasos de Spinetta en el umbral.

La madre Bartolommea se mostró tajante: quería que las novicias regresaran al convento antes de que Santa Margherita se convirtiera en objeto de chanzas y blanco de la ira del prior general. De momento, ya había tenido que transigir a que Fra Piero hiciera las veces de capellán con sus monjas. ¿Quién podía asegurar que el prior general no la destituiría de su puesto de priora cuando llegara a sus oídos este nuevo escándalo?

—Me trae sin cuidado cómo lo haga —reprendió a sor Pureza—. Quiero que las traiga de vuelta. Usted ha pasado más tiempo con sor Lucrezia que cualquiera de nosotras. Fue usted quien insistió en que la enviara lejos del convento por su propio bien. Ahora debe traerla de regreso.

La anciana salió del convento sola al día siguiente, poco después de tercia. Mientras caminaba por Via Santa Margherita, sor Pureza hizo propósito de vigilar a la novicia más de cerca incluso que antes. Ofrecería a Lucrezia su protección y la haría ir bien recta.

En la Piazza della Pieve, preguntó a un niño por el domicilio del pintor.

—¿Fra Filippo? —El niño señaló una casa con el tejado de paja—. Vive allí.

Sor Pureza se cuadró y echó a andar hacia la puerta.

—Soy sor Pureza. —Hizo traquetear el cierre de la puerta—. Déjeme entrar.

Spinetta se puso en pie de un salto y echó a correr hasta el dormitorio, seguida de cerca por Lucrezia, que había cogido el *cappello* que estaba bordando y se lo había puesto sobre la cabeza descubierta.

Fra Filippo esperó a que las dos jóvenes estuvieran escondidas para abrir la puerta y mirar el rostro ajado de sor Pureza. Su ira resultaba evidente en la boca fruncida y la mirada ceñuda.

—Sé que las novicias se encuentran aquí, capellán. —Hizo especial hincapié en su título, escupiéndolo con los labios entrecerrados—. Devuélvamelas.

—Hermana Pureza —dijo él, sin perder la calma—, bien sabe usted que ya no soy capellán del convento.

—Precisamente —replicó ella—. Las novicias no tienen nada que hacer aquí con usted. Entréguemelas.

—No las retengo en contra de su voluntad. —El cuerpo de Fra Filippo bloqueaba el vano de la puerta, que sostenía a medio abrir con mano firme.

—El lugar que les corresponde es el convento.

—Pero usted misma envió lejos de allí a Lucrezia. —El pintor intentó tranquilizarse y habló con mesura. No llegaría a ninguna parte con la anciana monja a menos que lograra calmarla y librarse de ella de una manera razonable—. La envió lejos por su propia seguridad.

—La envié a la casa de Ottavio de Valenti, *fratello*, no la dejé en manos de usted para que se echara a perder.

Lucrezia escuchaba desde el dormitorio. Llevó los labios al oído de Spinetta y susurró:

—Por favor, recuerda que prometiste quedarte aquí.

—La hermana Lucrezia es un ángel —dijo Fra Filippo con voz queda, sin moverse de la puerta—. Le tengo el mayor de los respetos.

—Entonces, déjela venir conmigo —respondió sor Pureza—. La priora Bartolommea la perdonará si viene ahora. Las dos novicias deben regresar de inmediato.

—Lucrezia no quiere regresar —adujo Fra Filippo.

Adoptó una pose más relajada y sor Pureza, enérgica incluso a su avanzada edad, pasó por debajo de su brazo y entró en el taller. Avanzó a paso ligero y se encontró mirando una maraña de algodón y seda tendida en el suelo en una serie de patrones de corte.

—¿Qué es esto? —indagó con firmeza—. ¿Ahora se dedica a labores de sastre, además de las de pintor y monje?

Sor Pureza se inclinó y recogió la seda amarilla de una manga que Lucrezia había cortado esa misma mañana de un viejo retal de *strazze de seta filada* que había encontrado.

—Exijo saber qué está ocurriendo aquí.

—La muchacha no estará a salvo en el convento del prior general —replicó el pintor—. No puede regresar ahora.

Lucrezia se dirigió hacia la puerta. No quería que la encontraran escondida, y temía que la ira del monje lo empujara a revelar su amargo secreto. Al tiempo que erguía el espinazo, Lucrezia se recogió el pelo bajo el *cappello*, tiró de la aguja hasta que saltó el hilo enhebrado y salió del taller.

—Hermana Pureza, aquí estoy.

La monja y el monje se volvieron para mirar a Lucrezia. En su pálida *gamurra*, con mechones de cabello asomando de la toca y un chal azul echado sobre los hombros, daba toda la impresión de que acabara de salir de un cuadro.

—¡Lucrezia! —exclamó sor Pureza con un grito sofocado—. ¿Por qué tiene usted ese aspecto? ¿Dónde está su hábito?

Al ver a la monja, que no le había brindado sino amistad y protección, Lucrezia notó un nudo en la garganta.

—Hermana —gimió—. Ay, hermana, perdóneme.

Lucrezia se retorció las manos, y en ese sencillo movimiento, sor Pureza percibió mucho más de lo que la muchacha había tenido intención de decirle. Pasó por encima de las telas y cogió a Lucrezia por el brazo.

—¿Está herida? ¿La han perjudicado o mancillado en contra de su voluntad?

Lucrezia abrió los ojos de par en par.

—No, hermana Pureza, se equivoca —dijo, y negó con la cabeza. Frenética, buscó con sus ojos los del pintor para dirigirle una mirada suplicante—. No ha ocurrido nada en contra de mi voluntad.

Sor Pureza aferró con más fuerza el brazo de la novicia.

—Usted y Spinetta van a volver al convento conmigo —aseguró—. No pueden quedarse aquí, y menos con ese aspecto. Echaría a perder su nombre y el nombre de su padre, y entonces no tendría adónde ir.

—No es cierto —Fra Filippo habló con su más profunda voz de barítono—. Yo puedo cuidar de ella.

Fue entonces sor Pureza quien se volvió boquiabierta para mirar fijamente al monje.

—¿Ha perdido la cabeza, Fra Filippo? ¡Se comporta *senza vergogna*, sin la menor vergüenza! Esto es absurdo. No puede arruinar a la muchacha con sus diabólicas nociones.

Fra Filippo miró a Lucrezia y se dirigió a ella:

—Me casaré con usted, Lucrezia, tal como le prometí. Renunciaré a los hábitos y me casaré con usted.

—Es el Diablo que anida en su belleza —respondió sor Pureza con furia—. Se lo dije, Lucrezia, le advertí que protegiera su hermosura con cuidado.

Lucrezia se llevó las manos a la cara.

—¡No! —gritó.

Fra Filippo dio un paso adelante.

—Márchese —le ordenó a voz en cuello, su figura imponente sobre el cuerpecillo de sor Pureza—. Márchese, anciana.

Sor Pureza lanzó una mirada furiosa al monje, y luego la desvió detrás de él, hacia Spinetta.

—Hermana Spinetta —la conminó—, sálvese usted, al menos.

Spinetta arrugó el semblante. Deseaba con todas sus fuerzas precipitarse en brazos de la anciana monja y contarle todo. Sólo su promesa a Lucrezia le hacía guardar silencio.

—Lo lamento, hermana —se disculpó Spinetta con voz débil—. No puedo.

Sor Pureza recorrió sus rostros con la mirada. Fra Filippo avanzó hacia ella.

—Más vale que se marche, hermana Pureza —le dijo.

La anciana monja permaneció donde estaba un momento más, columpiando la mirada entre unos y otros.

—¿No piensa cambiar de parecer? —le preguntó a Lucrezia por última vez.

Al negar la muchacha con la cabeza, la anciana dio media vuelta y se fue de la *bottega*, derrotada. Tal vez Lucrezia estuviera convencida de que el pintor tenía el poder, la voluntad y el talento terrenal para cuidar de ella, pero cuando sintiera la ira de Roma y la furia de sus mecenas, sor Pureza dudaba de que su determinación, o su lujuria, fueran lo bastante fuertes. Y Lucrezia sufriría tal como ella, sor Pureza, sufriera tantos años atrás.

17

Decimosexta semana después de Pentecostés,
año de Nuestro Señor de 1456

Pasó más de una semana sin que llegaran noticias de Florencia ni de Roma. Lucrezia y Spinetta dormían juntas en la habitación del monje, y cada día le preparaban un poco de pan y queso para el almuerzo antes de que se fuera a trabajar en los frescos en la *pieve*.

La madre de Rosina estaba enferma y la chica no venía a trabajar, pero Paolo les hacía pequeños recados por la tarde, y después de desayunar las dos se llegaban a la bomba de agua y traían agua fresca en los pesados cubos de madera del monje. Solas en la casa, las hermanas barrían los rincones de las estancias y rezaban, o cosían un vestido adecuado para Lucrezia con los retales de seda y lino que habían encontrado en el cofre. Mantenían el cuerpo y la mente ocupados, pero era una época de gran ansiedad. Spinetta seguía orando para que su hermana cediera y regresase al convento, mientras que Lucrezia rezaba para que le viniera la menstruación, y se preocupó al ver que se le hinchaba el rostro y las mejillas se le volvían más tersas. Sin embargo, en lo más hondo de su corazón, Lucrezia también se sentía dichosa. Esperaba con ilusión el regreso del pintor todas las tardes, y él nunca olvidaba traer a casa algún regalito: un día un peine para su cabello, otro, una bolsa de naranjas. Esa misma mañana se había cubierto la cabeza con una nueva *reta* que él le había traído del mercado.

Entre sus tareas y los rituales de las oraciones litúrgicas que Spinetta insistía en mantener, Lucrezia dedicaba horas a estudiar las pinturas y los bocetos que el monje guardaba y apilaba en todos los rincones de su *bottega*. No se atrevía a mover mucho las cosas de su lugar, pero limpiaba los estantes y enderezaba las tablas, y mientras lo hacía encontró una docena de pequeños estudios de la Madre y el Niño, y una amplia colección de grabados de la *Anunciación* que había pintado como regalo para la iglesia de San Lorenzo, en Florencia. Ver cuántos años había pasado Fra Filippo trabajando a mayor gloria de Dios no le hacía sino maravillarse más incluso de estar con él ahora, y de que él asegurara amarla. Rezaba para que llegaran pronto noticias de Roma, y también para que les fueran favorables.

En la *cappella maggiore* de Santo Stefano, donde sus ayudantes estaban ocupados moliendo azurita y malaquita, Fra Filippo se encontraba a la entrada con el procurador. Los dos hombres estaban apoyados en la pared de caliza, con una pila de agua bendita entre ellos.

—Mi amor por ella es sincero —afirmó el pintor en un susurro forzado—. Cada día que pasa en mi casa sin noticias de Roma le supone un tormento, eso salta a la vista. No soporto que sufra así, y estoy harto de esperar a oír qué dice el Papa.

Fra Piero observó el rostro de su amigo.

—Dicen que el papa Calisto está gravemente enfermo —le informó el procurador—. Pero nunca ha sido amigo de los Medici, ni mecenas de las artes. Dudo de que le conceda lo que ha pedido.

—Lo sé —reconoció Fra Filippo con solemnidad—. Pero he estado leyendo acerca del matrimonio, y es posible que haya una alternativa, Piero.

El monje se acercó a su mesa de trabajo y cogió el libro

que llevaba estudiando toda la semana, con el título grabado en oro, *Acerca de los sacramentos de la religión cristiana*. Lo abrió por la página que tenía marcada y se lo tendió a su amigo para que lo leyera.

—En tiempos del papa Inocencio III, una simple frase era suficiente, según dice aquí mismo. —Fra Filippo indicó la página que había anotado—. Fíjese, sólo hace falta decir: «Te acepto, para que te conviertas en mi esposa y yo en tu marido», y ya está.

El libro especificaba que era el acto de la unión sexual lo que consumaba el matrimonio y lo hacía vinculante según la ley, pero el pintor guardó silencio a ese respecto.

—¿Qué cree usted, Piero? —Posó una mano en la manga del procurador.

Fra Piero era un hombre práctico. Había sacado el mayor partido posible de la vida sirviéndose de todo lo que podía ofrecer la Iglesia, y buscando la manera de compensar lo que Roma no autorizaba ni brindaba.

Estaba al tanto de que a su amigo se le permitía cierta manga ancha con las normas, siempre y cuando su trabajo siguiera siendo excelente, pero era una gran prueba para el talento otorgado por el Señor, y el procurador no tenía claro si quería ser cómplice de algo que Roma podía considerar una grave afrenta.

—¿Por qué tomarse la molestia, Filippo? Saviano se ha ido, ya nadie le molesta. ¿Por qué no dejar que las cosas sigan como están, o dejar que la muchacha regrese al convento?

Fra Filippo dirigió la mirada hacia la pared opuesta de la capilla, donde el joven Marco añadía sombras al rostro de san Esteban en su juventud. El aprendiz apenas había dejado atrás la pubertad, y tenía el aspecto dulce y atezado y los ojos profundos de un joven romano.

—No es suficiente —se plantó Fra Filippo—. No quiero engañarla, ni tenerla en mi casa como concubina. Quiero ser su marido, quiero ofrecerle toda la protección que esté a mi alcance.

—¿Y si lo encarcelan? ¿Cómo la protegerá entonces?

—Los Medici no lo permitirán, no con las esperanzas que han puesto en el tríptico, no mientras cuente con el favor de *ser* Francesco Cantansanti.

—¿Era necesario que se enamorara? —rezongó Fra Piero.

—¿Cree que tuve opción? —replicó Fra Filippo. Una vez más, alzó el libro azul—. Aquí dice que una unión sellada con consentimiento mutuo y con la bendición de un sacerdote es suficiente para convertirla en sacramento. Muchos otros se han casado lejos de Roma, si bien con la justa aprobación de Jesucristo. Bien sabe que es cierto, Piero. Dios mío, hasta Piccolomini tiene dos hijos bastardos, y ha llegado a cardenal de Siena.

Las dudas de Fra Piero se entrevieron en su mirada.

—Mientras siga con vida el prior general Saviano, ella no puede regresar a Santa Margherita, eso ya lo sabe. —El pintor bajó el tono de voz—. Al menos puedo ofrecerle la protección de mi apellido.

—Si ya lo tiene todo decidido, ¿para qué me necesita a mí?

—Como confesor, y como testigo. Si algo me ocurre, puede dar un paso al frente y afirmar que es mi esposa, unida a mí por los votos del amor.

Fra Piero se encogió de hombros y meneó la cabeza.

—¿Cree que eso significa algo? —preguntó, pero mientras miraba el rostro de su amigo, colmado de determinación y amor, el procurador supo la respuesta.

—Para mí sí tiene significado —aseguró el pintor—. Y también lo tendrá para ella.

—Sólo podrá brindarle tanta protección como se lo permitan sus obras de arte, eso ya lo sabe, Filippo.

—Entonces, doy gracias a Dios por mi trabajo —respondió el pintor—. Y ruego que sea bueno.

—Aunque sólo el Papa tiene la potestad para concederles a usted y a Fra Filippo la dispensa para casarse, yo puedo bendecir la unión de sus almas en privado, de manera que tengan paz y vivan como marido y esposa a los ojos de Nuestro Señor.

Lucrezia estaba a solas con el procurador en la cocina, y la cabeza le daba vueltas. En sus manos sostenía un ejemplar del libro azul, con su título estampado en oro.

—El nombre de Fra Filippo cuenta con un gran reconocimiento en toda Florencia y las regiones circundantes —dijo el procurador, que le puso la palma de la mano en la frente—. Ha dejado de lado su griñón; no ha hecho los votos que la convierten en esposa de Cristo. Es poco común, Lucrezia, pero creo que semejante unión tiene su mérito, si es lo que usted desea.

—Quiero estar con él. Quiero ser su esposa, si dice que es posible.

—Entonces, que así sea —consintió Fra Piero.

Lucrezia se arrodilló y empezó la confesión que la prepararía para el sacramento del matrimonio. Con palabras vacilantes habló de la violación del prior general, y de su propia vergüenza y sensación de culpa. Era la primera vez que a Fra Piero le contaban, directamente, lo que había hecho el prior general, y en su indignación el procurador juró para sus adentros que haría todo lo que estuviera en su mano para garantizar la seguridad y la felicidad de Lucrezia en lo sucesivo.

—No sólo estoy furiosa con el prior general —confesó ella en un susurro—. Estoy furiosa con Dios y con la Iglesia. Y conmigo misma —dijo—. Buscaba un espejo cuando derramé la pintura. Fue mi vanidad lo que echó a perder el hábito del convento. De no ser por eso, él no me habría encontrado en mi *panni di gamba* y entonces… —balbució—. Y entonces tal vez no habría ocurrido nada de esto.

—Tal vez —convino Fra Piero con voz amable—, pero no podemos adivinar la voluntad de Dios, Lucrezia. Sólo podemos obedecerla.

Cuando Lucrezia y el procurador retiraron la cortina que separaba los aposentos del monje de la *bottega*, se encontraron con que Fra Filippo acababa de cubrir su amplia mesa de trabajo con un limpio paño blanco. Una vela ardía junto a un cáliz de plata lleno de vino de color rojo intenso. Spinetta se encontraba cerca de la ventana delantera con el rosario entre las manos. Rehusó mirar a la cara a su hermana.

—Ya sé que no es el día de boda que imaginaba —le dijo Fra Filippo mientras se acercaba hasta quedar junto a Lucrezia, que alcanzó a oler el jabón nuevo que había utilizado para lavarse las manos, mezclado con el olor acre de la pintura—. No hay contrato que firmar, ni *sponsalia*, ni procesión ni fiesta —continuó el pintor—. No puedo ofrecerle nada de eso, aunque ojalá pudiera. Pero estoy dispuesto a casarme con usted y ofrecerle todo lo que tengo. Seremos uno, y nunca volverá a ocurrirle nada malo.

Lucrezia cerró los ojos.

—¿Está preparada, Lucrezia? —El pintor le tocó el codo.

Ella abrió los ojos. Tenía la mirada tranquila y profunda.

—Sí —respondió—. Estoy preparada.

Con el libro azul en alto, Fra Piero inició a la ceremonia.

—Todo es posible con la bendición del Señor —proclamó, y asintió a los dos contrayentes, uno al lado del otro, el pintor media *braccia* más alto y un par de arrobas más pesado que la muchacha.

Lucrezia mantuvo la vista fija en el procurador y evitó mirar a Spinetta, que seguía recitando el rosario, moviendo los labios en silencio.

—De buen grado y con santas intenciones, este hombre y esta mujer han venido para unirse en el sacramento del matrimonio el vigesimocuarto día de septiembre —continuó Fra Piero—. No puede haber dicha sin esposa, y a nadie puede considerársele sabio, como dice Aristóteles, si desdeña semejante dádiva de la naturaleza, un placer tan inmenso como es el de la amistad, y la utilidad de tal don.

El pintor sacó una bolsita de cuero de su bolsillo. Ayudándose del pulgar y el índice, extrajo un anillo y se lo tendió a Lucrezia. Era una fina alianza de oro, pulida hasta alcanzar un cálido lustre, con una piedrecilla roja engastada.

—Jaspe rojo, que representa el amor y la fidelidad —explicó.

A Lucrezia se le humedecieron los ojos mientras los grandes dedos del monje deslizaban el anillo en el suyo. La joya roja se iluminó con la luz de la ventana, equiparando su color al del vino especiado.

—Te acepto como esposa y te desposo; y me comprometo a serte fiel y leal tanto en lo que respecta a mi cuerpo como a mis posesiones; y cuidaré de ti en la salud y en cualquier otra circunstancia.

Lucrezia recitó los votos a su vez.

—Te acepto como marido y te desposo; y me comprometo a serte fiel y leal tanto en lo que respecta a mi cuerpo como a mis posesiones.

Fra Piero hizo la señal de la cruz sobre sus cabezas inclinadas.

—Ya están casados a los ojos del Señor. Que Dios bendiga su unión y proteja sus vidas.

El pintor tendió la mano y alzó el cáliz. Lo llevó con ternura a los labios de Lucrezia y la miró beber de él. Luego besó su boca, dulce y húmeda.

A Spinetta se le quitó un peso de encima cuando su hermana entró en el dormitorio esa noche, como había hecho todas las anteriores. Lucrezia se quitó el vestido y se metió bajo la manta junto a ella, apoyando los pies fríos en los de su hermana, que los tenía calientes.

—Intenta comprenderlo, por favor, Spinetta —le rogó Lucrezia en un susurro.

—Ya está hecho —se limitó a decir Spinetta—. Ahora tenemos que seguir rezando por lo que está bien.

Horas después, escuchando en la cama la profunda respiración de Spinetta, Lucrezia aún era capaz de notar el sabor de los labios del pintor, y sentirlos sobre los de ella. Posó la mano sobre el libro azul en el que Fra Piero había leído sus votos. A la luz de una vela a punto de extinguirse, dio con las palabras que buscaba y las volvió a leer, y luego las leyó otra vez.

Se levantó de la cama a hurtadillas y entró en la cocina, donde Fra Filippo yacía en su catre junto a las piedras del hogar. Rozando el suelo con la camisola, se arrodilló y tocó su manta.

—Fra Filippo —susurró—. Filippo —probó de nuevo, sirviéndose únicamente de su nombre de pila.

El pintor, despierto al notar el aliento de la novicia sobre su mejilla, se incorporó. La manta le cayó hasta la cintura, dejándole el pecho al descubierto.

—¿De qué se trata? ¿Qué ocurre?

—He leído el libro —susurró ella—. El libro azul, *Acerca de los sacramentos de la religión cristiana*. He visto la página señalada.

Él tuvo la sensación de que se le paraba el corazón. ¿Acaso Lucrezia creía que sus votos no eran sinceros? ¿Iba a abandonarlo a pesar de que aún podía saborear su beso en los labios y oler la camomila en su cabello?

—Quiero ser tu esposa —dijo, suavemente. Bajó la mirada hacia su pecho desnudo y tendió la mano hasta casi tocar su oscura mata de vello. Sentía un ansia que no era deseo, sino necesidad—. He leído lo que ponía, Filippo —continuó—. Aún no somos marido y mujer a carta cabal. No hemos consumado nuestra promesa.

El monje alargó una mano y le cogió la barbilla con delicadeza.

—¿Sabes lo que estás diciendo?

Lucrezia se inclinó hacia delante hasta casi apoyar la cabeza en su hombro.

—Sí. —Tocó la mano que le sostenía la barbilla, su propia palma tersa y delicada—. Quiero ser tu esposa. Esta misma noche.

—Lucrezia. —Su nombre le colmó la garganta, y llevó sus labios a los de ella con suma suavidad.

El pintor tenía los labios secos y frescos, pero al demorarse, ella los notó volverse más carnosos y húmedos. Con los ojos cerrados, la novicia se imaginó su rostro, sus sagaces ojos azules, la corpulencia protectora de su cuerpo, las manos fuertes y hábiles. Intentó calmar sus nervios, confiar en que lo que estaba por llegar no le resultaría más amedrentador que a cualquier otra novia.

—Filippo —susurró—, ¿me amas? ¿De verdad?

—Te amo, Lucrezia.

El pintor volvió el cuerpo con delicadeza y la hizo acostarse en el catre a su lado. Levantó la manta y la acomodó debajo junto a él. Fra Filippo tenía el pecho cubierto de vello terso y moreno, y ella enterró su rostro en él. Los labios del monje vagaron de su mejilla a sus orejas y descendieron hacia el cuello. Hizo una pausa allí donde las hoscas manos del prior general habían dejado una ristra de magulladuras, y las besó una a una.

—Te quiero —repitió—. Te quiero.

A tientas, el pintor abrió el pasador con el que tenía recogido el cabello, dejando que se precipitara en torno a su rostro, besó las puntas y permitió que le acariciara la mejilla. Luego le levantó los brazos y empezó a quitarle la ropa interior por la cabeza. Ella notó sus manos sobre los hombros y luego encima de los pechos. Las yemas de sus dedos se demoraron en los pezones.

Sin dejar de besarla, Fra Filippo le quitó la camisola de los hombros. Lucrezia notaba el aliento entrecortado. Nada tenía mayor importancia que sus cuerpos, juntos. Sería su esposa y ya nunca tendría miedo.

Él se retiró un poco y la contempló a la tenue luz del fuego. Ella se esforzó por sonreír y asintió. El pintor deslizó las manos de sus hombros a sus muslos. Por un momento, la muchacha recordó el cálido aliento del prior general, y retrocedió. Como si él alcanzara a leerle el pensamiento, murmuró unas palabras para tranquilizarla, sosteniéndola en todo momento cerca de sí, apoyándose con más firmeza en ella para cubrirla con su propio calor.

Lucrezia sintió sus gruesos dedos tocándola, e inspiró profundamente. El monje se llevó la mano a la boca y se humedeció los dedos con la lengua, luego los llevó lentamente debajo de la manta, desplazándolos adelante y atrás sobre el lóbulo que parecía crecer bajo su tacto. Un grave gemido escapó de los labios de Lucrezia, y el sonido de su placer excitó al pintor. Suavemente, le separó las piernas y se colocó entre ellas. La joven lanzó un grito.

—¿Estás bien, *mia cara*? —La voz del monje sonó ronca y profunda.

Ella abrió los ojos. Su rostro estaba cerca, y el amor en sus ojos la tranquilizó. Llevó una palma a la mejilla del monje y asintió.

Con ternura, poco a poco, un intenso calor fue introduciéndose en ella, colmándola en un lugar que nunca había creído estuviera vacío. Lucrezia se embriagó con el aroma familiar del pintor a vino y *gesso*, y entendió lo que era estar enamorada. Hasta ese momento no había sabido lo que significaba estar unida a otro, en cuerpo y alma, y la gratitud que sintió compensó más que de sobra el dolor que iba acrecentándose conforme su cuerpo cedía y él se introducía más a fondo. Fra Filippo le besó los ojos, el ceño, la mejilla; su aliento le raspaba el oído. El cuerpo se le puso rígido al pintor y se estremeció, y Lucrezia lo abrazó con más fuerza, sorprendida de su rendición absoluta. Entonces se notó empapada entre las piernas.

—Lucrezia. —Fra Filippo se retiró para mirarla a la cara. Tenía los ojos chispeantes, iluminados desde dentro.

—Ahora estamos casados como es debido —susurró ella, asombrada de la pena que sentía al unísono con la dicha.

—Te quiero —dijo él—. Lucrezia, deja de llorar. Te quiero.

18

Decimonovena semana después de Pentecostés, año de Nuestro Señor de 1456

Las magulladuras de Lucrezia mermaron hasta quedar como meras sombras sobre su cuerpo, desdibujadas por el amor del pintor. El otoño centelleaba, y hacía cada vez más frío, y el montón de leña a la entrada de la *bottega* iba disminuyendo. Lucrezia empezó a pasar más noches en el catre con Fra Filippo, dejando que sus manos le recorrieran el cuerpo entero, las palmas de sus manos apoyadas levemente sobre su boca para sofocar sus gritos de placer. Se mostraba paciente y tierno, y en la oscuridad cada vez le resultaba más fácil desterrar de su mente al prior general.

Conforme se acercaba la festividad de Todos los Santos, Spinetta se empezó a quejar de que pasaba frío por las noches, y preguntó si podía dormir en el catre junto a la chimenea.

—Gracias —dijo Lucrezia en voz baja—. Gracias por tu amor y tu comprensión.

—Ya no sé qué está bien y qué está mal —respondió Spinetta, con tristeza en la mirada—. Ruego todas las noches por tu alma, *mia cara*.

—Igual que yo —replicó Lucrezia.

No comentó nada de su menstruación, que llevaba sin visitarla casi dos meses, pero todas las mañanas, después de que se fuera el pintor, se arrodillaba junto a la cama y rezaba para que la Virgen María la orientase.

Lucrezia sabía por experiencia que la confusión de las emociones podía interrumpir el sangrado regular, pero la violación del prior general le daba un motivo diferente de preocupación. Si iba a tener un hijo, Filippo y ella necesitarían más que nunca la bendición del Papa. Y si, Dios no lo quisiera, el hijo era del prior general, necesitaría la protección de la Santísima Madre, y tal vez más amor del que el pintor sentía por ella.

—¿Has tenido alguna noticia de tu mecenas? —le preguntó Lucrezia a Fra Filippo una noche, mientras él limpiaba los pinceles.

Fra Filippo no la miró a los ojos. Había recibido una nota de *ser* Francesco Cantansanti dos días antes, que le había sido entregada en la iglesia de Santo Stefano.

Día y noche el papa Calisto III está rodeado de sus cardenales, que aprovechan cualquier oportunidad para congraciarse con su santidad y desacreditarse entre sí. No es momento favorable para una dispensa del Vaticano. Le sugiero que dirija sus pasiones hacia su trabajo y deje los asuntos del amor a aquellos que no visten hábitos. Recuerde las duras penas que puede infligir la Curia Archiepiscopal cuando lo desea. Y recuerde que no puede casarse con la novicia y conservar al mismo tiempo su título de *frate*. Sin él, renunciaría a toda la protección que le brinda la Iglesia.

—¿Filippo? —repitió Lucrezia—. ¿Qué te han dicho?

Entre carraspeos, Fra Filippo mantuvo la mirada fija en sus pinceles y las manos ocupadas. Le había respondido a Cantansanti con premura, y enviado la misiva esa misma mañana.

Estimado amigo y honorable emisario, respeto su buen juicio y confío en que sabrá indicarme el momento más adecuado en Roma. Mientras tanto, estoy necesitado de pan de oro y lapislázuli, que, como bien sabe, son muy preciados. Le ruego me envíe los fondos que pueda conseguir para que me sea posible terminar el retablo con la plenitud que Nápoles requiere y espera el honorable Cosimo.

—Los Medici quieren ver el retablo en Nápoles lo antes posible —dijo—. Cuando lo reciban, creo que tendremos nuestra recompensa.

A Lucrezia se le nubló el gesto. La tabla central del tríptico llevaba días sin avanzar. Aunque su rostro estaba bocetado y pintado ya con una primera capa de *verdaccio* y un poquito de *cinabrese* para caldear las mejillas de la Madonna, aún le faltaba mucho para estar terminado.

—Entonces, te ruego que lo termines aprisa —le imploró Lucrezia, su voz más tensa de lo que le hubiera gustado—. Para que tengamos pronto nuestra recompensa.

Pero su recompensa se demoraba. Transcurrida una semana, el pintor se vio obligado a reconocer que la pérdida de sueldo de capellán conllevaba que ya no podía seguir pagando a Rosina. La muchacha, que acababa de cumplir años, se fue con alegría a Santa Margherita para dar comienzo a su vida de novicia. Pero la mañana siguiente a su despedida, Lucrezia se encontró a Spinetta llorando delante del hogar.

—Yo también quiero volver a Santa Margherita —dijo Spinetta, que apartó el rostro de su hermana. Ya no estaba furiosa, sólo triste—. Pronto llegará el tiempo de Adviento, y quiero estar con las demás en el convento.

—Lo sé —respondió Lucrezia—, pero me dan miedo las habladurías de la gente si sigo viviendo aquí a solas con Fra Filippo.

—Entonces, vuelve conmigo —la animó Spinetta—. La gente rumorea, Lucrezia. Eso ya debes de saberlo. Fra Filippo sigue siendo monje. Al margen de lo que te haya dicho, se pone el hábito blanco todas las mañanas y atraviesa la *piazza* con la cabeza bien alta.

—Pero lo amo —dijo Lucrezia, y bajó la mirada—. Y mi menstruo, mi período...

Spinetta empalideció. Al llegarle la menstruación la semana anterior, se había servido de un montoncito de trapos limpios, que luego hirvió y apiló tras sus escasas pertenencias en un estante cerca de la chimenea. Había supuesto que su hermana venía haciendo lo mismo.

—¿No has sangrado?

Lucrezia negó, reacia a levantar la mirada hacia su hermana.

—¿Cuánto hace? —indagó Spinetta.

—Desde que nos marchamos de casa, Spinetta. Desde julio.

Spinetta ahogó un grito.

—¿Entiendes ahora por qué espero noticias de Roma con tanta ansiedad? —dijo Lucrezia en un susurro.

Spinetta frunció los labios.

—Me quedaré contigo un poco más —se ofreció, e introdujo la mano en el bolsillo de su hábito en busca del rosario—. Pero, al menos, debo practicar mis deberes de novicia, y ayudar a los pobres y los enfermos en el *ospedale* siempre que pueda.

La hermosura y el amor de Lucrezia daban a Fra Filippo todo lo que necesitaba su corazón, pero el mundo exigía pagos por la comida y la leña, y el alimentar tres bocas fue mermando sus escasos ahorros hasta prácticamente desaparecer. La comida que traía a casa cada tarde empezó a escasear, y mientras Spinetta estaba en el *ospedale* al otro extremo de la ciudad una fría tarde, Lucrezia salió al pequeño huerto detrás de la *bottega* para desenterrar alguna que otra raíz con la que llenarse el estómago.

Adviento estaba al caer y hacía frío incluso al sol. Acuclillándose con gesto pesado, tiró de los tubérculos que se abrían paso por entre la dura tierra. Le dolía la espalda y notaba los pechos pesados, el viento cortante le azotaba las manos y tenía los párpados casi cerrados de fatiga. En una hora sólo había sacado tres cebollas y un nabo.

Una vez dentro para echar la siesta, se envolvió en la tosca manta de algodón que olía a Fra Filippo, y se precipitó al interior del capullo del sueño. No había estado tan cansada, le pareció, en toda su vida. Incluso después de haber dormido profundamente, apenas pudo mantenerse despierta mientras cenaban una sopa de cebolla aguada.

El pintor la ayudó a acostarse esa noche y le llevó otra copa de vino mientras se peinaba el cabello. Estaba pálida, vio Fra Filippo, pero, de alguna manera, sus ojos eran más azules que nunca.

Cuando despertó por la mañana, Lucrezia se apresuró hasta el orinal y vomitó. El pintor le llevó un trapo y limpió la bilis que era incapaz de contener. No dijo nada de sus sospechas, como tampoco lo hizo Lucrezia. Pero cuando la joven fue a la cocina, Spinetta estaba delante de la chimenea, mirándola con los ojos abiertos de par en par y el semblante asustado.

—¿Estás enferma? —le susurró Spinetta, que negó con la cabeza ya mientras preguntaba.

Lucrezia miró a su hermana. Qué claras se veían sus diferencias: Spinetta lucía el hábito negro y el griñón, almidonados y limpios, mientras que la *gamurra* de Lucrezia colgaba húmeda de sudor bajo el sencillo vestido azul que se había puesto por la cabeza.

—Mucho me temo que no estoy enferma, hermana.

Al oír al pintor trasteando por el taller, hablaron entre sí en voz baja y tono urgente.

—Debo quedarme aquí y tener la criatura.

—La criatura de un monje. —Mientras las amargas palabras abandonaban la boca de Spinetta, se reflejó en su cara una posibilidad mucho peor.

—Que sea la voluntad de Dios —se resignó Lucrezia, que bajó la mirada hacia los bastos tablones del suelo.

Spinetta se persignó y se dejó caer con ademán pesado en el taburete delante de Lucrezia.

—¿Qué ha dicho Fra Filippo?

—Aún no se lo he contado —confesó Lucrezia—, pero tiene que saberlo. A decir verdad, hermana, me asusta lo que pueda ocurrir ahora.

Cerró los ojos y se imaginó un niño de gruesas extremidades y ojos azules con los amplios rasgos de Filippo, pero cada vez que recordaba la cara del prior general, le sobrevenía una náusea.

Para cuando Spinetta se fue al mercado a por un poco de jamón, dejándolos solos a los dos en la *bottega*, Lucrezia estaba agotada de preocupación. Encontró al pintor en su estudio y carraspeó para llamar su atención.

Desviando la mirada de su paleta, Fra Filippo adivinó sin asomo de duda por qué acudía a él. Albergaba sospechas de su noticia desde días atrás, y aunque no había dejado de darle vueltas, consumido por sus pensamientos, aún no estaba seguro de cuáles eran sus sentimientos.

—¿Filippo?

Vio que adoptaba una expresión de seriedad, y a la muchacha se le llenaron los ojos de lágrimas. El pintor buscó su mano con la suya y se la agarró con fuerza.

—¿Qué ocurre? —Le acarició la mejilla—. ¿Por qué lloras?

Afuera, las calles resonaban con el ruido de caballos que tiraban de carros, pero la *bottega* estaba en perfecto silencio.

Lucrezia no dijo nada. Llevó la mano del pintor hacia su vientre y la posó allí con suavidad.

—Hace muchos meses que no sufro la menstruación —confesó. Entrelazó sus dedos con los de él y escudriñó su rostro.

El pintor parpadeó, pero no llegó a moverse. Su mano permaneció donde estaba, cálida e inmóvil.

—Voy a tener una criatura —anunció, casi sin querer—. Dime, Filippo, ¿es una bendición o un castigo?

Mientras ella manifestaba sus miedos, lo que se apoderó del semblante del monje no era horror ni miedo, sino algo mucho más próximo a la felicidad. Fra Filippo no apartó la mano de su vientre, sino que se limitó a apretar su carne con más firmeza.

—Una criatura de mi Madonna será una bendición —aseguró.

—No soy tu Madonna —replicó ella con voz débil—. No soy ninguna Madonna. Decir tal cosa es una blasfemia.

Fra Filippo se arrodilló y apoyó la cara en su vientre. No tenía hijo alguno sobre la faz de la tierra, sólo una pobre alma nacida antes de tiempo de la mujer que conociera en Padua. Años atrás había llegado a aceptar que, mientras que incluso los cardenales tenían hijos ilícitos, él no tendría ninguno.

—Siempre he deseado un hijo. Semejante noticia no puede entristecerme.

—Pero no estamos casados a los ojos de Roma. Cuando me vean en la calle hablarán mal de mí, ¡y piensa en lo que dirán de Santa Margherita! Filippo, ahora más que nunca tenemos que rezar para que lleguen noticias favorables de Roma.

—Me trae sin cuidado lo que digan en Roma —respondió, con apasionamiento. Se puso en pie y tomó el rostro de Lucrezia entre sus manos—. Desde el momento en que te vi, Lucrezia, he visto y sentido muchas cosas que no pensaba llegar a ver en este mundo. Rezaremos y trabajaremos fervientemente para que lleguen noticias de Roma. Pero pase lo que pase, nunca permitiré que vivas avergonzada.

Animada por sus palabras, dejó que la sobreviniera una intensa sensación de alegría.

—¿Y si Roma dice que es imposible? —indagó, al tiempo que apoyaba la mejilla en su pecho.

Fra Filippo estaba al tanto de que lo que ocurriera en Roma dependería de la buena voluntad y la influencia de los Medici. Dios regía los Cielos, Satán mandaba en el Infierno, pero era Cosimo de Medici quien controlaba lo que ocurría en su península.

—No lo olvides, nada es imposible si Dios lo quiere —le recordó el pintor—. Si es la voluntad de Dios, nada es imposible.

A pesar de su alegría, el sacerdote oyó los ecos de *ser* Cantansanti, su rostro severo mientras advertía que no alardeara de su alianza romántica bajo la atenta mirada de los Medici.

—Tú sigues la voluntad de Dios, Lucrezia —dijo Spinetta una mañana—. Pero yo también debo hacer lo que Dios me pide. Debo regresar al convento para conmemorar el nacimiento de Nuestro Señor.

—Has sido muy buena conmigo —le agradeció Lucrezia, no sin valentía—. Sé que Fra Filippo cuidará de mí. Por favor, diles a las demás que lamento haberles causado tanto dolor.

La víspera de la Natividad, Lucrezia se despidió entre lágrimas de Spinetta y vio por la ventana cómo su hermana seguía la figura nervuda de Paolo a través de las calles, en dirección a las puertas de Santa Margherita. Cuando los perdió de vista a ambos, se puso el sencillo vestido que había cosido a partir de los retales que le trajera Fra Filippo y permaneció en el umbral hasta que consiguió llamar la atención de la esposa de un lanero.

—Me gustaría salir a tomar el aire —comentó Lucrezia, con una triste sonrisa—. Y le estaría sumamente agradecida si me acompaña.

La mujer, llamada Anna, era una de las muchas personas en la ciudad que habían oído rumores del milagro en el *palazzo* de De Valenti y estaba convencida de la bondad de Lucrezia. Era sencilla pero devota, y paseó junto a la muchacha hasta la orilla del río Bisenzio y luego de regreso, sin hablar apenas. Lucrezia ocultaba su rostro con la capucha, pero cuando volvió a casa tenía las mejillas encendidas, y sintió las fuerzas de una nueva determinación.

—No quiero esconderme —le dijo a Fra Filippo—. Es la víspera del nacimiento de Nuestro Señor. Quiero ir a la iglesia y recibir el sacramento.

Fra Filippo envió una nota a su amigo Fra Piero, que llevaba sin ir a la *bottega* desde el día que los dos habían hecho sus votos. Su amigo llegó a la casa al anochecer, cargado con un jamón dentro de un saco. Con aspecto de pájaro y rebosante de energía, la nariz roja de frío, el procurador plantó su regalo encima de la mesa, cruzó la estancia y abrió los brazos para abrazar a Lucrezia.

—Está radiante —la felicitó, dejando a la vista sus dientes torcidos en una cálida sonrisa.

Cogió de las manos a Lucrezia y la llevó a la cocina, donde la sentó cerca del fuego, luego tomó asiento en un taburete y atendió en silencio las nuevas de la joven.

—Una criatura es una bendición —aseguró, compasivo. Aunque se preguntó por el origen de la semilla del niño, guardó silencio al respecto, y se recordó que los votos que había pronunciado ante sus amigos contaban con la legitimidad del Señor, aunque no tuvieran la aprobación papal—. Qué maravilla que haya recibido semejante don durante estas fechas tan felices.

Después de rezar una oración por la madre y el pequeño, los tres comieron con apetito, se pusieron sus capas más gruesas y salieron camino de Sant'Ippolito para oír misa.

Al atravesar el arco de mármol verde de la inmensa entrada, Lucrezia notó que le sobrevenía la gloriosa dicha del culto religioso. Llevaba mucho tiempo ocultándose en la *bottega*. Era muy grato estar de nuevo en la iglesia. Entró flanqueada por Fra Filippo y Fra Piero y tomó asiento con los demás parroquianos. Escuchó las voces de los cánticos y se unió a ellas de corazón. Cuando se llegó hasta el altar detrás de Fra Filippo y tomó el sagrado cuerpo de Jesucristo en su boca, casi se sintió desvanecer de satisfacción y piedad.

Regresaba a su sitio en la nave del templo cuando alguien susurró «*la donna*» a su paso. Levantó la mirada para ver cómo la seguían los ojos curiosos de una elegante dama.

—Es ella —le comentó la mujer a su acompañante al tiempo que señalaba a Lucrezia con la mano.

La mujer llevaba un vestido de doble capa de seda, un *berretto* y un *mantello* de terciopelo. Relucían anillos en sus dedos y emanaba de ella un suave perfume.

—¿Me conoce? —preguntó Lucrezia, sonrojada, que escudriñó el rostro de la mujer, convencida de que vería odio y furia.

—Sé que el suyo es el rostro de la Madonna de De Valenti —susurró la mujer, y se apresuró a persignarse—. La *Milagrosa Madonna*. Dicen que Dios la ha bendecido.

De regreso a casa después de misa, Lucrezia pasó un brazo por el codo del monje y se acercó a él. El cielo estaba negro, y la muchacha atinó a ver las constelaciones.

—Ahí está —dijo, señalando hacia las alturas—. La estrella que siguieron los tres reyes.

Fra Filippo acercó su mejilla a la de ella y siguió la dirección de su dedo hasta que también alcanzó a ver la brillante estrella. Se percibía una promesa de nieve en el aire.

—Qué feliz soy —dijo ella.

Fra Filippo la miró con una sonrisa radiante.

—Qué hermoso es el mundo esta noche —añadió ella con voz queda—. Sé que tenemos muchas preocupaciones, pero aun así, Filippo, soy muy feliz.

19

Martes de la sexta semana después de la Epifanía,
año de Nuestro Señor de 1457

—No lo habría creído de no ser porque mi Luigi llevó un
pedazo de cuero a la *bottega* de Fra Filippo y la vio con sus
propios ojos —les dijo el zapatero a los hombres reunidos en
su taller en la Piazza Mercatale—. Ahora tendré que inculcar-
le a mi hijo que las monjas no son mujeres fáciles.

Los demás se echaron a reír, sus bocas llenas de pan y dientes negros.

Durante meses, Lucrezia había ocultado su estado de buena esperanza bajo una capa, pero para finales de febrero la
criatura en su vientre resultaba evidente para cualquiera que
se detuviera a mirar. Había visto la manera en que la escrutó
esa mañana el muchacho al traer el cuero que necesitaba para
confeccionar un arnés a modo de cinturón para el alumbramiento. Era consciente de que la noticia no tardaría en propa-
garse por todo Prato.

—El monje blanco debe de estar preocupado pintando su
propio *desco da parto* —bromeó el panadero, que se palmeó el
delantal, del que brotó una nube de harina—. ¡También puede
encargarse del bautismo, y así no tendrá que pagar al avaro de
Inghirami!

El zapatero escupió al suelo. Sostenía un zapato entre las
rodillas y remendaba un tacón suelto.

—Su bastardo y su puta van a necesitar todas las bendiciones que puedan conseguir —dijo el hombre, al tiempo que se apartaba el pelo de los ojos.

Calentándose junto al fuego del zapatero, los comerciantes y artesanos cuyas *bottegas* bordeaban la plaza de la ciudad se reunían para comer lo que llevaban en los bolsillos y disfrutar del placer que les producía una buena historia picante. Los pescaderos, que habían visto a Fra Filippo apresurarse a coger el pescado sin vender que tenían que arrojar a la calle por ley al final de cada jornada, reían incrédulos la nueva del embarazo de Lucrezia. Los curtidores se subían los cinturones cargados de herramientas y se preguntaban cómo era que los hombres de la Iglesia podían tener amantes mientras ellos se veían obligados a pasar con las zorras raquíticas que vivían detrás de la plaza del mercado.

—A pesar de lo mal que están en Roma, al menos no hacen alarde público de sus pecados —comentó en tono de mofa Franco, cuyo hermano menor era mozo de cuadra en el *palazzo* de De Valenti.

—Así es —convinieron los otros, asintiendo—. Le costará lo suyo comprar la indulgencia para esto en Roma.

Las nuevas del embarazo de Lucrezia se propagaron de la Piazza Mercatale a la Piazza San Marco, y de allí a la Piazza San Francesco. Para vísperas, toda la familia De Valenti se había enterado. Dos cocineras rieron desdeñosas, pero los demás lloraron al oír que la modelo para la *Milagrosa Madonna* había quedado mancillada. La *signora* Teresa de Valenti, que seguía convencida de la bondad de Lucrezia y de su castidad incluso después de haber oído que la muchacha vivía con el monje, quedó horrorizada.

—¡No es motivo de risa, Nicola! —regañó la *signora* a la criada.

Hasta que le susurraron la información al oído mientras

estaba sentada junto al fuego, la *signora* Teresa había creído que de alguna manera la muchacha seguía siendo pura a pesar del lugar donde tendía la cabeza por las noches. Incluso ahora, la *donna* estaba convencida de que Lucrezia se había descarriado por culpa de Satanás, seducida o tal vez retenida en contra de su voluntad, como les ocurría a tantas jóvenes.

—Es una tragedia —le comentó después a su cuñada, que estuvo presente en el nacimiento de Ascanio y fue la primera en tildar la recuperación de Teresa de milagro—. Una muchacha tan hermosa queda a merced del mundo después de haber perdido la protección de su padre.

La esposa del mercader se puso en pie y se llegó a zancadas decididas hasta el cuadro al que todo el mundo en la casa se refería por el nombre de la *Milagrosa Madonna*. Por un momento se permitió plantearse si tal vez la virtud de la joven seguía intacta; tal vez Lucrezia fuera inocente, y, al igual que la Santísima Madre, quizás hubiera concebido sin rendir su virginidad.

—¡Blasfemias! —proclamó en voz alta, y desechó la idea de su cabeza.

Pero Teresa de Valenti era incapaz de desestimar por completo sus imposibles nociones. La joven le había salvado la vida. El rostro de sor Lucrezia se había convertido en el rostro al que Teresa rezaba, el que veía en su imaginación cuando recitaba el avemaría. Sin duda tenía que haber algo que pudiera hacer para ayudar a Lucrezia.

—Enviaré una nota a la hermana Pureza —dijo Teresa. Como esposa del mercader más acaudalado de la ciudad, era consciente de que su palabra creaba opinión en las calles. Tal vez, teniendo en cuenta lo generoso que había sido su marido ese año con Santa Margherita, también pudiera hacer valer sus deseos dentro de los muros del convento—. Le recordaré cómo me ayudó la muchacha y le pediré que se muestre generosa y misericordiosa.

Volviéndose hacia Nicola, que en esos instantes dejaba

una pila de sábanas limpias en el cofre donde se guardaba la ropa del recién nacido, la esposa del mercader pidió pergamino y un tintero.

A la tenue luz del sol que entraba a duras penas por la ventana alta de su celda, sor Pureza leyó la carta que había llegado al convento junto con una bolsita de *lire*. La madre Bartolommea se había apoderado de inmediato de las monedas, pero la nota llegó a manos de sor Pureza con el sello de cera intacto.

—«Si es cierto, le ruego tenga piedad —leyó sor Pureza—. Ella también es hija de Dios, y está necesitada. Le imploro tenga presente, hermana, que no es más que una mujer indefensa en un mundo de hombres fuertes.»

La anciana monja no quería dar crédito a los rumores que habían llegado al convento, pero parecía imposible seguir negándolos. Dejó el pergamino sobre su escritorio y empezó a caminar arriba y abajo por la celda.

Había hecho todo lo que se le había ocurrido, y aun así la muchacha había caído en pecado. Había llegado a considerar a la hermana Lucrezia como su pupila, casi como una hija a la que transmitiría sus conocimientos sobre hierbas y sobre las artes del alumbramiento. Naturalmente, el mundo estaba lleno de hombres fuertes; por eso le había rogado a Lucrezia que regresara al convento. Pero la muchacha se negó a hacerlo. Sor Pureza estaba dolida, y también furiosa.

Recordó lo pequeña y frágil que le había parecido la novicia en la cocina de Fra Filippo, y aun así, cuán tercamente se había negado a regresar a Santa Margherita. Incluso después de volver Spinetta, Lucrezia había permanecido con el monje, sola. Se había quedado por voluntad propia y ahora, en vez de utilizar los poderes curativos de sus manos y sus palabras tranquilizadoras para ayudar a otros, Lucrezia gritaría en medio de la agonía del parto de Eva. Su hijo bastardo llegaría al mundo cubierto de sangre y arropado en vergüenza. Y el Señor, que no era compasivo con las criaturas nacidas de la lujuria, bien podía infligir a Lucrezia la misma pérdida que infligiera tantos años atrás a Pasqualina di Fiesola.

En su estudio revestido de paneles de madera en el ala sur del Santo Spirito, en Florencia, el prior general Ludovico Pietro di Saviano lanzó la ofensiva carta al fuego y la observó arder.

Una vez más, el preboste Inghirami había sido mensajero de malas nuevas. «Lamento importunarle con noticias de tan sórdida naturaleza, pero me veo obligado a ello.» Desde luego, el preboste llevaba a cabo sus obligaciones a rajatabla cuando tenían que ver con entregar bochornosas nuevas al prior general. Vaya juerga debían de estar corriéndose en Prato, pensó Saviano con amargura: el monje medio loco caminando del brazo con la novicia preñada, mofándose de los carmelitas, de los agustinos y del mismísimo Dios. Era magro consuelo, pero al menos todo el mundo sabría de la infame seductora que se escondía tras aquel rostro angelical.

—Malditos sean ella y el monje. —Las palabras de Saviano brotaron de su boca aunque no había nadie para oírlas—. Y que caiga una maldición también sobre su bastardo.

El prior general se quedó de piedra. Un bastardo. Sin lugar a dudas el niño era un bastardo, pero ¿era el bastardo de Lippi? Hizo un rápido cálculo de fechas, recordando las finas muñecas de Lucrezia forcejear entre sus manos, el borboteo de dolor en su garganta cuando la penetró. No podía negar esa posibilidad. Sintió un instante de orgullo masculino ante su virilidad, seguido de inmediato por el horror de lo que eso podía conllevar.

Pero el prior general no iba a permitirse ni un momento de compasión. La mujer había escogido su suerte. Al vivir en pecado, había demostrado ser una cualquiera.

Se irguió pertrechado con sus caros atuendos de Roma. Bastante malo era que la novicia lo hubiera avergonzado a él y hubiera dejado en ridículo al convento, pero pasearse por Prato con una inmensa panza para que la vieran todos pasaba de castaño oscuro. El monje contaba con la protección de Cosimo, pero su *puttana* seguía a cargo de los agustinos. Y él todavía ejercía control sobre ella.

Mientras el olor a papel chamuscado le colmaba las fosas nasales, el prior general Saviano contempló su siguiente paso. Sólo él sabía qué era lo mejor para la orden. Haría lo que fuera necesario por sí mismo, por Santa Margherita y por la santidad de los agustinos.

Continuaban los rumores y el tráfico de viandantes por Via Santa Margherita iba creciendo a medida que los curiosos y los indignados intentaban asomarse a la *bottega* del monje para ver a la Madonna embarazada. Temerosa y avergonzada, Lucrezia colgó la tela más grande que poseían en la ventana que daba a la calle. El paño era rojo, y teñía el interior del taller de una luz rosada que habría agradado a Lucrezia de no haber estado allí para ocultarla del mundo.

De vez en cuando una de las esposas de los laneros llamaba tímidamente a la puerta para ver qué tal le iba, y Nicola venía del *palazzo* de De Valenti todas las semanas con una cesta de fruta y panecillos dulces de parte de la *signora* Teresa. Pero mayormente Lucrezia permanecía sola mientras Fra Filippo trabajaba en los frescos en Santo Stefano, y se sentaba a la luz rosada fingiendo no oír a la gente que pasaba por delante de la casa.

—Quizá se trate de una manera de reconocer su pecado —le comentó un lanero a otro al pasar por la mañana y ver la cortina roja en la ventana.

Pero cuando regresaron esa tarde, Fra Filippo retiraba la cortina para pintar dentro con luz natural, y los viandantes empezaron a especular acerca de que la cortina roja, que aparecía y desaparecía de la ventana sin lógica aparente, tenía como objeto enviarles alguna suerte de mensaje o señal.

—Tal vez es roja para decirnos que la criatura ha sido expulsada del útero —aventuró una de las ancianas esposas de mercader convencidas de que el mismísimo Satanás se había aposentado en Via Santa Margherita.

—Igual la ponen para mantener a raya al Maligno —conjeturó otro.

—O para dar la bienvenida a Satán —dijo una vieja bruja, con el cuerpo retorcido bajo los trapos que recogía en la plaza del mercado y trenzaba en cuerdas para luego venderlas.

Había quien se persignaba al pasar por delante de la *bottega*, y alguno que otro escupía; otros dejaban pequeñas ofrendas para la Madonna encinta. Lucrezia se tomaba la indeseada atención con toda la fortaleza que conseguía reunir, erguía los hombros y procuraba no mirar por la ventana demasiado a menudo.

—Con el tiempo, se olvidarán de nosotros —le aseguró Fra Filippo con cariño.

Incluso cuando ella batió palmas al encontrarse una cestita de huevos pardos en el umbral, le recordó que en una ciudad tan llena de enfermedades, nacimientos, muertes y prosperidad, los ojos lascivos de los curiosos no tardarían en dirigirse hacia otra parte, y las lenguas se agitarían con motivo del cambio de fortuna de algún otro.

—Claro —sonrió Lucrezia—. Y cuando llegue respuesta de Roma, ya no tendremos que seguir escondiéndonos —añadió con valentía.

No perdió la compostura hasta el día en que vio a Paolo atravesar la calle y le llamó con un gesto desde la puerta.

—Entra y cuéntame lo que has oído por medio de Rosina —le dijo, al tiempo que le hacía señas.

Paolo agachó la cabeza y se quedó en la calle. Lucrezia cogió un chal de un gancho cerca de la puerta y se apresuró a su encuentro. A su paso se fueron volviendo las cabezas.

—Lo siento —se disculpó Paolo cuando la joven se le acercó—. *Mia madre* me lo tiene prohibido.

Tal como predijera Fra Filippo, con la llegada del carnaval, que señalaba el comienzo de la Cuaresma, tanto quienes les deseaban prosperidad como quienes chismorreaban sobre ellos dejaron de merodear ante su puerta. El martes de carnaval se celebró con una bulliciosa procesión encabezada por el preboste Inghirami junto con una confraternidad de dignatarios religiosos y cargos civiles de la Comune di Prato.

Los niños bailaban en las calles, hombres y mujeres llevaban máscaras hechas a mano o compradas a los mercaderes que a su vez las compraban en los comercios que bordeaban los canales de Venecia.

Todo el mundo estaba de celebración y flotaba en el aire el olor a asado de cerdo.

Pero no había bonanza en la despensa de Fra Filippo, donde sus piezas de plata no excedían de diez, y Lucrezia despertó el primer día de Cuaresma con la promesa de mantener su cuerpo alejado del pintor durante los cuarenta días de penitencia.

—Por el bien de la criatura —dijo, y le plantó un tímido beso en la mejilla—. Te quiero, pero debo ser estricta con mi penitencia de Cuaresma.

Sus ojos estaban en penumbra, y Fra Filippo no atinó a interpretar lo que decían. Pero era consciente de que estaba preocupada por el alma del niño, y convino en que la penitencia durante la Cuaresma siempre era prudente.

—Me gustaría hablar con la hermana Pureza —le dijo Lucrezia a Fra Filippo mientras tomaban una exigua cena esa noche. Hacía rato que las campanas habían tocado a nonas, y había jirones de pintura azul entreverados en el cabello del monje. Él tenía la cabeza en otra parte, y Lucrezia hizo todo lo posible por no permitir que el desánimo le hiciera mella—. Nadie sabe tanto como ella sobre partos. Quiero estar preparada, Filippo.

Según sus propios cálculos, la criatura había arraigado en algún momento entre el 9 de septiembre y el primero de diciembre. Si nacía en junio, y era de buen tamaño, sabría que Fra Filippo no era el padre, como también lo sabría él. A pesar de sus reticencias, estaba al tanto de que el monje también sobrellevaba el secreto de su deshonra. Juraba que la amaba, y ella le creía, pero a veces permanecía despierta toda la noche, temerosa de que se negara a reconocer al hijo como suyo si no lo llevaba en su vientre el tiempo necesario.

—Sor Pureza no es amiga nuestra en estos momentos —le advirtió el monje sin ambages.

—Antaño lo era. —Lucrezia humilló la cabeza. No había comido más que unos pedazos de pan, pero notaba el estómago lleno—. Tal vez vuelva a serlo, cuando todo esto se haya arreglado.

Fra Filippo miró el lugar donde se henchía su vestido bajo los pechos. Se imaginó el atuendo de la Madonna, aún lleno tras el nacimiento del Niño, y se maravilló del abundante busto que podía pintar en su retablo. Se frotó los ojos para fijar allí la visión y terminó la comida en silencio.

Lucrezia durmió largo y tendido mientras la fría losa de la luna salía esa noche, pero Fra Filippo no conseguía descansar. Había vuelto a escribir a *ser* Francesco Cantansanti, pero llevaba dos semanas sin tener noticias suyas. Con el abultado vientre de Lucrezia a la vista incluso mientras dormía, el monje mordisqueó el cabo de la pluma y compuso una carta larga y suplicante a la Curia en Roma.

«Su Santidad, papa Calisto III, cuyo rostro siempre está junto al del Señor», comenzó.

Durante dos páginas, Fra Filippo se explayó acerca de su respeto, su dedicación y todo lo que había hecho para honrar y conmemorar la gloria del Señor en los muros y altares de iglesias desde Roma hasta Nápoles. Enumeró sus mecenas, empezando por sus tiempos en Santa Maria del Carmine y *La Madonna y el Niño con ángeles* para los carmelitas del monasterio de Selve, pasando por el tabernáculo y los frescos para los antonianos de la basílica del Santo en Padua, hasta la *Coronación* que había llevado a cabo para la iglesia de Sant'Ambrogio.

«Su santidad —escribió Fra Filippo—, en toda una vida de gratitud y servicio al Señor, nunca he elevado petición alguna con intención de importunar o preocupar, sino únicamente para honrar a la Iglesia y al gran oficio de la Santa Sede. Ahora me postro a sus pies y le suplico que, en su Inmensa Compasión y su Santísimo Poder, conceda absolución y dispensa a este que es un humilde siervo del Señor, de manera que pueda unirme en el sacramento del matrimonio con Lucrezia Buti, cuarta hija de Lorenzo Buti de Florencia, que viene a mí sin dote, y por quien ahora renuncio a cualquier aspiración a tal. *Ut in Omnibus Gloricetus Deus.*»

20

Segunda semana de Cuaresma,
año de Nuestro Señor de 1457

Fra Filippo trabajaba todas las mañanas en los frescos, y todas las tardes se apresuraba a regresar a casa para ocuparse del retablo de la *Adoración*. A veces se saltaba la comida y a menudo continuaba hasta mucho después de ponerse el sol. Había prometido a Giovanni de Medici algo nuevo de veras, y en el pasado nunca le había resultado demasiado difícil concebir y ejecutar un concepto novedoso. Fue el primero en pintar retratos a juego de una pareja mirándose uno a otro a través de la ventana de un confesionario. Fue él quien prolongó sus paisajes de una pared a la siguiente, convenciendo al espectador de que siguiera el hilo de un relato. Y fue él quien se sintió inspirado a utilizar los rostros traviesos de los *ragazzi* para los ángeles en sus cielos.

Ahora se esforzaba por representar la intemperie en una escena de penitencia, con la Madonna arrodillada sobre el Cristo recién nacido al aire libre. Pintar a la Madonna bajo el Cielo del Señor, sin los muros y edificios levantados por el hombre en torno a ella, era una idea audaz que nadie había llevado a cabo: ni los grandes maestros de siglos pretéritos, ni Masaccio, ni siquiera Fra Giovanni el Dominico. No figuraba nada semejante en los Evangelios, ni siquiera en las leyendas apócrifas.

El paisaje abierto ubicaría a la Madonna en el mundo natural, poniendo de relieve su divinidad a la vez que su cercanía a la Creación. Y sería digno de todo lo que había apostado por su único trabajo para los Medici. La Madonna tenía que ser una mujer sencilla cuya belleza sugiriera la fuerza y la gracia necesarias para traer al mundo al Niño Dios. Tenía que resultar convincente y pensativa, triste y esperanzada al mismo tiempo.

Mientras trabajaba, Fra Filippo se imaginaba al Papa leyendo su solicitud de dispensa para desposarse con Lucrezia, y rezó para que la Virgen le ayudara a convencer al achacoso pontífice. Intentaba no pensar en el silencio de la Curia. Intentaba no recordar la sensación del látigo en su espalda, ni notar la presión del vientre floreciente de Lucrezia, su ansiosa belleza, la mirada implorante de sus ojos cada tarde cuando regresaba del mercado con una bolsa de comida cada vez más pequeña para su cena. Intentaba centrarse únicamente en la Madonna, en el Niño, en la esperanza que el alumbramiento habría traído al mundo.

Sin embargo, cuando dejaba el pincel al final de cada jornada y se alejaba para ver lo que había conseguido, era consciente de su fracaso.

El cuerpo de la Madonna no era lo bastante hermoso; los árboles y los animales que con tanto cuidado había bocetado, los ángeles gordezuelos en las nubes, incluso las propias nubes carecían de la suficiente fuerza para deleitar a un rey. Las semanas de trabajo en la pintura, añadiendo una atribulada pincelada tras otra, no habían hecho el trabajo mejor, ni más claro o más intenso. Con tanto en juego, su inspiración había sido desordenada y confusa, y eso saltaba a la vista en el resultado.

Fra Filippo ya había llegado a esa misma dolorosa conclusión con anterioridad, cuando lo único que quedaba por hacer era empezar de nuevo. Sabía lo que debía hacer, y al rayar el alba del segundo martes de Cuaresma, entró en su taller mientras Lucrezia dormía y mezcló en silencio un viscoso cuenco de *gesso* blanco.

Se condujo con una suerte de rebeldía desapasionada, salpicando *gesso* en el suelo, en su hábito y sobre la intemperie aún sin tomar forma en la tabla. Con una docena de amplios brochazos, borró ocho meses de trabajo.

Medio dormida, Lucrezia entró en el taller con una taza de vino rebajado con agua para el pintor, y en vez del retablo al que le había visto ir infundiendo vida, se encontró con el tosco dibujo de su propio rostro y sus manos flotando en un mar de blanco. Todo lo demás había desaparecido, cubierto por franjas de *gesso* blanco.

—¿Qué has hecho? —gritó Lucrezia. Dejó la taza en la mesa de trabajo y se cogió el vientre con los brazos como si lo acunase—. El retablo es nuestra única esperanza. ¡Tú mismo me lo dijiste, la dispensa de Roma no llegará sin él!

El monje se volvió con la paleta de *gesso* aferrada.

—No es lo bastante bueno para un rey —estimó con dureza—. ¡No recibiremos nuestra dispensa con colores turbios y líneas desvaídas! No puedo enviar algo así en nombre de los Medici.

El pintor se pasó una mano por la cara, manchándose la frente de *gesso*. Lucrezia miró los bocetos desperdigados por el taller, los retazos de pergamino y los trapos sucios que había tirado al suelo durante la larga noche.

—Dime qué ocurre, Filippo —le imploró Lucrezia—. Dime qué debo hacer.

Él tenía los ojos fijos más allá de la tabla, en un punto de la pared donde sólo había una grieta en el enlucido.

—¿Aún me quieres? —le preguntó ella, con la voz quebrada. Se miró el vientre henchido, las manos, antaño esbeltas, ahoga rígidas y abotargadas. El anillo que le había dado en diciembre ahora le apretaba el dedo—. ¿Ya no te resulto hermosa?

—Eres la mujer más hermosa sobre la faz de la tierra —respondió con ferocidad—. Tu rostro sobre la tabla es lo único digno del rey. Es lo único que merece la pena salvar.

—Por favor, Filippo, empezarás el retablo de nuevo, ¿verdad?

—Lo haré —accedió mientras se frotaba la cara y se manchaba de blanco las mejillas y el cráneo hasta tener el mismo aspecto de una de las figuras talladas en la fachada de una iglesia—. Lo empezaré.

Comenzó de nuevo ese mismo día con la decisión de que tres ángeles sostendrían en volandas el cuerpo gordezuelo del Niño Dios mientras el Señor tendía sus manos a través de una nube suspendida sobre el bosque de color verde azulado. Había un cielo de medianoche y, por encima, un cielo azul enmarcado por un arco iris, emblemático de la promesa del Señor.

Despertó temprano a la mañana siguiente y ejecutó con dinamismo el boceto, preparó el panel y abrió el recipiente de hierba pastel para moler el pigmento azul con el que pintaría el cielo.

Pero el tarro, cerrado con un corcho, estaba vacío.

Abrió la lata de peltre de tullidora, pensando que al menos trabajaría en el verde oscuro de las hojas del bosque. Eso también estaba casi agotado. Incluso la *margherita* en polvo, que tomara de la mano de Lucrezia aquel día de junio en el jardín del convento, casi se había terminado.

El pintor se inclinó sobre su mesa de trabajo y agachó la cabeza.

Durante dos años había confiado en sor Pureza para que le suministrara las muchas hierbas y plantas que necesitaba para su trabajo, pero llevaba sin ver a la anciana monja desde septiembre, cuando ella les dio la espalda y se marchó de la *bottega* en silencio. Le llevaría días obtener los materiales de Florencia, por no hablar del pago, que difícilmente podría permitirse. Ya casi no le quedaba dinero. Justo la víspera, había contado las últimas cinco monedas de plata escondidas en la bolsa que guardaba bajo una piedra del hogar.

Sin materiales, no podía pintar. Sin dinero, no podía comprar materiales. Y si no pintaba, acabaría arruinado.

Revisando de corrido sus encargos, Fra Filippo cayó en la cuenta de que su única esperanza pasaba por acabar una parte considerable de los frescos de Santo Stefano, y confiar en sacarle unos cuantos florines más a la Comune di Prato.

Sin decirle nada a Lucrezia, que se estaba vistiendo en el dormitorio, cogió un pedazo de salami reseco y cruzó la Piazza della Pieve. En la iglesia, encontró en la *cappella maggiore* a sus ayudantes, que empezaban a aplicar una capa de color en la escena que representaba al joven san Esteban despidiéndose de sus padres.

—*Buongiorno* —saludó, y fulminó con la mirada a los jóvenes, que estaban bostezando.

Fra Filippo se quedó mirando la pared donde había trabajado durante semanas en la escena del nacimiento de san Juan. Había dibujado con cariño la tierna sonrisa de santa Isabel y las manos firmes de las niñeras que lavaban al niño. Pintó el dulce resplandor de Lucrezia al inclinarse para palpar la suave piel de su hijo recién nacido, y en su imaginación sustituyó el interior anaranjado y gris de la sala del alumbramiento de san Juan por las sencillas estancias de su propia casa.

—He mezclado el *intonaco* para la nueva *giornata*, maestro —le informó Tomaso, acercándosele por detrás—. ¿Qué colores necesitará para el fondo de la escena del funeral?

La mañana era fría, y las palabras de Tomaso formaron nubecillas en el aire gélido. El pintor se volvió para mirarle a la cara.

—¡El trabajo no avanza lo bastante aprisa! —saltó Fra Filippo. Los meses de dirigirse a sus ayudantes en tono de queda aprobación habían tocado a su fin—. ¡Hay que trabajar más rápido!

Indicó a Fra Diamante que se ocupara del paisaje que serviría de fondo a la escena de las misiones de san Esteban y san Juan.

—Las cuevas y piedras blancas para san Juan, el bosque tupido para san Esteban —le ordenó, y le indicó dónde y cómo aplicar los colores para que surtieran mejor efecto—. Hay que hacerlo ahora. Tienen que estar terminados para que pueda pintar las figuras.

Puso a cada ayudante a trabajar en una *giornata* distinta, colocó los cubos de pintura delante de ellos sin miramientos, les espetó las instrucciones y les urgió a seguir.

—¿Queréis comer? ¡Entonces más vale que trabajéis! —les dijo, al tiempo que daba vuelas por la capilla de un muro al otro, contemplando las versiones incompletas de sus sueños ante sí—. Dios, me pides más de lo que puedo darte —murmuró para sí mientras se inclinaba sobre la pesada mesa de trabajo y dibujaba a vuelapluma las figuras que poblarían los frescos—. No puedo pintar sin colores, sin materiales, sin *lire*.

Los ayudantes le veían mover los labios y daban por sentado que rezaba. Trazaban círculos más amplios en torno a él, y cada vez que los fulminaba con la mirada, se aplicaban más en su trabajo.

—*Veloce!* —exclamó al ver que el joven Marco se tomaba su tiempo con los pliegues de una hoja—. Más rápido.

El día transcurrió en un frenesí de actividad. Nadie paró para comer. Siguieron trabajando hasta que menguó la luz y Fra Diamante posó una mano cansada sobre el hombro de Fra Filippo.

—Hemos hecho todo lo posible en una sola jornada, maestro —aseguró—. Ahora tenemos que regresar a casa.

Después de que los demás se hubieran marchado, Fra Filippo tiró los pinceles, se apeó del andamio y apagó las velas a soplos. Recorrió la nave hasta donde se guardaba la *Sacra Cintola*. Había estado cerca de la Santa Cinta de la Virgen durante muchos años, pero nunca había sentido la necesidad de invocar sus poderes hasta ahora.

Arrodillado ante la verja cerrada que protegía la santa reliquia, se hincó de rodillas y se aferró a las barras de bronce.

—Ave María, llena eres de gracia —susurró las palabras de la oración a la Virgen, con más sentimiento que nunca—. El Señor está contigo.

Cuando terminó la oración, volvió a empezar, y luego una vez más, buscando solaz en la repetición rítmica de las palabras.

—*Madre mia*, perdóname si te he ofendido. Haz el favor de perdonarme.

Mientras rezaba, Fra Filippo recordó aquel día en el confesionario, cuando buscara las palabras más precisas para consolar a Lucrezia, que no dejaba de sollozar.

—Santísima Madre, no puedo fracasar —susurró, con un nudo en la garganta—. Tengo que poder trabajar y cuidar de Lucrezia, o todo se vendrá abajo.

La vela a su lado siguió ardiendo hasta consumirse, y el monje se vio rodeado de oscuridad. Cuando intentaba orientarse, oyó pisadas procedentes del altar. Al volverse, alcanzó a ver una figura de hábito rojo que atravesaba el crucero con una vela.

—¿Inghirami? —susurró con voz ronca en la oscuridad—. ¿Bienaventurado preboste? ¿Es usted?

La figura pareció avanzar más aprisa. Oyó a un hombre, tal vez a dos. Incorporándose de repente, el monje se precipitó nave adelante hacia el altar. La llama se desvaneció detrás de una esquina hacia la derecha del presbiterio, y Fra Filippo oyó abrirse una puerta.

—¿Quién anda ahí? —Su voz resonó por la iglesia, más allá de las mudas estatuas de madera de la Virgen María y santa Isabel, por el elevado altar donde se alzaba el pesado crucifijo en la oscuridad. Pensó en Lucrezia, sola y vulnerable.

Atenazado por un miedo sin nombre, el pintor dio media vuelta y salió a la carrera de la iglesia, su hábito blanco aleteando empujado por el viento que su propio movimiento levantaba. Desde las escaleras de la iglesia vio que las ventanas de su *bottega* estaban a oscuras, tal como lo estuvieran aquella terrible noche meses atrás.

—¿Lucrezia? —La llamó mientras atravesaba dando traspiés el taller en penumbra para llegar a la cocina—. ¿Lucrezia?

La puerta del dormitorio estaba cerrada. La abrió de golpe.

—¿Lucrezia?

Su cuerpo dormido se volvió hacia él en la oscuridad. Jadeante, Fra Filippo le puso una mano en la frente. Ella entreabrió los párpados y habló como en sueños:

—¿Qué ocurre, Filippo?

El pintor se dejó caer al suelo, su cabeza apoyada en el costado de la joven: todas las preocupaciones que llevaba meses soportando por fin le hacían caer de rodillas.

—¿Va todo bien?

Estaba tan profundamente dormida que no abrió los ojos del todo.

—Sí —dijo él, consiguiendo apenas sofocar sus miedos—. Todo va bien.

Tras esa noche en la iglesia, a Fra Filippo le parecía ver hábitos rojos por todas partes. Atisbaba un destello rojo doblar la esquina delante de él cuando iba al mercado por la mañana, y le daba la impresión de que la cenefa de una túnica roja destellaba fuera de su campo de visión cada tarde. Naturalmente, el preboste Inghirami no podía estar en todas partes al mismo tiempo y, sin embargo, parecía que acechara al pintor incluso en sus sueños: sonreía desdeñoso mientras el monje contaba las monedas de plata que se le escurrían entre los dedos como peces en la corriente.

—¿Has visto al preboste Inghirami? —le preguntó el pintor a Tomaso una mañana. Había vuelto a dormir mal, y despertó decidido a pedirle al preboste que autorizara a la Comune di Prato a adelantarle más florines para su trabajo en el fresco. Ya estaba endeudado con la Iglesia y la ciudad por el dinero utilizado para pagar antiguas deudas a la orden agustina, y sabía que lo más probable era que el preboste le diera un no por respuesta. Pero sin ninguna ayuda, Lucrezia y él se morirían de hambre.

—Viene cuando usted no está —respondió su ayudante—. Y nunca dice ni palabra, sólo se coloca a nuestra espalda y observa.

A Fra Filippo le pareció ver sonrojarse al joven Marco, pero no tuvo seguridad de ello.

—Joven Marco, ¿has tenido algún problema con el preboste? —le preguntó.

—No, maestro, nada de eso —le aseguró el muchacho de voz tersa, sus ojos dulces y frescos como el rocío.

Fra Filippo envió a cada cual a su trabajo antes de acomodarse ante su mesa para revisar los primeros bocetos para la escena del banquete del rey Herodes. Estaba bosquejando la bandeja de plata en la que llevarían la cabeza de san Juan Bautista, y componiendo mentalmente las palabras de súplica a las que recurriría con el preboste, cuando llegó un joven mensajero de la casa de Ottavio de Valenti.

—Mi amo desea verlo en el *palazzo* hoy mismo. Es un asunto urgente.

Cargado de aprensión, Fra Filippo dio unas cuantas instrucciones apresuradas a Fra Diamante y se detuvo ante la capilla de la *Sacra Cintola* para pronunciar una oración rápida ante la Virgen una vez más.

—Santísima Madre, ya casi no me queda esperanza —susurró—. No permitas que me precipite a la ruina.

Fra Filippo fue recibido en el *palazzo* de De Valenti con la misma amabilidad que siempre, y lo condujeron al estudio del mercader, con sus elegantes gofrados, donde aceptó una copa de *vernaccia* de la licorera de Ottavio. Encaramado al borde de una silla junto al fuego, el pintor ofreció a su mecenas una débil sonrisa.

—No tiene buen aspecto, hermano Lippi —comentó De Valenti con el ceño fruncido.

Fra Filippo irguió el espinazo como mejor pudo y se apoyó en la mesa de caoba.

—Tengo muchas preocupaciones, pero no son problemas suyos, buen amigo, sino míos.

Ottavio de Valenti era un aliado formidable, una de las pocas personas en la vida del pintor a quienes en la actualidad no debía nada. El pintor levantó la copa a la salud del mercader y se bebió la mitad de un largo trago.

—¿Y nuestra Madonna? —De Valenti sonrió—. ¿Se encuentra bien?

Fra Filippo quedó desconcertado, pasmado por el temor a que tal vez debía a De Valenti algún trabajo que hubiera olvidado. Cuando cayó en la cuenta de que el mercader se refería a Lucrezia, no pudo por menos de inclinar la cabeza en un ademán de gratitud.

—Se encuentra bastante bien, loado sea Dios —respondió con cautela. No podía evitar que su mirada vagara por la magnífica habitación, y reparó en la abundante pila de leña junto a la chimenea. Sin darse cuenta, Fra Filippo se llevó la mano a la bolsa de dinero que llevaba al cinto, y palpó una única moneda de plata.

De Valenti fue al grano.

—Estoy en situación de hacerle un encargo, un encargo que conllevará un generoso pago. Cuarenta florines —concretó el mercader, con una copa de vino meloso en su mano perfectamente cuidada. Tomó un lento sorbo—: Suficiente para cuidar de *la donna e il bambino*, al menos durante una temporada.

El monje se quedó de una pieza. Sus súplicas a la *Sacra Cintola* habían recibido rápida respuesta, y con excelente fortuna.

—Un enorme retablo, para el Gremio de Banqueros. Quieren una Madonna amamantando a su hijo rodeada de ángeles, con su patrón, san Mateo, rindiéndole honores a sus pies —explicó De Valenti.

Cogió un documento de la mesa y leyó la petición completa del Arte del Cambio. Bajo el panel central con la Madonna y el Niño, la *predella* debía mostrar escenas de la vida de san Mateo, las tablas laterales tendrían imágenes de los santos Mateo y Jerónimo. El retablo debía ser grandioso, caro y, como dejó bien a las claras De Valenti, tenía que llevarse a cabo a tiempo para la celebración estival de la festividad de María Magdalena, fecha en que las nuevas oficinas del Arte del Cambio iban a ser inauguradas y bendecidas.

—Propusieron otro pintor, pero les aseguré que usted es el mejor. Eso es verdad, *amico mio* —aseguró De Valenti, que no era dado a los elogios indiscriminados—. Le pagarán cuando la obra esté acabada. La quieren tres semanas después del solsticio, con tiempo de sobra para la festividad.

—No es posible —respondió Fra Filippo, con más vehemencia de lo que hubiera querido.

—¿No le alcanza el tiempo? —dijo De Valenti, que frunció el entrecejo.

—No, el plazo es adecuado, de lo más conveniente, Ottavio. Pero necesito materiales, pan de oro, lapislázuli, un nuevo juego de tablas de álamo. Todo eso es caro, y no se puede obtener a crédito, como comprenderá. Necesito recursos si he de reflejar la gloria del Señor en la obra.

De Valenti asintió.

—Si no hay otra opción... —cedió, vacilante. Sabía que el gremio no se mostraría paciente—. Le pagarán la mitad de la suma por adelantado, pero a cambio esperarán ver progresos con regularidad. Y estarán encima de usted, Filippo.

Mientras De Valenti hablaba, Fra Filippo se imaginó a Lucrezia vestida con la elegancia que se merecía, su criatura envuelta en seda de verdad en vez de retales y paño barato. Imaginó un nuevo tejado de paja en su casa, tal vez una cama bien sólida con columnas de madera y un cubrecama bordado. Por un momento las paredes sin pintar de Santo Stefano y las tablas a medio terminar para el rey Alfonso le vinieron a la cabeza entre destellos, pero las desterró. A todas luces, su encargo era un don de la Virgen Madre, un don que se le otorgaba gracias al poder de la Santa Cinta.

—Puede firmar el contrato y retirar el dinero mañana en las oficinas del gremio —le indicó De Valenti, que clavó su mirada en el pintor—. Pero, como le he dicho, estos hombres esperan el trabajo a tiempo. Y no son gente que se ande con miramientos, Filippo.

—*Grazie*. Gracias, *signore* Ottavio —dijo Fra Filippo, al tiempo que tomaba la mano del mercader—. Que Dios lo bendiga y le conceda grandes beneficios.

Fra Filippo fue a la sede del gremio a la mañana siguiente bien temprano para recoger veinte florines de oro, firmó un contrato con mano firme y aceptó solemnemente la suma de manos del notario del Arte del Cambio. Pasó por delante de una hilera de despachos y se demoró a la entrada lo suficiente para ver a un hombrecillo de atuendo rojo que lo miraba por encima de un montón de legajos. Cuando salía por la puerta de madera del edificio, vigilado por dos guardias de aspecto porcino con túnica negra, notó el peso tranquilizador de la bolsa de florines al cinto.

De buen ánimo, se detuvo a hacer una visita a la carnicería, donde eligió el conejo más rollizo para su cena. Lucrezia cocinó el conejo esa noche, lo estofó con cebolla amarilla y el último trozo de nabo, y se lo comieron cenando temprano junto a la chimenea recién alimentada. Llevaban sin comer carne fresca desde principios de Cuaresma, y a Lucrezia se la veía radiante. Viéndola tan feliz, Fra Filippo no tuvo coraje para contarle lo de la nueva pieza para el Gremio de Banqueros;

era consciente de que otro encargo no le acarrearía más que preocupaciones a su esposa.

—Tus largas horas de trabajo han dado fruto —comentó ella, sonriéndole desde el otro lado de la mesa.

—Pronto terminará la Cuaresma —dijo Fra Filippo, que se limpió la boca con el dorso de la mano—. Hemos guardado abstinencia, tal como pediste.

Lucrezia inclinó la cabeza.

—Debemos tener mucho cuidado con la criatura, Filippo.

Él retiró la silla y se colocó detrás de la joven. Luego le dio un levísimo beso en la nuca.

—Siempre —asintió, al tiempo que inspiraba su aroma a camomila—. Siempre.

21

Semana Santa,
año de Nuestro Señor de 1457

En pequeñas hornacinas a lo largo de las calles de Prato, los parroquianos engalanaban sus estatuillas de la Madonna con flores blancas, y se limpiaban y disponían bandas blancas para colgarlas sobre las puertas de las iglesias en preparación para la festividad de la Pascua de Resurrección. Resonaban fragmentos de los Evangelios en las *piazzas* por la noche, donde las confraternidades representaban la Pasión del Señor, y el zapatero cariacontecido, elegido para encarnar al Hijo ese año, arrastraba una pesada cruz y suplicaba, como siempre, delante del Gremio de Madereros. Las calles que llevaban a la iglesia de Santo Stefano se convertían en la Via Dolorosa, el sendero de la agonía de Cristo, y a pesar de los retazos de hierba que ya habían empezado a brotar, la pequeña colina que desembocaba en los pastos de ovejas al norte de Prato se convertía en un aterrador Gólgota.

Tal como había hecho todos los años desde que tenía uso de razón, Lucrezia asistió a misa el Jueves Santo. Rara vez se aventuraba a salir de la *bottega* desde que se le empezó a notar el embarazo, pero la misa antes del Triduum Sacrum era un preciado ritual que no quería perderse. Con la cabeza cubierta por una generosa capucha, caminó lentamente hacia la iglesia del Santo Spirito y se sumó a los demás, que esperaban en un costado de la nave. Cuando vio un hueco libre ante el altar, Lucrezia se arrodilló y empezó a rezar un avemaría. Era consciente del peso de su vientre y se inclinó hacia delante en ademán protector. Cuando terminó la oración, se levantó poco a poco, las manos apoyadas en el arco inferior de la espalda. Absorta en sus rezos, a punto estuvo de topar con la mujer que se dirigía hacia ella. Era sor Bernadetta, del convento.

—¡Hermana Lucrezia! —exclamó la monja, que miró fijamente el vientre de Lucrezia—. He estado rezando por usted —dijo la religiosa, y bajó la mirada.

Aunque estaba sorprendida, Lucrezia se alegraba de ver a la joven monja.

—¿Qué hace aquí?

—Venía del *ospedale* con sor Simona y nos hemos detenido aquí para rezar —respondió con voz queda.

—Hermana, haga el favor de decirme si Spinetta se encuentra bien. No me ha escrito.

—Sí, está bien de salud. —La religiosa vaciló—. Pero su hermana ha hecho un voto de silencio y sólo habla para orar. —Al ver la confusión de Lucrezia, continuó—: Se ha comprometido a guardar silencio hasta que tome hábitos a carta cabal.

Al ver la ternura en los ojos de la monja, a Lucrezia se le llenaron los ojos de lágrimas. Había sobrellevado una soledad terrible, y no podía soportar la idea de que las hermanas del convento tuvieran mala opinión de ella.

—Mire, hermana Bernadetta. —Tendió la mano izquierda y le mostró la alianza de oro que lucía.

—¿Es una *monna*, una mujer casada? —La hermana Bernadetta le apretó la mano a Lucrezia, y nada hubiera hecho más feliz a la muchacha que decirle a su amiga que estaba casada como era debido.

—Estamos esperando noticias de Roma, y rezamos para que su santidad, el papa Calisto, nos responda en breve. Hasta entonces, hemos hecho la promesa que pueden hacerse entre sí un hombre y una mujer, y contamos con la bendición de un sacerdote.

La monja sonrió con afabilidad, pero Lucrezia vio que era una sonrisa de compasión. No hizo más preguntas, y sor Bernadetta parecía tener prisa. Vio que la monja desviaba la mirada hacia sor Simona, que aguardaba pálida cerca de la anteiglesia.

—Rezaré por usted y por la criatura —aseguró la hermana Bernadetta después de besar a Lucrezia en la frente—. Que Dios la acompañe. Y feliz Pascua.

Al amanecer del Día de Pascua, Lucrezia se arrodilló a los pies de la cama para entonar un himno a Jesucristo resucitado y repetir el avemaría.

—*Ave Maria Stella, Dei Mater Alma, at que semper virgo, felix coeli porta.*

Después de terminar, se levantó lentamente y fue a la cocina vacía donde ya ardía el fuego. Se calentó las manos y arqueó la espalda para contrarrestar la presión de su vientre, cada vez mayor. En silencio, absorta todavía en el ensueño de su cántico, retiró la cortina que daba al taller y profirió un gemido ahogado.

Había un arco iris de sedas en la *bottega* como no había visto desde los mejores tiempos en el comercio de su padre en Florencia.

—Ay, Filippo. —Alcanzó a ver varias *braccia* de la más hermosa seda azul de Lucca, los ocres y dorados más intensos, púrpuras y rojos cual joyas—. Qué hermosura.

El pintor se levantó de su mesa de trabajo y fue hasta ella. Su hábito se veía de un blanco brillante entre tanto color.

—¿De dónde ha salido este tesoro? —preguntó la muchacha.

Él sonrió. Los esfuerzos y los votos que había hecho habían merecido la pena, aunque sólo fuera por ver semejante dicha en su rostro. Levantó una pieza de seda azul y se la tendió. La mano de Lucrezia la tomó, la seda ondeante entre ambos como si de agua se tratara.

—He acudido a mis amigos y les he rogado me devuelvan favores pendientes —dijo el monje—. Lo único que quiero es que seas feliz. Tú y la criatura.

—Pero cada tela debe de haber costado un buen puñado de florines…

—El niño tendrá un traje bautismal como es debido, Lucrezia, y tú tendrás una almohada de seda en la que apoyar la cabeza cuando estés dando a luz.

Lucrezia cerró los ojos y palpó la seda azul, imaginándose a su hijo envuelto en la pieza de *seta leale*, en una cuna adornada con ricas telas y mullidos almohadones.

El pintor le tocó la cara. Tenía una arruguita en la piel allí donde había estado tendida sobre el pliegue de la manta. Le tocó la leve hendidura, le puso una mano en el hombro y desplazó el tejido blanco de su camisón.

—Lo he hecho por ti —dijo Fra Filippo con ternura—. Porque te quiero.

Tomó su cara entre las manos y la volvió hacia un lado y hacia el otro.

—Has sido muy comprensiva —le agradeció, su tono de voz más grave por efecto del deseo—. Muy paciente. Tan hermosa.

Enterró el rostro en su cuello y la besó, se puso de rodillas y apretó la cara contra su vientre. Lucrezia se asombró al ver cómo reaccionaba su propio cuerpo, con calor y un deseo que le brotaba de entre las piernas y se propagaba hacia arriba.

—Filippo. —Le pasó las manos por la nuca, por la franja de cabello corto y la barba incipiente en las mejillas.

El monje se levantó y la tomó entre sus brazos. Incluso con la criatura resultaba liviana. La llevó hasta el dormitorio y la tendió en la cama mullida con cuidado. La seda azul seguía entre sus manos. Fra Filippo la extendió encima de ella igual que una sábana y vio cómo se le alegraba el semblante al notar la suave tela contra la piel, cómo asomaba la sorpresa a sus ojos cuando le retiró la *gamurra* que le cubría el vientre y los hombros y quedó cubierta únicamente por un lago de seda azul.

Se desabrochó a toda prisa el cinturón y se quitó el hábito. El vientre de la joven era el mar azul a sus pies y él alargó la mano para tocarlo, palpó su cuerpo de arriba abajo, vio las delicadas venas que recorrían sus brazos mientras ella también lo tocaba. Le acarició la cara, la acarició por encima de la seda y luego deslizó la mano por debajo, palpó sus pechos henchidos, el vientre tenso e hinchado, el vello entre las piernas, los tersos muslos. Le separó las rodillas con cuidado, sirviéndose de la fuerza de sus brazos para protegerla de su propio peso cuando cedió.

Lucrezia no había sentido nunca deseo semejante. Notó que le faltaba el resuello y puso los ojos en blanco. El pintor observó su rostro. Tenía los labios entreabiertos y había empezado a gemir suavemente. Se adentró en ella, susurró su nombre y empezó a acometerla con suavidad.

Lucrezia se dejó ir. Se notó crecer desde un único punto entre las piernas hasta todo lo largo y ancho de la tierra. Lanzó un grito. Sus gemidos se tornaron suspiros profundos, y Fra Filippo supo que, dijeran lo que dijesen otros hombres de sus pecados, Dios había optado por franquearle el paso al Reino de los Cielos.

Lucrezia se vistió para la misa de Pascua con una sencilla *gamurra* azul. Aún notaba las manos del pintor sobre su piel, la suave presión de su cuerpo, la sorpresa de su propio deseo.

Se cepilló el pelo lánguidamente. Olía a la camomila que se había puesto, pero también a humo del hogar, y al polvo de yeso que siempre había en las prendas del pintor. Se pasó los dedos por el tenso tambor de su vientre, a la espera de las pataditas de la criatura. Cuando las sintió, sonrió y llamó al monje.

—¿Filippo?

Fue a la cocina y le oyó recogiendo las sedas en la habitación contigua. Retiró la cortina en el umbral, en busca de la ternura en sus ojos. Pero antes de que se encontrasen sus miradas, un movimiento le llamó la atención y miró más allá, hacia la ventana que daba a la *piazza*.

Asomó un destello de hábito rojo, seguido por una mano tendida hacia la ventana. Lucrezia profirió un grito. Fra Filippo dejó caer la seda púrpura que tenía entre las manos y se volvió rápidamente. Echó a correr hacia la puerta y la abrió de par en par. Tal como esperaba, no había nadie.

—¿Quién se ha asomado a la ventana? —preguntó Lucrezia, conmocionada y pálida, con las dos manos debajo del vientre, como si pudiera acunarlo.

—Seguro que no era nada —intentó tranquilizarla Fra Filippo.

—Era alguien —insistió ella—. Alguien de hábito rojo que intentaba trepar por la ventana.

—Fuera quien fuese, lo lamentará si vuelvo a verlo por aquí —aseguró el pintor.

Sus palabras ocultaron su miedo cada vez más intenso, y tomaron el lugar de la dulce calma que el cuerpo de Lucrezia le había traído. Era Pascua de Resurrección; no podía ser Inghirami quien los espiaba por la ventana en una fecha en la que había tanto que hacer.

22

Cuarta semana de Cuaresma,
año de Nuestro Señor de 1457

Fra Filippo estaba en el centro del despliegue de actividad en la *capella maggiore*. Habían vuelto a requerir la presencia de Fra Diamante en otro lugar, y quedaba mucho que hacer antes de que se pudiera mezclar el *intonaco* y transformar los bocetos en las figuras llenas de color del rey Herodes y los invitados a su banquete. El pintor sentía el poder de un monarca en las yemas de los dedos y quería ponerse a trabajar antes de que la sensación desapareciera.

—*Andiamo* —le espetó a Tomaso—. Prepara la superficie para que podamos empezar.

Mientras Giorgio estaba tendiendo un cordel de lado a lado del muro para comprobar la precisión de la perspectiva, el joven Marco molía el pigmento para otra remesa de *giallorino*.

—Tú también, Giorgio, apresúrate. Y Marco, ¿cuánto rato te hace falta para mezclar un poco de engrudo?

Frustrado por el lento progreso de los frescos, el pintor se puso a pensar en el retablo del Gremio de Banqueros. Para acelerar el proceso, tenía planeado copiar dos de las figuras que ya había bocetado para los frescos, sirviéndose de un rabino de la sinagoga para la figura de san Mateo junto a la Madonna con el Niño, y de otros dos de la misma escena para las figuras de los santos en ambas tablas laterales. Era una práctica habitual, y ninguno de los miembros del Arte del Cambio repararía en ello.

El pintor contemplaba las figuras de san Jerónimo y san Mateo cuando notó que se agitaba el aire a su lado, y levantó la mirada hacia el rostro gris y solemne del preboste Inghirami, cuyos hábitos rojos aleteaban en torno a su cuerpo.

—Cuánto tiempo —saludó Inghirami, su voz fría y medida.

Fra Filippo se puso tenso y colocó un trozo de pergamino en blanco sobre el boceto que tenía en la mano. Hacía semanas que no veía al preboste. Intentó sopesar las intenciones del eclesiástico, determinar si era su hábito rojo el que parecía estar acechándolo.

—¿En qué trabaja, *fratello*?

Haciendo a un lado las puntas de plata y los pergaminos, Fra Filippo cogió la hoja en la que había dibujado el rostro de Inghirami. La sostuvo en alto para que la viera el preboste y comprobó que se había excedido en su benevolencia. En el bosquejo, el hombre parecía astuto y elegante, plenamente vivo.

El preboste entornó los ojos.

—Está bien —comentó—. La Comune di Prato ha aprobado mi retrato, pero hemos oído que ha aceptado otro encargo, *fratello*. —El preboste dejó vagar la mirada por el desorden que cubría la mesa de trabajo—. Recuerde que está en deuda con Santo Stefano.

—¿Cómo podría olvidarlo? —Fra Filippo olió las sardinas que el preboste había comido para almorzar—. Por lo visto, está usted en todas partes, y no deja de recordármelo.

El preboste se irguió en toda su altura, el espinazo bien recto. Miró más allá del pintor, hacia donde los ayudantes estaban ocupados con su trabajo, lo bastante lejos como para que no pudieran oírles.

—No me gusta su tono, *fratello* —le advirtió Inghirami—.

Recuerde que la Comune recibe sus informes a través de mí. No deje que el Gremio de Banqueros ocupe el lugar de la Iglesia en sus obligaciones. No le auguro nada bueno si eso ocurre.

Con un asentimiento, el clérigo volvió a marcharse, sus hábitos rojos susurrantes sobre el suelo de caliza a la zaga de su cuerpo.

Apenas había salido de la capilla cuando Fra Filippo notó una mano en el hombro, y se volvió de súbito para ver a su amigo, Fra Piero.

—Me ha sobresaltado, Piero —le dijo, e intentó ocultar sus manos temblorosas. Pero el procurador lo conocía bien, y lo llevó hacia la nave, donde entraba el aire fresco desde las puertas abiertas más allá de la anteiglesia.

—¿Qué ocurre, Filippo? Tiene un aspecto horrible —dijo Fra Piero.

El artista meneó la cabeza e hizo el esfuerzo de sonreír.

—*Mio amico*, ya sabe lo que es cuando estoy dando vueltas a algún aspecto de mi obra. —Cambió de postura y alargó el cuello para ver la embocadura de la *capella maggiore*.

Fra Piero siguió su mirada.

—Algo le preocupa —dijo el procurador, que permanecía junto a la estatua de santa Isabel, con la hilera de velas votivas parpadeantes en torno al pedestal—. ¿De qué se trata?

Mientras Fra Filippo se disponía a responder, vio otro destello de tela roja ondeante, y volvió el cuerpo entero. El movimiento procedía de una puerta que daba a las escaleras de acceso a la cripta de la iglesia. Una alta figura de rojo pasó rápidamente por la puerta y la cerró en silencio a su espalda.

—¿Inghirami? —preguntó el procurador.

Fra Filippo se mostró vacilante en su contestación:

—Me da la impresión de ver atuendos rojos por todas partes.

—¿A qué se refiere?

A regañadientes, el pintor le habló de la figura en la ventana la mañana de Pascua de Resurrección, del hombre de rojo que parecía seguirlo cual sombra por las calles.

—El preboste no tiene tanta facilidad de movimiento. Es viejo y escurridizo, pero no rápido ni fuerte —lo tranquilizó Fra Piero. Mientras hablaba, el procurador se preguntó si su amigo, que estaba sometido a una gran tensión, no estaría dejando que su imaginación se adueñara de él—. Lo más probable es que sólo se trate de alguien que tiene curiosidad por sus asuntos, Filippo. No se preocupe.

Sin apartar la mirada de la nave, Fra Filippo se llevó una mano a la sien y se frotó los ojos.

—Me duele la cabeza —dijo.

—Debería descansar. Vuelva a casa, a ver qué tal se encuentra Lucrezia.

—Sí, sí, eso voy a hacer —asintió Fra Filippo—. Pero antes tengo que ir a la botica a por algún remedio para la cabeza. —Parpadeó, y notó una especie de motas oscuras delante de los ojos—. Luego tendré que volver, pero una hora de descanso me vendrá bien.

El pintor se apresuró hacia la botica, tomando un atajo por una callejuela detrás del taller del zapatero. Miraba calle adelante, ajeno a todo salvo el martilleo en las sienes, cuando notó que dos hombres lo flanqueaban de súbito. Se volvió a la derecha, luego a la izquierda. Los hombres se le pusieron delante para cortarle el paso.

—*Buongiorno, fratello.*

—*Buongiorno* —asintió él. Apenas les dedicó más atención hasta que los granujas se detuvieron y le obligaron a hacer lo propio.

—Nos envía el Gremio de Banqueros —anunció uno.

Fra Filippo columpió la mirada entre uno y otro. El primero era bajo, con una barba incipiente que apenas disimulaba una furiosa cicatriz rojiza. El otro era más alto y corpulento, con los brazos del tamaño de la ijada de un caballo.

—¿De qué se trata? —preguntó el pintor, irritado.

El más bajo se le acercó. Al pintor se le desbocó el corazón.

—A nuestro amo le gustaría ver el trabajo que ha hecho para el retablo —dijo el más bajo.

Fra Filippo tenía la cabeza a punto de reventar.

—No lo tengo conmigo —replicó, enfurecido—. Está en el taller.

—Llévenos hasta allí —le exigió el más alto—. Enséñenoslo.

El pintor intentó pasar junto al más corpulento de los dos, pero el hombre se colocó delante de él y descruzó los brazos. Fra Filippo vio que era fuerte como un toro, y probablemente igual de temible.

—No somos la Casa del Ceppo, no somos ninguna institución de beneficencia —dijo el tipo—. El cuadro debe estar terminado poco antes del solsticio. El gremio quiere asegurarse de que está trabajando en él.

—Si el Arte del Cambio quiere ver lo que tengo, díganles que vengan a mi *bottega* como hombres civilizados.

—Ya sabemos lo que ha hecho. —El hombre escupió a los pies de Fra Filippo—. Si tiene algo, enséñenoslo, y transmitiremos la información al gremio.

Conmocionado, el monje intentó recular, pero topó con un edificio. Los dos hombres de negro se apartaron y se adelantó un tercero, vestido de rojo. Fra Filippo notó un escalofrío de reconocimiento al ver ondear la túnica roja.

—Iré con gusto a ver lo que ha hecho. —El hombre se dirigió a él en un tono mucho más amable que el de los otros. A Fra Filippo le pareció oír un acento del norte de Italia, tal vez de algún lugar cercano a Milán—. ¿Le parece bien que vaya ahora?

Fra Filippo desvió la mirada a izquierda y a derecha, hurgando en su memoria en busca de algún otro boceto que pudiera hacer pasar por el del encargo de los banqueros, pero no tenía ninguno.

—Eso pensaba, *fratello* —se mofó el hombrecillo. Fra Filippo lo recordó sentado tras una mesa en las oficinas del gremio, el día que firmó el contrato—. Es posible que no seamos entendidos en bellas artes, pero nuestro dinero es bueno, y usted tiene nuestros veinte florines.

Fra Filippo guardó silencio.

—O nos entrega el retablo a tiempo, o nos devuelve el dinero mientras aún haya tiempo para hacer el encargo a alguna otra persona. Tal vez incluso a su amigo, Fra Diamante.

—No me amenace —estalló el pintor—. ¡Estoy bajo la protección del eminente Cosimo de Medici!

—En Prato, no —replicó el hombre, que alargó una mano, mucho más grande de lo que esperaba Fra Filippo, y le propinó un empujón en el hombro—. ¿Nos entendemos, hermano Lippi?

El monje apretó los dientes. Notaba la cabeza a punto de reventarle.

—¿Nos entendemos? ¿O quiere que me pase por su *bottega* mañana y me lleve alguna que otra cosa como garantía de que nos dará lo que queremos?

—¡No se atreva! —dijo, y apretó los puños—. Manténgase alejado de mi casa.

—No nos ponga a prueba —le advirtió el hombre, que se apartó, dejando que su sombra cubriera la de Fra Filippo—. No tenemos mucha paciencia.

23

Sexta semana de Pascua,
año de Nuestro Señor de 1457

Lucrezia cosía la manguita de un vestido de niño cuando el dolor le atravesó el vientre. Profirió un grito, pero no había nadie que pudiera oírlo, y se alegró. Sólo era mayo. La criatura no podía llegar todavía.

Apartó a un lado el montón de retales de seda, inclinó la cabeza entre las piernas y se levantó la falda. No había agua ni sangre. Lucrezia se aferró al borde de la mesa y jadeó.

—Todavía no, Dios. Por favor, todavía no —suplicó en un grito ahogado.

La sensación de tirantez se desplazó por su vientre, expandiéndose hasta debajo del cinturón de parto. Lucrezia llevó las manos hacia el cinturón que se había hecho con cuero suave y aflojó los lazos. Cerró los ojos con fuerza y rezó en voz alta.

—Santa Madre, dame fuerzas —gimió, al tiempo que se aferraba a un trozo de seda azul. Lo había estado guardando para un vestido especial, pero ahora se puso un extremo entre los dientes y lo mordió para sofocar sus gritos. Notó el gusto de la tela y, en un destello, recordó una nítida imagen de los vestidos de su padre. Hizo rechinar los dientes y se retorció de dolor en la silla. Justo cuando creía que no iba a poder soportarlo más, el dolor cesó. Lucrezia levantó la cabeza y parpadeó.

Del otro lado de la ventana, el sol relucía sobre el camino que se abría hacia la Piazza della Pieve. Los retales de seda cortados para confeccionar ropita a la criatura estaban por el suelo, donde los había dejado caer junto con la aguja, el hilo y un arillo de enhebrar.

Mientras se enjugaba la frente con un trapo, Lucrezia se bebió una taza de agua fresca de la cisterna. Al lado del hogar estaba la cesta de exquisiteces que había mandado Teresa de Valenti esa semana, junto con una nota en la que le prometía enviar una comadrona a Lucrezia cuando llegara el momento. La *signora* no había dicho a quién contrataría, ni cómo iban a avisar a la comadrona, y Lucrezia lamentó haber esperado tanto. A pesar de lo mucho que se había esforzado en rezar, en cortar y coser ropa para el pequeño, en tomar infusiones como preparación para el alumbramiento, estaba sola y desprevenida. Y los dolores eran intensos; lo bastante intensos como para temerse que el momento había llegado.

Cuando se pudo poner en pie, Lucrezia cogió la capa, el rosario y la tersa *cotta da parto* amarilla que ya tenía casi terminada. Lo ordenó todo como mejor pudo, dejó amontonado lo imprescindible encima de la cama, se metió la ristra de cuentas en el bolsillo junto al medallón de san Juan y se dispuso a buscar a Fra Filippo en la iglesia. Estaba ya cerca de la puerta cuando el dolor le sobrevino de nuevo, haciéndola caer de rodillas. Tardó varios minutos en pasar, y transcurrieron muchos más hasta que pudo levantar la mirada y respirar de verdad.

Había caído a los pies del retablo de los Medici, que estaba sobre un caballete de gran tamaño cerca de la entrada. Al principio la imagen le resultó confusa, pero conforme se le pasaba el dolor, la escena en el gran panel fue cobrando claridad. Su propio retrato figuraba en el centro, pero Lucrezia no observó su rostro. En los meses que llevaba viviendo con el pintor, había intentado abstenerse de contemplar la imagen de la Virgen y pensar en sí misma. En vez de eso, miraba el bosque y las flores que había pintado Fra Filippo, encantada de ver lo mucho que había progresado, no sólo en el atuendo henchido de la Virgen, sino también en la luz del sol que relucía por entre las hojas transparentes en el campo, y en la luz del Espíritu Santo en forma de paloma que iluminaba a la Madonna arrodillada.

La mirada de Lucrezia se dirigió hacia las tablas que había en el suelo al lado del caballete, con imágenes tan verosímiles de san Miguel y san Antonio Abad. Junto con la pieza central de *La Adoración del Niño*, constituían las tres partes del tríptico para el rey Alfonso. Las tablas estaban terminadas, y las observó con atención por primera vez: la armadura plateada de san Miguel, tachonada y reluciente, la elegante tela parda del atuendo de san Antonio, su ropa del mismo color de la tierra.

—*Per piacere* —le susurró a san Antonio Abad, tan fuerte y bondadoso, que permanecía humildemente arrodillado en el suelo—. No permitas que venga ahora la criatura. Todavía no.

Mientras se preparaba para otra punzada de dolor, hizo la firme promesa de que haría todo lo posible por mantener a la criatura dentro de su cuerpo hasta finales de junio, de manera que Fra Filippo pudiera reclamarla como hijo suyo.

Después de aquel día, Lucrezia procuró moverse muy poco. Se sentaba con los pies en alto en un taburete con el rostro vuelto hacia el sol cuando entraba por la ventana en ángulo recto, con un chal sobre los hombros cuando se ponía tras los tejados de la ciudad. La primavera estaba por todas partes, en la avena silvestre que crecía por los senderos que entraban y salían de Prato, en el mugir de los nuevos terneros en el establo de un vecino y en el olor a tierra recién arada donde las esposas de los laneros trabajaban con la azada los modestos huertos detrás de sus talleres.

Lucrezia se sentaba en la silla de madera junto al hogar para coser y rezar mientras el sol se levantaba y se ponía. No tenía nada que hacer salvo bordar y esperar. Y lo que esperaba —la criatura, noticias de Roma, una nota de cariño de su hermana en Santa Margherita— no podía precipitarse. Estaba en la silla cuando *ser* Francesco llegó, a finales de mayo, para supervisar el retablo de los Medici, y seguía allí, bordando dos piezas de seda para una almohada, cuando llegó de nuevo el emisario con todo el calor de mediodía en la festividad de Santo Tomás Apóstol, a principios de julio.

Ese día, el olor del caballo de *ser* Francesco Cantansanti delante de la ventana le revolvió el estómago a Lucrezia. Oyó los pasos de sus botas en la tierra y el tintineo del arnés cuando amarraba el caballo. *Ser* Francesco se detuvo a la puerta justo el tiempo suficiente para llamar con los nudillos y anunciar su presencia, y luego irrumpió en la *bottega* sin esperar respuesta. Mientras saludaba a Lucrezia con una inclinación, hizo rápido inventario con la mirada de los elegantes retales de seda que había por todo el taller.

—*Fratello*. —Asintió el emisario, y se detuvo para estudiar un boceto que el pintor había hecho para el diseño del tríptico.

—*Ser* Francesco. —El pintor saludó al emisario con cautela. La presencia de Cantansanti no hacía sino robarle tiempo, y Fra Filippo ya andaba muy escaso. Cogió la jarra de vino y se quedó donde estaba, su pincel húmedo de pintura dorada recién mezclada para dar color a la reluciente corona de la Virgen.

—¿Sigue trabajando en el halo? —indagó Cantansanti al ver al pintor acercar el pequeño pincel a la tabla para dejar motitas de color—. El halo ya estaba acabado la semana pasada, Filippo. ¿Por qué sigue elaborando pequeños detalles cuando aún queda tanto por hacer?

—¡No es tan sencillo como parece! —saltó el pintor, aunque se contuvo rápidamente y matizó su tono de voz—: Tengo que seguir aplicando capas de dorado si queremos que el halo reluzca cual oro auténtico. Si el rey Alfonso ha de quedar satisfecho, no se puede precipitar el trabajo.

Mientras se enjugaba el ceño, Fra Filippo pensó imprudentemente en el retablo para el Arte del Cambio, que debía estar terminado en una semana. El ojo siempre vigilante de *ser* Francesco distraía al pintor de esa obra a pesar de que el Gremio de Banqueros había enviado a sus mensajeros en dos ocasiones más, exigiendo ver los progresos que había hecho con el retablo. La respuesta, por desgracia, era que no había hecho gran cosa. Debía abandonarse al trabajo con frenesí, o conocería en carne propia la ira del gremio.

A sólo dos días de la festividad de María Magdalena —y con más de una semana de retraso en el retablo—, el monje se levantó antes del amanecer. El calor ya era insoportable, y Lucrezia tenía el cuerpo lustroso de sudor. El monje le dejó una taza de agua con miel y un poco de pan junto a la cama y le dio un beso fugaz en la frente húmeda.

—Tengo que ir a la capilla —dijo—. Si viene *ser* Francesco, dile que me puede encontrar en Santo Stefano. Voy a llevarme las piezas de los Medici para poder estudiarlas mientras trabajo.

Después de asegurarse de que la pintura del halo de la Madonna estaba completamente seca, envolvió con cuidado las tablas del tríptico en un suave paño y las apiló en su carreta junto con tres tablas de buen tamaño que había cortado para el retablo del Cambio. Cada panel vacío tenía casi la misma altura que él, y la tabla central era más ancha que el monje con los brazos en cruz.

En realidad, Fra Filippo se llevaba el retablo de los Medici para poder estudiar los efectos que había conseguido en él y replicarlos a grandes rasgos en las tablas para el Arte del Cambio. Tenía menos de dos días para componer el tríptico de la Madonna con el Niño rodeado por los santos Mateo y Pedro.

No sería un buen trabajo, pero al menos sería grande y, con un poco de ayuda de la Virgen, supuso que los patanes del gremio quedarían más que satisfechos.

Cuando las campanas tocaron a nonas esa tarde, los dedos de Lucrezia cosían con destreza un camisoncito para el niño. Nicola estaba sentada al otro lado de la mesa, comiéndose uno de los panecillos dulces que había traído de parte de la *signora* De Valenti y riéndose con ganas por una historia que estaba contando acerca de las hijas del mercader.

—¡Y los patos persiguieron a la niña de vuelta hasta el agua! —dijo Nicola.

Reía a carcajadas cuando Lucrezia oyó pasos y una respiración resollante a la entrada de la casa.

—¡Abre la puerta, Filippo! —gruñó una voz ronca a la puerta.

No podía ser Cantansanti, eso ya lo sabía Lucrezia, pero llamó su nombre igualmente.

—Deje de darnos largas y abra la puerta. —Una mano hizo traquetear el pestillo de hierro, y la gruesa madera de la puerta golpeó contra el marco.

Lucrezia se puso en pie y se llevó las manos a los riñones. Aterrada, se llegó a la antecámara y abrió la puerta para encontrarse con tres hombres que ocupaban el umbral. Dos iban vestidos de negro y el tercero llevaba una túnica roja. Olió a vino, cebolla y una especia que no alcanzó a identificar. Le dio un vuelco el estómago y la criatura lanzó una patada.

—Somos del Gremio de Banqueros —dijo el más bajo, con los brazos cruzados delante del pecho. Tenía una barba oscura que apenas disimulaba una larga cicatriz que le dividía la mejilla desde la ceja hasta la barbilla—. ¿Dónde está el pintor?

—No está aquí. —Intentó mantener la calma, pero la ira de los hombres era palpable. Notó que empezaban a cederle las rodillas, y se aferró a la puerta.

—Vaya a buscarle —le ordenó sin miramientos el más grande—. Vaya a buscarle. Ahora mismo.

—Nicola. —Lucrezia llamó a la criada—. ¡*Veloce*, ve a buscar a Fra Filippo!

Oyó un movimiento, y la criada pasó fugaz por su lado y se abrió camino entre los hombres, sus pies livianos por el sendero cubierto de guijarros.

—Vendrá enseguida —aseguró Lucrezia, que evitó mirar a los hombres a la cara e hizo un esfuerzo por no temblar—. Sólo tienen que esperar unos minutos.

—No nos gusta esperar —rezongó bruscamente el hombre de rojo. Haciendo un gesto con la mano como si cortara el aire la apartó a un lado, y los tres individuos entraron en la *bottega*—. Llevamos meses esperando. Hemos venido a por el retablo.

Lucrezia, presa del pánico, miró al hombre.

—¿El retablo? ¿Vienen de parte de los Medici?

—¿Los Medici? —Los hombres de negro cruzaron una mirada y le ofrecieron una sonrisa astuta—. Sí, hemos venido a por el cuadro de los Medici. Dénoslo.

Lucrezia empalideció. Los intrusos se propagaron por la habitación como una mancha, sus pasos sonoros, y el olor de sus cuerpos hizo que la bilis le subiera a la garganta.

—¿Dónde está el retablo? Tenía que estar acabado ayer. —El hombre de barba se detuvo ante la mesa de Fra Filippo, ojeó los dibujos y empezó a romperlos en pedazos desiguales.

—Ha estado trabajando en él —dijo Lucrezia, confusa y mareada—. *Ser* Francesco ha venido casi todas las semanas. Seguro que ya están al tanto.

—Olivio, no está bien mentirle a una monja —dijo el hombre bajo de rojo, que hizo especial hincapié en la palabra «monja». Se volvió hacia Lucrezia—. No venimos de parte de los Medici, sino del Arte del Cambio. Hemos venido a por el encargo.

—¿El encargo? —Lucrezia palpó el aire a su espalda y se dejó caer en la silla—. ¿El encargo? —repitió débilmente.

—Va con retraso —dijo uno.

—Pero no está aquí, ¿verdad, *sorella*? El pintor ha estado mintiéndonos, ¿no?

Lucrezia se quedó de piedra de los pies a la cabeza. Recorrió el estudio como loca con la mirada y entonces recordó que Filippo se había llevado *La Adoración del Niño* y las tablas de los santos a la iglesia, cargadas en un carrito.

—No sé de qué hablan —dijo entre lágrimas—. Hagan el favor de preguntárselo a Fra Filippo en persona, seguro que les dará lo que quieren.

—Ya lo hemos hecho. O nos entrega el retablo o nos llevamos lo que podamos. Nos debe muchos florines.

Con el brazo derecho, el más alto de los tres derribó una pulcra hilera de jarras.

—Tenga cuidado, por favor —le imploró Lucrezia casi sin fuerzas.

El más bajo abrió un saco negro de gran tamaño y empezó a meter pedazos de pigmento mientras los otros apilaban ruidosamente tablas de arce y demás piezas de madera junto a la puerta.

—Esto debería compensarnos en parte las molestias —gruñó.

Con un tambaleo ebrio, el individuo más bajo se dejó caer contra un taburete, que se vino al suelo con un crujido. La pintura salpicó el vestido de Lucrezia, que apartó la cortina y corrió a refugiarse a la cocina, mientras escuchaba cómo los hombres destrozaban el taller.

—¡Por favor! —gritó Lucrezia—. Tengan cuidado.

Entre sollozos, oyó a los hombres maldecir y reír mientras entraban y salían a firmes zancadas de la *bottega*, hollando su huertito y llamando la atención de los hijos de los laneros, que se congregaban en torno a la casa para mirar boquiabiertos.

—El oro tiene que estar por alguna parte —oyó gruñir a uno de los hombres.

—Lo ha escondido bien, ese malnacido —comentó otro, al tiempo que añadía al montón los últimos pedazos de madera.

—¿Lucrezia? —Sin resuello, Fra Filippo se abrió paso entre los hombres e irrumpió en la *bottega* revuelta—. Lucrezia, ¿estás bien?

La respuesta quedó ahogada por los gritos de los hombres arremolinados en torno a él, con los dos de negro sujetándolo por los brazos, uno a cada lado.

—¿Lucrezia? —Volvió a gritar su nombre, forcejeando para zafarse de los patanes—. ¿Dónde está?

—Está en la cocina —respondió el hombre de la túnica roja, con su sincopado acento milanés—. No estamos interesados en su *puttana*, hermano. Hemos venido a por el retablo.

—¡Malnacidos! —gritó el monje, que empezó a lanzar puntapiés con sus gruesas sandalias—. Fuera de aquí. ¡Fuera o los mato!

El más alto de los tres apretó el puño y lo mantuvo en alto.

—El retablo o el dinero —le conminó, al tiempo que le golpeaba en la mandíbula al pintor, haciendo que la cabeza le cayera hacia atrás—. Ya le advertimos que no tenemos mucha paciencia. ¿Dónde está el cuadro?, ¿eh, *fratello*? ¿Dónde está?

—Estoy en ello —respondió Fra Filippo con la boca ensangrentada.

—Ya es tarde. Tendría que estar terminado.

—Está en Santo Stefano —dijo, sacando pecho—. Déjenme ir y se lo enseñaré.

—Miente. Ya hemos estado allí y sabemos que no hay ningún panel para el Cambio.

—Necios. —El pintor consiguió soltar una mano y lanzó un puñetazo a ciegas, el cuerpo y la cara rígidos de ira—. No tienen ni idea.

El hombre más alto volvió a reír y le retorció la muñeca a Fra Filippo hasta que gritó de dolor.

—Los artistas que se acuestan con monjas guapas no mantienen sus promesas, eso ya lo sabemos.

Él profirió un gañido dirigido a sus asaltantes, que no hicieron sino sujetarlo con más fuerza. El más alto lanzó un certero puñetazo al ojo derecho de Fra Filippo, otro a su vientre y un tercero a la carne blanda de su tripa. En un destello, el monje recordó la brecha entre el recuerdo del dolor físico y su realidad, su implacable plenitud. Una fuerte patada en el muslo, otra sacudida cegadora en la entrepierna, y cayó al suelo, momento que aprovecharon las duras botas de los hombres para clavarse en sus costillas.

—¿Cree que el Gremio de Banqueros se dedica a la beneficencia? Hemos sido pacientes. Tiene suerte de que no le rompamos los brazos.

Mientras se retorcía de dolor, cogieron las sedas de Lucrezia, y una mano áspera agarró la *cotta da parto* amarilla y la envolvió en un largo retazo de seda azul.

—Maldito hijo de mendigo, ¿cómo te atreves a tocar ese vestido? —le increpó Fra Filippo, furioso.

Le plantaron firmemente una bota en los riñones, pero él se arqueó tanto como pudo y maldijo mientras el hombre amontonaba los hermosos tejidos.

—¡Los mataré! —gritó, colérico.

El hombre le clavó con más fuerza el pie en la espalda, inmovilizándolo. El de rojo se inclinó, su rostro tan colorado como la tela, y escupió sus palabras al pintor:

—Acábelo o lo mataremos.

Fue lo último que oyó Filippo antes de que el costado derecho de su cabeza explotara de dolor y la mente se le quedase en blanco.

Lucrezia aguardó hasta que los hombres se hubieron retirado por el sendero de grava. Cuando tuvo la seguridad de que se habían ido, cruzó a trompicones el desbarajuste en el interior de la vivienda, pasó el pestillo y colocó el taburete roto delante de la puerta. Luego se dejó caer al suelo junto al pintor inmóvil, y llevó la cabeza a su pecho para ver si oía latir su corazón. Acarició la mejilla ensangrentada de Fra Filippo y se echó a llorar, pero tras sus lágrimas había furia y desesperación.

—¡No me contaste que tuvieras otro encargo! —le gritó al rostro inexpresivo de Fra Filippo mientras sostenía su cabeza en las manos—. Me mentiste, Filippo. Me mentiste.

Lucrezia permaneció en el suelo a su lado, a la espera de que volviera en sí. Estaba cansada, tan cansada...

Lucrezia despertó en la oscuridad con intensos dolores en el vientre.

—Filippo, algo va mal —gritó, y alargó la mano para agitarlo por el hombro—. El niño, Filippo. —Gritó su nombre con más fuerza y le palmeó la mejilla.

El monje respondió por fin, lentamente y con dificultad, y la tomó de la mano. Hacía un frío terrible.

—Estoy sangrando.

Desterrando de su cabeza el sueño y el dolor, el monje lanzó un gruñido y se puso de rodillas. Lucrezia estaba pálida. Movió las caderas hacia un lado y él vio una manchita oscura en el suelo.

—La criatura, Filippo. Viene en camino.

El pintor se arrastró hasta la chimenea de la cocina, apartó la piedra suelta y buscó la bolsa de florines. Gracias a Dios los banqueros no habían encontrado el oro.

—Filippo. —La voz de Lucrezia denotaba pánico—. Date prisa.

El pintor se puso en pie y llegó dando traspiés a su lado.

—Voy a buscar a alguien —dijo—. Pondré al tanto a la *signora* De Valenti y ella enviará a la comadrona.

—No hay tiempo, Filippo. Por favor, llévame al convento. La hermana Pureza me ayudará.

El color se estaba desvayendo de su rostro, y el olor a sangre lo asustaba. Esforzándose por pensar con claridad, salió a la calle oscura y se precipitó hacia la *bottega* del constructor de verjas. A la luz de la luna, vio el carro del artesano atado a su cabaña y oyó el rebuzno de un burro detrás de la casa. El sonido de sus pasos despertó al constructor, que se asomó a la ventana con cara de sueño.

—Por el amor de Dios, déjeme el carro y el burro esta noche.

Con las costillas apaleadas y doloridas, Fra Filippo enganchó el burro al carro. Condujo al animal de regreso a su *bottega*, puso una manta sobre los hombros de Lucrezia y la llevó fuera. La acomodó con cuidado en el carro, sirviéndose de sábanas y retales de seda para acolchar la dura madera.

Bajo la manta, Lucrezia contempló las estrellas por encima de los tejados y rezó. Estaban a finales de julio. Había hecho lo que deseaba. Había mantenido a la criatura dentro de su vientre el tiempo suficiente para saber que era de Fra Filippo.

24

Víspera de la festividad de María Magdalena,
año de Nuestro Señor de 1457

La priora Bartolommea aferró los tres florines de oro en la mano y miró de hito en hito al pintor. Apenas había luz de luna suficiente para ver su rostro maltrecho.

—Recuerde que estoy esperando mi retablo, *fratello* —le recordó—. El que me prometió hace casi un año.

—Sí, el retablo —respondió con hastío—. Tras el nacimiento del niño.

Al otro extremo del oscuro patio Fra Filippo vio a Spinetta y a la hermana Bernadetta, que llevaban a Lucrezia bajo los arcos de piedra camino del jardín del claustro. Una figura encorvada se apresuró hacia ellas con una vela.

—Aquí estará a salvo. Ahora, márchese —le dijo la priora—. El prior general le ha prohibido la entrada al convento.

Sor Pureza puso la palma de la mano sobre el vientre de Lucrezia y luego entre sus piernas. La muchacha hizo un gesto de dolor al notar cómo la sondeaban sus dedos.

—No está preparada —dijo la monja, que se limpió los dedos en el delantal—. Ahora, descanse. Va a necesitar todas sus fuerzas.

Lucrezia le tocó las manos a la anciana. El aroma familiar

a lavanda de la monja, su certidumbre callada, la colmaron de gratitud, y sus ojos se llenaron de lágrimas.

—Gracias, hermana Pureza —consiguió decir—. *Molte grazie.*

Se sorprendió al ver que sor Pureza se daba la vuelta de inmediato y cogía una bandeja de hierbas que tenía en una fresquera excavada en el grueso muro de la enfermería.

—Aún es muy pronto —dijo sor Pureza con hosquedad.

—¿Muy pronto? —Le tembló la voz—. ¿Muy pronto para la criatura?

—Muy pronto para darme las gracias.

A Lucrezia empezó a latirle el corazón con fuerza.

—Pero está bien, ¿verdad? El niño está bien.

La anciana monja irguió el espinazo con un ademán rígido.

—¿Por qué dice el niño, Lucrezia? —Se volvió con las manos vacías—. ¿Qué le hace pensar que es un niño y no una niña?

Lucrezia estaba convencida de que la criatura que llevaba en el vientre era varón. Durante meses había estado convencida de que era un niño. Un hijo para Filippo. Dolida por las bruscas palabras de la monja, sólo alcanzó a negar con la cabeza.

—Una niña sufrirá, como sufren todas las mujeres. —La voz de sor Pureza resultaba sorprendente en su intensidad, tanto es así que daba la impresión de resonar en las paredes—. ¿Cree que el destino sonreirá a una criatura que usted ha llevado en su vientre sumida en la vergüenza?

A Lucrezia se le llenaron los ojos de lágrimas, que desdibujaron los rasgos furiosos de la anciana.

—No lo sé —reconoció en un susurro.

—Claro que no lo sabe. —Sor Pureza no intentó siquiera aplacar su ira—. No sabe nada acerca del sufrimiento y el dolor. Es una necia, hermana Lucrezia, una niña vanidosa e insensata.

Lucrezia no intentó detener las palabras de la mujer. Se merecía todos los reproches que le dirigiera la anciana religiosa.

—Por favor, hermana Pureza. —Se le quebró la voz—. No culpe a la criatura de mis pecados. No la castigue.

—Niño o niña, es Dios quien se encargará de su castigo, no yo.

Asombrada de su propio arrebato, a la anciana monja le temblaron las manos entre los viales de la bandeja. Abrió un tapón de corcho, olió la amarga mezcla de verbena y raíz de cardo, vertió un poco en una taza de agua y la removió.

—Bébaselo. La ayudará a descansar —dijo con dureza, y se lo tendió a Lucrezia, pero ella rehusó tomarlo.

—Haga lo que le plazca. —La anciana monja introdujo la tacita entre los puños apretados de Lucrezia y, al hacerlo, vio que la muchacha llevaba una alianza de oro, adornada con un jaspe rojo. Jaspe rojo, en representación del amor.

La priora escribió la carta de su puño y letra. La escribió esa misma mañana, mientras sor Camilla y sor Spinetta estaban en la iglesia ocupadas con las oraciones de tercia. Prefería no tenerlas metiendo las narices en sus asuntos; estaba convencida de que lo que hacía era lo más adecuado.

En el nombre del Señor, el vigesimotercer día de julio de 1457.

Su excelencia, reverendo prior general Saviano:

Sor Lucrezia ha regresado al convento esta mañana, con dolores de parto. Comparto su indignación ante tamaña vergüenza, pero he hecho lo que usted deseaba, y le he franqueado la entrada.

La priora miró las tres monedas de oro encima de la mesa.

Vino con dos florines de oro, que irán a parar al cofre del convento. Como bien sabe usted, nuestros fondos son cada vez más escasos. Que Dios le conserve la salud y le otorgue sus favores.

Mientras la priora Bartolommea doblaba y sellaba la nota, sintió que le sobrevenía la duda. No alcanzaba a imaginar por qué el prior general quería a Lucrezia de nuevo en el convento; desde luego no había sido una gran baza para Santa Margherita. Pero Saviano era un hombre poderoso, y ella no estaba en situación de ponerlo en tela de juicio. Sin embargo, había tomado la decisión de servirse de la presencia de Lucrezia para instar al pintor —para obligarlo incluso— a que entregase el retablo que le había prometido.

Aunque la priora intentaba disimularlo, su salud había empeorado durante el invierno, y no había recuperado las fuerzas con el calor del verano. Presentía que su tiempo en la tierra estaba tocando a su fin y quería abandonar este mundo con todas las garantías que fuera capaz de acaparar. Su imagen en el retablo con la *Sacra Cintola* era uno de los elementos a su favor con los que venía contando para cuando Dios la sopesara en su ascenso a los Cielos.

La priora Bartolommea volvió a mirar la carta entre sus manos y le pareció que las palabras que había escrito apenas unos momentos antes eran prácticamente ininteligibles. Se acercó el pergamino a los ojos, pero eso no hizo sino empeorar su visión. Lo alejó de su cara tanto como le fue posible e, igualmente, apenas fue capaz de distinguir el nombre del prior general allí donde lo había escrito.

—Debo acordarme de no escribir con letra tan pequeña —murmuró para sí misma.

Después de devolverle el carro y el burro a su vecino, Fra Filippo se vendó la cabeza y se envolvió el pecho en trapos sucios de pisadas. Se palpó con cautela las costillas, aliviado al comprobar que no se las habían roto. Adecentó la *bottega* como mejor pudo, pero su cuerpo respondía con lentitud, y no quedaba gran cosa que salvar. La mayor parte de su material había desaparecido, y lo que no se habían llevado estaba hecho pedazos en el suelo.

El monje encontró una pluma astillada y un tintero que habían pasado por alto los intrusos, y le escribió a Giovanni de Medici en un trozo de papel.

Honorable Giovanni, he trabajado como un esclavo para pintar el retablo tal como usted quería. Haré todo lo necesario para acabarlo a su gusto.

Le temblaba la mano. Había sido un necio, gastándose el dinero del Gremio de Banqueros como si no fuera a acabarse nunca.

Por favor, no me deje sin esperanza: sin material ni dinero no puedo continuar.

Fra Filippo era consciente de que parecía desesperado, pero su reputación y su honor eran menos importantes que un nuevo suministro de pigmentos y demás materiales que le permitieran trabajar.

Le juro que tendré la obra terminada para el 20 de agosto, y como prueba de buena fe le envío el dibujo del marco para que vea cómo debe llevarse a cabo el trabajo de la madera y qué estilo de marco será, y le ruego me conceda los cien florines que necesito para el diseño. Es un precio justo, puede preguntarle a quien quiera, sólo le suplico que vea cómo actúo de buena fe.

No era demasiado pronto para pedir que encargaran y empezaran a tallar el marco. Si Dios quería más de lo que él era capaz de hacer en toda una vida, y si había de satisfacer a los Medici y al rey de Nápoles, Fra Filippo necesitaba que también otros arrimaran el hombro.

Tengo que irme de Prato. Le ruego me responda, pues estoy atrapado, y también le suplico me perdone por acudir a usted en mi desesperación...

El pintor pasó el resto del día y de la tarde ocupado en los bocetos para el marco del retablo, ornado con arcos góticos y finiales dorados. Terminó y selló la carta cuando salía la luna, y rezó para que Giovanni de Medici se mostrara comprensivo y generoso.

Pero el primogénito de los Medici no tenía tales inclinaciones. En dos días, el monje oyó la respuesta de los imperiosos labios de *ser* Francesco.

—No recibirá ni una moneda más hasta que el trabajo esté terminado —anunció el emisario, plantado en el umbral de la casa del monje, desde donde contemplaba el estudio vacío con ojos entornados—. Ruego a Dios que esos matones no se llevaran el retablo.

El pintor tenía los ojos enrojecidos, como si llevara muchos días sin dormir. Habían empezado a formársele postillas en la cara, donde se había llevado los peores golpes.

—No, está a salvo, gracias a Dios —respondió Fra Filippo.

—Tiene suerte. Debería haberse mantenido alejado de esa gente. —*Ser* Francesco plantó los pies y miró en torno a sí los restos que había pasado por alto Fra Filippo al barrer—. ¿Dónde están las pinturas para el rey Alfonso?

—En Santo Stefano, donde estarán a buen recaudo. Las protejo con mi vida, Francesco. —Fra Filippo se dirigió al emisario por su nombre de pila, y se le quebró la voz—: Pero necesito más oro para terminar el vestido de la Madonna. Al menos necesito eso.

Ser Francesco metió la mano en el bolsillo y sacó dos piezas de oro. El pintor estaba poniendo a prueba su paciencia, pero de nada le serviría ver hundirse en la desesperación al monje.

—Compre sólo lo necesario. Muéstreme los progresos que vaya haciendo, y le ayudaré si está en mi mano.

Cuando se daba la vuelta para marcharse, Cantansanti volvió la mirada hacia el estudio y la fijó en un bosquejo concreto en la pared del pintor. Era la muchacha que había hecho de modelo para la Madonna del monje. El boceto la mostraba en toda la plenitud de su embarazo, con el rostro levantado como si rogara a los cielos.

—Tengo entendido que la muchacha ha regresado al convento, Filippo. ¿Es cierto?

Fra Filippo asintió.

—Sólo hasta que llegue la criatura.

El emisario holló el umbral con la bota y negó con la cabeza.

—¿Y luego?

—Aún estamos esperando respuesta de Roma. Depende en buena medida de eso; de lo que mi mecenas y su familia puedan hacer por mí.

—Lo que puedan hacer por usted dependerá de lo que haga usted por nosotros, Filippo. Le prometo que no recibirá nada más si nos falla en el asunto del retablo.

Las nuevas del robo en la *bottega* de Fra Filippo y del regreso de Lucrezia al convento le llegaron a Fra Piero mientras regresaba de Lucca.

En cuanto llegó a Prato, se apresuró hasta Santa Margherita y se sentó en el sofocante estudio del convento mientras la priora Bartolommea soltaba toda una letanía de quejas y exigencias. Parecía bizquear cuando le hablaba, y Fra Piero se notó cada vez más exasperado con la importancia que se daba y con sus mezquinas necesidades. No tenía ni idea de cómo

Fra Filippo había podido desempeñar su tarea como capellán durante dos años en ese lugar. En unos pocos meses, los mismos deberes casi habían agotado la paciencia de Fra Piero.

—Sor Lucrezia ha regresado a nosotros encinta y necesitada de nuestra atención —dijo, al cabo, la priora Bartolommea—. ¿Qué podemos hacer, *fratello*? El pintor nos ha contagiado su estigma, pero estamos obligadas por las enseñanzas de Jesucristo a ofrecer refugio a todos los que piden perdón por sus pecados.

El procurador asintió pensativo.

—Hablaré con ella en persona —dijo—. Escucharé su confesión, y luego prestaré oídos a las demás.

El procurador se encontró a Lucrezia tendida en un catre en la enfermería, con los pies apoyados en un almohadón, el vientre alto y pleno, el rostro pálido e hinchado.

—Fra Piero. —Lucrezia sonrió débilmente al verlo, y a él le alivió comprobar que aún tenía fuerzas cuando le tomó la mano.

—Usted fue testigo de nuestra unión —dijo Lucrezia con los labios resecos. Vio a sor Pureza plantada en el umbral y atrajo al procurador hacia sí al tiempo que bajaba el tono de voz hasta el susurro—. Si voy a morir, me dará la extremaunción, ¿verdad? Y no dejará que el niño quede como un bastardo, ¿me lo promete?

—Todo irá bien —le aseguró Fra Piero, que apoyó la mano en el lecho junto al cuerpo de la novicia—. Rece y tenga valor, Lucrezia. Está en buenas manos con sor Pureza.

Oyó la confesión de Lucrezia, le dio la absolución e hizo la señal de la cruz sobre su frente. Luego se detuvo a hablar con sor Pureza, que estaba a todas luces afectada por el estado de la joven.

—Hermana Pureza, le ruego tenga presente que hay muchos secretos capaces de cambiar el destino de una hermosa joven —dijo, y le sorprendió ver que el semblante de la monja se endurecía al oír sus palabras.

—Olvida que soy una anciana y he vivido mucho tiempo —le espetó bruscamente. El procurador palideció, y la religiosa siguió adelante—: El mundo está lleno de sufrimiento, *fratello* —dijo—. Si mostramos compasión a la novicia, no estará preparada para el sufrimiento que sin duda está por llegarle.

Fra Piero estudió el rostro de sor Pureza, convencido de que no sabía lo que le había hecho a Lucrezia el prior general ni cuánto amaba en realidad Fra Filippo a la muchacha. De no haberse debido a la confidencialidad de la confesión de Lucrezia, le habría contado a la monja todo lo que sabía. En vez de eso, recurrió a las palabras de Cristo, con la esperanza de despertar en ella al menos un poquito de piedad.

—Recuerde, los débiles serán los primeros en entrar al Reino de los Cielos, hermana Pureza —dijo—. Y los presuntuosos serán los últimos.

Desde Santa Margherita el procurador se fue directamente a la *bottega* del pintor. Estaba vacía, con el pestillo de la puerta roto y el hogar frío. El estudio estaba cubierto de desechos, y había un único pergamino con un dibujo de Lucrezia embarazada, su rostro elevado hacia los cielos, apoyado en una pared.

Fra Piero encontró al pintor encaramado a los andamios en Santo Stefano, sus brazos una furia de movimiento, cubos de pintura a sus pies. Aún quedaba mucho para vísperas, pero el pintor había enviado a casa a sus ayudantes, y estaba solo en la *cappella maggiore*.

—Fra Filippo.

—El procurador tuvo que hacer varios intentos antes de captar la atención del pintor. Cuando lo consiguió, el hombretón descendió del andamio con peligrosa premura.

—¿Tiene noticias?

—He visto a Lucrezia. La criatura no tardará en llegar, Filippo, tiene que estar preparado.

—Estoy en ello —respondió el pintor—. Ayer entregué el retablo a esos malnacidos del Arte del Cambio, que se negaron a darme el resto del dinero porque llegaba con retraso, y ya ve que estoy trabajando como loco aquí.

El pintor hizo un gesto desaforado hacia un rincón oscuro de la capilla, donde había guardado el tríptico de los Medici.

—Quiero irme de aquí, Piero, y llevarme a Lucrezia. En cuanto nazca la criatura, en cuanto los frescos estén terminados, en cuanto me hayan pagado, quiero irme de esta ciudad de una vez por todas.

Hablaba tan atropelladamente que el procurador se preocupó. Le puso una mano sobre el hombro a su amigo y vio el agotamiento que revelaba su semblante.

—¿Ya come usted, Filippo?

—¿Que si como? Dios mío, Piero, fíjese en el festín del rey Herodes, aquí en el muro. —Lo tomó por el brazo y Fra Piero lo siguió hacia la derecha del andamiaje—. Fíjese en la escena del banquete.

El procurador observó los detalles de la mesa del banquete representada en el fresco, las baldosas verdes y rojas del suelo dispuestas como las casillas de un tablero de ajedrez a los pies del muro, los rostros crispados de los invitados al banquete, la cabeza entrecana de san Juan martirizado. Siguió al pintor conforme se desplazaba varios pasos hacia la izquierda y alzaba la lámpara sobre un brumoso espacio blanco por encima de las baldosas verdes y rojas.

—Mi Salomé —anunció Fra Filippo, su voz densa al pronunciar las palabras con más lentitud—. Aquí estará mi Salomé.

Fra Piero se subió al andamio y contempló con detenimiento el rostro que estaba tenuemente bocetado en la pared. La mujer se parecía a Lucrezia, madura en la plenitud de su embarazo, pero había algo en la expresión casi indistinta de la bailarina que nunca había visto en Lucrezia.

—Salomé baila una danza de prostituta —explicó Fra Filippo, tan cerca que Fra Piero alcanzó a oler los muchos días y noches sin lavarse que habían acumulado sus sucias prendas—. Baila para que el rey Herodes le otorgue todo aquello que desee, y entonces...

Fra Filippo se interrumpió.

—¿Y entonces? —aguardó Fra Piero.

La luz de la lámpara parpadeaba sobre el rostro de su amigo, provocando extrañas sombras.

—Y entonces, con una sola danza, una sola petición de sus labios, san Juan es sometido a martirio, su cabeza entregada en bandeja.

Fra Filippo guardó silencio. Llevaba días allí, al parecer, pensando en Salomé. Por fin lo entendía: la figura danzante anclaría todo el ciclo del fresco. La pintaría en sucesivas capas de blanco, su movimiento fantasmal, apenas con más presencia que un espejismo. El cuerpo de Salomé fluiría con la elegancia de una serpiente ajena a todo lo demás, meciéndose al ritmo de una verdad íntima.

Olvidándose de su amigo, el pintor sacó un lápiz rojo del bolsillo y bosquejó la figura de Salomé con la forma de un perfecto arabesco en contraste con las líneas fijas del suelo embaldosado. Hombres y mujeres condenarían a Salomé como una ramera sin corazón, pero la contemplarían con ansia y envidia, y entenderían el hechizo cautivador que ejercía sobre su público.

—¿Filippo?

El pintor se volvió al oír el sonido de la voz de su amigo y parpadeó. ¿Cuánto tiempo llevaba el procurador a su lado? Miró su trabajo y agitó la mano para abarcar la escena, sus ojos enloquecidos mientras señalaba el lugar donde el pie pintado de Salomé rozaría apenas la superficie del suelo en la sala del banquete.

—Fíjese, Piero, Salomé es hermosa, pero también caprichosa. Es un poder fantasmal al que ningún hombre puede aferrarse —le explicó—. Cualquiera que la mire entenderá que la fuerza de san Juan, su propia vida, fuera destruida por una mujer que no parecía más tangible que el fugaz aroma de su perfume, una mujer con únicamente un delicado pie en este mundo.

El procurador volvió a ponerle la mano en el hombro al pintor.

—Filippo, no se preocupe. Yo cuidaré de Lucrezia.

—Claro. —Fra Filippo asintió furiosamente ante la mera mención de su nombre—. Pero en realidad, Piero, ahora está en manos de Dios. Los dos estamos en manos de Dios.

25

Martes de la decimosegunda semana después
de Pentecostés, año de Nuestro Señor de 1457

Esta vez los dolores no dejaban lugar a dudas. Las aguas brotaban entre las piernas de Lucrezia, tenía el vientre duro, se le habían vaciado las entrañas y un espasmo tras otro le recorría el cuerpo entero. Acababa de pasar la hora nona del vigesimoséptimo día de agosto, un día tan caluroso que apenas podía respirar.

—Ayúdame, Santísima Madre —imploró—. Ayúdame.

La novicia fue la primera en llegar a su lado.

—Rosina. —Tomó la manita de la muchacha—. Rosina, haga el favor de ir a buscar a la hermana Pureza.

Sor Pureza llegó en silencio, se lavó la tierra del jardín que tenía en las palmas de las manos y colocó un ramo de perejil recién arrancado en una taza de agua fresca. Se secó las manos con un trapo limpio y le indicó a Rosina que llenara la tina de madera con agua tibia del caldero de la cocina. La anciana retiró la túnica de Lucrezia y alargó la mano entre sus piernas dobladas. La embocadura de su útero ya empezaba a abrirse.

—Levántese, hermana Lucrezia. —La anciana la tomó por el codo y la incorporó hasta que quedó sentada—. La criatura viene en camino, tiene que ayudarla.

Lucrezia tenía los ojos de un color azul oscuro, la parte blanca surcada de capilares crispados.

—No sé si puedo. —Echó los brazos a los hombros de sor Pureza y dejó caer los pies al suelo.

—Rosina, sujeta desde el otro lado —le indicó sor Pureza cuando la muchacha regresó con el agua tibia y la vertió en la tina—. Ahora, empiece a caminar —le ordenó a Lucrezia—. Camine.

Lucrezia se arrastró de aquí para allá por la enfermería hasta que el sol pasó sobre el muro oeste del convento y sor Pureza le permitió derrumbarse por fin sobre el lecho. Rosina acudió a su lado con una taza de estofado de hinojo. Tenía la boca seca de gemir, el cuerpo débil.

—No puedo hacerlo —se lamentó, jadeante—. Lo siento —dijo en dirección a la espalda de sor Pureza—. No puedo hacerlo.

—No malgaste fuerzas —le aconsejó la anciana monja—. Coma.

El parto se prolongó hasta bien entrada la noche, mucho más de lo que la muchacha se creía capaz de soportar. Spinetta aguardaba al otro lado de la puerta de la enfermería y Lucrezia la llamó en dos ocasiones, pero su hermana no respondió.

—Por favor, que venga Spinetta —suplicó Lucrezia. En el mes que llevaba en el convento, Spinetta sólo había ido a verla dos veces, y se había negado a hablar o a mirarle a los ojos siquiera—. Quiero verla.

—Rosina es toda la ayuda que necesitamos —dijo sor Pureza.

La anciana monja calentó un poco de aceite de limón y manteca entre las manos, frotándose las palmas con fuerza. Luego tendió las manos entre las piernas de Lucrezia y aplicó suavemente el bálsamo sobre la sensible piel rosada, tan estirada que parecía a punto de rasgarse.

—¡Dios mío! —gritó Lucrezia. Tomó aliento en rápidas bocanadas y empujó entre chillidos.

—Ha llegado el momento —anunció sor Pureza—. La criatura está a punto de salir.

Rosina sostuvo las piernas de Lucrezia en el aire y la cabecita oscura coronó la piel desgarrada.

—Empuje —la conminó sor Pureza—. Empuje.

Lucrezia aulló. Sus gritos colmaron la noche y llegaron a oídos de las monjas, que se encogieron en sus celdas. Con un empujón final, el cuerpo de Lucrezia dejó salir a la criatura, que se deslizó hasta una manta en los brazos de sor Pureza, a la espera.

La monja empuñó el cuchillo y cortó el grueso cordón que unía la criatura a su madre.

—¿Es un niño? —Lucrezia apenas tenía la energía suficiente para plantear una pregunta tan sencilla. Cuando no oyó más que silencio, empezó a sollozar—. ¿Qué ocurre? ¿Le pasa algo a mi hijo?

Sor Pureza miró entre las piernas de la criatura y vio el pequeño escroto púrpura, el rabillo del pene. Lo puso boca abajo, lo sujetó por los pies y le palmeó la espalda, luego el trasero, dos veces. El niño tosió hasta expulsar una espesa mucosidad de sus pulmones, y su llanto se adueñó de la cámara.

—Gracias —empezó a llorar Lucrezia—. Gracias, Señor.

—Es un niño —anunció la comadrona con voz queda.

Lo lavó en la tina, le quitó la mucosidad de la cara y el cuerpo y pasó el dedo por la extraña marca en la nalga izquierda del pequeño. Utilizó la esquina de la manta para limpiarlo y se tomó un minuto para frotar la cruz de color rojo intenso. Pero la marca de nacimiento no se borraba. Sor Pureza miró a Rosina al otro extremo de la sala, y vio que los ojos oscuros de la muchacha lo observaban todo.

—Déjeme tenerlo en brazos —imploró Lucrezia, que tendió los brazos débilmente.

Pero la anciana hizo caso omiso de sus súplicas y envolvió al niño con más firmeza en una manta, tersa y gris de tantos años como había sido sometida a lavados. Dejó al niño en brazos de Rosina y fue apretando el vientre hinchado de Lucrezia hasta que expulsó la placenta. La joven había perdido mucha sangre. Las extremidades le temblaban peligrosamente y tenía los brazos fríos al tacto. Sor Pureza le colocó una cataplasma entre las piernas y la cubrió con una gruesa manta de lana.

—Déjeme tenerlo en brazos. —Lucrezia tendió una pálida mano hacia la novicia—. *Per piacere*, démelo.

Sor Pureza miró a ver si asomaban gotitas de sudor, indicio de que el cuerpo de Lucrezia empezaba a entrar en calor, y luego le trajo un dedal de té de caléndula y ortiga.

—Bébalo —le indicó.

Lucrezia frunció los labios y tragó con obediencia.

—Tráigamelo —le rogó, y tendió las manos. Pero sor Pureza ya había cogido en brazos a la criatura y se había dado media vuelta.

—Hermana, ¿adónde va? —Lucrezia vio aletear el hábito oscuro y el griñón de la mujer a través de la cámara iluminada por la luz de las velas.

Sor Pureza se detuvo cerca del crucifijo de madera colgado en la pared y levantó un pergamino a la luz de una vela.

—Bautícelo, por favor, hermana —rogó Lucrezia, su voz cada vez más débil.

La vieja monja estaba haciendo exactamente eso, trazaba la señal de la cruz sobre la frente de la criatura, dejaba caer agua de sus dedos humedecidos y murmuraba las palabras que limpiarían de su alma el pecado original.

—Asegúrese de abrigarle bien la cabeza. —Oyó que le decía la comadrona a Rosina—. Es posible que tenga que ir lejos.

—*Bambino mio!* —gritó Lucrezia—. ¿Adónde va a ir? ¿Adónde se lo llevan?

Ni la anciana ni la muchacha se volvieron.

—¡Devuélvamelo! —gritó Lucrezia. Vio que sor Pureza abría la puerta y Rosina salía con su bebé.

—Spinetta, ¿estás ahí? —llamó Lucrezia, frenética. Intentó incorporarse, pero tenía los brazos muy débiles y el dolor era excesivo—. Tráemelo —aulló—. Tráemelo.

Se cerró la puerta. El niño y Rosina se habían ido. Sólo quedaba sor Pureza, su rostro adusto e impasible.

—¿Adónde va, hermana Pureza? Se lo ruego, devuélvamelo.

A lo largo de todas esas semanas, la frialdad de la anciana le había parecido sólo un castigo por sus pecados, pero Lucrezia no había llegado a imaginar algo así.

—Acudí a usted de buena fe, hermana Pureza; creía que era amiga mía.

La anciana no respondió, sino que siguió apresurándose de aquí para allá por la sala, recogió las sábanas manchadas y arrastró la tina llena de agua teñida de sangre hacia el jardín de finas hierbas.

Irguiéndose de hombros, la comadrona encendió un ramillete de romero y salvia secos, del que se desprendió un denso penacho de humo que produjo quemazón en los ojos a Lucrezia. El llanto de la muchacha se tornó más desgarrador aún.

—Intenté enseñarle lo que se deriva del conocimiento carnal —dijo sor Pureza a través de la oscuridad. La muchacha dejó de llorar, y la religiosa comprobó que estaba escuchando—. Pero no hizo caso de mi advertencia. No me creyó. Ahora lo comprobará, hermana Lucrezia. Ahora sabrá lo que es.

—¿Por qué hace esto?

—He seguido las órdenes del prior general.

—¡El prior general! —chilló Lucrezia, e hizo ademán de levantarse—. *Dio mio*, no le permita hacerme esto. Bien sabe usted que abusó de mí, hermana Pureza, bien sabe que me hizo daño.

—No está en mi mano contravenir sus órdenes. Usted concibió y llevó en su vientre una criatura en pecado. Ahora su pecado quedará borrado, y una familia cristiana criará al niño. Considérelo una bendición.

Lucrezia no fue capaz de responder entre las lágrimas.

—Es lo mejor —le aseguró la comadrona—. Hemos conseguido que dé a luz un niño sano, pero no volveremos a hablar de él. Ya lo verá, es lo mejor —sentenció, y cerró la puerta.

Lucrezia continuó llorando a solas, sus ojos fijos en el crucifijo de madera en la pared.

—¡Jesucristo, Santa María! —gritó en la penumbra impregnada de humo de salvia—, velad por mi hijo hasta que volvamos a estar juntos. Os ruego que protejáis a mi criatura.

Aguardó, dejando que la oscuridad la engullera. Luego susurró el nombre del bebé para que los santos, la Virgen María y el mismísimo Jesucristo supieran que ese niño era suyo.

—Filippino. Velad por mi Filippino y traédmelo de vuelta. Jesús, Santísima Madre, ¿me oís?

Miró el crucifijo en la pared, y tuvo la sensación de que hasta el propio Cristo, en su sufrimiento, le había dado la espalda.

A la mañana siguiente, Lucrezia buscó compasión en los ojos grises de sor Pureza, pero la anciana monja se negó a hablar del niño.

Cambió apresuradamente la cataplasma y los trapos entre las piernas de la joven madre, y luego le llevó un caldo caliente y la instó a comer.

—Por favor, déjeme ver al procurador —pidió Lucrezia después de haber tomado unos sorbos de caldo, convencida de que sor Pureza no iba a tener piedad—. Quiero que escuche mi confesión; debo expiar mis pecados.

La anciana monja llevó al procurador a la enfermería después de las oraciones de nonas. Lucrezia esperó a que estuvieran a solas y entonces se aferró con desesperación a la mano de Fra Piero y llevó los labios a su oído. Apenas confiaba en sus fuerzas para pronunciar las pocas palabras necesarias sin romper a llorar.

—¿Sabe que se han quedado con mi hijo? —Atinó a ver en sus ojos que ya lo sabía—. ¿Les ha dejado llevarse a mi niño?

¿Lo sabía y se lo ha permitido? —Su voz era un sollozo desgarrado mientras meneaba la cabeza con furia de lado a lado—. Por favor, Fra Piero, no permita que me haga esto el prior general.

Fra Piero tomó las manos menudas de Lucrezia en las suyas para que no temblaran.

—Lo lamento, no tengo auténtico poder en la orden —dijo—. Si desobedeciera las órdenes del prior general me relevaría de mi puesto y de nada le serviría a usted.

—¡No! —Lucrezia soltó las manos y se dejó caer sobre el almohadón entre lloros—. Estaba presente cuando hicimos nuestros votos, sabe que el niño no ha nacido fuera del sacramento del matrimonio, Fra Piero, no me dé la espalda ahora, se lo ruego.

La muchacha respiró hondo y una nueva sensación de furia le llenó los pulmones y le crispó el semblante.

—Dígale a Filippo que se han llevado a nuestro hijo —le exigió con ferocidad—. Dígale que apele a sus amigos, ahora mismo. A sus poderosos amigos.

Al ver que regresaba sor Pureza, Lucrezia entrelazó las manos y el procurador le hizo la señal de la cruz en la frente con el pulgar.

—Lo hará, ¿verdad, Piero? —susurró febril mientras lo seguía con la mirada—. Lo hará.

Sor Pureza fue tras los pasos del procurador cuando abandonó la enfermería, los hombros encorvados, el rostro triste y pétreo. Cruzaron un asentimiento, pero antes de que Fra Piero pudiera hablar, la anciana dirigió una mirada feroz a la sala donde Lucrezia estaba convaleciente.

—La ha cansado —le advirtió sor Pureza sin miramientos—. Tiene que descansar, o no recuperará sus fuerzas.

Después cerró la puerta de la enfermería a su espalda con firmeza y lo dejó a solas en el jardín.

Fra Piero fue directo a la *cappella maggiore* de Santo Stefano. Se encontró a Fra Filippo plantado delante de su Salomé danzante, añadiendo pinceladas de blanco a su ondosa túnica.

—¿Me trae noticias? —El monje tenía el hábito deshilachado, y le hacía falta darse un buen baño.

—Venga a caminar conmigo —le dijo Fra Piero, que recorrió la capilla con la mirada. Fra Diamante saludó con la mano desde el andamio; Giorgio y Tomaso asintieron; el joven Marco, que tenía las manos finas como las de una chica, estaba sirviéndose de una pluma para difuminar los leves toques de las nubes en el cielo sobre la escena del martirio de san Esteban—. Tenemos que hablar a solas.

Los dos monjes salieron a paso ligero de la sala, y a la entrada de la nave Fra Filippo se detuvo y se volvió hacia el procurador.

—¿Ha ocurrido algo? —preguntó, ansioso—. ¿Le ha ocurrido algo a Lucrezia?

—Lucrezia se encuentra bien. Ahora vengo del convento —dijo Fra Piero, no sin cautela—. La criatura nació al amanecer. Es un niño. Un niño hermoso.

Al monje se le iluminó el rostro en una amplia sonrisa. Encorvándose aliviado, aferró a su amigo por el hombro.

—Un hijo. —Lo rodeó con ambos brazos—. Tengo un hijo. Venga, Piero, vamos a tomar una copa de vino y a dar gracias al Señor.

Salieron a la luz del sol y doblaron hacia el este en la Piazza Mercatale, donde Fra Piero escogió una garrafa de vino de la caseta del Gremio de Vinateros. Le quitó el corcho y se la pasó a su amigo. Fra Filippo alzó el recipiente hacia los cielos, dio las gracias a Dios y tomó un largo trago.

—Hay algo más. —El procurador vio cómo el artista bajaba la vasija y entornaba los ojos—. No es nada bueno, Filippo.

Para cuando su amigo le hubo contado todo, el pintor ya había engullido la mayor parte del vino, dejando caer por las comisuras de la boca hilillos de color carmesí que iban a parar a su hábito mientras se ponía cada vez más furioso.

—No pueden hacerlo, no le pueden hacer algo así —rugió Fra Filippo, que propinó un puntapié a una piedra en el camino. Empinó la garrafa y se bebió las últimas gotas—. Maldito sea Saviano.

Fra Piero compró otra garrafa de vino y se fue caminando con Filippo hasta el puente que surcaba el río Bisenzio, por delante de las tinas de los teñidores de seda y las barracas de los pescadores que bordeaban la ribera. Fra Filippo se bebió la segunda garrafa con más rapidez que la primera, debatiéndose entre la ira y la desesperación. Se acercó al ciprés más alto a la orilla del río y se aferró a él como si fuera a precipitarse desde el borde de la tierra. Luego le suplicó a Fra Piero una tercera garrafa, que se bebió mientras regresaban dando traspiés hacia la Piazza della Pieve.

—Lo mataré —amenazó, camino de su *bottega* por el sendero sembrado de guijarros—. Es el mismísimo Diablo, eso es.

La puerta de la casa del pintor estaba cerrada con llave, y el aire en el interior se notaba rancio. Cogió el boceto que había hecho de Lucrezia y se lo llevó consigo mientras Fra Piero lo conducía hacia el catre sin mantas en el dormitorio.

—Mi retablo, no puedo dejarlo en la capilla. —El monje habló con lengua pastosa, y se aferró al hábito de Fra Piero por el cuello para intentar incorporarse—. Voy a ir a buscarlo.

—Ya voy yo —se ofreció Fra Piero, y apartó de sí al pintor—. Usted quédese aquí. No salga ni se meta en más problemas —le advirtió. Pero vio que no había peligro; el monje apenas podía ponerse en pie.

Fra Filippo dejó que su amigo se marchase y se abandonó a la oscuridad arremolinada. A solas, los últimos aletazos de bravuconería del pintor se desvanecieron. Notó que se le tensaban los pulmones, le dio un vuelco el estómago y empezó a notar una dolorosa quemazón en la garganta. Hacía muchos años que no lloraba, y las lágrimas le llegaron en grandes y profundos sollozos que le estremecieron el cuerpo y resonaron por el dormitorio vacío.

Acababa de llegar la hora de vísperas cuando el procurador llegó a la rectoría en la iglesia de Santo Stefano. Recorrió el largo trecho hasta la *cappella maggiore*, tiró del tosco carrito del pintor hasta el fondo de la capilla y entró en la iglesia por una puerta lateral. Todas las lámparas estaban apagadas en el templo vacío, y se detuvo para dejar que los ojos se le acostumbraran a la penumbra.

Procedente de alguna parte en las inmediaciones del altar, Fra Piero oyó un tintineo metálico, el susurro precipitado de una túnica. Se paró y contuvo el aliento mientras escuchaba, el sonido cada vez más nítido. Sus ojos se adaptaron a la oscuridad y Fra Piero alcanzó a ver la luz de la luna, que entraba por la gran vidriera detrás del altar, las caras de madera de la Virgen y santa Isabel impasibles sobre las diminutas velas votivas que parpadeaban en torno a sus pedestales. Avanzó con sigilo hacia los sonidos amortiguados. Fuera quien fuese se movía aprisa, y con intención furtiva.

En silencio, Fra Piero se deslizó por las frías losas del suelo de la iglesia y dobló la esquina hacia la puerta del campanario. Distinguió una voz, luego otra, mucho más tenue. Se acercó sin hacer ruido. La puerta del campanario estaba abierta, y a través del angosto espacio vio el dobladillo de un hábito oscuro que ascendía por un breve tramo de peldaños desiguales.

Fra Piero se detuvo y aguantó la respiración, a la espera. Vio que la túnica oscura se mecía adelante y atrás, adelante y atrás.

—Eres un ángel, joven Marco. —Era la voz cortante del preboste Inghirami, rebosante de algo cálido, algo que el procurador llevaba mucho tiempo sin oír.

Fra Piero se pegó a la pared, oculto a la vista, y miró desde el umbral. A la tenue luz vio al preboste bajar la mano para arrancarse el cinturón, haciendo tintinear las llaves que llevaba colgadas. Sus dedos se vieron de un blanco lechoso en la oscuridad cuando las manos del preboste fueron ascendiendo para dejar al descubierto la piel desnuda de las tersas nalgas en pompa delante de él. Con un movimiento espasmódico, Inghirami echó el brazo atrás y colgó el cinturón y las llaves de un gancho en la pared antes de levantarse el hábito por encima de los muslos.

Fra Piero no podía apartar la mirada. Las largas manos del preboste aferraron la carne del muchacho, lanzó un embate con su cuerpo y gimió palabras ininteligibles que se solaparon a los suaves jadeos del joven Marco.

Cuando hubo visto más de lo que quería, Fra Piero regresó de puntillas a la *cappella maggiore*, donde cogió el retablo y salió a hurtadillas de la iglesia tal como había entrado.

26

*Sábado de la decimosegunda semana después
de Pentecostés, año de Nuestro Señor de 1457*

—Por favor, Lucrezia, sólo un poquito. —Spinetta pronunciaba sus primeras palabras en muchos meses, su voz espesa—. Come un poquito, hazlo por mí.

Sentada en la enfermería junto al lecho de Lucrezia, Spinetta apartaba suavemente el cabello de la frente de su hermana con una mano mientras con la otra sostenía unas pasas y un puñado de perdiz troceada que sor Marina había guardado del caldo. Los ojos de Lucrezia no habían recuperado su luz, ni su tez el color. Las finas muñecas asomaban del globo blanco que era el sencillo *guarnello*, y yacían planas sobre la manta.

—*Bambino mio* —susurró Lucrezia, su voz ronca. Meneó la cabeza de lado a lado, y Spinetta atinó a ver sus pechos rebosantes enhiestos bajo la fina tela, el suave montículo de su vientre aún hinchado debajo de la manta.

—*Cara mia*, tienes que comer y beber. —Spinetta se llevó la mano de su hermana a los labios y sus lágrimas se derramaron sobre ella, humedeciendo las pasas que sostenía en la palma—. Necesitas recuperar las fuerzas.

Habían transcurrido dos días desde el alumbramiento, y en vez de fortalecerse, Lucrezia parecía estar cada vez más débil. Mientras veía parpadear y cerrarse los ojos de su hermana, Spinetta recordó la fuerza que había demostrado Lucrezia aquel día en la *bottega*, tras la violación. Spinetta le prometió, a la sazón, que no contaría nunca lo ocurrido, y había guardado silencio durante todos esos meses sencillamente para mantener esa verdad en su interior. Pero habían pasado muchas cosas, y ahora daba la impresión de que la vida misma de Lucrezia pendía de un hilo. Sor Pureza presenciaba impasible el sufrimiento de Lucrezia, lo que enfurecía a Spinetta. Precisamente aquellos que hubieran debido protegerla la habían defraudado en todos los sentidos; seguían haciéndole daño todavía.

Tras dejar los alimentos en un paño, Spinetta salió a toda prisa de la enfermería al jardín en flor. Como siempre, sor Pureza estaba ocupada con su trabajo, podando las rosas blancas que bordeaban los márgenes del jardín. La anciana levantó la mirada al acercarse Spinetta, pero no aminoró el ritmo de su tarea. Hizo un levísimo asentimiento en dirección a Spinetta y luego miró hacia el otro extremo del jardín, donde Rosina estaba arrodillada entre los arbustos, arrancando colmenillas que crecían entre las piedras musgosas.

—Mi hermana se niega a comer y a beber. —Spinetta no se anduvo con remilgos, sino que soltó las palabras sin miramientos—. No la había visto nunca tan débil.

La monja la miró con los ojos entrecerrados.

—Lucrezia comerá, y se recuperará. Es joven y saludable. —Mientras respondía, la anciana monja cortó un capullo, que cayó con perfecta puntería al canasto a sus pies.

—¿Cómo puede resultarle tan indiferente su sufrimiento cuando lo ha causado usted, hermana Pureza?

La anciana se estremeció, pero su voz sonó tranquila:

—No, hermana Spinetta, su hermana tomó sus propias decisiones. Pecó con conocimiento de causa, rindió su castidad por voluntad propia, rompió sus votos a sabiendas.

—¡No! —La voz de Spinetta rebosó emoción—. Su inocencia le fue arrebatada, su castidad fue violada.

Sor Pureza se puso en pie y se llevó la mano a los ojos para protegerlos del sol y mirar con más detenimiento a la muchacha.

—Yo estuve allí. —Sor Pureza midió sus palabras con lentitud y buen tino—. Ella misma me dijo que se quedaba con el pintor por voluntad propia. Le pregunté si la había obligado a quedarse, o la había violado, y ella me juró que no.

—Porque él no lo hizo, hermana Pureza. No fue el pintor. Fue el prior general. La tomó por la fuerza. Es él quien le arrebató la castidad.

Sor Pureza sintió un mareo. Tuvo la sensación de que el empalagoso calor del jardín de finas hierbas le succionaba todo el aire de los pulmones.

—¿Qué está diciendo?

—Lo que digo es que el prior general la encontró y la forzó —respondió Spinetta—. Le arrebató la virginidad. Se lo habría dicho antes, pero ella me rogó que no lo hiciera.

Sor Pureza se remontó a aquel día en la *bottega* del pintor, cuando apareció la novicia con su *gamurra* blanca, el cabello en torno al rostro como un halo dorado.

—¿Por qué no acudió a mí? —Ya mientras planteaba la pregunta, sor Pureza cayó en la cuenta de cuál era la respuesta.

—Estaba avergonzada —replicó Spinetta con voz queda.

Sor Pureza notó una oleada de náuseas. Contuvo la bilis que le había subido a la garganta y se pasó el dorso de la mano por la boca.

—¿Es la criatura del prior general? —indagó sor Pureza con gesto adusto.

Spinetta tardó un momento en responder.

—No. Me parece que no.

La respuesta de sor Pureza fue feroz:

—Entonces, ha pecado por voluntad propia, al margen de lo que le hiciera el prior general, pecó a sabiendas con el pintor.

Ahora fue Spinetta la que se sintió mareada. Lucrezia había augurado que la culparían a ella, pese a lo que hizo el prior general.

—El pintor prometió protegerla. ¡Dijo que la amaba! —gritó Spinetta—. Pregúnteselo a Fra Piero, hermana. Estaba presente cuando hicieron sus votos, los vio convertirse en marido y mujer.

El semblante de sor Pureza se plegó en un ceño fruncido.

—Sólo la Iglesia puede bendecir el sacramento del matrimonio, hermana Spinetta. Y la Iglesia no puede, bajo ninguna circunstancia, aprobar el matrimonio entre un monje y una novicia.

—¿Pero puede la Iglesia permitir que quede sin castigo el prior general? —replicó a voz en cuello Spinetta—. Rogué a Lucrezia que regresara al convento, pero dijo que la culparían a ella, fueran cuales fuesen los hechos. Y tenía razón.

Con esas palabras, Spinetta se volvió y salió a la carrera del jardín, dio un traspié y dejó la cancela oscilante en el tranquilo aire estival.

El aroma a rosas estaba por todas partes, y el polvillo de las hojas le cubría los dedos. Sor Pureza estaba sentada a solas en el banco de piedra del jardín.

Lucrezia no era la primera joven de quien supiera que había perdido la virginidad por la fuerza. Les pasaba continuamente, en todas las ciudades, a mujeres de todo rango y posición: criadas, cocineras, hijas de mercaderes, incluso a monjas. Ocurría en un instante, a menudo en silencio, siempre en secreto. Luego los hombres seguían adelante, fortalecidos por un momento de placer, mientras las mujeres sobrellevaban la deshonra como si fuera una parte natural de la maldición de Eva.

Débil y avergonzada, sor Pureza se permitió remontarse al recuerdo de su propia juventud. Durante décadas había desechado cualquier sonido u olor que le recordase su propia rendición una noche de verano en un elegante jardín romano, cuando las rosas estaban en flor y el aroma embriagador a menta y musgo a sus pies la colmaba de pensamientos de amor y punzadas de anhelo.

Al igual que Lucrezia, era una joven belleza en la cúspide de su feminidad. Pero a Pasqualina di Fiesole no la tomaron por la fuerza, sino que se había sometido de buen grado a un joven de una de las mejores familias de Roma. Y cuando la prueba de su pecado empezó a aflorar en su vientre, fue presa del pánico y mintió. Aseguró que la virginidad le había sido arrebatada en contra de su voluntad y rogó a su padre que acudiera a la familia del joven e insistiera en que se casasen. En vez de eso, su madre la envió al convento de Santa Margherita, donde había vivido a solas con su secreto mientras la criatura crecía en su vientre.

Al recordar el olor fétido de la enfermería donde la criatura llegó a este mundo, a sor Pureza se le llenaron los pulmones de una pena sofocada durante mucho tiempo. Dios la había castigado por su pasión y sus mentiras. La había castigado a ella, y también había castigado a su hija. ¿Qué, si no, podía haber hecho que el Señor se llevara de vuelta a su Reino a la hermosa pequeña apenas horas después de su nacimiento?

Las lágrimas humedecieron la piel curtida de sor Pureza. No podía cambiar la manera en que funcionaba el mundo, ni lo que había ocurrido. No podía enmendar el terrible pecado del prior general contra Lucrezia, ni el secreto con el que había vivido durante tanto tiempo. Pero sabía adónde había sido enviado el hijo de Lucrezia, y estaba en su mano dar con él. Al menos podría reparar ese agravio.

Sor Pureza salió discretamente del convento después de la hora tercia, mientras la priora Bartolommea estaba en su estudio, revisando los libros de cuentas. El sol permanecía oculto tras una nube cuando bajaba hacia la Porta Santa Trinità, donde las calles se convertían en angostos senderos. Una bandada de gallinas vino a picotearle la cenefa del hábito a su paso.

Varios edificios bajos se veían acuclillados formando un ángulo inclinado, y el aire hedía a repollo y pescado pasado.

Se había preparado para llamar a muchas puertas, pero sólo se detuvo ante unas pocas antes de oír el agudo lloriqueo de un recién nacido por la ventana de una de las casuchas más humildes. Sus lloros se tornaron más lastimeros a medida que se acercaba al umbral y empezaba a llamar con puño firme. La *balia* abrió la puerta de golpe. El niño tenía la boca pegada al pezón que asomaba entre los pliegues de su vestido y, conforme empezaba a mamar con furia, sus lloriqueos cesaron.

—¿Sí, hermana? —le espetó la *balia* cuando la vio—. ¿Qué hace aquí?

El cabello moreno de la *balia* estaba recogido con un trapo pardo, y le manchaban la pechera del fino vestido vetas de leche amarillenta. A su espalda, sor Pureza vio varios niños que gateaban entre los cestos en el suelo. La criatura emitía tenues maullidos mientras mamaba, sus manos gordezuelas tendidas hacia el pecho.

—Buenos días nos dé Dios —saludó la monja, que miró a la mujer a los ojos—. He venido a liberarla de sus obligaciones. La madre del niño está recuperada, y ahora puede amamantarlo por sí misma.

—¿Qué? —La *balia* frunció el entrecejo—. El hombre me dijo que cobraría el sueldo de dos años por este niño. ¡Es buena leche la que paga!

La anciana monja buscó la bolsa que colgaba de su cuello y la agitó para hacer caer una moneda de oro. Era una de las últimas piezas de oro que había guardado en secreto mucho tiempo atrás, tanto que ya había olvidado cómo las consiguió.

—Tome esto por sus molestias, *balia*. No es el sueldo de dos años pero le vendrá bien hasta que encuentre otro *bambino* que alimentar. —Sor Pureza obligó a la mujer a aceptar la moneda entre sus dedos mugrientos.

En cuanto lo hizo, se apartó la criatura del pecho y se la

dejó a la anciana en las manos sin ningún miramiento. La criatura sólo emitió una débil protesta.

—Entonces, lléveselo. Venga. —La *balia* dio la espalda a la monja y cerró la puerta.

Había un tosco poyo bajo la única ventana de la casucha. Sor Pureza tomó asiento con cautela y sujetó a la criatura firmemente. Con cuidado, empezó a retirar el sucio paño azul que la cubría. La *balia* no le había recortado las uñitas, ni se había molestado en limpiar la mugre aposentada en los diminutos pliegues de grasa. Cuando regresaran al convento, prepararía un bálsamo especial para aliviar las rozaduras en torno al escroto, pensó, mientras volvía al pequeño para ver el alcance del sarpullido en las nalgas.

Entonces lanzó un gemido.

Había algún que otro bultito rojo, pero, por lo demás, la piel de sus nalgas estaba limpia y tersa. No había rastro de la marca de nacimiento roja.

—*Balia!* —Se puso en pie y llamó a la puerta con fuerza—. Éste no es el niño.

Sor Pureza hubo de servirse del resto de las monedas para sacarle la historia completa a la irritada ama de cría. El niño que había llegado a su umbral en plena noche tenía sin duda una marca de nacimiento en forma de cruz en la nalga y había mamado con buen apetito. Pero al día siguiente llegó un mensajero con una carta sellada de la iglesia de Santo Stefano, y otra criatura en sus brazos. La *balia* no sabía leer, pero el mensajero le mostró el sello del preboste de Santo Stefano, y ella le cedió el primer *bambino* para luego aceptar las monedas y el segundo niño.

—¿Y adónde llevaron al primer niño? —indagó sor Pureza.

—No lo sé, a mí me daba lo mismo. —La *balia* lanzó un manotazo a un niño que se le había cogido al delantal—. Una boca hambrienta es igual que otra.

Aturdida, sor Pureza se dio media vuelta y se fue por las calles de Prato. Pasó por delante de mujeres que apoyaban sus cuerpos cansados en rústicas paredes, y de otras que estaban sentadas a la puerta de su casa despiojando a sus criaturas. Alguna que otra le pidió que rezara por ella, y la religiosa asintió inexpresiva. Cuando pasó ante el Palazzo Comunale, se vino abajo y lloró.

«*Dio mio*, no permitas que el prior general me haga esto —había suplicado la muchacha, el rostro crispado tras horas de esfuerzos para dar a luz—. Usted sabe que abusó de mí, hermana Pureza, sabe que el prior general me hizo daño.»

Sor Pureza lloró por lo que había hecho, por lo ocurrido con la novicia y por lo que le ocurriera a ella tantos años atrás. Notaba las heridas tan recientes que casi alcanzaba a oler la sangre de su propio parto mientras imaginaba el rostro de la Virgen, a los pies de la cruz, viendo impotente cómo su Hijo suplicaba ayuda al Padre.

Lucrezia notó el trapo húmedo entre las piernas, la áspera manta que le rozaba el cuello. Fra Piero y Spinetta estaban a su lado, rezaban y la obligaban a meterse en la boca pedacitos de comida. Tenía el cuerpo cada vez más debilitado, y Lucrezia carecía de fuerzas para levantar los brazos siquiera. De todas maneras, sin su hijo, le traía sin cuidado.

—¿Y si tiene hambre? —susurró, la cara vuelta hacia la pared de caliza.

Fra Piero vio que movía los labios y se inclinó sobre su cuerpo.

—¿Qué ocurre, hija mía?

—¿Y si tiene frío? —murmuró—. ¿Y si se pone enfermo?

Los senos le dolían bajo el paño con el que sor Pureza le había vendado el pecho para atajar el flujo de leche, y había momentos en los que hubiera podido jurar que notaba las paraditas de la criatura como si aún la llevara a salvo en su vientre.

—Por favor, Lucrezia, *mia cara*, come algo —suplicaba Spinetta, que le ofrecía rollizas pasas, higos maduros, un finísimo caldo.

Spinetta se preguntó amargamente dónde se estaría escondiendo sor Pureza. Habían transcurrido muchas horas desde su enfrentamiento en el jardín, y Spinetta no alcanzaba a imaginar qué podía estar haciendo la anciana.

—Un poquito de caldo, por favor —le rogó, pero Lucrezia tenía los labios firmemente cerrados.

Cuando Fra Piero se disponía a marcharse, se inclinó sobre la lánguida muchacha y le susurró al oído:

—Filippo dice que la ama y le ruega que conserve sus fuerzas.

—¿Para qué? —preguntó Lucrezia, su respiración caliente y somera—. ¿Ha apelado a sus amistades? ¿Ha encontrado a nuestro hijo? ¿Se cree que aún estoy esperando noticias de Roma?

La muchacha vio desplazarse la sombra del procurador cuando abandonaba la enfermería, y notó la mano de Spinetta en la curva de la cadera, pero no se volvió. Seguía negándose a comer, incluso cuando Rosina se llegó a su lado con un huevecillo duro en la palma de la mano.

—No —susurró, sin mirar apenas a su hermana—. No.

Cuando la noche descendía sobre Santa Margherita, Lucrezia recordó la primera vez que se arrodilló en la capilla del convento y contempló el cuadro de Fra Filippo. Pensó en el placer que había sentido cuando el pintor alabó su hermosura. Y entonces lo vio todo con claridad. Sor Pureza estaba en lo cierto: sus pecados eran enormes, su necio orgullo, más grande aún. Otros la habían imaginado como la Santísima Madre, incluso la habían tomado por ella, y ella permitió que esos halagos determinaran sus pensamientos y empañaran sus actos. Su vanidad había ofendido a la Virgen, y ahora sufría su castigo.

«Virgen María, no permitas que el niño sufra por mis pecados. Perdóname, por favor.»

Lucrezia rezó mientras se sumía en un sueño inquieto. Rezó mientras veía el rostro demacrado de sor Pureza cernerse sobre ella en la oscuridad, comprobando la tela que le ceñía los pechos y cambiando el paño ensangrentado entre sus piernas. Rezó mientras el alba se abría paso por entre la noche en retirada.

—Santísima Virgen. —Sus palabras brotaban en murmullos enfebrecidos—. Acepta mi humilde pesar. A través de mi sufrimiento he llegado a entender tu dolor. Querida Madre, ayúdame y ayuda a mi hijo, por favor.

Fra Filippo vio amanecer el jueves por la ventana de su *bottega*. Había prometido a Lucrezia que nadie volvería a hacerle daño, y ahora estaba sufriendo. La priora había aceptado su oro y luego se había vuelto en su contra; sor Pureza los había traicionado. Lucrezia se negaba a comer y cada vez estaba más débil.

El pintor se imaginó irrumpiendo por la puerta de Santa Margherita para llevarse a Lucrezia por la fuerza. Pero eso era imposible, claro. Sin trabajo, el oro se les acabaría enseguida, y el prior general, o Inghirami, o los Medici, o la Curia —tal vez todos a la vez—, irían a por él y exigirían que pagara por sus pecados.

Fra Filippo se puso el hábito mugriento. Afiló la navaja y se afeitó de cualquier manera, haciéndose un pequeño corte en un costado de la barbilla. Antes estaba convencido de que su talento le granjearía lo que quisiera. Estaba convencido de que los Medici le ayudarían. Ahora veía que había estado sirviéndose de los dones conferidos por Dios como si fueran monedas, trocándolos por las promesas que consiguiera sacar a un hombre o una mujer, para obtener sus deseos, fueran cuales fuesen.

Distraído por las incesantes exigencias por parte de los Medici de que entregara el retablo, había perdido de vista a la auténtica Virgen María. Pero su *Festa della Sacra Cintola* estaba al caer y Fra Filippo estaba decidido a complacerla. De alguna manera mendigaría materiales y empezaría el retablo que le había prometido a la priora Bartolommea, convirtiéndolo en una grandiosa ofrenda a la Santísima Virgen María, protectora de mujeres y niños.

Cantó un gallo en el patio del vecino y las ruedas de los carros empezaron a rodar por Via Santa Margherita. Cuando Fra Filippo cogía un mendrugo de pan, llamaron suavemente a su puerta.

—*Fratello*, soy Paolo. Tengo un mensaje para usted.

El monje, ansioso, abrió la puerta y bajó la mirada hacia el rostro de Paolo. En los meses que llevaba su hermana en el convento, el muchacho daba la impresión de haber crecido varios centímetros. Fra Filippo tendió la mano.

—Dámelo, por favor —dijo, y agitó la mano.

—No hay nota, sólo un mensaje del convento.

Fra Filippo palideció.

—Aprisa, dime de qué se trata.

—La hermana Pureza dice que vaya usted. Es urgente —tartamudeó Paolo, que dejó un andrajoso hábito negro en las manos del pintor—. Póngase este hábito, y lance una piedra por encima del muro del jardín. Luego, aguárdela junto al viejo peral.

Cuando cayó la piedra al jardín, sor Pureza dejó a un lado la cesta de largos tallos de albahaca que llevaba y salió a hurtadillas por la verja del convento. Olió la fruta golpeada que se había podrido en el suelo, y encontró a Fra Filippo cerca del retorcido peral que crecía donde en otros tiempos estuviera el huerto. De no ser por los rasgos característicos del pintor, habría creído que quien la esperaba era otro hombre. El monje que conocía era fuerte, vibrante y aplomado, pero este hombre estaba delgado, la piel en torno a sus ojos, del color cetrino de una vieja magulladura.

—¿Qué le ha ocurrido a Lucrezia? —preguntó.

La anciana monja estaba avergonzada y arrepentida a más no poder.

—Su recuperación es lenta, pero es joven y sanará —aseguró sor Pureza, que miró directamente los ojos inyectados en sangre del monje—. No se preocupe, Fra Filippo, le he pedido que venga en son de amistad.

Sor Pureza no se tomó el lujo de escoger sus palabras con cuidado.

—Spinetta me lo contó todo, *fratello* —dijo—. Ahora no tenemos tiempo para discutir el buen juicio o las razones que lo llevaron a arrastrar a sor Lucrezia hasta su corazón y su cama. Sólo que lo hizo.

—Porque la quiero —le soltó Fra Filippo—. La amo. Ya se lo dije aquel día en mi *bottega*, renunciaría a los hábitos y a la Iglesia, renunciaría a todo por estar con ella.

Hacía mucho tiempo que sor Pureza había dejado de creer en el amor terrenal. Creía, en cambio, que todo amor era espiritual y pertenecía a Dios. Sin embargo, ahí tenía a un hombre apasionado, dispuesto a renunciar a todo en aras del amor. Cuando volvió a mirarle y vio la angustia indisimulada en su rostro, no le cupo duda de que lo que decía era cierto. Estaba enamorado de la muchacha.

—No tengo ni idea de lo que ocurre en el mundo de los hombres —confesó ella—. Pero quiero ayudarle.

Sor Pureza le relató las crueles órdenes del prior general, su visita a la *balia* y la artera traición del preboste Inghirami.

—No sé adónde han enviado a la criatura —dijo—. Pero intentaré encontrarla.

Observó el rostro surcado de arrugas del pintor. Tenía el doble de años que la novicia. No obstante, tal diferencia de edad era habitual entre maridos y mujeres.

—Si los Medici le ayudan, tal vez tenga una oportunidad, Fra Filippo.

El monje empezó a ver con mejores ojos a la anciana, cuya

mirada era amable y sabia, y sin duda debió de ser hermosa en su juventud.

—Gracias —le dijo, con una inclinación de cabeza—. Gracias, hermana Pureza.

Sor Pureza y Fra Filippo entraron a hurtadillas en el convento poco después de la hora sexta, cuando las monjas y la priora estaban reunidas en el refectorio para la comida de mediodía. Todas comían con ganas, y nadie miró hacia la puerta para ver la cenefa blanca de la sotana del monje bajo el sencillo hábito negro mientras cruzaba camino de la enfermería.

—Filippo. —Lucrezia levantó una mano hacia él y luego la dejó caer. Estaba pálida y casi sin vida bajo la sábana blanca—. Se han llevado al niño.

Él la tomó en sus brazos y apretó su rostro contra el de ella.

—Lucrezia. —Respiró hondo. Olía a leche agria y sábanas sin lavar. Sus sollozos eran pequeñas sacudidas contra su pecho—. Lucrezia, *mia cara*, no sabes cuánto lamento todo. Pero tienes que comer. Tienes que mantener las fuerzas.

—¿Para qué? —sollozó—. El niño ya no está, ¿para qué quiero vivir?

—La hermana Pureza lo sabe todo ahora —dijo él, que le apartó el pelo lacio de la cara y le pasó la palma de la mano por la mejilla húmeda y caliente—. Sabe lo que te ocurrió —le susurró—. Y va a ayudarnos.

—¿Cómo? —Lucrezia recordó vagamente a sor Pureza aplicándole un ungüento en el vientre y las piernas durante la noche—. ¿Te ha dicho adónde envió al niño?

A Fra Filippo se le hizo un nudo en la garganta y se atragantó al ver el dolor en su rostro.

—Se lo entregaron a una *balia*.

—¿Lo has visto? ¿Me lo has traído?

Él negó con la cabeza, pero no tuvo valor para decirle que Inghirami había cambiado el bebé por otro.

—Estamos haciéndolo todo tan rápido como podemos. No debes darte por vencida, *mia cara*.

Lucrezia vio la tensión en los ojos de Filippo, lo arrugada y cansada que tenía la cara. Llevó una mano a su mejilla y procuró descansar en sus brazos.

—No me importa nada más, sólo el niño. Tráemelo cuanto antes, Filippo.

El pintor levantó suavemente el rostro de Lucrezia hacia el suyo.

—Sí —aseveró con gravedad—. Te lo traeré.

27

Miércoles de la decimotercera semana después
de Pentecostés, año de Nuestro Señor de 1457

La priora Bartolommea cogió sus gafas nuevas, que le habían sido enviadas de Roma por el precio de un solo florín de oro. Sostuvo la nota de Fra Filippo entre dos dedos y la leyó con una mueca.

Madre Bartolommea:
Tengo intención de mantener mi promesa y pintar el retablo para Santa Margherita. Representará a la Virgen en el momento en que le entrega la *Sacra Cintola* a santo Tomás. Con su permiso, iré al convento para tener la seguridad de que el boceto de su rostro guarda el suficiente parecido con usted. Estoy a su disposición y espero noticias suyas. Este humilde siervo de Jesucristo y la Virgen,

Fra FILIPPO LIPPI

Había transcurrido casi un año desde que la priora rezara con la Santa Cinta de la Virgen en torno a sus caderas, y aún no había recaído sobre el convento ninguna señal de buena fortuna. De haber sido una mujer de otra clase, tal vez la priora Bartolommea lo habría interpretado como un indicio de sus propios errores. En cambio, aceptaba el hecho, como ocurría prácticamente con todo lo demás, con una gran dosis de irritación y no poca petulancia.

Al mirar por la ventana de su estudio por encima de las gafas, atinó a ver el membrillo rebosante de sus frutos dorados y recordó lo mucho que había acariciado la idea de obtener la reliquia, de tener sus luminosas hebras de color verde y oro entre las manos. Estaba convencida de que la buena suerte acabaría por visitarlos, y se había mostrado modesta en sus oraciones: sólo había pedido una mesa nueva para el estudio del convento, grandes cazuelas de hierro para la cocina y algunos fondos en las arcas con los que hacerse el obsequio de un pequeño anillo con piedras preciosas. Pero su suerte no había cambiado. Las relaciones eran tensas entre los muros de Santa Margherita, crecía la brecha entre quienes sentían una profunda simpatía por Lucrezia y quienes, como ella, entendían que Lucrezia se había buscado su propio sufrimiento.

Había tenido que utilizar un florín suyo para las gafas que ahora se sostenían en equilibrio sobre el puente de su nariz y le pellizcaban el rostro al más leve movimiento. Y lo peor de todo, este mes había visto en más de tres ocasiones un extraño tinte rojizo en su orina, sin duda indicativo de que los humores en el interior de su cuerpo estaban desequilibrados. Aunque el prior general le había prohibido cruzar las puertas del convento, ya era hora de que el pintor se pusiera a trabajar en el retablo; los días de la religiosa sobre la faz de la tierra se estaban agotando.

—Hermana Camilla, necesito tinta —anunció la priora con un ademán decidido—. Vamos a escribir a Fra Filippo para decirle que se ponga a trabajar en mi retablo de inmediato.

Sor Pureza vio llegar a Fra Filippo justo después de laudes, cargado con un pergamino enrollado y con su conocida bolsa de cuero al hombro. Observó a la figura de hábito blanco dirigirse a paso lento al estudio de la priora, y luego envió a Rosina a la cocina a por un poco de caldo. Cuando se hubo enfriado, sor Pureza se sentó al lado de Lucrezia y se lo fue dando.

—Ya falta poco para la *Festa della Sacra Cintola* —dijo Lucrezia con voz queda—. Me gustaría estar lo bastante fuerte para ir a rezarle a la Virgen, tal como debería haber hecho el año pasado.

Lucrezia miró a los ojos de la anciana monja y vio que su gesto era de cautela.

—¿Qué ocurre, hermana Pureza? —le preguntó—. Va a devolverme a mi hijo, ¿verdad que sí?

—Estoy haciendo todo lo que puedo —replicó sor Pureza, que sopesó el semblante de Lucrezia—. Ya he acudido a la *balia* a la que enviaron al niño.

—¿Ah, sí? —A Lucrezia se le cortó el resuello—. ¿Y está allí?

—No, *mia cara*, lo siento. Se lo llevaron, pero no sé adónde.

Lucrezia apartó la cuchara que sor Pureza llevaba a sus labios.

—Entonces, no sabe dónde está, y no sabe si podrá encontrarlo —dijo, con una furia que relegó su miedo—. *Bambino mio*.

—Hay muchas mujeres en Prato dispuestas a ayudarnos, pero llevará su tiempo. —La religiosa intentó tranquilizar a Lucrezia.

—Pero me necesita, hermana Pureza. —Los ojos de Lucrezia relucieron con una luz acerada—. Me necesita en este preciso instante.

Sor Pureza tenía la sensación de que había una mortaja suspendida sobre Santa Margherita, lo que imprimía una suerte de lentitud a los cuerpos que dormían en las celdas, trabajaban en el granero y rezaban en la capilla. Sin embargo, en una cruel inversión del aire inánime que acechaba el convento, el *giardino* había alcanzado la plena floración de finales de verano. Por primera vez en muchos años, la madreselva y las judías crecían en furiosa abundancia, sus tallos trepadores entreverados a lo largo del murete del jardín.

Mientras enseñaba a Rosina cómo arrancar las largas judías de los tallos y dejarlas caer en la cesta rebosante a sus pies, sor Pureza intentaba imaginar dónde podían haber enviado a la criatura. El prior general era lo bastante cruel y astuto como para haber enviado al *bambino* a cualquier lugar en las colinas, tal vez a cualquier parte en los estados de Italia. Pero la nueva de la llegada de un bastardo se propagaba con más rapidez incluso que las llagas de un leproso, y la nueva de un niño nacido del vientre de una novicia ya debía de estar en labios de todos los mercaderes y las criadas de Prato. Necesitaba una amiga que pudiera ser sus ojos y oídos en la ciudad, que se mantuviera atenta a lo que ocurría y escuchase los rumores. Para ello, a sor Pureza no se le ocurría nadie mejor que las mujeres del *palazzo* de De Valenti, adonde iban de visita todos los días numerosos mensajeros y comerciantes.

Sor Pureza dejó a Rosina absorta en su trabajo y regresó a su celda, alisó un pergamino sobre la mesa y redactó una nota dirigida a la *signora* Teresa.

Cuando acabó y selló la nota con cera de vela, sor Pureza buscó discretamente al hombre que venía a llevar la leche y la nata del convento al mercado, y le pidió que hiciera llegar el mensaje al *palazzo* esa misma tarde.

—Llévese otro cubo de nata para sus hijos —le dijo al rubicundo campesino al tiempo que le ponía la nota en la gruesa palma de la mano.

El hombre regresó a la mañana siguiente con un elegante sobre de lino sellado con la divisa de la familia De Valenti. La *signora* le comunicaba que Nicola, cuyos ojos y oídos nunca pasaban por alto un chismorreo, había oído que el hospital de la Casa del Ceppo había recibido dos niños a principios de esa misma semana, con sendos tañidos de campana por cada una de las pobres almas llorosas.

«Rezo para que encuentre al niño —le había escrito la *signora*—. Lucrezia se merece un hijo. He percibido su bondad y esta leve trasgresión puede ser el designio de Dios para infundirnos humildad y compasión a todos los que hemos sido bendecidos con mucho más que ella. Si le sirve de ayuda, ofrezco la recompensa de un cerdo cebado a quien nos lleve hasta el niño.»

Tras meterse en el bolsillo la nota doblada, sor Pureza buscó a Rosina y le dio instrucciones de que recogiera otro cesto de judías del jardín y luego podara el aliso. Se detuvo a ver a la priora Bartolommea en su estudio y saludó con un movimiento de cabeza a la religiosa desde el umbral.

—¿De qué se trata? —preguntó la priora, mirando por encima de sus gafas.

—Una madre que se ha puesto de parto en la familia Falconi está aquejada de fiebre —respondió sor Pureza—. Han venido en mi busca, y prometen un cerdo para nuestro corral si acudo de inmediato.

—¿Un cerdo? —comentó la priora con voz débil.

—Dios mediante, estaré de regreso antes de nonas —señaló sor Pureza antes de salir a paso ligero por la verja del convento.

El *ospedale* de Prato no era tan espléndido como el orfelinato de Florencia, ni tan famoso, pero había sido construido por el mismo mercader bienintencionado de Prato, Francesco Datini, en el último arrebato de generosidad que le sobrevino al acercarse su hora final. El edificio se levantaba en el barrio sur de la ciudad, su fachada marcada por una sencilla *loggia*, la llamativa divisa de la familia Datini, y varios redondeles con *putti* esculpidos. Al acercarse sor Pureza al edificio, vio un grupo de niños ya crecidos arracimados en torno a dos monjas que vestían los hábitos pardos de la orden franciscana. Cada pequeño se aferraba a un mendrugo de pan, y nadie prestó atención cuando la anciana monja subió las escaleras y entró en el edificio.

Sor Pureza había traído al mundo a muchas criaturas, pero sólo había estado en el *ospedale* en dos ocasiones. Al acceder a la pequeña rotonda, le salió al encuentro una algarabía de lloros infantiles y un olor acre a orina. Sor Pureza detuvo a una monja que iba aprisa por el pasillo y le preguntó dónde tenían a las criaturas más pequeñas. Sin aflojar el paso, la religiosa asintió en dirección a una salita detrás de la escalera principal.

A solas en sus cunas provisionales, tres diminutos bebés pedían atención a gritos, todos de un rojo intenso por efecto del hambre, todos a la espera de la única *balia* que atendía a los niños abandonados. Al mirar a las criaturas desconsoladas, sor Pureza no pudo por menos de pensar en la elegante sala donde había dado a luz Teresa de Valenti y en las muchas criadas que bañaban, arropaban y alimentaban a su hijo.

Con cautela, la anciana monja cogió en brazos al primer bebé, cuya diminuta cabeza estaba cubierta por una pelusilla rojiza. Le bastó con echar un vistazo debajo de su ropita para ver que la criatura era una niña. Tras besarla en la frente, sor Pureza dejó a la pequeña en su lecho y cogió en brazos otra criatura. Aguardó a que dejara de orinar para darle la vuelta, al tiempo que rezaba para encontrar la marca roja en sus nalgas. No estaba allí.

—Por favor, Santísima Madre, que sea éste —rogó sor Pureza mientras levantaba con cuidado al tercer pequeño. Era de buen tamaño y parecía sano, y por un momento se le aceleró el pulso al pensar en la corpulencia del pintor. Las nalguitas del bebé ya tenían hoyuelos de grasa, pero aparte de eso, su piel no presentaba marca alguna. No era el niño que buscaba.

Aún quedaba una hora de luz cuando sor Pureza regresó al convento y se llegó al jardín de finas hierbas. Rosina había dejado el aliso podado en un pulcro montoncito, y el olor a judía verde hervida impregnaba el aire del refectorio. Cansada y desanimada, la anciana recogió las tijeras de podar para concluir el trabajo de la jornada.

Había hecho todo lo que estaba en su mano, había seguido todas las endebles pistas que se le habían presentado, pero no era suficiente. Lucrezia estaba en lo cierto: el pequeño la necesitaba ahora. Cuanto más tiempo estuviera apartado de su madre, más lejos podían enviarlo y menos probabilidades había de que lo encontraran y lo devolviesen a sus brazos.

—Madre de Dios —oró sor Pureza—, ayúdame a enmendar este desaguisado.

Dejó las tijeras de podar y paseó por el jardín, pasando las manos por las puntas de la albahaca en flor, las espigas de lavanda que habían crecido hasta convertirse en tupidos arbustos desde sus primeros años en el jardín. Cuando le llegó la respuesta, la monja asintió con su anciana cabeza y se fue con una reverencia de agradecimiento. Dejó que la cálida brisa de agosto soplara sobre su piel y respiró el denso perfume de la abundante lavanda.

Por la mañana, cuando Fra Piero llegó para decir misa, sor Pureza lo condujo al jardín. Llevaban sin hablar desde aquel día en la enfermería, cuando ella se había mostrado demasiado furiosa para compadecerse. Pero desde que había tomado la decisión de encontrar a la criatura, tenía la sensación de que el procurador estaba a la espera de que lo abordara. Cuando lo hizo, su semblante se mostró alerta; sus ojos, receptivos.

—He hecho todo lo que se me ha ocurrido —dijo ella—, pero no ha dado ningún resultado. El prior general y el preboste son hombres poderosos. Sólo el mismísimo Dios o la Santísima Virgen podrían obligarles a devolver el niño.

El procurador asintió. Tal vez había sobrestimado a la anciana. Recorrió el jardín con la mirada. Alcanzó a oler el intenso aroma a tomillo secándose al sol sobre las piedras.

—La *Festa della Sacra Cintola* está al llegar, y la atención de todo Prato se centrará en la reliquia —dijo la religiosa—. He rezado mucho, y creo que la intercesión de la Virgen y el poder de su Santa Cinta podrían propiciar el milagro que nos hace falta.

Miró en derredor para asegurarse de que estaban a solas y bajó la voz casi hasta el susurro.

Fra Piero se inclinó hacia ella. Mientras escuchaba a la anciana monja, tenía la mente desbocada. Hizo propósito de rastrear minuciosamente las líneas del ábside, la nave y la capilla en la iglesia de Santo Stefano. Pensó en los preparativos que cada vez con más premura se estaban haciendo para la *festa*. A lo largo del mes anterior, había pasado más tiempo de lo habitual en la *pieve*; había visto la sombra del preboste Inghirami y la forma más menuda del joven Marco atravesando la iglesia juntos, y los había espiado cuando descendían las escaleras que llevaban del campanario a la cripta, convencidos en todo momento de que estaban a solas.

—Me parece que puedo ser de ayuda —dijo lentamente el procurador. Los ojos se le ensombrecieron y luego le chispearon—. Sí, si se me permite disponer de un par de días, creo que puedo conseguir lo que necesita.

Lucrezia estaba medio dormida cuando oyó el paso firme de sor Pureza en la enfermería. Abrió los ojos y vio a la anciana monja plantada junto a su lecho, rodeada de los aromas del jardín, como siempre.

—Lucrezia, sé que sufre. —La anciana le tendió un saquito y lo agitó levemente—. Esto es hierba de San Juan. Aliviará sus dolores y la ayudará a levantar el ánimo. —Hizo una pausa—. Lo sé, hija mía, porque a mí también me ayudó una vez.

La monja profirió un suspiro y acercó el taburete de madera a Lucrezia. La joven la miró cautelosa.

—Lo sé porque a mí también me ayudó una vez —repitió la monja—. Hace mucho tiempo, cuando era joven y hermosa, cometí un terrible error. Pequé y pagué caro por ello.

Lucrezia se frotó los ojos para despejarse, y prestó oídos.

—He sabido lo que es tener las manos de un hombre sobre mi cuerpo, y que una criatura cobre vida en mi vientre —reconoció sor Pureza, poco a poco—. Toda mi vida he sobrellevado esa vergüenza.

Una mirada de compasión asomó al rostro de Lucrezia, y la anciana le puso una mano callosa bajo la barbilla. Con el rostro de la muchacha levantado hacia el suyo, sor Pureza vertió la larga verdad.

—Confundí pasión con amor —confesó, acerándose frente a los recuerdos—. He visto a muchas otras sufrir de la misma manera, Lucrezia. Confunden la pasión con el amor y pagan por sus pecados con sangre.

Meneó la cabeza, recordando cómo había yacido en esa misma sala, tanto tiempo atrás, y jurado que nunca volvería a sucumbir a la lujuria, ni a la debilidad ni a las mentiras. Se le trabó la lengua ante el aluvión de recuerdos y ofreció a Lucrezia una larga y laberíntica confesión en la que reconoció cotas de desesperanza e incertidumbre que nunca había relatado a nadie.

—Si me mostré tan dura con usted, fue por eso. —A la monja se le quebró la voz, y Lucrezia notó que le caían las lágrimas—. Fue porque, al verla, me vi a mí misma. Y me entró miedo.

Sor Pureza vio las mejillas húmedas de Lucrezia y recordó aquel primer día, cuando la novicia le suplicó que le dejara conservar el *panni di gamba* de seda que había traído de su casa.

—No llore, Lucrezia. No es demasiado tarde para usted. Rezaremos a la Virgen. Encontraremos a su hijo.

Lucrezia negó con la cabeza.

—Hermana Pureza, ¿de veras cree que la Virgen me ayudará, incluso ahora?

Sor Pureza se interrumpió. Estaba convencida de que la Virgen veía a la joven que tanto sufría y se apiadaba de ella. Estaba convencida de que la Virgen era buena y misericordiosa, y de que ayudaría a Fra Piero a llevar a cabo la tarea de la que dependía su plan. Pero no se lo podía decir a Lucrezia.

—Creo que la Virgen sabe de la pena que anida en su corazón, y que la quiere, hija mía. —Le enjugó las mejillas a la muchacha con sus ásperos dedos atezados—. Ahora, tome estas hierbas. Es necesario que esté fuerte.

28

Viernes de la decimotercera semana después de
Pentecostés, año de Nuestro Señor de 1457

Velas y lámparas de aceite siseaban y chisporroteaban mientras el pintor caminaba por delante de sus frescos y los observaba al detalle. Había vivido con este ciclo durante casi seis años a estas alturas, y sus historias e imágenes habían llegado a parecerse a las de su propia vida. En la despedida de san Esteban de sus padres, el pintor veía el dolor de perder a su propia madre y luego a su padre; en las escenas de nacimientos veía los lujos que deseaba para Lucrezia; en el martirio de san Juan Bautista veía su propia desesperación; y en Salomé, plena y lozana en su belleza sensual, veía una representación seductora de su amada Lucrezia.

Había estado trabajando toda la noche, pero el monje se cuadró y contempló fijamente la escena del nacimiento de san Esteban. Una *balia* estaba sentada en el suelo de la sala donde se había dado a luz a una criatura que se encontraba en una canasta a su lado. Y, sin embargo, esas figuras no ilustraban como era debido la leyenda de san Esteban en peligro, un relato que Fra Filippo había empezado a ver se asemejaba tremendamente a la vida de su propio hijo.

Mientras el sol iba haciendo tenuemente acto de presencia por el este, Fra Filippo removió una jarra recién mezclada de *terra verde* y arrastró una escalera a lo largo del muro norte de la capilla. Se encaramó al andamio que revestía la luneta y empezó a pintar un *secco*, aplicando una nueva mano de pintura sobre el enlucido ya preparado. Su pincel creó una espectral imagen verde en medio de la plácida escena del alumbramiento: un demonio alado que se inclinaba sobre la cuna de la criatura. El Demonio sostenía al santo recién nacido con el brazo izquierdo mientras colocaba otro niño normal y corriente en la canasta del bendito pequeño. En un instante el Demonio se llevaría al auténtico san Esteban lejos de su madre, mientras ella yacía dichosa y desprevenida en su cama alta.

Durante horas Fra Filippo se centró en la figura satánica verde, haciéndola tan real como las demás figuras en la escena. Luego se alejó y contempló la criatura maligna. Era más infernal, más horrible de lo que se había imaginado. Con esta nueva creación, nadie que contemplase el fresco pasaría por alto los demonios que acechaban la vida del pintor.

Oyó llegar a Tomaso, y pidió a gritos un cubo de yeso. En cuanto el ayudante se encaramó al andamiaje, el pintor cogió el cubo y empezó a elaborar un amplio círculo de *intonaco* en los límites exteriores de la escena. Con diestras pinceladas creó un ama de cría vestida de color anaranjado cuya sencilla túnica caía en gruesos pliegues. En sus brazos tendidos sostenía una criatura, su cabecita redonda, una perfecta esfera escorzada. Entregaba al niño a un religioso a la espera, vestido con un hábito verde que casaba a la perfección con el Demonio *terra verde*. El vínculo entre ambas figuras era inconfundible e imposible de pasar por alto. Aunque el hábito del clérigo era verde en vez de rojo, como la sotana del preboste Inghirami, Fra Filippo estaba convencido de haber pintado una imagen que, a sus ojos, sería como una puñalada en el corazón.

«Inghirami se consumirá de vergüenza cuando contemple esta escena», pensó el pintor, y por un momento su sufrimiento se vio aliviado por algo que se acercaba a la satisfacción.

Se sirvió de un trapo para limpiarse las manchas de pintura de las manos y dejó pinceles y cubos para que los limpiaran sus ayudantes. Aún era temprano, y no quería que supieran que se marchaba para el resto de la jornada; tal vez para muchos días. Tenía que estar a solas para dedicarse por completo al retablo de la Santa Cinta en actitud de penitencia y humildad. Para él, rezar era pintar, y tenía la intención de pintar con todas sus fuerzas.

Con un hatillo al hombro, el pintor salió a paso ligero de la iglesia, tirando con cuidado del carrito en el que llevaba su trabajo. Sólo Fra Piero sabría dónde dar con él.

El carruaje del prior general Saviano entró en Prato y se detuvo en la Pieve Santo Stefano. Abriéndose paso entre las mujeres que fregaban las escaleras, cruzó la puerta principal y pidió jabón de oliva para lavarse las manos, aceite de menta para los pies y sábanas de seda para la cama.

—Ahora mismo —añadió—. Envíenlos a la habitación de invitados de la rectoría, junto con su mejor vino.

El prior general había pospuesto su llegada para la *festa* todo lo posible. No tenía el menor deseo de verse vinculado en público con las aventuras del pintor y, cuando averiguó que Lucrezia seguía convaleciente en la enfermería del convento, tomó la decisión de renunciar a la cómoda habitación en Santa Margherita y alojarse en la diminuta cámara de invitados de Santo Stefano.

El prior general se tomó el vino en cuanto se lo llevaron, luego fue a la cocina privada de Inghirami y pidió una buena comida, haciendo regresar a la criada dos veces a por más pan y salsa. Saludó con un frío asentimiento al padre Carlo, que fue en busca de Inghirami, y decidió no exaltarse cuando apareció el preboste y sacó a colación el drama que estaba teniendo lugar en Roma, donde el papa Calisto III se encontraba gravemente enfermo.

—Me trae sin cuidado lo que esté ocurriendo en Roma —le espetó el prior general Saviano mientras se limpiaba la salsa de los labios—. Quiero ver la *Sacra Cintola* de inmediato. Tengo mis propias oraciones para la Virgen.

—Claro —dijo Inghirami, tan amablemente como le fue posible—. Claro, si lo desea, podemos ir ahora mismo.

La iglesia estaba llena de obreros que pulían la madera con aceite de limón, barrían los suelos, retiraban telarañas y nidos de avispones de los espacios escondidos bajo las escaleras. Detenido delante del altar, Saviano se esforzó por ver qué avances se habían hecho en los frescos, y a punto estuvo de tropezar con un cubo de agua enjabonada.

—¿Quiere que echemos un vistazo más de cerca al ciclo de frescos? —propuso el preboste.

El prior general Saviano miró en derredor, vio que el hábito blanco del pintor no estaba por ninguna parte, y asintió. Fra Diamante y Tomaso se apartaron del camino de los dos clérigos cuando entraron en la *cappella maggiore* para supervisar el trabajo.

—La escena del rey Herodes está muy bien —reconoció el prior general Saviano con un asentimiento a regañadientes—. ¿No cree?

—Sí, sí —respondió el preboste mientras entornaba la mirada hacia las sombras bajo el andamiaje. Tenía la esperanza de ver al joven Marco y hacerle alguna señal al muchacho para que se encontrara con él más tarde en la escalera del campanario. De otro modo, tendría que colgar su cinto de cuerda junto a la puerta del *campanile*, y después aguardar en su lugar de encuentro a que el chico viera la señal.

—¿Qué significa esto? —exigió saber Saviano.

El preboste Inghirami se volvió para ver al clérigo sonrojado, que agitaba una mano en dirección al muro bajo la vidriera norte.

—¿Ocurre algo? —preguntó Inghirami.

—Compruébelo usted mismo —bufó Saviano, a la vez que hacía un gesto furioso.

A los ojos de Inghirami les llevó un momento dar con el

demonio verde y discernir el mensaje que había insertado Fra Filippo en su pintura. Su mirada pasó de los hábitos verdes del clérigo a las alas verdes del demonio y luego a la cenefa verde en torno a los pies de la elegante sotana del prior general Saviano. Aunque decía la leyenda que al pequeño san Esteban lo crió una gama y luego lo encontraron en el bosque y quedó al cuidado de un obispo benévolo, parecía evidente que Fra Filippo, al pintar al clérigo y al demonio del mismo color, quería dejar implícita la conexión entre ambos, un malvado vínculo que los unía en su voluntad de causar mal.

—No tiene mayor importancia, excelencia —susurró el preboste. Lanzó una mirada cargada de intención hacia Fra Diamante y Tomaso, que dejaron lo que tenían entre manos y centraron su atención en los dos hombres—. No es más que la imaginación desbocada de un artista enloquecido.

Inghirami no tenía el menor deseo de tomar al prior general por el brazo y llevárselo de allí, y se le quitó un peso de encima cuando el prelado entendió que era el momento adecuado para dar la espalda al fresco y marcharse de la *cappella maggiore* acomodándose el faldón de la sotana con un gesto dramático.

—¿Quién se ha creído que es ése? —rezongó el prior general.

—Lleva al diablo dentro —susurró Inghirami—. Lo lamentará.

Mientras iban a largas zancadas hacia la capilla de la Santa Cinta, el preboste Inghirami buscó entre el manojo de llaves que colgaba de su cinturón la que abriría las verjas de bronce. Los dos hombres guardaron silencio mientras la capilla se les abría con un lento chirrido.

Un intenso haz de luz entró a través de la vidriera circular al fondo de la capilla, y el polvo agitado por la verja remontó el vuelo, arremolinado y titilante al recibir la luz del sol. Estaban quemando incienso cerca de allí, y el aire olía a mirra cuando los dos hombres se acercaron al cofre enjoyado que contenía la santa reliquia.

Tal como tenía por costumbre cada vez que se disponía a abrir el relicario, el preboste Inghirami hizo una genuflexión y se persignó.

—*Sancta Maria, Mater Dei, ora pro nobis peccatoribus, nunc, et in hora mortis nostrae.*

—Amén. —La voz del prior general resonó en la cámara silenciosa.

A punto estuvo de abrir el cofre con sus propias manos, pero los movimientos rápidos de Inghirami se lo impidieron. El preboste se inclinó, posó los dedos sobre la tapa del relicario con sus volutas doradas y se sirvió de los pulgares para manipular los mecanismos que lo mantenían cerrado. Respiró hondo y levantó la tapa.

La caja estaba vacía.

El preboste lanzó un grito ahogado y reculó, aterrado.

—¿Qué significa esto? —exigió saber el prior general Saviano por segunda vez en apenas una hora.

—Díos mío, no tengo la menor idea. —Se percibió un profundo temblor en la voz de Inghirami, que se quedó mirando fijamente el cofre y luego lo cerró de golpe.

—¿Tengo que recordarle que su deber más importante es tener vigilada la reliquia de la Virgen? Si la *Sacra Cintola* no está aquí, ¿dónde está?

—No lo sé. —El preboste se pasó un escuálido dedo por dentro del alzacuello.

—Usted tiene la única llave, y es su deber explicar qué demonios ocurre aquí —le espetó el prior general.

—Yo no la tengo, eso se lo aseguro. —Inghirami cayó de hinojos.

—Santa Madre María —rogó—. Dime qué está ocurriendo aquí.

El prior fulminó con la mirada al preboste.

—Levántese —le ordenó Saviano con un siseo—. No es

momento de oraciones, sino de pasar a la acción. El robo de la cinta es un crimen punible con la muerte. Si no hay otro culpable, será usted quien cargue con la culpa.

El preboste cerró los ojos y respiró hondo. Nunca había tenido la menor intención de contarle a nadie que había cedido la *Sacra Cintola* a Cantansanti el año anterior, pero, si se veía obligada a ello, sin duda la priora Bartolommea confesaría haber tenido la Cinta en su poder, y lo implicaría en su desaparición. Más valía confesar todo lo que sabía ahora, mientras contaba con la atención del prior general. Y cabía la posibilidad, pensó, la posibilidad al menos, de que la priora y los Medici hubieran conspirado para llevarse la Cinta por segunda vez.

Armándose de valor para arrostrar la ira de Saviano, Inghirami le relató apresuradamente el día que llegó Cantansanti a Santo Stefano y pidió —no, exigió— que se le cediera temporalmente la Cinta.

—Cantansanti traía una orden sellada de Roma, con instrucciones de que le cediera la *Cintola* —dijo—. Tengo buenas razones para creer que los Medici llevaron la reliquia al convento y la dejaron en secreto al cuidado de la priora Bartolommea.

—¿Cómo? —exclamó el prior general—. ¿Cómo pudo ocurrir tal cosa sin mi conocimiento?

—Fue por el pintor, estoy casi seguro —respondió el preboste con voz queda—. El mismo día que la Cinta salió de la capilla, sor Lucrezia abandonó el convento. El mes siguiente, el cuadro que llaman la *Milagrosa Madonna* apareció en casa de De Valenti.

La priora Bartolommea oyó la campana a la puerta del convento y lanzó una mirada de asombro en dirección a sor Camilla al apercibirse del sonido de corceles en el camino.

—¿Quién es?

Sor Camilla se precipitó a la ventana.

—El prior general —le informó.

La priora se quitó las gafas y las escondió en el bolsillo de su hábito.

—¿El prior general Saviano? ¿Esperamos su visita?

—Estoy aquí ahora —anunció el prior general, que irrumpió en la estancia seguido de cerca por el preboste—. ¿Qué importa si esperan mi visita?

La priora se levantó y rodeó la mesa.

—Hermana Camilla, déjenos a solas —ordenó Saviano. Le palpitaban las sienes mientras esperaba a que la secretaria y el preboste se fueran. Luego cerró la puerta a su espalda.

La priora y él quedaron a solas.

—¿Cómo se atreve a apoderarse de la Santa Cinta? —Pronunció cada palabra con precisión.

La priora hizo el esfuerzo de aguantar la mirada furiosa del hombre.

—Le aseguro, prior general, que no sé de qué me está hablando.

—No me mienta. —Se irguió en toda su imperiosa altura—. La Cinta estuvo en este convento. Ahora ha desaparecido de nuevo. Tiene que devolverla de inmediato.

La priora Bartolommea notó que le sobrevenía un sofoco. El prior general parecía estar absorbiendo toda la luz y el aire de su estudio. Pero su malestar no cambiaba el hecho de que no tenía la Santa Cinta de la Madre de Dios, ni la había visto desde hacía casi un año. Así se lo explicó a Saviano.

—Sólo el emisario de los Medici podría haber dispuesto semejante transferencia, y *ser* Cantansanti lleva sin venir a Prato más de un mes —adujo la religiosa, en un intento de mantener las ideas claras y apelar al buen juicio del prior general—. Si la santa reliquia no está en su lugar, sólo el preboste puede conocer su paradero.

—¿Son ésas sus últimas palabras, madre?

—No puedo decirle lo que no sé —respondió, con la barbilla temblorosa.

—Muy bien. —El prior general Saviano abrió la puerta con tanta fuerza que a punto estuvo de derribar al preboste.

Al ver la cara pálida de Inghirami, le amenazó en un siseo:

—Por su propio bien, Gemignano, si sabe dónde está la Cinta, dígamelo ahora mismo.

—Se lo juro por la salvación de mi alma —tartamudeó el preboste al tiempo que reculaba—. Fue repuesta sin incidentes tras las verjas cerradas de la capilla hace casi un año. Las puertas no se han abierto desde entonces. —Inghirami recordó la terrible suerte de los dos hombres que habían sido ahorcados en la plaza por el intento de robo de la Cinta el siglo anterior—. Tiene que estar aquí —insistió—. Registre el convento, se lo ruego.

El prior general se volvió hacia la priora.

—Si la encontramos en las dependencias del convento, priora Bartolommea, responderá ante Roma.

Anonadada, la priora notó cómo se le aflojaba la vejiga y un cálido hilillo le bajaba por la pierna mientras el prior general se iba hacia el patio.

—¡Prior general, somos humildes siervas del Señor! —gritó al tiempo que lo seguía renqueante—. No hay ninguna ladrona entre nosotras.

El prior general miró en derredor y ella siguió su mirada. Las monjas se habían arracimado en las ventanas y las puertas de la sala capitular y bajo los arcos del claustro ajardinado. La hermana Isotta se mecía como un alto cedro y la rolliza hermana Maria se retorcía las manos con un trapo de cocina.

—Bien sabe que hemos hecho voto de pobreza y humildad —añadió, débilmente.

—¿Dónde están las novicias? —indagó Saviano en voz baja.

—Tenemos tres novicias —respondió la priora con delicadeza—. Supongo que las tres están en la enfermería, donde reposa sor Lucrezia.

El prior general entornó los ojos.

—Tráigamelas —dijo.

—Me temo que sor Lucrezia no se ha recuperado todavía de su terrible experiencia —respondió la priora.

El prior general se le acercó más.

—La última vez que la Cinta salió de Santo Stefano, la trajeron aquí por causa de esa muchacha —explicó—. Si usted no me quiere decir dónde está la Cinta, tal vez me lo diga ella.

—Hermana Maria —llamó la priora—. Vaya a la enfermería a buscar a la hermana Lucrezia.

La oronda monja asintió con solemnidad y empezó a darse la vuelta, pero entonces sor Pureza apareció por la arcada del claustro. Todos posaron en ella sus ojos mientras caminaba directamente hacia el prior general y se plantaba sobre su sombra.

—La hermana Lucrezia ha sufrido un grave trauma. No se la puede molestar —dijo.

El prior general la miró con ojos entornados.

—¿Quién es usted para hablarme de semejante manera? —exigió saber con voz áspera.

Sor Pureza no se arredró. Ni tan sólo parpadeó.

—La novicia fue un peón en el asunto de la Cinta, pero no volverá a serlo —arguyó.

El clérigo se quedó mirándola fijamente desde su altura. Ella se le acercó y bajó el tono de voz.

—No encontrará aquí la Santa Cinta —continuó—. Sólo el preboste tiene la llave y, como bien puede ver, nunca se aleja de ella.

El prior general Saviano siguió la mirada penetrante de la anciana monja y observó la llave de hierro forjado que colgaba del cinto de Inghirami.

—Si no se desprendió del cinturón para que se utilizara esa llave, no hay explicación de este mundo para su desaparición.

Vio cómo se le nublaba el rostro al preboste y dio dos pasos más hacia él.

—Preboste Inghirami, nadie salvo usted puede cargar con

la responsabilidad de la desaparición de la Cinta, y la Curia lo sabe. Pero hay otra posibilidad que tal vez no ha tenido en cuenta.

—¿Y cuál es, hermana? —Aunque su voz seguía sonando desdeñosa, sor Pureza alcanzó a ver que el preboste estaba conmocionado.

—Durante cientos de años la Virgen de la Cinta ha intercedido por mujeres y madres —le explicó—. Se apareció ante el obispo de Medina cuando ofendió a una de sus fieles y le dio un susto de muerte.

Sor Pureza se volvió para asegurarse de que tanto el preboste como el prior general la oyeran. Saltaba a la vista por sus expresiones que sus palabras los tenían fascinados.

—La Madonna de la Santa Cinta es santa patrona y protectora de madres e hijos. Si la cinta no está en el cofre, es posible que la Virgen Madre la haya retirado como expresión terrenal de su justa ira. Y por una buena razón.

Nadie se movió. Ni siquiera la priora, que tanto deseaba acercarse para oír lo que estaba diciendo la anciana monja, dio un paso.

—La Virgen se manifiesta por medio de la *Sacra Cintola* —dijo sor Pureza—. Sus milagros se realizan a través de la Cinta. Sus deseos se comunican por medio de la Cinta, preboste Inghirami.

—Es usted una vieja necia —le soltó el prior general, recuperando por fin su voz.

Sor Pureza se volvió hacia él. Aunque era menuda y estaba encorvada, la diferencia de tamaño pareció de súbito insignificante.

—¿Qué otra cosa puede ser, salvo que la Virgen María de la *Sacra Cintola*, protectora de madres e hijos, está disgustada con lo que ha ocurrido aquí en Prato?

Miró fijamente con sus ojos grises al prior general, luego al preboste.

—La Cinta no está aquí. Sugiero que vuelvan la mirada

hacia su interior y sopesen con devoción qué puede haber ocurrido que ofenda a Nuestra Santa Madre.

Tras haber dicho lo que quería, sor Pureza se retiró caminando hacia atrás sin apartar la mirada de la del preboste. Mientras tanto, los caballos hollaban la tierra, los cerdos hocicaban el barro y, por encima de sus cabezas, los halcones volaban describiendo círculos.

El prior general se volvió hacia la priora. Le pareció oler a orina al acercarse a ella.

—Volveremos, priora —le advirtió—. Más vale que tenga cuidado de cómo se dirige a mí, tanto usted como las monjas a su cargo.

Mientras sus caballos enfilaban al trote Via Santa Margherita, el preboste Inghirami se sintió mareado de ansiedad. Aflojó el paso para ponerse a la altura del corcel negro del prior general.

—¿Y si la anciana está en lo cierto?

—No sea necio. —El prior general ni siquiera se dignó mirarle mientras meneaba la cabeza.

—En el nombre de Dios, no puedo descartar lo que ha dicho. He sido testigo del poder de la Cinta en muchas ocasiones. He visto cómo la *Sacra Cintola* curaba a un niño de la lepra y detenía la hemorragia de una madre que había perdido tres criaturas antes de dar a luz gemelos dos meses después de haber tocado la *Cintola*. No puedo pasar por alto lo que ha dicho sor Pureza.

El prior general tenía la cabeza desbocada. Estaba convencido de que la anciana había pergeñado de alguna manera una trama para infundir a Inghirami el miedo de Dios. Pero ¿y si no era así? ¿Y si la mismísima Virgen María había sustraído el cinturón? En Florencia, había visto a la milagrosa Santa Madre traer de regreso a un niño que se encontraba a las puertas de la muerte y curar a un anciano del que se había apoderado la ira de Satán. El poder de la *Sacra Cintola* era legendario de punta a punta del país, y todo el mundo sabía que le había curado su útero maltrecho a la noble *donna* Josefina da Liccio di Verona cuando viajó hasta Prato para la *festa* unos años atrás.

—La fiesta se celebra dentro de tres días —dijo Inghirami cuando el campanario de Santo Stefano se hacía visible por encima de los tejados—. Si la *Sacra Cintola* no está aquí la mañana de la *festa*, podemos tener la certeza de que los guardias de la Curia harán acto de presencia para la noche.

El prior general Saviano hizo detenerse a su montura en la Piazza della Pieve. Los halcones que habían estado sobrevolando el campo allende el convento parecían haberlos seguido. Ahora un enjambre de mosquitos pendía en el aire en derredor en una zumbante nube parda, y mercaderes y mensajeros en la plaza abrieron un amplio círculo en torno a ellos. El prior general agitó las manos para escindir la aglomeración de insectos.

—¡Maldita sea la vieja monja! —gritó, y su caballo resopló y coceó el suelo—. No puede decirnos qué hacer.

—Con todo respeto, prior general, la Virgen tiene más fuerza que cualquier hombre, y su poder se extiende por la tierra y los cielos. —El preboste se propinó una palmada en la cara para aplastar un mosquito—. Imagine llegar a las puertas de la Eternidad y encontrarse con que la Santísima Madre está furiosa con usted.

Los dos hombres sintieron un escalofrío y cruzaron un asentimiento de mudo acuerdo.

Lucrezia se incorporó en el lecho cuando sor Pureza entró en la *infermeria*. La anciana tenía las mejillas arreboladas, los ojos alerta.

—Rosina me ha dicho que el prior general está aquí —dijo la joven, con un nudo en la garganta—. ¿Es cierto?

—Ya se ha ido. No se preocupe, querida, no se acercará a

usted. —Sor Pureza irguió los hombros encorvados—. Ha venido debido a la desaparición de la *Sacra Cintola*.

—¿La han robado? —exclamó Lucrezia—. ¿Quién haría tal cosa?

—No ha sido robada. —Sor Pureza tomó a Lucrezia de la mano—. Creo que puede ser el milagro que estábamos esperando —le susurró—. La Virgen ha visto la apurada situación en la que se encuentra usted y ha atendido sus plegarias. Y creo que ahora se está manifestando.

Lucrezia notó un escozor en los ojos. Retiró la mano suavemente de la de sor Pureza y apartó la manta que le cubría las piernas. Se levantó de la cama y, sin sentir apenas dolor en la entrepierna, se arrodilló en el duro suelo. Se persignó y empezó a rezar.

Afuera, cerca del pozo en el jardín de la sala capitular, sor Bernadetta y sor Maria oyeron a Lucrezia a través de la puerta abierta de la enfermería.

—Ave María, llena eres de gracia, el Señor está contigo. —Su voz sonaba alta y clara—. Bendita Tú eres entre todas las mujeres y bendito es el fruto de tu vientre, Jesús.

—Está rezando —se cercioró la hermana Maria, que notó cómo la inundaba la alegría al oír la fortaleza que denotaba la voz de Lucrezia. Hizo la señal de la cruz y se arrodilló junto al pozo.

Conmovida por la compasión de la hermana Maria, sor Bernadetta también se arrodilló y empezó a rezarle a la Virgen María.

—Santa María, Madre de Dios, Virgen de la Santa Cinta. —Sus voces se aunaron y remontaron el vuelo a lomos del viento que salía por la puerta de la enfermería, por encima de los muros del convento, hasta las calles de Prato.

Lucrezia rezó el día entero y continuó durante vísperas. Los rumores de la desaparición de la Cinta pasaron de los labios del mozo de cuadra del convento y se propagaron como el fuego por las casas más humildes de Prato. Salieron las estrellas y la luna fue testigo de la devoción de Lucrezia. Sus súplicas fueron percibidas en los dedos de las solitarias tejedoras de Prato, que trabajaban junto a las últimas ascuas en sus hogares; conmovió a las criadas del *palazzo* de De Valenti, que habían escuchado a escondidas a la puerta de la habitación de su señora y se habían enterado del infortunio de la joven. La vigilia de Lucrezia y las noticias de la desaparición de la Cinta enternecieron el corazón de mujeres en estado de buena esperanza, e incluso la madre de Rosina, que comía los últimos restos de sus gachas sin sustancia apenas antes de acostarse, se vio rezando con más empeño de lo habitual para implorar la benevolencia de la Madre de la Santa Cinta.

Cuando Teresa de Valenti besó la frente a su hijo Ascanio esa noche y recordó su nacimiento casi un año atrás, elevó una oración de agradecimiento a la Virgen de la Cinta y le rogó que bendijera a Lucrezia y a su hijo.

—Se llevaron al pequeño, y ahora dicen que ha desaparecido la Cinta —susurró de rodillas la *signora* Teresa, con un costoso rosario entre las manos—. Querida Madre, enmienda el entuerto, te lo suplico. *Ave Maria, gratia plena.*

Ninguna de las mujeres que rezaron esa noche sabía a ciencia cierta que el niño desaparecido y la reliquia robada estaban vinculados. Nadie vio a Fra Filippo bosquejar a la luz de una vela en el viejo molino de piedra junto a la pequeña morada de Fra Piero. Nadie visitó al preboste Inghirami ni oyó sus desesperadas súplicas a la Virgen.

Pero si alguna de ellas se hubiera puesto la capa, hubiera paseado hasta la orilla del río Bisenzio y hubiera levantado la vista hacia las ramas del ciprés más alto, tal vez habría visto el paño oscuro oculto entre las tupidas hojas del árbol. Y si se hubiera encaramado a una altura similar a la de un hombre encima de otro y hubiera tirado de un cordel suelto que colgaba de la seda negra, la *Sacra Cintola*, reluciente a la luz de la luna, tal vez se habría desprendido del envoltorio y habría caído entre sus brazos a la espera.

29

Lunes de la decimocuarta semana después
de Pentecostés, año de Nuestro Señor de 1457

El amanecer aún estaba lejos cuando una mano invisible tiró de la campana a las puertas del convento, pero sor Pureza ya estaba despierta, y a la escucha. Su cuerpo agarrotado se incorporó de inmediato, sus ojos escudriñaron el pasillo polvoriento del dormitorio mientras se apresuraba a salir al frescor de la noche. La anciana monja oyó los susurros de vacas y cerdos en el corral a oscuras, y unos ronquidos le salieron al encuentro por la ventana cuando su hábito pasó susurrante por delante de los alojamientos privados de la priora.

A la puerta, sor Pureza abrió una mirilla en los tablones de madera.

—¿Quién anda ahí?

No le sorprendió que sólo el silencio respondiera su pregunta. En la quietud del patio, oyó unas pisadas que avanzaban suavemente y se volvió para ver acercarse a Lucrezia.

Sor Pureza descorrió el pestillo y abrió la puerta. Había una canasta en la losa de la entrada, dentro de la que yacía un niño envuelto en una manta. La anciana monja miró a derecha e izquierda, pero no había nadie a la vista. El amanecer rompía en una fina línea en el horizonte cuando la criatura dejó escapar un débil lloro.

—*Bambino mio.* —Lucrezia apartó a sor Pureza y se hincó de rodillas. Levantó al niño en brazos y se lo llevó al pecho para abrazarlo con fuerza. Olía a leche y a la fría neblina del amanecer.

—¡Por fin! —gritó, hurgando entre los pliegues de la manta para dar con sus manitas—. Tiene frío, hermana Pureza —exclamó, entre risas y lloros—. Mi pequeño Filippino tiene las manos frías.

Apretó al niño contra sí y lo meció adelante y atrás, abandonándose de inmediato a la rítmica oscilación natural de la maternidad. Lucrezia no tenía la menor duda: la Santísima Madre había protegido a su hijo, atendido sus súplicas y devuelto su pequeño a sus brazos.

—Gracias, Madre Bendita. Gracias —dijo.

Pero sor Pureza no se daba por satisfecha con tanta facilidad. Tras cerrar la puerta del convento, tendió los brazos con ternura hacia el bebé.

—¿Qué ocurre? —preguntó Lucrezia con voz aguda—. No se lo voy a dar, hermana Pureza. Es mío. La Virgen me lo ha devuelto.

—Calle, calle, no pasa nada, Lucrezia. Sólo quiero tener la seguridad de que es su hijo.

—Claro que es mi hijo, la Virgen me lo ha enviado, es el milagro por el que rezamos.

—Sí, claro que sí —asintió sor Pureza mientras le acariciaba el cabello húmedo a la muchacha—. Hay una marca, Lucrezia. El Señor le dio a su hijo una marca de nacimiento, para que pudiera reconocerlo siempre, lo enviaran adonde lo enviasen.

Lucrezia dejó de aferrarse con tanta fuerza al pequeño.

—Si es niño, tiene que ser Filippino —insistió, con los ojos empañados—. Tiene que ser él.

Abriendo la manta del niño sin quitárselo a Lucrezia de los brazos, sor Pureza apartó hacia un lado los pliegues. El niño llevaba el culito cubierto con un paño. Aflojó los nudos y le dio la vuelta.

—Sí. —Dejó al descubierto la crucecita roja para que Lucrezia la pudiera ver—. Es su hijo. La Virgen de la *Sacra Cintola* se lo ha devuelto, sin duda.

Cuando Fra Piero entró en la enfermería a la hora prima, la criatura estaba al pecho de Lucrezia. Hizo un pequeño esfuerzo por cubrirse, pero estaba demasiado tranquila y satisfecha para mostrarse innecesariamente modesta.

—Dígaselo a Fra Filippo. —Su voz sonó densa—. Dígale que la Virgen Madre me ha devuelto el niño, y el Señor lo ha marcado con la señal de su bendición.

Sonrió con ternura, su rostro radiante. El niño estaba caliente en el pliegue de su brazo, su cuerpo anidado contra ella, la piel de su pecho y la rolliza calidez de su carita una contra otra. Llevó un dedo sobre la palma húmeda de la criatura y Filippino la cogió con su manita, las uñas translúcidas palpitantes con su sangre. Tenía los ojos cerrados, sus mejillas se llenaban y volvían a vaciarse, sus labios se fruncían con la tarea constante de mamar. Sus párpados, humedecidos y de un color púrpura, se agitaron cuando retiró la boca del pezón. Lucrezia apartó los ojos azules de la criatura y buscó los del procurador.

—Fra Piero —le pidió—, haga el favor de decirle a Filippo que venga a llevarnos a casa.

Al menos por décima vez, la madre Bartolommea escudriñó la canasta que habían dejado delante de la puerta del convento. Negó con la cabeza y le murmuró a sor Camilla:

—Tenía que haber algo de oro, algo en la cesta, una señal de gratitud de la Virgen —repitió—. El niño llegó al mundo aquí, dimos cobijo a su madre, hemos soportado la ira del preboste y el prior general.

La priora se estremeció con sólo pensar en el prior general

Saviano. ¿Qué diría cuando oyera que el niño le había sido devuelto a Lucrezia y estaban los dos juntos allí, contraviniendo sus deseos explícitos?

—Hermana Camilla —dijo con aplomo—, el prior general ha sido muy claro. No quiere al niño aquí, en las dependencias consagradas de la orden.

Sor Camilla tenía la nariz de un color rojo intenso. La priora Bartolommea se la miró con detenimiento. Desde luego esperaba que la secretaria no estuviera conmovida por el regreso del pequeño, ni se mostrara compasiva con la necia situación en la que se había metido Lucrezia.

—La madre y el niño tienen que marcharse —anunció la priora—. En cuanto puedan. No hay lugar para fornicadores entre nuestros muros, hermana Camilla.

—¿Y qué hay del retablo, priora?

La priora parpadeó y buscó sus gafas. Le pareció ver una sonrisilla en los labios de sor Camilla.

—Ya está en marcha —respondió. Tendió las manos hacia su mesa y rebuscó un pergamino que desenrolló y entregó a la hermana con un gesto dramático—. El pintor ha accedido por escrito. Tiene el mismo valor que un contrato.

En la modesta casa de su amigo allende las murallas de la ciudad, Fra Filippo retrocedió y contempló las dos obras que había apoyado en la pared. Una era el panel de arce dispuesto con el boceto detallado para el retablo del convento; la otra era *La Adoración del Niño* para los Medici.

Había pasado la mayor parte de los dos días anteriores escondido de Cantansanti para bocetar la pieza para el convento, con la Santísima Virgen entregando la *Sacra Cintola* a santo Tomás. Estaba convencido de que el retablo sería hermoso, la Virgen en una mandorla en contraste con el cielo verde azulado, santo Tomás arrodillado a sus pies con la lana verde y los cordones dorados de la Cinta entre las manos. La priora también estaría presente, como era obligatorio, sus rasgos hoscos y sus manos entrelazadas, austeros sobre el negro de su hábito mientras, también ella, se arrodillaba a los pies de la Virgen junto a los santos Margarita, Gregorio, Agustín y dos más. La Virgen —al fin y al cabo, la obra era a mayor gloria suya— sería espectacular. Y santa Margarita, patrona del convento, tendría el hermoso semblante de Lucrezia.

Los planes para esta obra lo habían entusiasmado en un primer momento, mientras vertía en el diseño sus oraciones compungidas a la Virgen. Pero ahora, no hacía más que volver la mirada hacia *La Adoración del Niño* de los Medici. No podría ocultarse mucho más tiempo del emisario.

Con la cabeza gacha, Fra Filippo se acercó para estudiar su hermosa Virgen arrodillada en el bosque. Vio el rostro de Lucrezia, el púrpura *morello* del vestido y la *benda* de delicadas perlas que luciera el primer día que acudió a su *bottega*. La Virgen sonreía con ternura mientras adoraba a su Hijo y toda la luz del mundo parecía atrapada bajo su piel reluciente. En las profundidades, el olmo se aferraba a su parra y el lecho del bosque estaba sembrado de las más delicadas flores violetas.

Ahora ya sólo faltaba el rostro del Niño.

Un año atrás, anhelaba ver el rostro de su Madonna, y Dios se lo había mostrado. Ahora ansiaba ver el rostro de su hijo. *Ser* Francesco podía traer todo un ejército a su puerta, podía vapulearlo con sus propias manos, pero mientras Lucrezia siguiera en el convento y su hijo continuara desaparecido, Fra Filippo era consciente de que no sería capaz de acabar este retablo. No podía pintar otra criatura hasta que viera el rostro de la suya.

—Filippo, buenas noticias, loado sea Dios.

El monje se volvió al oír a su viejo amigo en el umbral. El rostro de Fra Piero se veía rubicundo, su torcida sonrisa, radiante.

—Acabo de llegar del convento. Su hijo ha sido devuelto, fuerte y sano...

—*Robusto?* ¿Mi hijo? —Fra Filippo no estaba seguro de haber oído bien al procurador—. ¿Han devuelto a mi hijo?

—Sí, hoy, esta mañana se han reunido madre e hijo.

—Tengo que verlos, *pronto.*

El monje hizo ademán de apartar al procurador para abrirse paso, imaginándose ya la bienaventurada escena que le esperaba en el convento.

—Alto. —El procurador levantó una mano.

—¿Ocurre algo? —A Fra Filippo se le nubló el semblante—. ¿Qué me oculta?

—La priora no le permitirá llevárselos a la vista de todo el mundo. Debe esperar hasta la *festa*, cuando Lucrezia y el *bambino* estén a solas en el convento. Entonces los podrá traer a casa.

Con un hábito blanco que necesitaba urgentemente un buen lavado, Fra Filippo regresó a su *bottega*. Envolvió sus preciadas obras en una vieja cortina y guardó con sumo cuidado las pinturas y el panel recién bosquejado en un rincón de la estancia, donde estuvieran a salvo. Luego el monje se dirigió a la Piazza Mercatale.

Aunque se llevara a Lucrezia y al niño de Prato, seguirían necesitando muchas cosas, y pronto: una cuna y ropa de cama; un almohadón para la silla de Lucrezia, un diminuto pedazo de coral que colgar al cuello del bebé para mantener a raya a los malos espíritus. Con la esperanza de que su plata comprase todas esas cosas, el monje se apresuró por las calles, sumándose al gentío que había llegado a la ciudad para la *festa* en ciernes.

A las puertas de Santo Stefano, penetró en la luz polvorienta del edificio y se detuvo ante las verjas cerradas de la capilla de la *Sacra Cintola*. Allí cayó de hinojos y miró el cofre. La Santa Madre había accedido a lo que le habían suplicado.

—*Sancta Maria*, Madre de Dios. A ti me encomiendo.

Con una sensación de vigor renovado, el monje habló a voz en cuello y gesticuló con exuberancia. Una vez que hubo terminado, se incorporó y se palmeó el faldón del hábito. Mirando de soslayo hacia la *cappella maggiore*, donde sus ayudantes continuaban con el repiqueteo de su trabajo, pensó en los muchos días y las largas noches que había pasado allí en amarga tribulación. Ese mismo espacio de la iglesia parecía ahora transformado por su dicha.

Se sintió arrastrado nave adelante, hasta la *cappella*, fascinado por la escena en que san Esteban era cambiado por otra criatura al nacer. Desplazó la mirada hacia el demonio verde, hacia la *balia* con el vestido anaranjado, y fue a posarla en la *sacra cerva*, la santa cierva que había amamantado al pequeño santo y lo había mantenido con vida, según la leyenda. Las patas de la cierva, hermosamente dobladas bajo su cuerpo, estaban aún relucientes debido a la última mano de color que había dado instrucciones de aplicar a sus ayudantes.

—*Grazie* —le susurró el pintor a la *cerva*—. Gracias por cuidar de mi hijo.

—Buen maestro. —La voz sonó queda, pero justo a su espalda, en su oído. Fra Filippo se volvió. Era el joven Marco. El muchacho tenía una mancha de pintura en la mejilla, un trazo pardo del color del pelaje de la cierva—. Maestro, he acabado todos sus encargos, y espero que eche un vistazo a lo que he hecho y me diga si es bueno.

El pintor se quedó mirando al chico, sus ojos tersos como los de la gama que había amamantado al pequeño san Esteban durante los días que pasó perdido en el bosque.

—Joven Marco. —Pronunció el nombre del *garzoni* con especial cariño. Durante el resto de sus días, cada vez que oliera el jabón de aceite utilizado para fregar los suelos de la iglesia, recordaría ese momento—. Sí, joven Marco, es bueno. Lo que has hecho es bueno.

Al amanecer del día siguiente, el preboste Inghirami estaba arrodillado en su cámara privada. Las calles se hallaban en silencio, pero no seguirían así mucho rato. Los peregrinos iban llegando desde lugares tan lejanos hacia el sur como Calabria y tan distantes hacia el norte como Piemonte, y un grave zumbido empezaba a colmar el barrio en torno a la iglesia. Daba la impresión de que la ciudad entera había oído los rumores de la Cinta desaparecida, y sólo su firme negativa, respaldada por las mentiras del prior general que juraba haberla visto, habían mantenido a los sacerdotes de la iglesia y los funcionarios de la Comune di Prato a raya. Ahora se le había acabado el tiempo. Cuando la campana tañera a tercia mañana, daría comienzo la *Festa della Sacra Cintola*, las calles estarían llenas a rebosar de caballos, carruajes, comerciantes, vendedores ambulantes, todos ellos intentando abrirse paso hacia la Piazza della Pieve, entre rezos y cánticos, para ser testigos de su ignominia.

El preboste Inghirami se imaginó los rostros de la muchedumbre levantados hacia el santo púlpito a la espera de que apareciera él con la Santa Cinta. Se estremeció al imaginar su furia y sus abucheos cada vez más sonoros cuando se presentara ante ellos, la prueba de los manejos de Satán en Prato puesta de manifiesto por sus manos vacías.

Desde que despachara a su fiel mensajero con una bolsa de oro y una nota para la *balia* en el pueblecillo a las afueras de Bisenzia, el preboste Inghirami había pasado de rodillas casi un día entero y seguía sin haber indicio de la Santa Madre. ¿Qué más quería de él? Había intentado compensar sus actos. Había escuchado el mensaje de la Virgen y devuelto la criatura a los brazos ansiosos de su madre. Pero tal vez la Virgen no se hallaba aún lista para perdonarlo. Quizás estaba molesta porque había profanado la casa del Señor al llegarse hasta el campanario a hurtadillas para probar placeres a los que no tenía derecho. A Inghirami le temblaron los hombros al pensar en el deleite que había conocido con el joven pintor.

—Santa Reina de los Cielos —rezó el preboste en su desesperación postrera—. Querida Madre, te ruego nos muestres tu bondad y tu piedad tanto a mí como al joven Marco.

Se mordió el puño para sofocar un gemido. El nombre de Michael Dagomari se recordaría por siempre en Prato como el del hombre que había traído la reliquia a su ciudad para su conservación, y ahora su propio nombre, Gemignano Inghirami, se recordaría como el del hombre cuyos pecados habían acarreado semejante pérdida e ignominia.

Al primer indicio de que los monjes y arciprestes en la sacristía empezaban a prepararse para laudes, el preboste Inghirami hizo el esfuerzo de ponerse en pie. En el caso de la milagrosa restitución de la Cinta, Santo Stefano tenía que estar preparada para la *festa*, y su tarea no podía desempeñarla nadie salvo él mismo.

Todo estaba en silencio cuando fue hacia la nave del templo justo antes del alba. Las llaves que tenía al cinto tintineaban contra su cadera, sus pasos resonaban sobre las frías piedras del suelo, y dobló hacia la izquierda camino de las verjas de la capilla de la Santa Cinta. Por la pequeña vidriera entraba justo la luz suficiente para permitirle ver la estrecha cerradura, en la que insertó la llave para luego volverla hacia la derecha y abrir la puerta.

«Por favor, Santísima Madre, perdona mis pecados.» El preboste contuvo la respiración conforme se acercaba al cofre de oro, y levantó suavemente la tapa.

Seguía vacío.

En vano, Inghirami introdujo la mano en la caja y pasó los dedos por el forro de terciopelo. Cuando comprobó que seguía sin haber nada, cerró la caja y echó el pestillo, luego aseguró la verja y la volvió a cerrar. La penumbra de la iglesia fue cediendo a medida que el preboste recorría el crucero hacia el ábside, donde la luz penetraba la oscuridad a través de un par de ventanas arqueadas. Dos haces flotantes de iluminación se intersecaban en un rincón de la iglesia, y el preboste contempló a través de las entretelas del amanecer la estatua de la Madonna. Su mirada pasó de su rostro, descendiendo por sus extremidades tersamente talladas, hasta el lugar donde la luz se derramaba por debajo de su cintura.

En torno a las caderas de la Madonna había una cinta verde, sus dorados ribetes relucientes como si estuvieran en llamas.

Con el aliento contenido, el preboste se apresuró hasta el pedestal de la estatua. Lo recorrió un estremecimiento al tocar la Cinta, y supo que era real. Había sido perdonado. La *Sacra Cintola* había sido devuelta.

—Santa María, Madre de Dios —susurró el preboste, y cayó de rodillas—. Loado sea el Señor.

Oró tanto como pudo con el cinturón en la mano. Luego se apresuró de regreso a la capilla de la Santa Cinta, dejó la prenda en la caja a buen recaudo, ocultó el cofre bajo el altar de la capilla, cerró la puerta y finalmente, tras comprobar el cierre por segunda y tercera vez, fue en busca del prior general.

30

Festividad de la Santa Cinta,
año de Nuestro Señor de 1457

Hacía un día especialmente caluroso y sor Pureza sudaba bajo su hábito. Tenía los ojos abiertos de par en par, la barbilla en alto mientras observaba la pausada figura del prior general, que encabezaba la hilera de monjas hacia la Piazza della Pieve entre cánticos. Nada en su expresión delataba la humillación por la que había tenido que pasar, pero la religiosa estaba segura de que había vivido muchas horas oscuras de duda, tal vez incluso remordimiento, y eso le producía cierta satisfacción.

—¿Qué le dijo al prior general cuando vino al convento? —le preguntó la priora Bartolommea cuando llegaban a la *piazza*—. Quería preguntárselo desde hace días.

La anciana monja se volvió a la priora. Su amiga parecía muy cansada, y daba la impresión de que el olor a orina la acompañaba siempre.

—Le pedí que hiciera venir a su hermana, Jacoba —respondió sor Pureza, que sostuvo con sus ojos grises la mirada lechosa de la priora—. Me parece que está usted cansada, y tal vez su juicio no es tan claro como en otros tiempos.

La priora abrió la boca, pero su respuesta quedó ahogada por las aclamaciones. Los cientos de espectadores y fieles que colmaban la *piazza* delante de la iglesia levantaron la mirada cuando apareció tras el púlpito de la Santa Cinta un fogonazo de hábitos rojos. Los vítores aumentaron hasta convertirse en un rugido ensordecedor, y los gritos de alegría llenaron el aire cuando el preboste Inghirami mostró en alto la Santa Cinta de la Virgen María.

—¡Santa Madre de Dios, Puerta del Cielo, Bienaventurada Virgen! —gritó Inghirami mientras la muchedumbre se aglomeraba cada vez más cerca de la iglesia.

Las amplias sonrisas de alivio se propagaron por la asamblea de hermanas del convento de Santa Margherita, que empezó a abrirse paso hacia el portal de Santo Stefano con la intención de rezar por un año de buena fortuna, sabiduría y bendiciones.

En medio del oleaje de la muchedumbre, sor Pureza notó que le tocaban suavemente el hombro, y se volvió para ver encantada la sonrisa torcida de Fra Piero.

—Ya está hecho —le anunció él con voz queda.

A la cálida luz del sol, el terror que el fraile había sentido al entrar a la iglesia al amparo de la penumbra y rebuscar a tientas tras el umbral que llevaba al *campanile* parecía lejano. Luego, el corazón de Fra Piero le había martillado en la cabeza como el mazo que introdujera los clavos en las extremidades del Salvador. Pero cuando encontró el cinto y las llaves del preboste colgadas del mismo gancho donde las había visto ya un par de veces, Fra Piero tuvo el convencimiento de que la Virgen estaba de su lado, y todo iría según lo planeado.

—Gracias —le dijo sor Pureza suavemente.

—Agradézcaselo también a la Santa Madre —añadió el procurador, que recordó el tintineo de las llaves en el cinturón del preboste cuando bajaba por las escaleras del campanario, y cómo el viento nocturno se había levantado igual que si la voz del Espíritu Santo cubriera el susurro apresurado de sus pasos por el suelo del transepto. La pesada llave giró sin problema, y las puertas de la capilla de la Santa Cinta se habían abierto con la quietud del rayar el alba.

—La madre y el niño están bien —le informó sor Pureza.

Ya se había despedido de Lucrezia, con la promesa de que le enviaría noticias a través de Paolo tan a menudo como le fuera posible, y que la visitaría cuando tuviera oportunidad—. Están a la espera en el convento.

—El monje va de camino —dijo el procurador.

—Loada sea la Virgen Madre de la *Sacra Cintola* —resonó la voz del preboste Inghirami por encima de la muchedumbre, y los dos conspiradores volvieron de nuevo la vista hacia el púlpito.

—Sí, loada sea la *Sacra Madonna* —susurró sor Pureza, que cerró los ojos y se despidió en silencio de la hija que la abandonara tantos años atrás y ascendiera a los Cielos en alas de los ángeles—. Loado sea el Señor, que es justo y bondadoso.

Al llegar al convento, Fra Filippo no hizo sonar la campana de la entrada, sino que se detuvo junto al peral, recogió la fruta más firme que pudo encontrar y la lanzó hacia el cielo de manera que cayese delante de la puerta de la enfermería con un golpe mullido. Aguardó, y en un instante la pera volvió a cruzar el muro. Oyó la voz lejana de la hermana Spinetta, y al escuchar con más atención, oyó los lloros de su pequeño. Su hijo.

Cuando Spinetta rodeó la esquina del muro del convento, el monje metió la mano en el bolsillo del hábito y palpó un trocito de coral atado a un delicado cordel de cuero. Lo había comprado en el mercado, y Fra Piero lo había bendecido con agua bendita. El amuleto mantendría a salvo a Filippino, pero era él, Fra Filippo Lippi, quien lo tendría alimentado y protegido, y se aseguraría de que el niño aprendiera a valerse por sí mismo en el mundo.

Lucrezia estaba sentada en el borde del lecho, con el bebé en brazos, cuando levantó la mirada y vio a su hermana trayendo a la enfermería a quien, bajo una capucha oscura, parecía ser Fra Piero. Miró detrás de él en busca de los hábitos blancos de Fra Filippo, pero no vio a nadie. En silencio, su hermana se dio la vuelta y se marchó, cerrando la puerta de la enfermería sin volver la vista atrás. Lucrezia abrazó al niño con más fuerza contra su cuerpo y guardó silencio. El monje se quitó la capucha, y era su amado Filippo.

—Ah. —Ambos profirieron un mismo suspiro; no había necesidad de decir nada más.

—Ven, Lucrezia, no esperemos ni un minuto más —la instó Fra Filippo. Le cogió el niño de los brazos y sostuvo a Filippino en el pliegue de su codo. El niño iba vestido con un trajecito que le había hecho Lucrezia de una tela desgastada y tersa—. El *signore* Ottavio ha tenido la amabilidad de enviarnos su carro de los recados. Habría enviado el carruaje, pero lo están utilizando para la *festa*.

Lucrezia sonrió y se puso en pie, alisándose el sencillo vestido marrón que caía desde su abultado pecho y ondeaba hasta el suelo. Tenía las piernas robustas, el cuerpo ya casi recuperado. Pero lo que era más importante, su espíritu y su alma eran fuertes y seguros.

—Llegué aquí en un carromato tirado por un burro —dijo Lucrezia, recordando las estrellas que la siguieran aquella noche—. No me importa cómo vuelva a casa, siempre y cuando mi hogar esté junto a ti, y siempre y cuando sea seguro.

Fra Filippo sacó el colgante de coral del bolsillo. Tenía la forma del hueso de un ala de pollo, y el color amarillo intenso de un trigal a punto para la siega.

—Para el niño —dijo. Se lo entregó y después le tendió al pequeño—. Puedes ponérselo para que lo libre de todo mal.

A Lucrezia se le llenaron los ojos de lágrimas. Le pasó el colgante por la cabeza al niño, su rostro desdibujado a través de las lágrimas, y le susurró las palabras que había oído decir a sor Pureza la noche que naciera:

—*Ego te baptizo in nomine Patris, et Filii et Spiritus Sancti.*

Teresa de Valenti saludó al preboste y al prior general en la galería de su *palazzo* con un distinguido gesto de su mano.

—Bienvenidos —dijo, y les ofreció una amplia sonrisa.

La *signora* tenía el aspecto de una fuerte y vibrante matrona de Prato de los pies a la cabeza. Su vestido de seda era elegante, las mangas de *bredoni* ribeteadas de encaje, el escote festoneado para realzar su *décolleté*.

Su hijo, Ascanio, estaba con el ama de cría en los alojamientos de los niños, ultimando los preparativos para la presentación que conmemoraría el primer aniversario de su nacimiento.

—Tomen un poco de vino y coman algo —les invitó. Pasó su brazo por el del prior general Saviano y lo llevó hacia el impresionante bufé de ganso y cerdo asado acompañado de alcachofas, aceitunas y una bandeja de plata con sardinas asadas sobre el fuego de su cocina.

—Hoy está usted hermosísima, *signora* —la elogió el prelado, a quien se le fueron los ojos a la mesa del banquete con glotonería.

—El Señor ha sido bueno conmigo, ha sido bueno con todo Prato. —Aceptó su halago con un modesto asentimiento a la vez que le acercaba una copa e indicaba a un criado que se la llenase. Le dejó beber, pero no le soltó el brazo—. Tengo una petición especial para usted, prior general —dijo, con una cálida sonrisa.

—Haré lo que esté en mi mano para complacerla, naturalmente —asintió. El buen vino avivó su simpatía al instante.

La *signora* Teresa no dejó de sonreír. Era consciente de que su sonrisa se contaba entre sus grandes bazas.

—Puede usted conceder a Lucrezia Buti la protección de la orden tanto tiempo como la necesite, y bajo cualquier circunstancia vital que la Virgen tenga a bien asignarle —dijo.

El prior general se tragó un gruñido de indignación. Al otro lado de la estancia, vio a Ottavio desempeñando su papel de benévolo anfitrión con sus elegantes prendas de terciopelo.

Los ojos del mercader se posaron en su rostro y el prior general arqueó las cejas, su expresión, un interrogante. El mercader respondió con un gesto de barbilla apenas discernible y un destello de su mirada en dirección a su elegante esposa. Luego, Ottavio sonrió a otro invitado y le dio la espalda al religioso.

—Como es natural, tiene consigo a su hijo, pero el título de *suora* ofrece a una mujer protección en nombre del Señor. Creo que la mismísima Virgen desea que esa mujer y su hijo sean protegidos por las manos de los siervos del Señor en la tierra.

La *signora* Teresa era quizá la única mujer fuera del convento convencida de conocer y entender el vínculo entre la devolución del pequeño Filippino y la reaparición de la Santa Cinta. No había habido confirmación oficial de que la Cinta hubiera desaparecido, claro está, pero no infravaloraba los poderes de Lucrezia y sor Pureza, ni en la tierra ni entre los santos en el cielo. Si el prior general y el preboste habían aparecido en el convento lanzando espumarajos de furia, como se rumoreaba, tenía que haber algo de cierto en ello. Se lo preguntaría a sor Pureza algún día, aunque dudaba de que la anciana fuera a revelarle nada.

—Tal vez tenga usted razones para acceder —le dijo con recato al prior general—. Por lo visto, Lucrezia y el pintor cuentan con la bendición de la Virgen.

Teresa de Valenti seguía aferrada al brazo del prior general mientras lo llevaba hacia la zona privada de su casa, charlando como si no acabara de plantearle una indignante petición.

—Lo que han hecho va contra las leyes de la Iglesia —replicó el prior general, con ardor en su voz—. Un monje. Y una monja.

—Un pintor. Y una joven. Enamorados.

La sonrisa de Teresa de Valenti no estaba sólo en sus labios, sino también en sus ojos. Tenía muchos motivos para sentirse feliz ese día, y también buenas razones para ser consciente del poder que le confería ser la esposa de Ottavio.

—Estoy segura de que su trasgresión no puede ser irreparable —dijo. Se interrumpió, y con un leve gesto de la cabeza, señaló un cuadro colgado en la pared ante ellos—. Mis criados la llaman la *Milagrosa Madonna*. No es cosa mía decir a quién o a qué concede sus favores la Virgen, pero estoy convencida de que la muchacha cuenta con la bendición de la Santa Madre. Y aquello que no consiga su intervención divina en la tierra, mi marido está dispuesto a costearlo por medio de indulgencias.

El prior general contempló el cuadro. Los labios de la novicia eran carnosos y suaves. Sus ojos chispeaban. Tenía la frente alta y sabia.

—El precio por una indulgencia semejante podría ser muy alto —respondió Saviano, tercamente—. Y si Roma nos la niega, no puedo hacer caso omiso de la decisión de la Curia.

Teresa de Valenti asintió.

—Entendido —dijo.

El prior general recordó el grito ahogado de la muchacha bajo su cuerpo, el horror de su sangre.

—Seguro que será un precio justo —reconoció, tal vez menos a regañadientes de lo que indicaban sus palabras.

—¿Y vivirán en paz madre e hijo?

—Hasta donde mi influencia lo permita —aseguró el prior general. Y mientras pronunciaba las palabras que sellarían su acuerdo, el clérigo se sintió agradecido a san Agustín, que, en su sabiduría, había encontrado un castigo adecuado al pecado de libertinaje del propio Saviano—. Le doy mi palabra.

Lucrezia notaba la alegría en su corazón cuando el burro enfiló por fin Via della Sirena tirando del carro. La calle estaba abarrotada de gente y les llevó un rato alcanzar la esquina de la Piazza della Pieve. Fra Filippo manejaba las riendas a su lado, el espinazo erguido y orgulloso, los ojos entrecerrados frente al sol brillante. La muchacha llevaba al niño en brazos, cubierto con una manta para evitar que le diera el sol en la cara. En torno a ella reinaban la celebración y el caos de la *festa*, pero la dicha en su interior era aún más intensa que el jolgorio de un millar de voces.

—Mira, Filippo —exclamó cuando alcanzó a ver la *bottega* y reparó en una cesta grande de fruta, pan y quesos en el umbral.

Tras detener el carro, Fra Filippo ató el burro y levantó los brazos para coger al niño. Sostuvo a la criatura en su robusto brazo y tendió la mano para ayudar a Lucrezia cuando sus botas volvieron a posarse en el suelo polvoriento de la ciudad.

—Tenemos amigos —se congratuló, mientras supervisaba con alegría los frutos secos, los quesos, las carnes y el montón de vestiditos para el niño, confeccionados con suavísimos lino y algodón.

«Para nuestra Milagrosa Madonna —decía la nota en la cesta—. De los honorables Ottavio y Teresa de Valenti.»

—*Sorella?*

Lucrezia se volvió al oír la voz de Paolo a su espalda.

—¿Paolo? —Llevaba sin verlo desde aquel día de Cuaresma en que el chico se negó a acercarse camino arriba hasta su casa.

Con una sonrisa radiante, Paolo le dejó un paquetito en las manos.

—*Mia madre* —dijo el muchacho, y bajó la mirada—. Le envía esto para el niño.

Lucrezia aceptó el regalo y desenvolvió lentamente el paño para ver una pequeña cruz tallada y adornada con diminutas flores púrpura, cada pétalo hecho con una sola gota de pintura.

—Qué preciosidad —exclamó, al tiempo que miraba su cara de alegría—. ¿La has hecho tú?

—Sí —asintió él—. Y mi madre la ha pintado.

Fra Filippo alargó una mano y pasó el dedo por los pétalos púrpura de la flor.

—Violetas —señaló el pintor—. La flor de la Virgen.

El niño agitó las manos en el aire. Los tres se volvieron hacia él cuando abrió la boca y dejó escapar un gemido racheado.

—Ya estás en casa —le dijo Lucrezia, que cogió al pequeño de los brazos de Fra Filippo—. Ahora ya estamos en casa.

Abrieron la puerta de la *bottega*, y allí estaba *ser* Francesco Cantansanti, su elegante atuendo arrugado tras la larga jornada de celebraciones.

31

—Por fin en casa —dijo el emisario, arrastrando las palabras. Se puso en pie, y su voz sonó casi ebria, pero igualmente autoritaria—: Estaba desaparecido, Fra Filippo. Y he estado buscándolo.

—No estaba desaparecido —replicó el monje, que se puso rígido—. Estaba trabajando en la casa de Fra Piero en las colinas, bocetando el retablo para el convento donde nadie me molestase.

El bebé profirió un lloro y Lucrezia se abrió paso entre los hombres para ir al dormitorio.

—Llevo una hora esperando. Ya veo lo que ha hecho. —Cantansanti hizo un gesto en dirección al retablo, que Fra Filippo había guardado con cuidado en el rincón. Estaba ubicado bajo la ventana, donde la luz caía sobre el hermoso rostro de la Virgen y la cara vacía del Niño Dios.

—He vuelto a tener noticias de Florencia —anunció *ser* Francesco—. He venido a comunicárselas.

El emisario repasó mentalmente la carta que había enviado a Florencia tras perder de vista al monje.

«Llevo vigilándolo toda la semana y he permanecido a su lado para constatar su diligencia —había escrito Cantansanti—. Ha trabajado, Dios es testigo de que ha trabajado, pero anoche se fue, no sé adónde.»

—Sé que no he respetado la fecha prometida. —Fra Filippo se negó a mostrarse cariacontecido—. Pero ya ve que el trabajo es bueno.

Ser Francesco cambió de postura sobre sus pesadas botas y cogió la correspondencia que había recibido esa mañana.

—Mire. —Cantansanti le lanzó un pergamino arrugado a Fra Filippo—. Mírelo.

El pintor oyó a Lucrezia, que intentaba calmar a la criatura. Se armó de valor y tomó el papel, parpadeando confuso.

—¿Qué es esto? —preguntó, al cabo.

—Los Medici han dado su aprobación al boceto para el marco. Llevará unos cuantos meses, pero será ejecutado tal como lo describió usted. Con gran detalle, y a un precio elevado. Esto es una orden para que se lleve a cabo la talla.

—Dijo que no había más dinero... —se las arregló para mascullar Fra Filippo.

—No lo hay —respondió bruscamente el emisario—. El dinero lo gestionará directamente *ser* Bartolomeo, que cursará el encargo de acuerdo con sus especificaciones. El boceto del marco es impresionante, Filippo, lo felicito. Y el retablo... —El emisario pasó la mano por el aire para que el pintor se hiciera a un lado—. El retablo es magnífico. Todas y cada una de las partes de la obra están a la altura de cualquier otro de sus trabajos hasta la fecha. Por encima, incluso.

«Estimado Giovanni —le había escrito al hijo de Cosimo, a cuyo cuidado había quedado el trabajo—. No me cabe duda de que este hombre está loco y anda siempre metiéndose en líos, pero su trabajo es brillante, de un esplendor sin parangón. Lo terminará, aunque yo mismo tenga que molerlo a palos, a menos que prefiera enviar a su agente, Bartolomeo, quien tal vez se muestre más paciente que yo.»

—La luz, el bosque, las manos de Dios. —El emisario se acercó más al panel para estudiar de cerca los colores en la escena de *La Adoración del Niño*—. Los colores son tan brillantes que es como si hubiera colocado un espejo delante de la ventana y captado lo que puso Dios en su reflejo. —*Ser* Francesco meneó la cabeza. Había estado viviendo demasiado tiempo en el mundo del pintor—. Pero el Niño Dios —dijo, al tiempo que se aproximaba más para escudriñar el óvalo vacío de color carne—. ¿Dónde está el rostro del Niño?

Miró al monje, cuyas manos, por una vez, parecían recién lavadas y limpias.

—Claro —dijo Cantansanti—. Estas cosas llevan su tiempo.

En el dormitorio, Lucrezia amamantaba al niño. Llevó un dedo a sus labios para que dejara de mamar y pasárselo de un pecho al otro. Filippino dejó escapar un gemido y luego un rotundo lloro.

Los hombres lo oyeron y cruzaron una mirada.

—Ahora ya veo la cara —aseguró Fra Filippo con una sonrisa—. Sí, *ser* Francesco, ahora puedo acabar el retablo.

—Entonces, póngase a trabajar, hermano —le instó el emisario, que recogió la capa y se volvió hacia la puerta—. Lo estaré vigilando. Recuerde, los Medici tienen sus ojos puestos en usted, siempre.

Epílogo

Capilla Brancacci de Santa Maria del Carmine
Florencia, Italia

Jueves de la vigésima primera semana de Adviento, año de Nuestro Señor de 1481

La luz se filtra por la vidriera de la pequeña capilla en Santa Maria del Carmine y cae sobre el artista. El hombre encaramado al andamio es corpulento, con el pelo castaño hasta los hombros y una boca bien definida. Mientras se muerde el labio inferior, va sopesando los tonos carne en los que ha estado trabajando esa tarde, aplicando lentamente ocre sobre una primera capa verde en el rostro de san Pedro en su trono.

El artista suspira. Reparar este fresco creado por el gran Masaccio es un trabajo muy delicado.

Cuando moja el pincel en la pintura ocre, el joven menea la cabeza ante los destrozos: más de cuarenta caras en la escena que representa a san Pedro trayendo de entre los muertos al hijo de Teófilo, y al menos diez de ellas tan dañadas que es imposible reconocerlas. Le resulta difícil entender que los Medici, precisamente, permitiesen que se destruyera esta gran obra en su honor, en *damnatio memoriae*. Sin embargo, los rostros de la familia Brancacci y sus amistades —los enemigos de los Medici— fueron furiosamente raspados como venganza en 1434, y llevan destruidos casi cincuenta años.

Hace un día caluroso. Debajo del andamiaje, los monjes y una serie de sacerdotes están en pleno ajetreo, preparándose para la misa vespertina. Los ayudantes del pintor limpian los pinceles y guardan los materiales, a punto de regresar a sus casas. La luz diurna va mermando, pero el artista no está dispuesto a dejar de trabajar. Tras aceptar el arduo encargo de restaurar los frescos y devolverles su esplendor original, ha estado en la capilla todos los días estudiando las formas de los hombres representados, la minuciosa disposición de las figuras, sus expresivos rostros rebosantes de recelo, sobrecogimiento, ira y esperanza.

No se trata de meros rostros de hombres anónimos: muchos están pintados en honor a los frailes de Santa Maria del Carmine. Hay un autorretrato del propio Masaccio, y uno de los rostros se pintó de manera que guardara parecido con el gran Leon Battista Alberti.

Acercándose un poco más, el artista se sirve de las uñas para retirar una pizca de pintura desportillada de la barbilla de un noble. La manera en que ha sido dañada la obra no hace sino acentuar el poder de la mano que la creó, el peso de los atuendos de las figuras, la sólida arquitectura del edificio de Antioquía donde tuvo lugar el milagro. Mientras estudia la obra, el artista cierra los ojos y recuerda la primera vez que subió junto a su padre a un andamio similar en la iglesia de Spoletto. Las manos de su padre, cubiertas de pintura, eran fuertes y seguras junto a sus propios dedos, jóvenes e indecisos.

«Mantén la mano firme y espera. La inspiración te llegará cuando estés preparado.»

Su padre lleva muerto doce años, pero el joven recuerda sus palabras con claridad, y piensa en ellas cada mañana cuando se dispone a trabajar.

«Pintar es rezar. Rezar es pintar. Recuérdalo, y Dios estará contigo cada vez que cojas el pincel.»

Las palabras resuenan en la memoria del hijo, y ve a su padre, que le toca el hombro, traza las líneas de la perspectiva, vuelve la cara hacia la luz, le enseña cómo dibujar la curva del hombro de una mujer o representar la ira de un hombre con pinceladas fuertes y seguras.

«Espera hasta tener plena certeza y luego condúcete con audacia.»

Filippino Lippi tiene la impresión de llevar toda la vida contemplando hermosas Madonnas rubias, todas ellas parecidas a su madre, con la piel pálida, los cálidos ojos azules, los labios *cinabrese*. Ha vivido lejos de ella la mayor parte de su vida y, sin embargo, el rostro de su querida madre resulta indeleble en su mente. Los cuadros que crearon su padre y sus seguidores con su semblante están por todas partes, cuidan de él, lo aguardan.

«La perfecta representación divina del Cielo en la tierra», le solía decir su padre, mostrándole sus Madonnas.

Aunque sus padres se vieron obligados a vivir en distintas ciudades durante los últimos años de vida de su padre, y Fra Filippo no perdió su encanto con las mujeres, Filippino está seguro de que su padre siguió entregado a su madre y la amó por encima de cualquier otra, a su propia manera.

Filippino piensa en su madre, que ahora vive cerca de su hermana Alessandra, y la familia de ésta, en Florencia. La vida de Lucrezia no ha sido fácil, pero no tiene queja.

«Siempre hay sangre y esfuerzo —comenta, cuando la acechan los problemas—. Pero de la sangre surgen la fuerza y la belleza.»

La primera vez que le dijo esas palabras, Filippino era un niño, y se acababa de desgarrar el hombro y arañarse la rodilla al caer de un árbol delante de la *bottega*. Le ayudó a levantarse, le acarició la mejilla y le limpió la herida con un paño húmedo. Su madre tenía la espalda recta, los ojos azules y una sonrisa triste y sabia.

«De la sangre surgen la fuerza y la belleza. Recuérdalo, Filippino mío.»

Ese mismo día, algo más tarde, le dio una medalla de plata de san Juan Bautista.

«Un regalo de mi madre, que ahora te doy a ti», le dijo, su aliento cálido en su mejilla.

Filippino Lippi, un hombre tan corpulento como su padre y tan guapo como su madre, palpa el medallón que lleva cosido en la cenefa de la túnica. Luego retrocede, coge un pincel empapado en *terra verde* y vuelve a adelantarse hacia el fresco. Entorna los ojos y frunce los labios. Tiene los labios de su madre, carnosos y sensuales, pero las manos, los ojos, la intensa mirada, son de su padre. Aguarda, y cuando le sobreviene la *intuizione*, empieza de nuevo.

Nota de las autoras

Vigilado de cerca por los Medici, Fra Filippo terminó el retablo para el rey Alfonso y lo envió a Nápoles en mayo de 1458. Cosimo de Medici no estaba presente cuando el regalo se entregó en palacio, pero una carta en los archivos de los Medici confirma que el retablo tuvo una acogida favorable en la corte, y que agradó a Alfonso el Magnánimo.

Tras una larga enfermedad, el papa Calisto III murió en agosto de 1458. En una sorprendente votación emitida por el Colegio de Cardenales, Enea Silvio Piccolomini fue nombrado Papa, con el nombre de Pío II. Bajo el mandato de Pío II, el padre Carlo de Medici, hijo ilegítimo de Cosimo de Medici, llegó a ocupar el cargo de preboste de la catedral de Santo Stefano tras la muerte de Gemignano Inghirami en 1460.

Alentado sin duda por los Medici, el papa Pío II se interesó por la difícil situación de Fra Filippo y su amante, Lucrezia Buti. Los archivos del Vaticano indican que concedió una dispensa a Fra Filippo Lippi y Lucrezia para que contrajeran matrimonio en 1461.

No obstante, Fra Filippo Lippi siguió siendo monje carmelita durante el resto de su vida, mientras que en 1459 Lucrezia Buti tomó los hábitos como monja agustina en el convento de Santa Margherita, en presencia del vicario de Prato, el obispo de Pistoia y la priora Jacoba de Bovacchiesi, que había ocupado el puesto de su hermana Bartolommea como priora del convento. Fuentes diversas indican que para 1461 Lucrezia vivía de nuevo en casa de Fra Filippo. Si llegaron a ser marido y mujer, no hay constancia de dicha unión. Su segundo hijo, una niña bautizada Alessandra, nació en 1465.

Fra Filippo Lippi terminó los frescos de Prato en 1465 y se fue a Spoletto en 1467, donde vivió con su hijo Filippino, a quien instruyó como artista mientras trabajaban en la última serie de frescos de la vida del pintor. A su muerte en Spoletto en 1469, su hijo quedó a cargo de quien fuera su ayudante tantos años, Fra Diamante.

Filippino Lippi llegó a ser un pintor de prestigio cuyo nombre y obra son tal vez más conocidos incluso que los de su padre. En 1481, Filippino Lippi restauró secciones de los famosos frescos de Masaccio en la capilla Brancacci de Santa Maria del Carmine. Las figuras y rostros de la familia Brancacci y sus amistades —enemigos de los Medici— habían sido destruidos en un acto de *damnatio memoriae* cuando los Medici regresaron a Florencia en 1434 tras su exilio. En un ejemplo de la hermosa simetría de la vida, el hijo restauró los frescos que inspiraran a su padre a convertirse en pintor cuando era un joven monje en el monasterio de Santa Maria del Carmine.

Está fuera de toda duda que Fra Filippo Lippi fue ordenado monje en la orden carmelita. Sea como fuere, dependiendo de los relatos históricos y las leyendas, Lucrezia Buti aparece como una novicia, una monja o sencillamente una muchacha que vivía en el convento de Santa Margherita en el momento de su encuentro con el pintor. Asimismo, los historiadores no se ponen de acuerdo en lo que respecta a la muerte de su padre, las circunstancias o siquiera el año de su ingreso en el convento junto con su hermana Spinetta. El convento de Santa Margherita cerró sus puertas a finales del siglo XVIII.

Mientras que la priora Bartolommea de Bovacchiesi, Spinetta Buti, Fra Piero d'Antonio di ser Vannozi y *ser* Francesco Cantansanti son nombres auténticos que aparecen en las crónicas junto con las figuras históricas ya mencionadas, el personaje del prior general Ludovico Pietro de Saviano es del todo inventado, al igual que sor Pureza, Pasqualina di Fiesole. A la hora de imaginar lo que pudo obligar al artista y a su joven amante a vivir desafiando las leyes de la Iglesia y los estrictos códigos de conducta vigentes en la Italia del siglo XV, parece innegable que debieron de verse sujetos a fuerzas fuera de su control, incluidas las necesidades de poderosas figuras políticas y sus intensas ansias románticas.

La festividad de la Santa Cinta, el 8 de septiembre de 1456, es supuestamente el día que Fra Filippo Lippi «secuestró» a Lucrezia Buti y se la llevó a vivir a su *bottega*. La Santa Cinta, que, según se cree, es una reliquia milagrosa de la Virgen María, lleva ubicada en la capilla cerrada de la catedral de Santo Stefano de Prato, Italia, desde el siglo XIII. Aunque se presenta al público varias veces al año, la ocasión más notable de exhibición es la festividad anual de la Natividad de la Santa Virgen María, que conmemora el nacimiento de María el 8 de septiembre. La *Sacra Cintola* lleva siglos contando con el reconocimiento de la Iglesia como reliquia sagrada, y fue venerada por el papa Juan Pablo II en 1986.

En el momento de su encuentro con Lucrezia Buti, Fra Filippo Lippi era un artista de éxito con numerosos encargos destacados y un historial de problemas legales. Llevaba seis años trabajando en la serie de frescos de la iglesia de Santo Stefano, así como muchos meses de retraso en el retablo de los Medici para el rey Alfonso. Los frescos, finalmente terminados en 1465, constituyen un momento culminante en la notable carrera del pintor. Su ciclo de frescos se restauró por completo a principios del siglo XXI bajo los auspicios del Ministerio Italiano para el Patrimonio Cultural. El ciclo recién remozado, en el que figura la famosa Salomé danzante del pintor y la notoria escena del cambio del pequeño san Esteban poco después de nacer, se reabrió al público en 2007.

El panel central de *La Adoración del Niño*, regalo de los Medici al rey Alfonso, se perdió o quedó destruido en algún momento posterior al siglo XVI. Las tablas laterales del retablo, en las que aparecen san Antonio Abad y san Miguel, están ahora en el Cleveland Museum of Art, en Ohio. *La Madonna entrega la Santa Cinta a santo Tomás con santa Margarita, san Gregorio, san Agustín, san Rafael y san Tobías*, en la que aparecen tanto Lucrezia como la priora Bartolommea, se conserva en el Palazzo Pretario de Prato como testimonio del increíble amor entre una mujer enclaustrada y el extraordinario monje pintor que dejó tras de sí algunas de las obras de arte más hermosas de todos los tiempos.

Agradecimientos

Nuestra agente, Marly Rusoff, nos ofreció su perspicacia y entusiasmo inquebrantables, que fueron cruciales para llevar a buen puerto esta novela, como también lo fue el apoyo de Michael Radulescu. Tuvimos la buena fortuna de trabajar con una editora tan inteligente y entusiasta como Jennifer Brehl, que hizo el libro mejor de lo que ya era. Sentimos una especial deuda de gratitud por el asombroso diseño de cubierta de Mary Schuck, y por el apoyo de Lisa Gallagher, Ben Bruton y Sharyn Rosenblum en William Morrow. En Prato, contamos con la amable ayuda de Claudio Cerretelli, Simona Biagianti, Odette Pagliai y Paolo Saccoman. Daniel G. van Slyke, profesor adjunto de Historia de la Iglesia en el Seminario Kenrick-Glennon respondió pacientemente a nuestras numerosas preguntas.

La oportunidad de escribir esta novela al unísono sólo puede deberse a un milagro. Estas páginas provienen de una amistad que va más allá de las palabras y entra en vínculos compartidos que trascienden de lo místico a lo terrenal. Las dos contamos con la bendición del amor de un espíritu afín que hizo de esta colaboración un viaje tan afortunado como enriquecedor.

El profesor Michael Mallory del Brooklyn College fue el primero en iniciarme en las obras de arte de Fra Filippo Lippi, y mis profesores en el Instituto de Bellas Artes me inculcaron los conocimientos de la Historia del Arte y la fe en mí misma como escritora especializada en esta materia.

Mi marido, Eric Schechter, me ofreció su infinito apoyo, y, a pesar de ser descendiente de judíos del este de Europa, cocina platos italianos como nadie. Mis hijas Isabelle, Olivia y Anais siempre consiguen endulzar el resultado.

Quiero agradecer a todos los siguientes su apoyo y su amistad, que en mayor o menor medida también me ayudaron a hacer posible esta novela: Alison Smith, Monica Taylor, Pilar López, Katica Urbanc, Neil y Ferry Metzger, Laura Berman, Mark Fortgang, Lisa Rafanelli, Françoise Lucbert, Barbara Larson, Robert Steinmuller y Marilyn Morowitz.

LAURA MOROWITZ

Mi vida está llena de amigos y parientes cuyas palabras, sabiduría, visión y creatividad constituyen alimento diario. Los escritores (y lectores) Emily Rosenblum, Toni Martin y Anne Mernin me ofrecieron apoyo y ánimo en todo momento, y Nadine Billard nunca eludió mis llamadas, por muy indecisas y preocupadas que fueran. Mis hijos, John y Melissa, se han convertido en expertos en bloquear cualquier clase de comunicación a mi despacho de la tercera planta cuando estoy trabajando, y les agradezco infinitamente su amor y respeto.

La elegancia que mis queridos amigos Kathleen Tully y Matt Stolwyk aportaron con sus minuciosas lecturas de este manuscrito atestigua su generosidad de espíritu. Gracias también a las muchas personas del mundo editorial y docente que me han ayudado por el camino, sobre todo a Larry Ashmead, Jennifer Sheridan, Tavia Kowalchuk, Lisa Amoroso, Margo Sage-El y la plantilla de Watchung Booksellers, Jed Rosen, y Jagadeeshu, cuyo estudio de yoga es la habitación a 43 grados más agradable que he visto en mi vida.

Mis hermanas y familiares, sobre todo mi suegra Rosemarie Helm, me ayudan a soltar lastre en mis vuelos creativos. Y Frank, mi marido, es un auténtico caballero que me lo hace todo posible.

LAURIE ALBANESE

Notas bibliográficas

Esto es una obra de ficción inspirada en acontecimientos históricos y biográficos, y recurrimos a numerosos trabajos publicados en busca de información acerca de la sociedad y la cultura italianas del quattrocento, así como de la vida y la obra de Fra Filippo Lippi. Aunque nos basamos en buena medida en las siguientes fuentes, cualquier error o imprecisión son nuestros, y se derivan de las libertades artísticas tomadas en aras de la armonía e integridad de la novela.

En busca de información pormenorizada sobre Fra Filippo Lippi, regresamos una y otra vez a las obras de dos historiadores del arte norteamericanos: Jeffrey Ruda, *Fra Filippo Lippi: Life and Work* (Phaidon, Londres, 1993), y Megan Colmes, *Fra Filippo Lippi, the Carmelite Painter* (Yale University Press, New Haven/Londres, 1999). Dos textos italianos dedicados a la serie de frescos de Prato nos fueron de gran utilidad: Mario Salmi, *Gli affreshi nel Duomo del Prato* (Istituto italiano d'arti grafiche, Bergamo, 1944) y *I Lippi a Prato* (Museo Civico, Prato, 1994).

Se pueden hallar excelentes introducciones al contexto y el estilo del arte italiano del siglo XV en *History of Italian Renaissance Art* (Prentice Hall, Englewood Cliffs, 1976), de Frederick Hart, y *Art in Renaissance Italy 1350-1500* (Oxford History of Art, Londres, 2001), de Evelyn Welch. *Painting and Experience in Fifteenth Century Italy: A Primer in the Social History of Pictorial Style* (Clarendon Press, Oxford,

1972), de Michael Baxandall, sigue siendo el texto fundamental sobre el funcionamiento de las obras de arte en los tiempos de los Lippi.

Fuentes primarias llenas de colorido como *Lives of the Most Eminent Painters, Sculptors and Architects*, de Giorgio Vasari, en la traducción de Gaston du C. de Vère (AMS Press, Nueva York, 1976; publicado originalmente en Roma, 1550) y *The Merchant of Prato: Francesco di Marco Datini 1335-1410*, de Iris Origo (David R. Godine, editor, Boston, 1986), nos ayudaron a imprimir realismo al mundo del Renacimiento en Prato y Florencia. La textura y los detalles de numerosas escenas en nuestra novela se beneficiaron de la excelente información a nuestro alcance en las obras sobre la vida cotidiana del Renacimiento italiano, incluidas *Daily Life in Renaissance Italy*, de Elisabeth S. Cohen y Thomas V. Cohen (Greenport Press, Londres/Westport, 2001); *Women, Family and Ritual in Renaissance Italy*, de Christiane Klapish-Zuber (University of Chicago Press, Chicago, 1985); y *The Art and Ritual of Childbirth in Renaissance Italy*, de Jacqueline Marie Musacchio (Yale University Press, New Haven/Londres, 1999). La información sobre hierbas y remedios herborísticos la obtuvimos principalmente en la página web *www.botanical.com.*

Obras de Fra Filippo Lippi
mencionadas en
Los milagros de Prato

Retrato de mujer con hombre en una boda
En torno a 1435-1436
Tabla, 122,6 × 62,8 cm
Metropolitan Museum of Art, Nueva York

El retablo de Barbadori
Comenzado en 1437-terminado c. 1439
Tabla, 208 × 244 cm
Musée du Louvre, París

La Coronación de la Virgen (*La Coronación de Maringhi*)
1439-1447
Tabla, 200 × 287 cm
Uffizi, Florencia

La Anunciación
Finales de la década de 1430-1440
Tabla, 175 × 183 cm
San Lorenzo, Florencia

La Madonna del Ceppo (Madonna y Niño con san Esteban, san Juan Bautista, Francesco di Marco Datini y cuatro Buonomini del Hospital del Ceppo de Prato)
1453

Tabla, 187 × 120 cm
Galleria Communale di Palazzo Pretario, Prato

San Antonio Abad y san Miguel, paneles laterales del tríptico de *La Adoración* para el rey Alfonso de Nápoles, ahora desaparecido
1456-1458
Masonita (transferido de tablas), 81,3 × 29,8 cm cada una.
Cleveland Museum of Art, Cleveland

La muerte de san Jerónimo
Entre principios y mediados de la década de 1450
Tabla, 268 × 165 cm
Catedral de Santo Stefano, Prato

La Madonna de la Cinta con santa Margarita, san Gregorio, san Agustín y san Rafael con san Tobías
Finales de 1455-mediados de la década de 1460
Tabla, 191 × 187 cm
Galleria Communale di Palazzo Pretario, Prato

Vidas de los santos Esteban y Juan
1452-1465
Frescos
Capilla mayor, catedral de Santo Stefano, Prato

Todas las demás obras que aparecen en la novela son invención de las autoras.